KB111588

패륜 공작가에는 가정교육이 필요하다

패륜 공작가에는 가정교육이 필요하다 3

마지노선 장편소설

초판 1쇄 찍은 날 | 2022년 3월 10일
초판 1쇄 펴낸 날 | 2022년 3월 17일

지은이 | 마지노선
발행인 | 이진수
펴낸이 | 황현수

기획 | 정수민
편집 | 윤수진

펴낸곳 | 주식회사 카카오엔터테인먼트
등록번호 | 제2015-000037호
등록일자 | 2010년 8월 16일
주소 | 경기도 성남시 분당구 판교역로 221 6(일부)층

제작·감수 | KW북스
E-mail | cl_production@kwbooks.co.kr

ⓒ 마지노선, 2020

ISBN 979-11-385-0322-8 04810
979-11-385-0319-8 (set)

※ 파본은 구입하신 서점에서 교환하여 드립니다.
※ 저자와 협의하여 인지를 붙이지 않습니다.
※ 이 책은 저작권법의 보호를 받는 저작물입니다. 무단 전재 및 유포, 공유를 금합니다.

TO DO OR NOT TO DO
THAT IS THE QUESTION
패륜공작가에는
가정교육이
필요하다
마지노선 장편소설
3
Yeondam

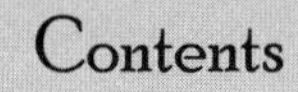
Contents

5. 이야기 속 이야기 (2)

악몽을 꿨다. 내용까진 기억나지 않았다. 꿈이라는 걸 깨닫자마자 정신이 들며 머릿속의 모든 장면이 휘발되었으니까.

무의식의 세계와 달리 현실엔 무게감이 있었다. 이상하게 배 위가 묵직했다. 이질감을 느낀 것과 동시에 귀청을 찌르는 외침이 들려왔다.

"엘라!"

에스텔라는 번뜩 눈을 떴다. 제 위에 세실리아가 올라타 있었다. 일어나지 못할 법한 일은 아니었지만 예상치 못한 등장에 당황한 건 사실이었다. 에스텔라는 잠시간 눈만 끔뻑거렸다.

벌써 한낮에 다다른 시간인 듯 창문 너머로 햇살이 눈부시게 쏟아지고 있었다. 에스텔라는 무심코 눈살을 찌푸리며 손으로 시야를 가렸다.

어젯밤 몇 시쯤에 잠들었더라.

디에고의 품에 안겨 정신없이 울었던 것까진 기억이 났다. 디에고는 지치지도 않는지 말없이 그녀의 긴 설움을 다독여 주었다. 간혹가다가 다 괜찮다거나, 마음에 짐을 지지 말란 말을 보태기도 했다. 그에 점점 눈물을 그쳐 간 것이 회상의 끝이었다. 잠들었다기보다는 기절이라도 한 듯한 느낌이었다.

그도 그럴 것이 아침 일찍부터 일어나 행사장에 갈 준비를 하고, 이후 또 급히 이동해 아버지와 상봉하기까지 했다. 체력이 방전될 만도 하다.

에스텔라는 무심코 손을 뻗어 오른편을 더듬거렸다. 저를 위로했던 남자는 밤사이 사라졌는지 옆이 비어 있었다.

"무슨 일 이써?"

멍한 표정의 에스텔라를 보고 세실리아가 물었다. 눈을 뜨긴 했는데 산송장처럼 넋을 놓고 앉은체라고는 않는다. 평소와는 다른 에스텔라의 반응에 세실리아도 의아한 기색이었다.

에스텔라는 그제야 정신을 차리고는 다시 아이들을 살폈다. 세실리아가 눈에 띄는 위치에 있어 미처 알아채지 못했는데, 세드릭 역시 침대 옆에서 자신을 지켜보고 서 있었다.

세실리아가 뒤뚱거리며 에스텔라의 몸 위에서 내려왔다. 그러고는 세드릭의 귀에다 대고 속닥거렸다.

"엘라 눈…… 개구리야……."

"다 들려요……."

에스텔라가 다 죽어 가는 음성으로 대꾸했다. 그녀에게서 느껴지는 음산한 기운에 아이들의 눈이 커졌다.

에스텔라는 아이들과 대화할 때면 의도적으로 맑은 톤의 음성을 내곤 했다. 형편없이 쉬고 갈라진 목소리는 아이들에게 익숙지 않은 것이었다. 언성을 높일 일이 없었던 근래 들어서는 더더욱 말이다.

에스텔라는 그대로 비척비척 몸을 일으켰다. 부스스한 머리칼이 눈 앞으로 넘어와 시야가 잘 확보되지 않았다. 어쩌면 바늘만 한 틈으로 세상을 보고 있기 때문일 수도 있고.

에스텔라의 끔찍한 몰골을 본 아이들은 하나 같이 솔직한 반응을 내보였다. 우선 세드릭은 차마 에스텔라와 눈을 맞출 수 없었는지 슬그머니 시선을 내렸다. 세실리아의 반응은 제 오라비보다 한층 격렬했다.

"꺄아악, 괴물!"

세실리아가 즐거운 비명을 내지르며 문가로 달려갔다. 정말 밖으로 나갈 생각은 아니었던 듯, 문턱을 넘는 대신 벽 한편에 기대서더니 배시시 웃음을 터트렸다. 천진난만한 표정이었다. 이쯤 되면 기대에 부응해 주고 싶은 욕심이 생긴다.

에스텔라는 고장 난 인형처럼 음산히 자리에서 일어섰다. 그러고는 세실리아를 향해 천천히 다가갔다. 세실리아가 채 누르지 못한 웃음을 흘리며 "오지 마아, 오지 마!" 하고 손을 내밀어 방어했다. 에스텔라는 그런 세실리아를 덥석 안아 들었다.

"개구리 괴물항테 잡혀써!"

세실리아가 격렬하게 버둥거렸지만 에스텔라는 아랑곳하지 않고 세실리아의 목덜미를 "왕." 하고 물어 버렸다. 그와 동시에 세실리아의 몸이 축 처졌다. 에스텔라가 입술을 떼어 내며 으스대듯 말했다.

"저한테 물렸으니까 아가씨도 이제 개구리 괴물이에요."

"으아, 시러어……."

"엘라 몬스터의 심기를 함부로 거슬렀다간 큰코다친답니다."

"나만 웃은 고 아니아. 오빠두 우서써!"

에스텔라의 편으로 돌아선 세실리아가 재빠른 변절을 시도했다. 에스텔라를 애잔한 눈으로 쳐다보고 있던 세드릭이 순간 낯빛을 달리했다. 세드릭이 주춤주춤 물러서며 소리쳤다.

"난 안 웃었어!"

"오빠가 엘라 잠등고 보고 먼저 몬생겨저따구 해써!"

"아니야, 난 그냥 꼴이 볼 만하다고만 했어!"

변명인지 자진 납세인지 모를 발언이었다. 에스텔라는 흐흐흐 웃으며 세실리아를 내려놓고는 세드릭에게 향했다. 세드릭은 제 동생보다 한결 도망을 잘 쳤지만 세실리아까지 합공하자 결국 수세에 몰리고 말았다. 에스텔라는 세드릭의 허리를 한참 간지럽혀 주는 것으로 징벌을 마쳤다.

아침부터 아이 둘을 상대했더니 진이 다 빠졌다. 에스텔라가 소파에 주저앉으며 목을 뒤로 젖혔다.

"아, 뛰어다녔더니 배고파졌어요."

긴 공복에 속이 다 쓰렸다. 그래도 한차례 푸닥거리를 하고 나니 우습게도 기분이 좀 나아졌다.

에스텔라는 완전히 맛이 가 버린 목을 헛기침으로 가다듬었다. 완전히 평소와 같은 상태는 아니었지만 놀림 받지 않을 정도는 되었다. 에스텔라가 제 양옆으로 앉은 아이들을 번갈아 보며 물었다.

"여긴 누가 들여보내 준 거예요?"

하도 아이들이 시시때때로 들이닥치는 통에 일정 시간까지는 출입을 막아 둔 참이었다. 대체 누가 문을 열어 준 건지 모를 일이었다.

"형이."

"띠에고가!"

아니, 생각해 보니 뻔한 문제였다. 그가 아이들을 들여 저를 깨운 이유를 알 것 같았다. 바쁘고 정신없는 상황에선 우울에 빠져들 여유가 주어지지 않는 법이고 효과적으로 혼을 빼놓는 일엔 육아만 한 게 또 없다. 에스텔라는 알 만하다는 듯 어깨를 늘어트렸다.

건성인 태도가 마음에 들지 않았을까. 대뜸 세드릭에게서 훈계가 주어졌다.

"요즘 왜 이렇게 얼굴 보기 힘들어?"

"바빴어요. 진짜, 완전."

에스텔라가 단어를 길게 늘어트리며 대답했다. 확실히 근래의 그녀는 로렌소의 등장이다 뭐다 해서 도통 정신이 없었다. 예비 안주인이라는 직책 때문에 시시때때로 집안의 안건이 주어지는 건 물론이다.

"우리 완전 심심했거든!"

"심심햇고등!"

남매가 나란히 볼을 부풀렸다. 그 모습이 몹시 깜찍했던지라 에스텔라는 그만 파안했다. 에스텔라가 둘을 놀리듯 물었다.

"왜 심심해요. 공작님께서 장난감도 잔뜩 사다 주셨는데."

"엘라가 업자나!"

"잰 이제 내가 눈에 보이지도 않나 봐. 놀아 줘도 싫대."

세드릭이 툴툴거렸다. 친한 남매라 둘이 알아서 잘 놀고 있겠거니 했는데 그게 아니었던 모양이다. 에스텔라가 세실리아를 내려다보며 짐짓 엄한 투로 물었다.

"저 없으면 어쩌려고 그러세요?"

"엘라가 왜 없어?"

세실리아가 고개를 갸웃했다. 생각지 못한 전제에 혼란에 빠진 기색이었다.

반면 에스텔라의 눈빛은 또렷했다. 푹 자고 일어나니 머릿속이 한결 명쾌해졌다. 에스텔라는 그 어느 때보다도 이성적이었고, 따라서 제가 서 있는 지점에 대해 몹시 분명하게 파악할 수 있었다. 무엇이 문제고 해결하기 위해서는 어떻게 해야 하는지도 대강 감이 잡혔다. 에스텔라는 말없이 웃으며 세실리아의 머리를 토닥거렸다.

디에고는 밤이 되어서야 만날 수 있었다. 체감상 긴 기다림은 아니었다. 기상 시간이 원체 늦었던 데다, 낮 동안에는 에스텔라도 아이들과 놀아 주느라 정신이 없었던 탓이다. 덕분에 에스텔라는 온종일 바깥을 쏘다니다 귀가한 디에고에게 뒤지지 않을 만큼 지치고 말았다.

침대 위에 늘어져 있던 에스텔라는 디에고의 귀가 소식을 알게 되자마자 옆방으로 건너갔다. 딱히 누군가가 따로 공지해 줄 필요는 없었다. 방 밖에서 부산스러운 소리가 가까워졌다가 사라지면 바로 디에고가 돌아왔다는 뜻이었다.

에스텔라는 곧장 그의 방으로 연결된 문을 열어젖혔다. 겉옷 단추를 풀고 있던 디에고가 흘긋 뒤를 돌아보았다. 갑작스러운 등장에 놀라지도 않았는지 그가 심드렁한 투로 물었다.

"이젠 노크도 안 하는 겁니까?"

"공작님도 종종 빼먹으시잖아요."

"입은 살아났네. 기운 차린 것 같아 다행입니다."

"보내 주신 아이들 덕분에 안 그럴 수가 없었네요."

“우울하다고 누워만 있으면 더 안 좋습니다. 햇빛을 보고 움직여야 좀 사람같이 살지.”

디에고가 옷가지를 침대 앞 베드 벤치에 대강 던져 놓으며 말했다. 디에고는 경험을 통해 아침나절에 우울을 깨우는 특효제가 있다는 사실을 알고 있었다. 바로 반가운 사람의 얼굴이다.

셔츠 단추를 마저 풀려던 디에고가 에스텔라의 존재를 새삼 깨닫고는 손을 멈췄다. 문득 그의 시선이 에스텔라에게로 돌아왔다. 그는 돌연 에스텔라에게로 고개를 숙이더니, 목덜미 가까이에 코를 대고 킁킁거렸다. 에스텔라는 깜짝 놀라 한 걸음 뒤로 물러섰다.

“방금, 뭐, 뭐…….”

“술 마셨습니까?”

디에고가 아랑곳하지 않고 물었다. 에스텔라는 그제야 조금 진정할 수 있었다. 그는 예민하게도 제게서 음주의 흔적을 읽어 낸 모양이었다.

하기야 원래 당사자는 제 몸에서 나는 냄새를 잘 알아채지 못하는 법이었다. 술을 마신 걸 들켰다고는 생각을 못 해 확 좁아진 거리에 그만 당황하고 말았다. 에스텔라가 공연히 침을 한 번 삼키고는 말했다.

“네, 할 말이 있어서요.”

“그게 술이랑 무슨 상관이랍니까?”

“제정신으로는 못할 말 같아서 한 잔만 했어요.”

“주량도 약하면서.”

“전 술 센 편인데요?”

“허세도 적당히 부려야 속아 넘어가는 겁니다.”

디에고가 피식 웃으며 받아쳤다. 에스텔라의 갑작스러운 음주가 어제 일 때문이라고 여긴 듯, 별다른 이상함을 느끼진 못한 기색이었다.

아버지가 고민의 시발점이 된 건 맞았지만 지금 꺼내려는 건 결국 디에고와 관련된 일이었다. 에스텔라가 그를 똑바로 응시하며 분명한 음성으로 말했다.

"공작님, 부탁드릴게요. 저와 파혼해 주세요."

디에고의 몸이 완전히 멈췄다. 그는 잠시 후에야 고개를 돌려 에스텔라를 바라보았다. 디에고는 불쾌한 건지 아니면 충격받은 건지 알 수 없는 표정을 짓고 있었다. 이윽고 그가 콧잔등을 살짝 찡그렸다. 동요를 숨기듯 피식 미소 짓고는 말했다.

"……거봐, 취했다니까요."

"술김에 하는 말 아니에요. 오랜 고민 끝에 심사숙고해서 내린 결론이거든요."

"어제 있었던 일에 '오래'라는 수식을 갖다 붙이긴 양심에 찔리지 않습니까?"

에스텔라는 어깨만 으쓱였다. 공작 부인 자리에 대한 고민은 오래 전부터 있었다. 하지만 제 입으로 직접 내뱉은 약속이니만큼 가능한 디에고에게 책임을 다하고 싶은 마음에 애써 버텨 왔다. 돌이켜 생각해 보면 그저 만용이었다. 반짝이는 왕관이 자격 없는 자에게는 가시면류관처럼 상처를 낸다는 사실을 이제야 통감한 거다.

"저 같은 사람이 이런 자리를 차지하는 게 아니었어요. 전 어제 그걸 깨달은 거예요."

에스텔라는 작은 목소리로 말했지만 그 안에 떨림은 없었다. 디에고도 슬슬 사태의 심각성을 알아차린 모양이었다. 디에고가 에스텔라에게 한 발 가까이 다가섰다. 에스텔라는 그의 왼팔 즈음으로 시선을 비껴 내렸다. 디에고가 그런 그녀를 다그치듯 말했다.

"내 눈 똑바로 보고 말해요."

"……싫어요."

"지금 날 마주 보지도 않으면서 파혼을 해 달라고? 그거 예의가 아니지 않습니까?"

"공작님은 절 설득하려고 하실 거고, 전 그에 말려들고 싶지 않아요. 공작님은 사람을 너무 잘 다루시거든요."

디에고의 미간이 꿈틀했다. 그가 목을 조이는 타이를 아무렇게나 풀었다. 결국 그에게서 사나운 목소리가 새어 나왔다.

"나와 파혼하고 싶으면 날 설득시켜야지. 이렇게 통보하는 게 아니라."

에스텔라는 디에고의 열기를 피해 뒷걸음질 쳤다. 그들의 의견이 충돌할 때마다 그녀는 그에게 말려들곤 했다. 에스텔라는 모든 경우를 계산한 끝에 최선의 결론을 내린 것이었고, 단순히 눈앞의 남자가 매력적이라는 이유로 그 결심을 희석시키고 싶진 않았다.

에스텔라는 결국 제 보금자리로 도망쳤다. 다행히 열 몇 걸음 정도의 거리 너머엔 그녀의 의견이 우선시되는 공간이 있었다. 에스텔라가 문턱을 가리키며 경고했다.

"다가오지 마세요. 설마 숙녀의 방에 허락 없이 쳐들어오실 심산은 아니시겠죠?"

"여기가 부부 침실이라는 건 알고 말하는 겁니까?"

"사물의 성질을 관계의 성질로 혼동하시면 안 되죠. 논점 흐리지 마세요."

에스텔라가 지지 않고 받아쳤다. 물리적인 거리를 벌려 놓고 나자 한결 안심이 되었다.

에스텔라의 이성적인 지적에 디에고가 못마땅한 표정을 지었다. 그 역시 숙녀의 방에 허락 없이 들이닥침으로써 신사의 자격을 잃고 싶진 않았다. 비록 그 숙녀가 방금 제 침실에 난입해 대뜸 파혼 선언을 하고 달아났다고는 해도 말이었다.

에스텔라가 검지를 세우며 반복해 경고했다.

"절대, 절대 들어오지 마세요. 선 넘어오면 상대방 마음대로 해도 상관없는 거예요."

"좋습니다. 이대로 얘기하죠."

디에고는 결국 알았다는 듯 두 손을 들어 올렸다. 에스텔라의 요구와 제 목적이 크게 상반되진 않았다. 그도 스스로를 납득시킬, 내지는 그녀를 설득할 기회가 필요했을 뿐이었다. 지성인이라면 분란이 생겨났을 때 마땅히 대화로 풀어 나가야 하는 법이다. 디에고가 팔짱을 끼며 요구했다.

"그럼 이제 내 결격 사유에 대해 말해 봐요."

"……제가 파혼을 청한 건 제 부족함 때문인데요?"

"당신이 뭐에서 부족함을 느꼈든 그건 아무런 문제가 안 됩니다. 내가 그렇게 생각하지 않으니까. 그러니 날 설득시키려면 내 쪽의 하자를 말해야 할 겁니다."

그가 내건 제한으로 인해 에스텔라는 단번에 수세에 몰렸다. 현 메스키다 사회의 혼인 제도 내에서 디에고는 결격 사유랄 게 없는 남자였다. 그리고 에스텔라가 생각하는 그의 단 한 가지 단점은 결코 입 밖으로 낼 수 없는 것이다.

에스텔라가 입술을 깨물다가는 깊은 한숨을 내쉬었다. 그녀가 치맛자락을 움켜쥔 채 말했다.

"아시잖아요, 공작님과 결혼하면 전 이대로 계속 아버지의 존재를 숨기고 살아야 해요."

"……."

"어제 일만으로도 저희는 충분히 비참했어요. 전 그 이상으로 아버지에게 비정한 딸이 되고 싶진 않아요."

에스텔라가 아버지를 부끄러이 여기고 숨긴 건 그녀가 차지한 자리 때문이었다. 공작 부인이 될 여자는 상단에서 일하는 아버지를 두고 있어서는 안 되었다. 가정 교사인 에스텔라가 노동을 스스럼없이 여겼던 것과는 다르게.

하지만 디에고는 그녀의 설명을 납득하지 못한 기색이었다. 그가 격양된 음성을 애써 가라앉히며 되물었다.

"왜 숨어야 합니까."

"……공작님."

"잠깐 본 얼굴을 누가, 얼마나 길게 기억할 것 같은데요. 인상과 이름이 조금만 바뀌면 어제 봤던 모습과 그를 아무도 연결 짓지 못할 겁니다."

"저희 아버지께서 제 결혼 때문에 평생 써 온 이름까지 바꾸셔야 한다고요?"

"그가 당신의 아버지로 소개되고 싶다면 말입니다."

그의 대답은 매섭고도 쌀쌀맞았다. 감성에 젖을 수밖에 없는 에스텔라와 달리 디에고는 그들 가족에게 있어 완전히 타자의 입장에 있었다. 디에고가 지극히 이성적인 투로 말을 이었다.

"몬티엘 경께서는 지금껏 수도에 걸음할 일이 없으셨던 분이 아닙니까. 솔직히 말해, 그가 이전처럼 이 땅과 연 없이 지낸다고 해서 무슨 문제가 생기는지 잘 이해가 안 가는군요."

디에고의 지적이 사실이긴 했다. 에스텔라의 약혼이 아니었다면 어머니와 아버지 모두 수도 땅을 밟아 볼 일이 없었을 것이다. 그녀의 조부모와, 또 그들의 어머니 아버지들이 그러했듯이.

하지만 에스텔라가 정말 디에고와 결혼하게 된다면 전제가 달라진다. 말하자면 에스텔라의 아버지는 딸이 보고 싶어도 결코 먼저 움직일 수는 없게 되는 거였다. 그는 번듯한 척 연기하여 타인의 눈을 속이고서야 그녀의 아버지 행세를 할 수 있었다. 그러면서도 행여나 실수를 하게 될까 내내 마음 졸이겠지.

에스텔라는 수도에 올라왔을 때 연신 디에고의 눈치를 보던 어머니를 떠올렸다. 어머니는 아버지 이야기를 숨기라며, 결코 들켜서는 안 된다고 에스텔라에게 몇 번이고 주의를 주었다. 그건 어제 보았던 아버지도 마찬가지였다.

디에고의 앞에 서면 에스텔라의 가족들은 위축되었다. 당사자인 디에고가 그들에게 권위적으로 굴지 않았음에도 그러했다. 결코 거슬러서는 안 되는 상사의 비위라도 맞추듯이.

에스텔라가 차분히 대꾸했다.

"공작님, 그건 공작님이시기에 하실 수 있는 말씀이세요."

"맞아요, 난 내 입장을 말하고 있는 겁니다. 미안하지만 부녀 관계를 부정한 건 당신 아버지 쪽이고, 내가 그 대가를 대신 치르고 싶은 생각은 없어요. 난 그분께서 그런 모습으로 나타나지 않을 수 있도록 적절한 지원을 해 줄 의사도 있었습니다. 당신이 거부했지."

"그게 맞는 거예요. 왜 제가 공작님과 연이 닿았다는 이유로 저희 가족의 문제를 전가해야 하나요? 그냥 이건…… 제가 주제에 안 맞는 자리에 앉아 생겨난 일이었어요. 모르시겠어요?"

"그건 당신이나 나의 문제가 아니잖아요."

디에고가 에스텔라의 눈을 들여다보며 대답했다. 그는 그들 밖에 있는 문제로 이 관계를 끝낼 생각이 없다고 말하고 있었다.

에스텔라는 순간 숨이 턱 막혔다. 그가 이렇게 저를 밀어붙일 때면 에스텔라는 종종 눈을 감고 그에 휩쓸려 버리고 싶은 충동을 느끼곤 했다. 그리고 동시에 그녀는 욕심이란 단어의 본질에 대해 몹시 잘 인지하고 있었다. 에스텔라가 담담히 되물었다.

"사람에게서 어떻게 배경을 지울 수 있겠어요?"

"……."

"저는 전 재산을 날린 이력이 있는, 노동자인 아버지를 둔 여자예요. 그게 설령 자랑스럽지 않은 일이라고 할지언정 거짓 뒤에 숨고 싶진 않아요."

디에고가 주먹 쥔 손에 힘을 주었다. 그녀가 친 벽이 그들 사이에 있었다. 그녀가 그 선을 넘길 바라지 않는다면 그는 지금 있는 자리에 머물러야 했다. 디에고는 한 번 이를 맞부딪히고는, 전보다 가라앉은 음성으로 물었다.

"그래서, 당신이 올바른 인간이란 걸 증명하기 위해 이대로 도망치겠다는 겁니까?"

"통쾌하지 못한 결말이죠. 저도 알아요. 하지만……."

"당신이 이대로 수도를 떠나면 엘렌 양이 퍽이나 자기 잘못을 깨닫겠군요."

디에고가 에스텔라의 말을 자르며 비아냥거렸다. 에스텔라가 울컥하여 성을 내기도 전, 그가 곧장 날카롭게 반박했다.

"비겁하게 도망치지 말아요. 여기 남아서 그녀가 마땅한 대가를 치르게 해요. 이게 내 약혼자가 됨으로써 벌어진 일이라면, 내겐 당신이 그 지위를 이용해 복수하도록 도울 의무가 있어요."

그녀를 지탄하듯 말하고 있는 것과 달리 그는 애원이라도 하는 표정이었다. 그를 보는 에스텔라의 눈이 흔들렸다. 그들 사이에 길고도 짧은 침묵이 놓였다. 날 선 대립의 끝에서 디에고가 성큼 문턱을 밟았다. 그에 머뭇거리는 기색이라고는 없었다.

에스텔라는 주춤 한 걸음 뒤로 물러섰다. 그녀가 떨리는 목소리로 말했다.

"방금…… 선 넘었어요."

"알아요."

디에고가 에스텔라에게로 간격을 좁히며 대답했다. 이번엔 에스텔라도 물러서지 않고 걸음을 붙들었다. 더 이상의 도망은 의미가 없었으니까.

"당신이 원하는 대로 한 거야."

"……."

"방금 붙잡아 달라는 듯이 날 쳐다봤잖아, 애타게."

에스텔라는 느리게 침을 삼켰다. 제게로 곧장 쏟아지는 시선이 두려웠다. 그녀가 애써 침착한 음성으로 받아쳤다.

"그런 적…… 없어요."

"당신은 거짓말에 재능 없습니다. 날 속이고 싶으면 차라리 대답을 하지 마요."

디에고가 그녀를 꿰뚫어 보기라도 했다는 듯이 답했다. 그는 몹시 확신에 차 있었고 행동에도 주저가 없었다. 때문에 에스텔라는 지금 자신이 화를 내야 마땅한 상황이라는 걸 잠시 뒤에야 깨달았다. 그는 그녀를 향한 존중이라고는 없이 그야말로 제멋대로 굴고 있었다. 울컥한 에스텔라가 순간적으로 언성을 높였다.

"공작님께서 사람 마음을 그렇게 잘 아세요? 그래서 그렇게 당당하신가요?"

"원래도 재능 있는 분야긴 하죠. 하지만 당신은 특히 더 열심히 들여다봐요."

"……."

"당신은 모르잖아. 당신이 나를 어떤 눈으로 쳐다보는지, 내가 다가설 때 어떤 표정을 짓는지. 그런데 난 아니에요. 당신도 모르는 당신을 다 지켜본다고요, 내가."

디에고는 알고 있었다. 그녀가 그와 함께 있을 때 어떤 눈빛을 하는지, 그 뺨이 어떤 색으로 달아올랐다가 가라앉는지, 핀잔하듯 구기던 이맛살 밑에 숨겨진 웃음까지도. 줄곧 그녀의 옆에서 맴돌았던 그는 전부 볼 수 있었다.

그가 에스텔라에게 제 감정을 밀어붙였던 것도 결국 그녀 역시 그러길 원하리란 확신이 있어서였다. 그녀는 그를 싫어하지 않는다. 아니, 외려 좋아하는 편이다. 누가 보아도 뻔한 사실이었다. 그녀는 늘 손을 뻗으면 닿을 수 있는 곳에 있었고, 그 막역한 거리감은 마치 그녀가 이미 제 사람이라는 착각마저 들게 했다. 실제로 그녀는 지금까지 그가 원하는 대로 그에게 끌려왔다.

"당신은 나와 파혼하고 싶은 게 아닙니다. 그래야 한다고 생각하는 거지."

그의 말이 사실이었다. 에스텔라는 이성을 앞세워 그들 사이를 끝내기로 결정했다. 그를 향한 감정 따위는 그녀의 계산에 없었다. 그런데 그는 다시 그녀를 비이성으로 몰아넣으려고 하고 있었다. 지금 처해 있는 상황을 생각한다면 그녀는 그의 말에 따르지 않음이 옳았다. 에스텔라는 차라리 그의 목소리를 듣지 못하도록 귀를 막고 싶었다.

"내가 키스했을 때 밀어낼 수 있었는데 안 밀어냈잖아. 지금 화내야 하는 상황인데 그냥 가만히 있잖아요. 당신 지금 어쩔 줄 몰라서 그러는 거 아닙니다. 당신 욕망은 그것보다 솔직해."

"내 본심이 그러면, 뭐가 달라지는데요?"

에스텔라가 겨우 떨리는 가슴을 진정시키며 말했다. 에스텔라는 마침내 눈을 들어 그를 노려보았다. 그녀를 다 안다는 듯이 구는 그가 싫었다. 순식간에 그녀의 기저까지 치닫고는 여유로이 승기를 자랑한다. 비열한 짓거리였다.

"날 우습게 만들지 말아요. 내 감정이 아니라 이성을 존중해요. 그게 내가 내린 결론이니까."

"내가 당신을 우습게 만든다고?"

디에고가 헛웃음을 지었다. 허리에 양손을 얹고는 고개를 숙여 짧은 숨을 뱉었다. 그러고도 진정이 되지 않았는지 입술을 깨물어 감정을 삭이기까지 했다. 그가 눈을 감은 채 끝내 억눌린 음성으로 소리쳤다.

"지금 진짜 우스워진 사람이 누군지 정말 몰라!"

그가 형형한 눈으로 에스텔라를 노려보았다. 뒤죽박죽 섞인 온갖 감정이 그의 낯까지 일그러트렸다.

"당신이 날 그렇게 만들어. 멋대로 사람 헤집어 놓고는 혼자 아무 일 없었다는 듯이 빠져나가. 사람 미치게 만드는 게 취미인 것처럼!"

"……."

"열렬한 연인처럼 끌어안아 주다가도 다음 날 그게 뭐 별거냐며 사람 바보 만들잖아. 당신이 모르는 척하면 난 주제넘었구나 하면서 말 잘 듣는 개새끼처럼 물러나야 하잖아. 당신이야말로 지금껏 날 우습게 만들지 않았던 순간이 없어. 단 한순간도!"

그녀는 중요한 순간마다 한발 물러서 고개를 젓는다. 다음에 달아날 자리를 미리 만들어 놓고서야 그의 접근을 허했다. 디에고는 늘 그녀가 안배해 둔 도피처가 신경 쓰였다. 언제고 감당할 수 없는 순간이 오면 그대로 도망쳐 버릴 것 같았으니까.

늘 관망적인 태도를 유지하는 에스텔라와 달리 디에고는 그녀와의 미래를 그렸다. 그는 감히 그녀와 제 관계가 대체할 수 없는 무언가라고 믿었다. 이것이 착각이라면 그런 착각을 하도록 만든 그녀의 잘못이다. 그녀가 그와 타인인 것처럼 살고 싶었다면 그들 일가를 함부로 동정해서는 안 됐다.

"나보고 뭘 어떻게 하란 거예요. 나한테 뭘 바라는데요."

에스텔라가 목이 졸린 듯한 음성으로 말했다. 혼란을 숨기지도 못하고 비슷한 논조를 몇 번이고 되뇌었다.

"내가 처음부터 안 된다고 했잖아요. 이런 약혼 말도 안 된다고."

에스텔라가 울컥하여 입을 다물었다. 부당한 상황이라고 판단하자 정말 화가 났다. 어쩌면 위험을 맞이했을 때 과시적으로 몸을 부풀리는 동물의 행동과 같았다. 에스텔라는 마구잡이로 그를 밀쳐 냈다. 온 힘을 다해 그를 원래의 자리로 끌어다 놓으려 했다.

"저리 가요. 날 더 이상 바닥으로 만들지 마요. 당신 때문에 내가…… 내가 왜……!"

그 때문에 자신이 무얼 감수해야 했던가. 그녀는 이런 수모를 겪어야 할 정도로 그에게 나쁘게 굴지 않았다.

디에고는 저를 아프게 하는 손을 막지 않았다. 그녀가 원하는 대로 천천히 뒷걸음질 쳐 주기까지 했다. 에스텔라는 간신히 그를 건너편 방으로 밀어 넣는 데 성공했다. 그러나 에스텔라는 문을 끌어와 닫는 대신, 그대로 제자리에 멈췄다. 그의 옷깃을 붙잡은 채 잠시간 고개 숙여 숨을 죽였다. 잠깐의 침묵 끝에 에스텔라가 볼품없는 음성으로 애원했다.

"그냥 이 자리에 있어요. 제발……."

"……."

"이게 어려운 부탁이에요? 당신이 있어야 할 곳에 있어 달라는 말이 그렇게 들어주기 힘들어요?"

디에고가 에스텔라의 양팔을 쥐었다. 허리를 끌어안는 것보다는 거리감 있는 행동이었으나 동시에 그녀를 놓지 않겠다는 의지가 느껴졌다.

우습게도 에스텔라는 불현듯 지난밤의 기억을 떠올렸다. 그는 에스텔라가 울음을 그칠 때까지 내내 그녀를 끌어안은 손을 놓지 않았었다. 이 품은 그녀를 위로하던 이의 것이었다. 에스텔라는 그의 체취 속에서 안정하는 제가 징그럽게도 싫었다. 그녀는 단 한 번도 옳지 않다고 생각한 일을 행한 적이 없었다. 그는 그녀가 마주쳐 왔던 문제중에서도 가장 질 나쁜 오답이었다.

"당신은 생각이 너무 많아요."

디에고가 표정을 짐작할 수 없는 목소리로 말했다. 그녀를 원망하는 것도, 혹은 가련히 여기는 것도 같았다. 에스텔라는 고개를 들어 그를 올려다보았다. 그녀를 보는 그의 눈빛에 열기가 숨어 있었다.

디에고가 천천히 턱을 내렸다. 에스텔라의 윗입술을 가볍게 빨아들이고는 그대로 그 안을 파고들어 헤집었다. 에스텔라는 힘없이 "아, 아……." 하는 소리만을 내었다. 거절을 말하고 싶었던 건 아니었다.

미지근한 혀가 젖은 소리를 내며 움직였다. 입술을 빨아들이다가는 볼 안쪽의 여린 살을 쓸어내렸다. 잠깐 떨어져 숨을 들이쉴 때마다 그가 도망치지 말라는 것처럼 그녀를 뒤따랐다. 그의 행위는 정적이었지만 동시에 노골적이었다.

에스텔라의 눈꺼풀이 미세하게 떨렸다. 에스텔라에게서 한숨 같은 신음이 쏟아졌다. 디에고가 손을 내려 그녀의 허리를 느리게 쓸었다. 자연히 에스텔라의 하복부에 힘이 들어갔다. 그의 옷을 붙잡은 에스텔라의 손은 어느새 하얗게 질려 있었다.

등허리를 쓸어내리는 디에고의 손길에 차츰 욕망이 담겼다. 숨이 찼던 에스텔라가 헐떡이며 고개를 틀었다. 디에고는 이를 뒤따라 그녀의 입꼬리 부근에 입술을 댔다. 젖은 살갗의 감촉은 어딘지 야릇한 구석이 있었다.

디에고가 혀를 내밀어 그녀의 입술을 핥았다. 행위의 시작이라기보다는 마무리 같았다. 디에고는 잠시간 에스텔라의 아랫입술을 문 채 미동하지 않았다. 이윽고 그가 에스텔라와 이마를 맞대며 갈라진 음성으로 말했다.

"당신이 지금…… 이쪽으로 넘어온 거야."

에스텔라는 달아오른 호흡을 진정시키려 애썼다. 그들이 지금 함께 문턱을 넘었던가. 고개를 들고 있었기에 발치를 살필 수는 없었다. 하지만 굳이 확인하지 않아도 그의 말처럼 되어 있으리란 생각이 들었다.

어찌 보면 처음부터 결과가 예정된 일이었다. 디에고는 그녀가 그를 우습게 만들고 있다고 말했지만, 그녀야말로 그에게 홀리지 않은 적이 단 한 번도 없었다.

디에고가 에스텔라의 귓가에 입술을 묻은 채 전보다 한결 거칠어진 목소리를 냈다.

"내가 이 자리에 있다고 해서 당신이 내 옆에 서지 못할 이유는 없어요."

"……."

"아버지를 상처 입힌 걸 만회하기 위해 날 상처 주진 말아요. 당신 분명 또 후회할 거야."

그리 말을 맺은 디에고가 다시 에스텔라의 입술을 삼켰다. 그 자신조차 스스로의 격정을 감당하지 못한 기색이었다. 방금의 입맞춤보다 그는 한결 저돌적으로 움직였다. 에스텔라는 속수무책으로 그 열기에 휘말렸다.

반복해 마찰된 입술이 아릿했다. 문가에 등이 부딪쳤지만 그의 손이 완충 역할을 해 큰 충격은 없었다. 별 볼 일 없는 아픔을 돌보기보단 서로의 숨을 삼키는 데 더 급급했다.

침대를 찾을 생각인지 디에고가 앞으로 걸음을 내디뎠다. 자연히 에스텔라는 뒷걸음질 치게 되었다. 방이 몹시 넓었기에 둘은 한참 입술을 맞대고 나서야 목적지에 다다를 수 있었다.

에스텔라는 그대로 침대 위에 주저앉았다. 그가 에스텔라의 위에 올라타며 목덜미에 키스했다. 에스텔라가 그의 너른 등을 끌어안으며 가쁘게 숨을 몰아쉬었다.

"하아…… 여긴 내 방이에요."

"그래요? 그럼 당신 마음대로 하든지."

디에고가 그리 말하며 제 셔츠 단추를 끌러 내렸다. 방금 한 말이 진심이라는 것처럼 그는 그녀의 옷엔 손을 대지 않았다. 그가 셔츠를 벗어 그대로 바닥으로 내던졌다.

에스텔라는 무심코 손을 뻗어 그의 가슴 아래에 댔다. 디에고가 크게 숨을 들이켤 때마다 잘 짜 맞춰진 근육이 조여들었다. 디에고는 에스텔라의 턱을 사선으로 가로지르며 점점이 입맞춤을 남겼다. 마침내 귓불 바로 아래 부근에 닿았을 즈음, 디에고가 그녀의 귓가에 대고 속삭였다.

"당신 지금 나 보고 꼴렸잖아."

그의 말이 사실이었기에 에스텔라는 얼굴을 붉혔다. 사람들은 당황을 숨기기 위해 종종 화를 내곤 한다. 에스텔라 역시 반사적으로 그를 다그쳤다.

"그런 말……! 안 하기로 했잖아요."

"날 떠난다면서요. 그럼 내 말버릇이 어찌 되든 상관없는 문제 아닌가?"

"그건……."

"당신은 떠날 생각 없어요. 내가 그렇게 두지도 않을 거고."

단순한 다짐이 아닌, 꼭 선포 같은 말이었다. 디에고가 그녀의 손을 왼쪽 허벅지로 끌어당겼다. 그의 욕망이 선연했다. 디에고가 이를 악물며 물었다.

"날 이렇게 만들어 놓고 어딜 가겠다고?"

그에게 잡힌 손이 저릿했다. 가슴이 불규칙적으로 부풀었다가 내려앉았다. 에스텔라는 꼭 불에라도 덴 것처럼 급히 그의 하체에서 손을 떼어 냈다. 저도 모르게 팔에 힘이 들어갔는지 순간 디에고가 거친 숨을 토해 내며 상체를 숙였다.

시야에 담기는 모든 장면이 자극적이었다. 그의 벗은 몸과 저를 붙잡은 악력, 강렬히 쏟아지는 시선까지 모든 게 그녀의 이성을 좀먹었다.

에스텔라는 인정했다. 애초에 그를 거부할 작정이었다면 미친 듯 그의 목에 매달려서는 안 되었다. 그에게 휩쓸리고 만 것은 결국 그녀 안에 그런 바람이 있었기 때문이었다. 그가 이끄는 대로 따라가기만 하면 그녀는 책임에서 자유로웠다. 모든 원망을 그에게 돌리고 마음 편히 그의 품에 안겨 들 수 있었다.

그를 대할 때의 자신은 특히 비열하다.

에스텔라는 숨이 멎을 것 같은 기분으로 그를 올려다보았다. 제 안의 모순적인 감정을 인정하고 싶지 않았다. 그녀가 가까스로 속삭이듯 말했다.

"당신은…… 진짜 나쁜 인간이야."

"내가 이런 사람인 줄 몰랐습니까?"

디에고가 그리 되물으며 피식 웃음을 터트렸다. 그가 에스텔라의 머리 옆에 손을 짚으며 고개를 기울였다. 이어 그녀를 내려다보며 느긋이 중얼거렸다.

"그것 참 순진했네."

그의 숨결이 간지러웠다. 시트에 닿은 머리가 어지러워 에스텔라는 천장에 시선을 고정한 채 숨을 몰아쉬었다. 그의 눈을 마주 볼 수가 없었다. 그 안에서 질척이는 욕망이 너무도 선명하여 그대로 질식할 것 같았다. 디에고가 그런 그녀를 비웃듯이 말했다.

"말했잖아. 당신 남자 보는 눈 없다고. 그러니까 고르고 골라서 하필 나 같은 놈 품으로 기어들어 온 거야."

어쩌면 그 말이 사실인지도 모른다. 기구한 남자 운만은 전혀 다른 세상에 와서도 달라지는 법이 없었다. 개중에서도 가장 지독한 상대가 바로 디에고였다. 에스텔라는 도통 그에게서 달아나는 방법을 알 수가 없었다.

대답하지 않는 자신을 보고 안달이 났을까. 그의 목소리가 한결 거칠어졌다.

"뼛속까지 씹어 먹히기 싫었으면 애초에 도망을 쳤어야지. 그거 당신 잘못이야."

맞붙은 가슴 속 심장이 주체할 수 없을 정도로 뛰었다. 딱히 누구의 박동인지 구분할 필요는 없었다. 맞붙은 순간의 그들은 한 몸과 같았다.

그의 날개뼈 위에 두었던 손에서 힘이 빠졌다. 디에고가 미끄러지던 에스텔라의 손목을 붙잡았다. 그러고는 그대로 그녀의 팔을 시트 위로 내리눌렀다. 그가 그녀를 겁주듯 물었다.

"나 더 자극하지 말아요. 충분히 한계니까."

에스텔라는 고작 그의 등을 만진 것뿐이었다. 고작 이 정도에 자극받았다고 하면 그를 구제할 수 없는 호색한이라고 불러도 이상하지 않았다. 에스텔라가 물기 어린 눈으로 그의 시선을 받아치며 물었다.

"뭘…… 참고 있는데요?"

디에고가 왼편으로 고개를 돌리며 헛웃음을 흘렸다. 그가 에스텔라를 꼭 씹어 먹을 듯한 눈으로 내려다보았다.

"내가 지금 무슨 생각을 하고 있는지, 당신이 짐작이나 해?"

디에고는 단언할 수 있었다. 그녀는 제가 하고 있는 상상의 10분의 1도 따라잡지 못한다. 제 머릿속을 들여다봤다면 저렇게 태연한 표정을 짓고 있을 리 없으니까.

그녀의 가슴을 붙잡은 손에 힘이 들어갔다. 곧 죽을 것처럼 미친 듯이 뛰는 심장이 그의 손안에 있었다. 그가 그녀의 살갗을 가린 천 위로 가만히 입술을 댔다. 에스텔라는 그의 움직임을 그저 지켜보았다. 누운 자세 때문인지 가슴을 조이는 끈이 답답했다. 그가 머리로 제 가슴께를 누르고 있기 때문인지도 몰랐다. 그가 다시 에스텔라의 목덜미에 코를 박으며 속삭였다.

"당신한테서 나는 냄새 때문에 이상해졌나 봐, 내가."

그리 속삭이며 디에고가 에스텔라의 머리칼을 손끝에 걸었다. 두피가 당기는 감각이 전혀 느껴지지 않을 정도로 느리게 손에 쥔 가닥을 쓸어내렸다.

에스텔라 역시 그의 머리칼에서 옅은 코오롱 냄새를 맡았다. 아마 그의 몸에서 나는 향이 제 것과 크게 다르진 않으리라. 욕실에는 모두 같은 계열의 제품이 있었고, 에스텔라가 따로 취향을 말하지 않았기에 그녀의 방에 비치된 물건도 바뀌지 않았다. 에스텔라가 그를 어르듯이 말했다.

"당신이랑…… 같아요. 똑같은 거 쓰니까."

"아, 그래서 그랬나 보네."

무슨 말을 하는 건지 알 수 없었다. 아니, 정말 짐작이 안 되는 건 아니었다. 그의 시선이 향한 방향이 분명했으니까.

"당신이 내 냄새를 풍기면서 다니면 다른 새끼들이 버릇없이 눈독 들이진 못할 거야, 그렇지?"

"말도, 안 되는…… 아!"

"마음 같아서는 아예 여기에 가둬 놓고 싶어. 난 당신이랑 침대에서 뒹구는 일에만 관심이 많거든."

"저…… 질."

에스텔라가 그를 노려보며 쏘아붙였다. 그녀를 유린하는 손가락이 자극적이었다. 에스텔라의 눈꼬리에 생리적인 눈물이 맺혔다. 동시에 눈가에 그의 입술이 닿았다. 그녀는 우는 것조차 허락받지 못한 것이었다.

에스텔라가 불안정한 호흡으로 말을 이었다.

"이기적이고, 말도 함부로 하고, 어쩜 날 향한 배려라고는 하나도 없어."

그는 동의라도 하는 것처럼 고개를 끄덕였다. 기분 상한 기색은 아니었다. 에스텔라도 그가 화를 내리라 생각하진 않았다. 그가 한 짓에 비하면 방금 내뱉은 비난 정도는 약과였다. 아래에서 버클이 풀리며 작게 금속이 부딪치는 소리가 났다. 천이 마찰하며 부스럭거렸다. 디에고가 재미있다는 듯 입꼬리를 끌어 올렸다.

"막간을 이용해 솔직해져 보겠다는 겁니까?"

"난 예전부터 당신이랑 엮인 여자가 불쌍하다고 생각했어."

에스텔라가 표독스러운 목소리로 대답했다. 실제로 그가 나오는 책을 읽던 시절부터 그녀는 줄곧 디에고를 나쁜 남자라고 생각해 왔다. 에스텔라는 여자 주인공을 딸 같은 느낌으로 받아들이는 부류의 독자였고, 그는 사윗감으로 삼기엔 부족함이 많은 남자였다. 설령 그것이 제 일이 되었어도 마찬가지다. 그는 지나치게 독선적이었고 심지어는 모든 걸 제 뜻대로 밀어붙일 능력까지 갖추었다.

에스텔라는 그의 손을 잡은 일을 처음으로 후회했다. 그는 제 능력 밖의 사람이었다. 스스로를 과소평가한 건 아니었다. 제가 아닌 다른 이라도 같은 생각을 할 테니까. 이런 남자를 그 누가 감당할 수 있을까.

"그거 흥미로운 관점이군요."

진심을 말한 것인데도 디에고는 남 일처럼 굴고 있었다. 그가 이렇게 대한 여자가 달리 또 없었기 때문이다.

이야기를 건성으로 들어 넘기던 디에고가 그녀의 오른손을 잡아 제 등 위에 얹었다. 에스텔라는 스스로를 진정시킬 다른 생각을 떠올리려 했으나, 지금 이 순간만큼은 눈앞의 남자만이 머릿속에 가득했다. 그는 어느덧 이토록 그녀의 안에 크게 자리 잡아 있었다.

에스텔라는 무심코 그의 어깨를 감싼 손에 힘을 주었다. 손톱이 그의 살을 누르며 파고들었다. 아래에서 느껴지는 압박감에 에스텔라는 남은 왼손으로 주먹을 쥐어 그의 가슴팍을 내려쳤다. 그녀에게서 억눌린 신음이 터져 나왔다. 디에고가 비아냥거리듯 말했다.

"이걸 어쩌나. 나와 엮인 여자가 본인이 되셔서."

그는 꼭 영역 표시를 마친 짐승처럼 포만감 어린 표정을 짓고 있었다. 에스텔라는 반사적으로 무릎을 움츠렸다. 배꼽 부근에 힘이 들어갔다. 입안이 말랐다. 그럴 리 없는데도 그의 눈초리가 실체를 가지고 저를 찌르는 것 같았다.

"그런데 당신도 만만치 않게 나쁜 여자야."

"내가 뭘, 으, 당신만큼……!"

에스텔라가 헐떡이며 받아쳤다. 보지 않았음에도 제 눈이 충혈되어 있음을 알 수 있었다. 흔들리는 몸 때문에 생각의 마디를 이을 수가 없었다. 눈에 번쩍 불이 튀었다.

제가 자신이 아니게 된 것 같은 감각이 치밀어 올랐다. 무서웠다. 이대로 높은 곳에서 떨어져 그대로 바닥까지 처박힐 것 같았다. 깨진 그릇을 다시 붙일 수 없듯, 자신도 이전으로는 돌이킬 수 없게 될 것이다.

"나야말로 지금껏 당신의 그 무신경한 말에 얼마나 상처받았는지 압니까?"

"응…… 그럴, 리……."

"당신이 그런 식으로 날 별것 아닌 사람 취급하면, 난 온종일 기분이 나빠……."

그가 긴 한숨을 쏟아 내며 에스텔라의 어깨 위에 이마를 댔다. 그답지 않게 음울한 음성으로 원망을 내뱉고는 잠시간 움직이지 않았다.

그의 숨결이 살갗을 간지럽혔다. 온통 그에게 가로막힌 탓에 너른 품에서 빠져나갈 수가 없었다. 에스텔라는 몇 번이고 되뇌었다. 이러면 안 된다. 그와 자신이 이래서는 안 된다. 그러나…….

이윽고 겹쳐진 몸이 다시 흔들리기 시작했다. 그의 입술이 에스텔라의 턱을 타 넘었다. 입안을 파고드는 혀는 마치 제자리를 찾아드는 것처럼 익숙했다. 타인에게서 느껴지는 맛은 유독 더 달큰했다. 그래서 에스텔라는 더 이상 아무 말도 하지 않았다.

"이 이른 시간부터 여긴 무슨 일이죠?"

카밀라가 시가 연기를 길게 들이마시며 물었다. 반갑지 않은 방문이라는 걸 드러내듯 상대를 보는 눈초리가 썩 곱지 않았다. 카밀라는 나이트가운 차림 그대로 다리를 꼬았다. 평상복으로 갈아입을 시간이 없었던 건 아니지만 굳이 눈앞의 방문객을 위해 품을 들이고 싶진 않았다.

카밀라는 늦게 잠들어 정오 즈음에 깨곤 했고, 아직 햇살이 약한 지금은 그녀가 침대 안에 있어야 할 시간이었다. 상대가 귀족 영애답지 않게 아침부터 쳐들어온 통에 카밀라도 억지로 단잠을 깨운 것이었다.

카밀라는 인상을 찌푸리며 탁상 위에 놓인 그릇 위로 재를 털어 냈다. 흡연을 즐기는 편은 아니었지만 언짢은 일이 있을 때면 꼭 이 물건부터 생각이 났다. 어쩌면 이것을 나눠 피웠던 이와의 기억이 온통 지저분하게 얼룩져 있기 때문일지도 모른다.

"죄송해요. 하지만 너무 속이 답답해서 참을 수가 없더라고요."

엘렌이 최대한 가련한 표정을 자아내며 호소하듯 말했다. 카밀라는 왼쪽 입꼬리만 위로 당겼다. 아무리 참을 수 없었다고 한들 왕비님의 처소였다면 언질도 없이 들이닥칠 수 있었겠는가. 눈앞의 영애는 그래도 된다고 생각하는 상대에게 무례를 저질렀을 뿐이었다.

카밀라는 유연한 처세로 왕의 정부 자리를 꽤 잘 보전하고 있었지만 그 유통 기한이 어느 정도인지는 그녀 본인도 몰랐다. 이 고귀한 영애는 제 신분이 정부의 위세보다 오래 갈 것이라 믿는 것이다. 그리고 카밀라도 그에 담담히 동의했다. 카밀라는 언제고 자신의 미모가 시들 때를 생각해야 했다. 여인들이 으레 꽃에 비유되는 것과 달리, 남자의 사랑이야말로 진정 한철 피었다 지는 계절 꽃에 불과했으므로.

"글쎄요. 영애께서 답답한 속을 털어놓을 만큼 우리 사이가 막역하지는 않았던 걸로 기억되는데."

"어머, 아브릴 백작 부인. 그게 무슨 말씀이세요. 저희는 종종 파티에서 담소를 나누며 어울리곤 했잖아요?"

가끔 어쩌다 말을 섞은 걸 이렇게 물고 늘어지니 기가 찼다. 카밀라는 대놓고 픽 웃음 지었다. 엘렌은 자존심이 상한 표정이었지만 상대의 성의 없는 태도를 대놓고 지적하진 못했다. 그녀는 지금 부탁을 해야 하는 입장에 있었으니까.

"글쎄, 그동안 저한테 무슨 일이 있었는지 아세요?"

엘렌이 울상을 지으며 물었다. 카밀라가 뒷머리를 긁으며 건성으로 받아쳤다.

"소문이야 다 들어서 알지요. 새 베르타 공작의 피앙세에게 달려들었다가 보기 좋게 반격당하셨다고?"

엘렌은 조용히 이를 악물었다. 지난번 에스텔라의 아버지까지 수도로 끌어냈던 제 공적을 알리고 싶었지만, 그때 일을 입 밖으로 꺼내기는 그녀로서도 좀 망설여졌다. 처음엔 건수를 잡았다며 흥분했었는데 곰곰이 생각해 보니 노선을 잘못 잡은 듯싶었던 탓이다.

그날의 에스텔라가 피해자의 입장을 뒤집어썼던 건 엘렌이 건드린 것이 다름 아닌 가족이었기 때문이었다. 에스텔라의 가정사를 까발린다 한들 엘렌 자신의 이미지가 함께 가라앉는다면 반격의 의미가 없었다. 어쨌든 사교계란 평판이라는 것이 중요한 세계였다.

엘렌의 침묵을 수긍으로 받아들인 듯 카밀라가 혀를 차며 말했다.

"공작의 아내가 될 여자예요. 감수해야 할 게 많은데 무엇 하러 건드리려고?"

애초에 엘렌이 먼저 찌르지 않았다면 움직이지 않았을 상대였다. 먼저 기선 제압을 하려다가 반격을 당한 것뿐인데 좀 불쌍한 표정을 짓는다 한들 엘렌에게 동정이 생길 리 없었다. 카밀라의 시큰둥한 태도에 엘렌이 간절한 목소리를 냈다.

"부인, 절 좀 도와주세요. 들으셨으면 아시겠지만 요즘 제 상황이 정말 좋지 못하답니다. 부인이라면 그런 시골 여자쯤은 충분히 상대할 수 있으시잖아요."

"내가? 왜요?"

카밀라가 기가 차다는 듯 되물었다. 왜 저를 찾아와 하소연을 하고 있나 했더니 베르타 공작의 피앙세를 함께 치자는 거였다. 안면만 있는 제게 무엇을 기대하는 건지 알 수 없었다.

그러나 엘렌이 아무 생각 없이 카밀라를 찾아온 건 아니었다. 엘렌이 카밀라를 흘끔 올려다보며 말했다.

"전대 공작 부인께서 무슨 일로 수도를 떠나셨는지 아시잖아요. 그런 갑작스러운 재판이라니, 그 여자가 가정 교사 시절에 있었던 일을 부풀려 공작님을 충동질한 게 아니겠어요? 부인과 오랜 친분이 있었던 전대 공작 부인을, 그 여자가 주제에 안 맞는 욕심을 부려 밀어낸 거라고요. 얄밉지 않으세요?"

카밀라의 입가가 굳었다. 이제 엘렌이 왜 자신을 찾아 왔는지 대강 짐작이 갔다. 그러나 여기서 엘렌이 간과한 점이 있다면 친우의 불행이 이용당하는 일은 전혀 유쾌하지 않다는 사실이었다. 카밀라가 엘렌을 싸늘한 눈으로 노려보며 물었다.

"말 함부로 하는 건 어디서 배워 먹은 예의지?"

매서운 눈빛에 엘렌이 어깨를 움찔했다. 엘렌은 당황을 티 내지 않으려 가볍게 목을 가다듬었다.

엘렌이라고 해서 처음부터 카밀라를 찾아오고 싶었던 건 아니었다. 에스텔라의 출신을 무시했듯, 엘렌은 마찬가지의 이유로 카밀라 역시 경멸했다. 격 떨어지는 태생은 상대하지 않는 편이 신상에 이롭다는 게 엘렌의 오래 지론이었다.

그러나 분명 지금이 팔자 좋게 편식이나 하고 있을 때는 아니다. 엘렌이 의연한 얼굴로 꿋꿋이 말을 이었다.

"제가 뭐 심한 짓을 하고 싶은 건 아니에요. 전 그냥 그 여자 자존심만 한번 밟아 주면 돼요."

"엘렌 양, 공작님을 노리려면 다른 수를 써야지 왜 이렇게 뻔하게 가려고 해요? 별 볼 일 없는 사람처럼."

"지금 디에고 님이 문제예요?"

엘렌이 왈칵 소리쳤다. 폭발적인 기세에 순간 카밀라도 놀랐을 정도였다. 엘렌이 결백하다는 듯 제 가슴에 손을 올리며 웅변을 토했다.

"약혼식 치른 시점에서 공작님은 게임 끝났어요. 남의 손에 들어간 남자는 저한테도 매력 없다고요."

카밀라는 엘렌을 빤히 응시하며 속으로 '퍽이나.'라고 생각했다. 아무리 봐도 마음이 남은 게 분명해 보였지만 굳이 속내를 입 밖에 내진 않았다. 가진 적 없는 남자보다 구겨진 자존심 쪽을 해결하는 게 더 시급해진 건 사실일 테니까.

엘렌은 주먹 쥔 손에 힘을 주며 탁상을 내려다보았다. 엘렌이 스스로에게 다짐하듯 말했다.

"전 그냥 그 여자가 자기 주제를 좀 알고, 출신에 맞게 구석진 곳에 처박혀 있기만 하면 돼요."

"왜, 그 여자가 있으면 친구들이 안 어울려 주니까?"

카밀라가 나른한 목소리로 되물었다. 엘렌은 대번에 울 것 같은 표정을 지었다. 약한 부분을 공격당한 탓이었다. 엘렌은 제 감정을 숨기지도 못했다. 엘렌이 양손을 들어 제 얼굴을 감싸며 말했다.

"요즘 제가 얼마나 엉망으로 살고 있는지 아세요? 세상에, 편지함에 먼지가 쌓였어요. 나, 루에다가의 장녀 엘렌 루에다의 편지함에!"

엘렌이 말이 되냐는 듯 눈가에서 떼어 낸 손으로 제 가슴께를 두드렸다. 동요를 한껏 드러내는 몸짓이었다. 카밀라는 가만히 엘렌의 분풀이를 관망했다. 딱히 맞장구를 쳐 위로해 주고 싶지도, 그렇다고 대놓고 면박을 주고 싶지도 않았다. 이 어린 영애의 수선에 카밀라는 급격히 피곤해졌다.

한눈에 봐도 카밀라의 성의 없는 태도를 느낄 수 있었으나, 엘렌은 어쨌든 들어 주는 사람이 있다는 것에 위안을 느꼈다. 엘렌이 구시렁거리듯 말했다.

"아드리아나 양은 대체 왜 그런 여자랑 어울리는지."

"……누구랑 어울린다고요?"

다른 곳을 보고 있던 카밀라가 느리게 시선을 돌리며 물었다. 아드리아나. 그건 카밀라가 익히 아는 이름이었다. 지난번 궁에서 마주쳐 실제로 인사를 나누기까지 하지 않았던가. 카밀라는 이후로도 종종 리오넬과 아드리아나의 만남을 목격했었다.

"아스테즈 후작가의 영애요. 요즘 아드리아나 양과 그 여자가 어울려 다니는 모양이더라고요. 또 언제 친해진 건지. 새로 등장한 유력 인사들이 붙어 있으니 더 건드리기 어렵게 되었지 뭐예요."

카밀라가 처음으로 제 이야기에 관심을 보인 게 기꺼웠는지 엘렌이 재빠르게 대답했다.

확실히 이상한 일이었다. 도통 접점이라고는 없는 두 여자가 어쩌다 그리 친해진 걸까. 단순히 사교계 데뷔 시기로 친분을 점치기엔 두 여자의 입장이 조금 달랐다. 어찌 됐든 아드리아나 양은 고명한 후작가의 영애였고, 에스텔라는 운 좋게 좋은 남자를 꿰찬 지방 귀족에 불과했으므로.

카밀라가 중지로 관자놀이를 문지르며 물었다.

"두 사람 다 사교계에 얼굴을 비친 지 얼마 되지 않은 걸로 아는데, 언제 친해진 거죠?"

"제 생각엔 아마 그 여자가 리오넬 전하에게 아드리아나 양을 소개해 준 것 같아요."

"……소개라면."

엘렌이 신이 나서 말을 이었다.

"왜, 리오넬 전하랑 디에고 님이 원체 친하시잖아요. 무려 왕자 전하를 주선해 줬다고 생각하면, 아드리아나 양이 은혜를 갚는답시고 그 여자한테 붙어 있는 것도 이상하지 않죠."

엘렌은 이어 제가 아는 이야기를 모두 늘어놓았다. 베르타 공작의 새 약혼자가 얼마나 영악한 성미를 가졌는지, 또한 사람들을 얼마나 효과적인 방식으로 속이고 있는지가 주 내용이었다. 정작 카밀라의 관심을 끌었던 대목은 더 이상 언급되지 않았다.

카밀라의 인내심도 마침내 한계에 달했다. 더는 이 성질 나쁜 아가씨의 푸념을 듣고 싶지 않아졌다. 카밀라는 짜증스럽다는 듯 손을 휘저어 엘렌을 저택에서 내쫓았다. 엘렌은 답을 기다리고 있겠다며 애써 당당한 척 말하고는 돌아섰다. 카밀라는 응접실에 홀로 남아 생각에 잠겼다.

'베르타 공작의 새 약혼자라.'

먼발치에서 한번 얼굴을 본 기억은 있었다. 첫인상은 그리 나쁘지 않았다. 어느 모로 봐도 예쁜 얼굴에 사람의 호감을 사는 말씨를 썼던 것으로 기억이 난다. 그 이상으로 그녀에 대해 아는 바는 없었다. 그녀는 카밀라가 의도적으로 무시하려 애썼던 상대였으므로.

카밀라는 엘렌의 지적처럼 에스텔라에게 호감보단 악감정을 가지고 있었지만, 그렇다고 사감만으로 베르타 공작의 약혼자를 건드릴 수는 없었다. 리오넬이 자신의 약점을 쥐고 있는 걸 감안하면 더더욱 그러했다. 카밀라는 곰곰이 생각에 잠겼다.

친구의 약혼자를 건드린다면 리오넬이 어떤 반응을 보일까. 그 옛날 그러했던 것처럼 무슨 짓을 하든 저를 용서할까. 용서치 않는다면, 그도 그만큼은 자신을 잊었을까.

카밀라는 리오넬을 처음 만났을 적을 떠올렸다. 지금 처한 기막힌 상황을 방증하듯 그들이 엮여 든 건 다름 아닌 왕 때문이었다.

왕비 궁 시녀였던 카밀라는 아내를 찾아온 국왕과 마주치는 일이 잦았다. 카밀라를 눈에 담은 왕은 괜히 그녀에게 말을 붙이곤 했다. 손을 잡거나 어깨를 쓰다듬으며 가족들의 이야기를 묻는 것이었다.

그때의 카밀라는 어렸지만, 고향에서의 많은 경험을 통해 사내들이 부리는 수작에 대해 제법 잘 인지하고 있었다. 카밀라는 괜한 덜미를 잡히지 않으려 무던히 애썼다. 혹여 그 광경이 왕비에 눈에 띄었다간 뭇매를 맞고 쫓겨날 수도 있었으므로.

어느 날 리오넬은 제 아버지에게 붙잡혀 곤란해하는 시녀를 발견하고는 작은 친절을 베풀었다. 왕의 시선을 끌며 여인에게 가 보라는 눈짓을 보낸 것이다. 카밀라는 감사의 표시로 고개를 숙여 보이며 자리를 피했다.

그런데 그것이 끝이 아니었다. 리오넬은 이후로도 종종 나타나 카밀라를 쫓아다니며 말을 걸었다. 아버지와 비슷한 접근이었으나 그의 방식은 한결 풋풋했다. 작은 선물을 하거나 간식을 이유 없이 툭툭 던져 주고는 아이처럼 웃었다. 가끔은 꽃을 선물했고 청소하는 그녀의 옆에서 한참을 노닥거렸다.

하나의 계절이 지나고 리오넬의 방문이 익숙해졌을 즈음, 카밀라는 마침내 그에게 경고를 남겼다.

"왕자님, 이렇게 자꾸 찾아오시면 일에 방해가 됩니다. 시녀를 희롱하는 일에 이리 정성을 쏟으시니 아랫것의 입장이 참으로 난처해요."

"내가 찾아오는 게 곤란합니까?"

"여긴 제 일터니, 당연히요."

"그럼 당신 얼굴이 보고 싶어지면 어떻게 하지요?"

리오넬은 거절을 말할 수 없는 얼굴로 웃었다. 카밀라는 말문이 막혀 그대로 입을 벌렸다. 리오넬이 팔짱을 끼며 벽에 몸을 기댔다. 그가 짓궂은 목소리를 내어 물었다.

"아니면 쉬는 날엔 날 만나 줄 겁니까? 일이 끝난 밤이라든가."

"지금 대놓고 절 희롱하시는 건가요?"

"유혹이라고 하죠."

카밀라는 불만 어린 눈으로 리오넬을 노려보기만 했다. 이 정도쯤은 그가 웃어넘겨 준다는 걸 알기에 떨 수 있는 건방이었다. 리오넬이 여느 고용주처럼 교만하게 굴진 않았으므로 카밀라도 그가 불편한 건 아니었다. 다만 곤란했다. 그의 아버지와는 다른 느낌으로.

리오넬이 그녀와 시선을 맞추며 말했다.

"사실 처음 봤을 때부터 눈에 띄었어요."

"……."

"이 눈, 이 눈으로 날 계속 이상하게 쳐다보더라고."

그가 그리 말하며 카밀라의 눈가를 가리켰다. 카밀라가 가는 눈으로 그를 응시하며 물었다.

“전하를 보면서 제가 무슨 생각을 했는지도 아십니까?”

“뭔데요. 한번 깔아 눕혀 보고 싶다는 생각?”

“아버지나 아들이나 방종하긴 마찬가지라는 생각.”

카밀라가 입꼬리를 비틀며 대답했다. 리오넬의 눈이 재미있다는 듯 휘어졌다. 그는 입 밖으로 크게 소리를 내어 웃기까지 했다. 아버지까지 함께 욕보인 것인데도 불쾌해하는 기색이라고는 없었다. 이윽고 그가 웃음을 가라앉히고는 물었다.

“그래서 안 넘어올 겁니까?”

카밀라는 작게 코웃음 쳤으나 리오넬은 눈썹을 한 번 들었다 내릴 뿐 내민 손을 거두지 않았다. 그것은 꽤 낭만적인 광경이었고, 그의 단단한 어깨는 언제고 그녀를 지켜 줄 것만 같은 착각을 불러일으켰다.

카밀라는 결국 그 손을 잡았다. 그리고 지금까지 그것을 후회했다.

에스텔라는 눈을 떴다. 누군가 등 뒤에서 저를 끌어안고 있었다. 아이와는 사뭇 다른 무게감이었다. 두껍고 단단한 팔이 억누르고 있어 몸을 움직이기가 여의치 않았다.

에스텔라는 겨우 디에고의 팔을 치워 내고는 그를 향해 돌아누웠다. 인기척을 느낀 것인지 그의 미간에 주름이 져 있었다. 에스텔라가 잠긴 목소리로 물었다.

"깼어요?"

디에고가 슬그머니 눈을 떴다. 그가 에스텔라를 응시하다가는, 잠이 덜 깬 표정으로 고개를 들어 주변을 둘러보았다. 이상하게도 그의 머리칼이 조금 젖어 있었다. 베개에 눌린 탓인지 이상한 방향으로 뻗쳐 있기까지 했다. 그답지 않게 꽤 인간적인 모습이었다. 그 같은 사람은 머리카락도 늘 제 모양을 갖추고 있는 줄 알았다. 에스텔라는 무심코 작게 웃고 말았다. 에스텔라가 손을 뻗어 눌린 부분을 흩트려 주며 말했다.

"머리 젖었어요."

"아…… 씻어서요."

"그런데 다시 누우셨어요?"

"씻고 돌아왔는데 당신이 너무 곤히 자고 있어서."

원인과 결과가 잘 연결되지 않았다. 에스텔라는 눈만 깜빡이며 디에고가 말을 잇기를 기다렸다. 그가 이불을 끌어 올려 에스텔라의 어깨를 덮어 주며 말했다.

"차마 두고 나갈 수가 없어서 옆에 누웠다가 깜빡 또 잠들었어요."

어쩐지 그에게서 익숙한 바디 제품 향이 진하게 느껴졌다. 에스텔라는 문득 지난 밤 그가 했던 말을 떠올렸다. 그는 그들에게서 같은 냄새가 나 더 흥분이 되었다고 했다. 그때는 이해하지 못했었는데 한 번 인지하고 나니 정말 그의 말처럼 어딘지 야릇한 느낌이 들었다.

"……바쁜 일 없으세요?"

에스텔라의 물음에 디에고가 회피하듯 화제를 돌렸다.

"그런데 왜 반말 안 합니까? 어제 보니 아주 잘하던데."

"그건 공작님이 은근슬쩍 먼저 말을 놓으셔서 그런 거거든요."

"거짓말. 미치겠다고 소리 지르면서 욕까지 했잖아요."

"내가 언제 욕을 했어요?"

"그러니까 거길 상스럽게 이르는 그……."

디에고가 시선을 제 아랫도리 쪽으로 내렸다가 들어 올렸다. 에스텔라가 기겁하며 손을 휘둘러 디에고의 입술을 때렸다. 디에고가 눈살을 찌푸리며 가는 눈으로 에스텔라를 응시했다.

에스텔라는 그가 아무 말도 하지 못하도록 검지와 엄지로 그의 입술을 쥐었다. 디에고가 언뜻 장난스럽게 웃었다. 그러고는 밖으로 혀를 내밀어 그녀의 손가락 마디를 핥았다. 축축한 느낌에 놀란 에스텔라가 팔을 뒤로 뺐다. 디에고는 때를 놓치지 않고 그런 에스텔라의 왼손을 붙잡았다. 그가 에스텔라의 중지와 약지 사이를 문지르며 물었다.

"반지는 왜 안 끼고 다닙니까?"

"그 무서운 물건을 어떻게 하고 다녀요?"

에스텔라가 어이없다는 듯 되물었다. 굵은 보석 알에서 나는 광채는 착용자 본인조차 부담스러울 정도였다. 처음 사교 모임에 참여할 때 몇 번 정도는 끼고 간 적이 있었지만, 그건 일종의 전투복 같은 용도였다. 그 무시무시한 반지가 그녀를 지켜 줄 무기가 되리라는 사실을 알았기 때문이다.

"당신 참 낭만이 없네."

디에고가 마음에 차지 않는다는 듯 혀를 찼다. 그가 에스텔라의 손을 당겨 가만히 입술을 대었다. 정확히 결혼반지를 끼우는 자리였다. 그가 눈을 감은 채 말했다.

"나와 결혼해요."

그는 이렇듯 불시에 예기치 못한 말을 내던지곤 했다. 그래서인지 그와 함께 있으면 도통 긴장을 풀 수가 없다. 에스텔라는 어깨를 주춤거렸다. 그가 그녀를 붙잡고 있었던 통에 손을 빼낼 수는 없었다. 에스텔라가 애써 당황을 가라앉히며 말했다.

"……그 말은 전에도 이미 하셨잖아요."

"당신이 알겠다고 대답해 놓고선 자꾸 발을 빼니까."

그가 그리 말하며 느리게 눈을 떴다. 분명 잠이 덜 깨어 나른한 눈매를 하고 있는데도 그의 시선은 타인을 긴장시키는 구석이 있었다. 에스텔라는 마른 혀끝으로 입천장을 한 번 눌렀다. 이어 태연한 목소리로 대답했다.

"너무 일러요."

"난 하루가 급한데?"

에스텔라는 그의 부담스러운 시선을 피해 돌아누웠다. 졸음에 진 것처럼 눈을 감고는 미동하지 않았다.

디에고가 피식 웃으며 에스텔라에게 더 가까이 상체를 붙였다. 그가 오른손을 뻗어 에스텔라의 머리카락을 느리게 쓸어 빗었다. 자는 동안 엉킨 탓에 동작이 썩 빠르게 이어지진 못했다. 단단히 뭉친 부분을 풀어낼 때에 가서는 참을 수 없이 두피가 당겼다. 에스텔라는 결국 참지 못하고 다시 눈을 떴다. 그것을 의도라도 했던 것처럼 그는 꼭 개구쟁이 같이 웃고 있었다.

"계속 당신이랑 같이 아침을 맞는 상상을 했어요."

"그래서 소감이 어떠신데요?"

"짐작 안 갑니까? 그게 내 청혼 사유인데."

디에고의 발이 종아리 사이를 파고들었다. 그가 다리를 얽은 채 그녀의 허리를 당겨 안았다. 그러고는 흰 어깨에 가만히 입술을 묻었다. 그의 숨결이 살갗을 간지럽혔다.

타인의 체온은 사람을 안정시키는 구석이 있었다. 에스텔라는 그를 밀어내는 대신 배 위에 있는 그의 손에 제 손을 겹쳤다. 손가락 끝마디로 가만히 도드라진 핏줄을 문질렀다. 그가 장난치지 말라는 듯 결국 그녀를 붙잡아 손깍지를 꼈다. 디에고가 눈을 감은 채 말했다.

"아닌 게 아니라 이제 못 무릅니다. 왕비님께서 한번 궁에 들러 달라고 하시던데요."

"왕비님께서요?"

에스텔라가 놀란 눈으로 물었다. 잠이 달아나는 기분이었다. 나른했던 여유는 온데간데없이 등허리에 소름이 일었다. 긴 시간 동안 높으신 분을 상대할 생각을 하니 벌써부터 입이 말랐다.

"왕비님께선 아들 덕분에 나와 좀 연이 깊은 분이라서요. 내가 결혼을 한다고 하니 당신이 어떤 사람인지 궁금하신가 봐요."

"그래도 너무 갑자기인데요."

"괜히 떨지 말고, 선물 주신다고 부른 거니 한번 다녀와요."

"공작님은 같이 안 가세요?"

"당신만 보내라던데요. 왠지 내 뒷이야기를 하실 요량인 것 같기도 하고……."

디에고가 그리 말끝을 흐리며 피식 웃었다. 별일 아니라는 듯 구는 디에고와 달리 에스텔라는 도통 진정할 수가 없었다. 그의 뒷이야기라면 충분히 잘할 자신이 있지만 그게 왕비님 앞에서는 아니었다. 에스텔라가 기어들어 가는 목소리로 대꾸했다.

"부담스러워요."

"가기 싫으면 말아요. 물론 왕비님은 꽁하시겠지만."

"와……. 저보고 지금 나라에서 제일가는 권력자를 거스르라고 하신 거예요?"

"왕비님께서 불을 뿜으면 내가 지켜 줄게요. 됐습니까?"

영 미덥지가 않았다. 애초에 그가 지켜 줄 상황에 처하는 것 자체가 무서운 일이었다. 왕비님이 초면에, 그것도 아들의 친구와 약혼한 여자에게 막대할 것 같진 않았지만 그래도 걱정이 되는 건 사실이었다. 에스텔라는 그녀에 대한 인상이 썩 좋지 않았으므로.

에스텔라는 아예 이불을 머리 위로 덮어썼다. 그러고는 배짱을 부리듯 말했다.

"못 일어나요. 몸에 힘이 하나도 없어서."

상황을 모면할 핑계였지만 거짓말을 한 건 아니었다. 안 쓰던 근육을 써서인지 온몸이 저릿했다. 특히 다리에서는 근육통마저도 느껴졌다. 어디 공사장에서 벽돌이라도 나르고 온 기분이었다. 어젯밤 비슷하게 무거운 걸 짊어지긴 했으니 썩 틀린 말도 아니다. 에스텔라가 눈을 감으며 앓는 소리를 내었다.

"딱 죽을 것 같아요. 어디 얻어맞은 것 같아."

"미안해요, 밤새 안 놔줘서."

디에고가 웃음기 어린 목소리로 사과했다. 어딘지 멋쩍은 기색이었다. 잠시간 골똘히 고민하던 그가 곧 인상을 찌푸리며 물었다.

"근데 당신 그런 남자 좋아하지 않습니까?"

"……무슨 말이에요? 그게."

"왜, 그때 보던 책들 다 그렇던데. 여자가 싫다는 데도 밤새워서……."

에스텔라는 번쩍 눈을 떴다. 다시 디에고의 입을 때리려 했으나 재능 있는 싸움꾼인 그가 같은 공격에 두 번 당할 리 없었다. 디에고가 가볍게 에스텔라의 손목을 붙들며 물었다.

“적어도 당신은 좋다고 울었잖아. 나 정도면 신사 아닙니까?”

그에게 맨몸을 내보인 것보다 더 수치스러웠다. 에스텔라가 거의 울부짖듯이 소리쳤다.

“왜 그렇게 열심히 읽은 건데요!”

“말했잖아요. 그날 당신이 너무 늦게 들어왔다고.”

디에고가 태연한 얼굴로 대답했다. 에스텔라는 그날의 어리석은 판단을 골백번은 더 후회했다. 그때 귀가를 늦추는 게 아니었다. 어차피 그를 평생 피할 수는 없는데도 당장의 곤란을 모면하려다가 더한 곤경을 끌어오고 말았다. 그가 목표한 걸 놓치는 남자가 아니란 걸 뒤늦게야 알아챈 거다.

디에고가 에스텔라의 손바닥에 입술을 내리누르며 말했다.

“그러니까 이제 어디 나가면 일찍 들어와요. 이러고 있게.”

“맨날 늦게 귀가하시는 건 공작님이시거든요.”

“방금 한 말, 나한테 대단히 관심 있는 것처럼 들렸어요.”

디에고가 재미있다는 듯 웃었다. 그러더니 몸을 일으켜 왼쪽 팔꿈치로 상체를 지탱했다. 그가 오른손을 뻗어 에스텔라의 이마에 댔다. 앞으로 넘어온 머리칼을 쓸어 넘기고는 잠시간 빤히 내려다보았다. 그가 이상하다는 듯 자문했다.

“왜 이렇게 예쁘지? 다 부었는데.”

에스텔라가 소름이 돋는다는 듯 양팔을 문질렀다. 에스텔라가 가는 눈초리로 그를 응시했다.

"진짜 왜 이러세요?"

"아니 농담이 아니고, 좀 이상할 정도인데요."

디에고가 진심 어린 목소리로 대답했다. 그의 눈엔 장난기가 아닌 진지함이 담겨 있었다. 그녀의 얼굴을 감싼 손도 도통 떨어져 나가질 않았다. 에스텔라가 그의 팔을 떨쳐 내며 말했다.

"공작님은 선수시네요. 사랑하지도 않는 여자한테 그런 립 서비스를 다 해 주시고."

디에고의 입꼬리가 급격히 아래로 내려앉았다. 방금까지 알콩달콩했던 분위기가 흔적도 없이 식었다. 디에고를 빤히 쳐다보던 에스텔라가 그대로 침대에서 몸을 일으켰다. 바닥에 떨어진 옷을 주워 입는 그녀를 보며 디에고가 불퉁한 목소리를 냈다.

"왜 그걸 굳이 다시 주워 입고 있습니까? 그냥 다녀오지."

"욕실까지 가는 동안에는 알몸이잖아요."

"이미 다 봤는데?"

에스텔라가 또 잔소리를 하려 입을 열 때였다. 문 건너에서 노크 소리가 들려왔다. 귀에 익은 천진한 목소리도 함께 이어졌다.

"에스텔라!"

세드릭이었다. 에스텔라의 얼굴이 순간 사색이 되었다. 동시에 문가를 돌아본 디에고와 에스텔라가 제자리에 굳었다.

먼저 정신을 차린 건 에스텔라였다. 그녀가 아직까지 침대에 드러누워 있던 디에고를 일으켰다. 에스텔라가 그의 등을 손바닥으로 밀어 내며 속삭이듯 소리쳤다.

"옷, 얼른 옷 입으세요!"

디에고가 얼떨떨한 얼굴로 바닥에 떨어진 바지를 주워 입었다. 그

잠깐의 짬을 참지 못한 세드릭이 다시 답답하다는 듯 에스텔라를 불렀다.

"엘라!"

"잠시만 기다리세요!"

에스텔라가 황급히 대답하고는 침대를 돌며 벗어 던져두었던 옷가지를 치웠다. 구겨진 옷들이 빠르게 침대 밑으로 굴러 들어갔다. 그녀가 마지막으로 집어 든 셔츠를 디에고의 가슴팍에 떠밀며 말했다.

"나가요! 얼른!"

에스텔라가 필사적으로 그의 방으로 통하는 문을 가리켰다. 생각해 보니 다른 출입구가 있어 옷까진 주워 입히지 않아도 되었는데, 경황이 없어 쓸데없이 시간을 지체하고 말았다. 그가 이불을 벗어나자마자 시야에 든 망측한 하반신에 너무 놀라 버린 것이다.

급박한 표정의 에스텔라와 달리 디에고의 반응은 태연했다. 잠시 골똘히 고민하던 디에고가 입을 열었다.

"생각해 보니 말입니다."

"무슨 얘기든 나중에 해요, 나중에!"

"여긴 부부 침실이고 우린 결혼할 사이인데, 내가 여기 있는 게 이상한 일입니까?"

"지금 대체 무슨 말을 하시는 거예요?"

에스텔라가 환장하겠다는 얼굴로 디에고를 쳐다봤다. 그는 겨우 바지만을 걸치고 있었다. 그의 반질거리는 맨가슴이 너무도 눈에 띄었다. 침대에 눕혀 이불을 덮는다 한들 저만한 덩치를 숨길 수는 없으리라.

"엘라! 아직까지 자는 거야?"

세드릭이 심통 난 목소리로 소리쳤다. 디에고는 가볍게 어깨만 으쓱였다. 그러고는 천천히 문가로 걸어가기 시작했다. 에스텔라의 바람처럼 그의 방으로 통하는 방향이 아닌, 세드릭이 있는 복도를 향해 난 문으로.

에스텔라가 떨리는 목소리로 물었다.

"뭐 하는 거예요?"

"당신이 너무 과민 반응하는 거라니까요."

디에고는 진심으로 그렇게 생각했다. 부부가 같은 침대를 쓰는 게 별일이던가. 베르타 공작과 그 후처는 금슬이 좋았고 세드릭도 아마 한 방에서 나오는 부모를 자주 목격했을 것이었다.

디에고는 그대로 문을 열어젖혔다. 벌어지는 문틈을 본 에스텔라가 분노에 찬 음성으로 소리쳤다.

"야! 디에고, 너, 이……!"

격의 없이 튀어나온 부름에 디에고는 잠시 놀란 듯했지만, 곧 흥미롭다는 듯 입꼬리를 끌어올렸다. 그가 팔짱을 낀 채 문틀에 등을 기대며 말했다.

"것 봐요, 반말 잘하네."

바로 앞에서 들려온 목소리에 세드릭이 빼꼼 안으로 고개를 들이밀었다. 아이의 여유는 오래 가지 않았다. 디에고를 발견한 세드릭이 사색이 되어 곧장 걸음을 뒤로 물렸다.

"여, 여긴 엘라 방인데……."

"좋은 아침이구나, 아우야."

"형이 왜 여기서 나와……?"

세드릭이 혼란에 젖은 눈으로 디에고와 에스텔라를 번갈아 보았다.

에스텔라는 손으로 눈가를 감싸며 뒤로 돌아섰다. 그들이 딱히 부끄러운 차림을 하고 있진 않았지만, 함께 밤을 보낸 후의 아침을 내보이는 건 생각 이상으로 낯 뜨거웠다. 전생의 기억 탓으로 에스텔라는 메스키다인 중에서도 손에 꼽게 보수적인 편이었다.

에스텔라가 그들을 외면하건 말건 디에고는 아랑곳하지 않았다. 고개를 기울여 시선을 낮춘 그가 답지 않게 상냥한 음성으로 세드릭에게 일렀다.

"어젯밤 같이 잤으니 여기서 나오겠지."

"두, 둘이?"

"꽉 끌어안고서."

디에고가 얄밉게 첨언했다. 저 보란 듯이 하는 말이 분명했기에 에스텔라는 무서운 눈초리로 그를 노려보았다. 디에고의 말이 충격적이었는지 세드릭은 그대로 굳어 버렸다. 세드릭이 더듬거리며 되물었다.

"끄, 끌어안고?"

"그래, 결혼할 사이이니 당연한 일이지."

"그만! 이제 그만하세요."

에스텔라가 디에고를 가로막고 나섰다. 에스텔라는 피곤한 표정으로 머리칼을 쓸어 넘기며 세드릭에게 다가갔다. 에스텔라가 세드릭과 눈을 맞추며 무릎을 굽혔다. 세드릭의 어깨를 잡아 제 쪽을 보게 하고는 물었다.

"왜 오신 거예요?"

"세실리아가 심심하다고……."

"제가 곧 내려갈게요. 먼저 가서 기다리실 수 있죠?"

"응……."

세드릭이 넋 나간 얼굴로 대답했다. 평소의 초롱초롱한 눈이 아니었다. 어쩐지 그냥 보내면 안 될 것 같은 기분에 에스텔라가 걱정스럽게 당부했다.

"세실리아 아가씨한텐 비밀로 해 주세요."

"……둘이 꽉 끌어안고 잔 거?"

거친 헛기침이 터져 나왔다. 에스텔라가 제 입가를 감싸며 반대쪽 손을 내저었다.

"……꽉은 아니었어요. 그냥 데면데면하게 거리 두고 잤어요."

디에고의 시선이 정수리를 찌르는 게 느껴졌다. 에스텔라는 그를 외면하며 세드릭의 등허리를 툭툭 쳐 밖으로 내보냈다. 세드릭이 복도 너머로 사라지자마자 에스텔라가 문을 닫고 돌아섰다. 아니나 다를까 디에고가 어딘지 불만스러운 표정으로 그녀를 지켜보고 있었다. 그가 가는 눈으로 물었다.

"내가 부끄러워요?"

"그런 게 아닌 거 아시잖아요."

에스텔라가 항변하듯 말했다. 갑작스러운 불청객 때문에 완전히 잠이 깨 버렸다. 아닌 게 아니라 세드릭의 목소리를 처음 들었을 땐 간담이 서늘했었다. 두 번째로 당황스러운 순간을 꼽자면 디에고가 제멋대로 문을 열었을 때가 될 터다.

"그도 아니면 왜 숨기려는 겁니까. 난 대체 당신이 부부 침실의 용도를 뭐로 생각하고 있는 건지 모르겠는데."

그리 말하며 디에고가 주머니에 손을 찔러 넣었다. 사뭇 불량스러운 자세였다. 그가 한쪽 눈썹을 들어 올린 채 물었다.

"자꾸 우리가 결혼 안 할 사이처럼 행동하는 거, 일부러입니까?"

"안 할 사이처럼 구는 게 아니라 아직 안 한 사이라는 걸 인지하고 있을 뿐이죠."

"그래서 지금 날 먹고 버리겠다고요?"

"왜 얘기가 그렇게……."

에스텔라가 한숨을 내쉬었다. 방금까지 세드릭과 대화했기 때문인지 꼭 아이를 대하는 듯한 태도가 남아 있었다. 어리광을 지적당한 것 같은 느낌에 디에고는 어딘지 기분이 상했다. 그의 마음을 아는지 모르는지 에스텔라는 이성적으로 상황을 정리하기 시작했다.

"그러게요. 저희한텐 아직 입장 정리 할 게 많이 남아 있었네요."

"입장 정리?"

"엘렌 양이든 아버지든, 저도 생각할 시간이 좀 필요해요. 그러니까 제가 대화를 청하기 전까지 좀 기다리고 계세요."

에스텔라가 엄한 눈으로 디에고를 흘겼다. 엄포를 놓듯 버티고 서서는 안쪽 문을 눈짓으로 가리켰다.

디에고는 결국 떠밀리듯 제 방으로 쫓겨났다. 지금 안 나가고 버텼다간 평생 그녀의 침실에 다시 못 들어가게 될 것 같은 예감이 느껴졌기 때문이다.

밤사이 비어 있었던 제 방은 가슴이 시리도록 차가웠다. 디에고의 기분은 더더욱 아래로 가라앉았다. 어젯밤부터 그는 에스텔라에게 분위기 깨는 소리밖엔 듣지 못했다. 디에고는 그녀와 제 사이에서 무언가를 성취했다고 느낄 때마다 연이어 그것이 착각이라는 걸 깨달아야 했다.

도무지 자존심이 상해 견딜 수가 없었다. 디에고가 신경질적으로 머리칼을 쓸어 넘기며 분통을 터트렸다.

"뭐 저런 정 없는 여자가……!"

디에고가 문득 입을 다물었다. 제 분노가 어딘지 기이하게 느껴졌던 탓이다. 자신은 왜 지금 화를 내고 있을까, 그럴 필요가 없는 상황임에도 불구하고.

디에고가 당초 원했던 건 감정적인 교류 없이 저를 보필해 줄 계약상의 아내였다. 그녀와 함께 지내며 여러 사건을 거친 후에도 그 생각은 바뀌지 않았다. 그녀가 제게 얼마나 고마운 사람이건 간에, 남녀 간의 감정이란 원래 한철 앓고 마는 열병 같은 것이 아니던가. 그는 그 욕망에 솔직하게 응했고 결국 그녀와 밤을 보냈다. 그녀와 자고 나면 이 걸쩍지근한 감정을 다 떨쳐 낼 수 있으리라고 생각한 것도 사실이었다.

오판이었다. 기대했던 충족감은 온데간데없이 더한 갈증에 빠졌다. 단순히 그녀의 몸을 원했을 뿐이었다면 그녀가 하는 말 한 마디 한 마디에 기분이 상할 이유는 없었다. 디에고는 지금 단순히 몸이 끌린 거였다면 하지 않아도 될 생각을 하고 있었다. 자신이 바란 건 고작 그녀와의 하룻밤이 아니었다. 먼저 이 감정을 인정하기는 자존심이 상해 진실과 마주치길 피해 왔던 거다. 욕정이라는 허울 좋은 표현으로 제 진심을 부정해 가며.

디에고는 이제 알았다. 그는 그녀를 사랑한다. 이것이 사랑이 아닐 수는 없다. 그녀가 그 같은 인간에게 감히 그런 주제넘은 감정을 품게 했다.

"하."

디에고가 헛웃음을 지으며 무릎을 굽히고 쭈그려 앉았다. 허벅지에 양팔을 기대고는 고개 숙여 한숨을 내뱉었다.

한번 본심을 깨닫고 나자 북받치는 감정을 주체할 수가 없었다. 그는 당장이라도 그녀의 방으로 돌아가 사랑을 소리치고 싶은 충동에 휘말렸다. 그조차도 제 안에 숨어 있었던 열정에 몹시 당혹했을 정도였다. 생각할 시간을 달라 말하던 그녀의 이성이 그저 원망스러웠다. 그는 스스로를 추스를 여유조차 없는데 에스텔라는 밤의 열락을 지나자마자 일상으로 돌아온 거였다.

"아니, 그녀를 탓할 문제는 아니지."

디에고가 숙였던 고개를 들며 말했다. 진심이 아니라 저 자신도 속이고 있었는데 그녀라고 제게 확신을 가졌을 리 없다. 생각해 보면 에스텔라가 지금 저리 반응하는 것도 당연했다. 에스텔라에게 청혼하며 자신은 내내 그녀가 감정 없는 결혼의 적임자임을 피력하지 않았던가. 심지어는 얼마 전 사랑이 아니라 굳이 부언하기까지 했다. 멍청한 실수였다. 그러나 이것이 해결할 수 없는 문제는 아니리라.

"다시 정정해서 진심이라 고백하면 되는 문제지."

디에고는 명쾌한 결론을 내렸다. 시작점을 잘못 잡은 것이라면 다시 고쳐 서면 된다. 과거로 되돌아갈 수는 없어도 변할 수는 있다고, 그녀가 제게 직접 말해 주었다. 그리하여 그가 새롭게 그리게 된 미래에 그녀가 속하게 된 건 필연적인 일인지도 모른다.

한 가지 문제가 있다면 청혼을 너무 많이 한 나머지 결혼하자는 말은 이미 희소성을 잃었다는 점이다. 효과적으로 제 마음을 전하려면 과연 어떻게 해야 할까.

고민에 잠겼던 디에고가 제 머릿속에서 어떤 기억을 끄집어내고는 한숨을 내쉬었다. 그는 나갈 채비를 하기 위해 자리에서 몸을 일으켰다. 그러고 보니 제 마음을 전하기 전에 우선 해치워야 할 일이 있었다.

"오랜만에 뵙네요."

"반갑지 않은 표정처럼 보이는 건 내 착각입니까?"

에스텔라의 우아한 인사를 리오넬이 격의 없는 농담으로 받아쳤다. 에스텔라는 미소 지으며 제게 내밀어진 리오넬의 손을 잡았다. 마차에서 내리자 곧장 아름다운 왕궁의 경관이 눈에 들어왔다. 리오넬은 더 말을 붙이지 않고 눈앞의 방문객이 풍경을 감상할 시간을 내주었다.

에스텔라가 짧은 구경을 마치자 리오넬이 나아갈 방향을 손짓으로 안내하고는 뒷짐을 졌다. 그가 느긋한 투로 운을 뗐다.

"자선 경매장에서 보고 마지막이죠."

"네, 그렇네요. 그간 잘 지내셨나요?"

에스텔라가 선선히 되물었다. 가만히 생각해 보니 오랜만이라고 표현할 만한 기간은 아니었다는 판단이 섰다. 그간 너무도 많은 일이 벌어져 그리 느꼈을 뿐, 지금은 아버지의 일로부터 고작 한 주도 지나지 않은 시점이었다.

에스텔라는 아직 고향에 연락을 하지 못했다. 여러 번 편지지를 꺼내 무어라 끄적였으나 그 위에 적힌 어떤 말도 그녀의 마음에 차지 않았다. 그녀가 끝내 아무 말도 하지 못하고 아버지를 보냈던 것과 정확히 같은 이유에서였다.

마음의 짐과는 별개로 에스텔라에겐 사회적으로 해치워야 할 일들이 있었다. 에스텔라는 얼마간의 준비를 거친 후 오늘, 드디어 왕비의 초대에 응했다. 홀로 궁에 출입할 약혼자가 걱정되었는지 디에고는 리오넬에게 그녀를 부탁했다. 그녀가 무려 왕세자의 에스코트를 받게 된 데는 그러한 귀여운 공작이 숨어 있었다.

리오넬이 정면에 시선을 고정한 채 물었다.

"그때 일은 잘 해결된 겁니까?"

"그때 일이라면……."

"저 역시 아버지와 그리 사이가 좋은 사람은 아니라서요."

리오넬이 코를 찡긋하며 대답했다. 에스텔라가 어색한 미소를 지었다. 그날의 일은 상대의 기억에도 남았던 모양이다.

에스텔라는 한 번 크게 숨을 들이켰다 내쉬었다. 주변은 조용했고 시종은 멀리서 그들을 뒤따라 걷고 있었다. 말소리가 새어 나갈 상황은 아니었기에 에스텔라는 담담히 인정했다.

"아셨군요."

"영애께선 제가 약혼자분의 오랜 친구라는 걸 종종 잊으시는 것 같습니다."

"그분이 전하께 말씀드린 건가요?"

"아니요, 하지만 표정 정도도 읽지 못해서야 저희가 보낸 긴 세월이 울지요."

리오넬이 짧게 어깨를 으쓱이고는 이어 물었다.

"그래서 화해는 한 겁니까?"

"완전히 해결된 건 아니에요. 공작님의 약혼자로 남는 건 어찌 됐든 계속해서 제 아버지를 부정하는 일이 될 테니까요. 원래는 파혼을 하려고 했었는데……."

"아, 그래서?"

리오넬이 알 만하다는 듯 자문했다. 알 수 없는 추임새에 에스텔라가 의아한 눈으로 리오넬을 돌아봤다. 리오넬은 태연한 표정으로 그 시선을 받아쳤다. 뒤에서 연애사를 두고 나누었던 내기를 입에 담을 수는 없는 노릇이다. 리오넬이 곧바로 말을 돌렸다.

"아닙니다. 그래서 떠나실 겁니까?"

"세상에 완벽한 선택이란 없다는 걸 통감하는 중이죠."

"저울추가 제법 대등해 보여서 다행이군요. 내 친구가 쉽게 버릴 수 있는 사람이 되는 건 내게도 좀 슬픈 일이라서."

"전 공작님이 싫어서 이런 고민을 하는 게 아닌걸요."

"오, 그거야말로 진짜 비극 아니겠습니까?"

리오넬이 과장된 투로 목소리를 내리깔았다. 꼭 오페라 배우의 독백 같았다. 에스텔라가 피식 웃음을 터트리자 리오넬이 돌연 진지한 얼굴로 물어 왔다.

"그놈이 무릎을 꿇고 절절히 사랑을 고백하기라도 하면 어떻게 하실 겁니까?"

"그럴 리 없어요."

"그렇다고 가정을 한다면."

"그러면 안 되죠, 그분은."

에스텔라가 단언하듯 말을 이었다.

"그런 건 계약 위반이에요."

리오넬은 폭소하고 싶은 걸 참느라 호흡까지 억눌렀다. 그의 친구는 제 무덤을 파다 못해 몸 위에 흙까지 덮어 둔 듯했다. 리오넬은 뻘

갛게 달아오른 얼굴을 겨우 식히고는 발을 멈춰 세웠다.

뒤편에서 따라오던 시종이 앞으로 나서 문 위에 노크를 남겼다. 이어 안에서 출입을 허하는 목소리가 들려왔다. 리오넬이 에스텔라를 향해 눈짓했다.

"들어가시죠."

에스텔라는 잠자코 방 안으로 들어섰다. 그리고 그곳의 주인과 눈을 마주친 순간, 에스텔라는 그만 발을 멈춰 세울 뻔했다. 눈앞에 펼쳐진 분위기에 압도된 까닭이었다. 테이블 앞엔 그야말로 우아한 인상의 여인이 앉아 있었다. 꼭 그림 속에서 막 빠져나온 듯한 이상적인 왕비님이었다.

왕비가 고아한 음성으로 말했다.

"먼 길 찾아오느라 고생했어요."

"초대에 감사드립니다. 이렇게 왕비님을 뵙게 되어 더없이 영광된 마음입니다."

"이리 와서 편히 앉아요."

왕비가 손을 내밀어 건너편 자리를 가리켰다. 리오넬과 에스텔라는 그녀의 건너편으로 가 앉았다. 왕비는 은은한 미소를 띤 채 그들을 천천히 둘러보았다. 그녀가 리오넬에게 시선을 고정한 채 말했다.

"둘이서 이야기를 하고 싶은데……."

"지금 절 내쫓으시려는 겁니까?"

리오넬이 짐짓 섭섭하다는 듯 물었다.

왕비의 바람처럼 물러나 줄 기세는 아니었다. 예상대로 리오넬은 완전히 자리를 잡고 앉아 등받이에 팔을 기댔다. 국모 앞에서 내보이기엔 경망스러운 자세였지만 동시에 그런 태도는 리오넬에게 꽤 잘 어울렸다.

"제게 뭐라 하진 마십시오, 어머니. 전 그저 친구의 부탁을 들어주고 있을 뿐이랍니다."

"그 애가 약혼자를 살펴봐 달라 네게 부탁이라도 하였니?"

왕비가 담담히 되물었다. 에스텔라가 이 방에 들어섰을 때부터 지금까지, 그녀의 표정엔 한 점의 변화도 없었다. 그러나 다음 말을 내뱉을 때만은 그녀도 여느 어머니들처럼 보였다.

"아들이나 그 친구나, 어른을 우습게 보고 말이야."

그녀가 짐짓 불쾌하다는 듯 눈썹을 들었다 내렸다. 당연히도 진심으로 기분이 상한 기색은 아니었다. 그녀의 목소리엔 잔잔한 애정이 담겨 있었다. 가까운 사람들 앞에서만은 그녀도 꽤 인간적인 사람이 되는 모양이었다. 왕비가 한결 부드러워진 얼굴로 에스텔라를 돌아보았다.

"이야기 많이 들었어요. 사실 지난번 무도회에서도 한번 보긴 했었지요. 말을 붙여 보고 싶었는데 대화를 나눌 짬이 나질 않더군요."

에스텔라가 처음 디에고의 약혼자로 소개되었던 무도회를 말하는 것이다. 당시 왕비는 일찍이 자리를 떠났었다. 아브릴 백작 부인이 무도회장으로 들어서고 얼마 지나지 않은 시점이었다. 무엇이 그녀의 심기를 건드렸는지는 극명했다.

에스텔라는 왕비의 바람처럼 숨겨진 이유를 가볍게 무시했다. 에스텔라가 공손한 투로 대답했다.

"그리 말씀하시니 무척 아쉽네요. 저 역시 일찍부터 왕비님을 꼭 뵙고 인사드리고 싶었거든요."

"나를?"

“공작님께서 워낙 왕비님에 대한 좋은 추억들을 많이 들려주신 덕분이랍니다. 꼭 어머니 같은 분이라고 하시면서요.”

에스텔라가 단아한 미소를 지어 보이며 말을 맺었다. 적당히 지어낸 인사말이었지만 왕비는 그것이 꽤 마음에 든 듯했다. 디에고를 떠올린 듯 왕비의 입가에도 은은한 미소가 떠올랐다.

“디에고는 나에게도 자식 같은 아이예요. 말썽쟁이인 리오넬을 단속해 저만한 신사로 만들어 주었거든.”

“두 분께서 막역하신 사이라고는 들었습니다.”

“베르타 공작 부인이 선뜻 놀이 친구 삼아 달라며 그 애를 내준 게 행운이었지요.”

왕비가 그리 말하며 느긋이 차를 들이켰다. 그녀의 고상한 말씨에선 진심을 드러내지 않는 자들 특유의 의도적인 삭제가 느껴졌다. 왕비는 지금 ‘전대’나 ‘전전대’ 따위의 순서를 언급하지 않음으로써 안나의 존재를 완전히 지워 버린 것이었다. 그것이 안나의 출신을 경멸해서인지 아니면 돌로레스를 존중해서인지는 알 수 없었다. 전자에 가까우리라는 에스텔라의 생각과 달리, 왕비는 곧장 돌로레스에 대한 칭찬을 늘어놓았다.

“그 애의 어머니는 모두의 귀감이 될 만한 귀부인이었어요. 이른 죽음을 맞이한 게 참으로 안타까울 정도로.”

“비극적인 일이에요. 그분께서 계셨다면 공작님께서도 덜 외로우셨을 텐데요.”

“어쩜, 마음씨도 고와라.”

왕비가 산뜻하게 대답하며 찻잔을 내려놓았다. 그녀가 제 쇄골 언저리를 매만지며 잠시간 허공을 응시했다.

"사람 일은 무엇이든 예측할 수가 없죠. 보트리 후작가의 고명딸이 그런 식으로 떠나가게 될 줄은 아무도 예상하지 못했을 거예요."

"공작님의 어머님과 친밀한 사이셨나요?"

왕비가 과거를 말하고 싶어 하는 것처럼 보였기에 에스텔라는 가만히 말을 받았다. 예상이 틀리지 않았던 듯 왕비는 선선히 옛이야기의 물꼬를 텄다.

"난 처녀 적에 돌로레스와 썩 친하진 않았어요. 오히려 남몰래 그녀를 흠모하는 부류에 속했죠. 객관적으로 그녀에게 미색이라 부를 만한 부분이 없었던 건 인정하지만, 그녀에겐 그 이상의 가치가 있었어요. 예술에 대한 해박한 지식과 사람을 편하게 하는 말씨, 현명한 처세……. 반면 남정네들이 사람을 판단하는 기준이란 어찌나 저열한지."

"……."

"정말, 그런 취급을 받을 사람이 아니었어."

왕비가 불쾌하다는 듯 짧게 혀를 찼다. 아래로 내려앉은 눈꺼풀 속 눈동자가 일순 서늘한 빛을 띠었다. 에스텔라는 어렵지 않게 알아차렸다. 왕비가 디에고의 어머니만을 말하고 있는 게 아니라는 사실을. 왕비는 지금 돌로레스에게 스스로를 대입해 생각하고 있었다.

실로 두 여인이 살아온 환경은 비슷했다. 내로라하는 가문의 딸로 태어나 각기 대단한 명문가의 남성과 혼인했다. 그리고 그 둘 모두 평생을 약속한 남자의 외도로 괴로워해야 했다.

"이번 안주인은 본래 베르타 가문이 가지고 있었던 격을 되찾아 주리라 믿어요."

짧은 회상을 끝마친 왕비가 덕담 아닌 덕담을 남겼다. 안나와는 다르다 평한 것이니 이건 왕비 나름의 극찬인지도 몰랐다. 말로만 하는 격려는 아니었는지 왕비는 시녀에게 손짓해 무언가를 가져오게 했다. 시녀가 공손히 허리를 숙이며 작은 함을 내밀었다.

"이걸 리오넬의 탄신 무도회에 차고 오도록 해요."

에스텔라는 눈앞에 있는 보석 상자를 얼떨떨한 눈으로 응시했다. 그러고 보니 왕비가 선물을 줄 요량으로 저를 불러들인 거란 설명을 들은 기억이 났다. 다만 에스텔라는 이를 구실로만 여겨 딱히 그 물건에 대해 진지하게 고민하지 않았었다.

내용물을 확인하지 않았음에도 에스텔라는 이 선물의 의미를 알 것 같았다. 전대 베르타 공작 부부가 자리를 비움으로써 공작가에는 왕비의 입맛에 맞는 이만이 남게 되었다. 그런데 디에고가 결혼을 결심하며 그 가계도에 새로운 인물이 들어서게 된 것이다. 왕비는 디에고에 이어 그의 부인까지 단단한 동맹에 끼워 넣고 싶었을 터였다.

디에고에게 왕비는 리오넬만큼이나 의미가 깊은 사람이었고 동시에 그의 오랜 우군이었다. 에스텔라로서는 이를 받아들이는 게 당연했다. 에스텔라는 잠자코 보석함을 들어 제 무릎 위에 올렸다.

"열어 봐도 될까요?"

"물론."

왕비의 허락에 에스텔라는 상자를 열어 보았다. 그 안엔 목걸이가 하나 들어 있었다. 무려 왕비님께서 하사해 주신 선물이니만큼 그 광채가 대단했다. 에스텔라는 제게 커다란 호의가 주어졌음을 인지했다. 감격했다는 듯 성의를 다해 감사를 표하자 왕비는 흡족한 표정을 지었다.

"디에고가 드디어 결혼을 결심했다고 하여 내가 얼마나 안심했는지 몰라요. 늦게라도 짝을 찾아 어찌나 다행인지……. 이제 내 아들만 보내면 참으로 완벽할 텐데 말이지요."

"제가 왜 결혼을 안 하는지 아시지 않습니까."

잠자코 듣고만 있던 리오넬이 타이밍 좋게 말을 받아쳤다. 그에 왕비의 눈두덩 부근이 미세하게 꿈틀했다. 그러나 그 철없는 도발만으로는 왕비가 쓴 가면을 걷어 내지 못했다. 왕비가 느긋이 대답했다.

"왜 저렇게 엉덩이가 무겁나 하였더니, 아무래도 우리 왕세자께서 내게 할 말이 있어 찾아오신 듯하군요."

왕비가 리오넬에게 시선을 고정한 채 에스텔라를 불렀다.

"에스텔라 양?"

에스텔라가 "예." 하고 공손히 대답하자 왕비가 그쪽으로 눈을 돌리며 말했다.

"난 왕세자와 이야기를 좀 나눠야겠어요. 영애는 궁에 온 김에 느긋이 구경하다 가도록 해요. 복사꽃이 흐드러지게 피어 들큼한 냄새가 온 궁에 진동을 한답니다."

에스텔라는 가타부타 말을 더 붙이는 대신 잠자코 자리에서 일어섰다. 공손히 무릎을 숙여 인사하고는 그대로 방을 나섰다.

멀어지는 에스텔라를 응시하던 왕비가 문이 닫히는 소리와 함께 고개를 돌렸다. 왕비가 차를 한 모금 더 들이켜며 말했다.

"괜찮은 아가씨구나. 잘 배웠는지 자세도 좋고 예의가 발라."

"생각 외로 긍정적인 평가시네요."

"그게 무슨 소리니?"

"제 예상과는 다른 기준으로 평가를 마치신 듯해서요."

리오넬이 입가에 진한 미소를 띠며 이어 물었다.

"아들과 아들 친구는 느낌이 좀 다른가 보죠?"

왕비는 무표정한 얼굴로 잠시간 제 아들을 응시했다. 내보내야 했던 건 손님만이 아니었던 모양이다. 이윽고 그녀가 고저 없는 목소리로 명했다.

"모두 나가 보려무나."

방 안에 있던 시녀들이 조용히, 그러나 신속하게 밖으로 빠져나갔다. 보는 눈이 사라지자마자 리오넬은 목을 조이던 타이를 헐겁게 풀어 내렸다. 상체를 숙여 허벅지에 팔을 기대고는, 손끝으로 찻잔 손잡이를 툭툭 쳤다. 손톱의 길이가 짧았기에 자기 특유의 맑은 소리가 아닌 둔탁한 소음이 울렸다.

리오넬이 말했다.

"8년 전에 재밌는 일을 하셨던데요."

리오넬은 얼마 전 디에고와의 내기에서 승리해 오랜 의문에 대한 해답을 얻었다. 친구가 갑작스럽게 변덕을 부려 마침내 본인의 풋사랑을 인정한 덕분이었다. 그 일을 타의에 맡겼던 건 제 이름이 드러나서는 안 되었기 때문이지만, 덮어 두었던 기억 속에서 모진 진실을 마주할까 두려워서기도 했다. 리오넬은 짧게 이를 맞부딪쳤다.

"어머니께서 카밀라에게……."

"그 더러운 이름!"

왕비가 벼락같이 소리쳤다. 그녀가 전에 없이 섬뜩한 표정으로 리오넬을 노려보았다. 왕비가 서릿발 같은 목소리로 경고했다.

"그 여자 이야기라면 절대 내 앞에서 꺼낼 생각 말아라."

"그 이름이 왜 더러운 이름입니까?"

리오넬이 지지 않고 되물었다. 그의 목 부근은 이미 화로 붉게 달아올라 있었다.

왕비 역시 아들의 반항에 깊은 분노를 느낀 건 마찬가지였다. 그도 그럴 것이 그녀는 제 입장에서 당연한 일을 한 것뿐이었다. 제 아들은 왕이 될 몸이었고 그 길엔 어떤 방해물도 없어야 했다. 리오넬의 옆에 붙은 벌레 몇 마리쯤 치워 냈다고 해서 대체 무슨 문제가 되겠는가?

아니, 확실히 카밀라라는 여자가 벌레로 불릴 만한 인물은 아니었다. 왕비도 그녀가 그토록 궁에 질기게 남아 신경을 갉아먹을 줄은 미처 예상치 못했었다.

왕비가 격노한 음성으로 되물었다.

"그럼 그게 어디 깨끗한 이름이더라니? 네 옆에 붙어 주제 모를 욕심을 품었으니 그게 어디 보통 간덩이야!"

"그래서 그런 식으로 저 모르는 곳에서 괴롭혔습니까? 그 여자가 못 견디고 도망치도록?"

"못 배워 먹은 것 같으니. 다 지난 일을 가지고 이제 와 어미를 탓하는 게야?"

왕비의 당당한 태도에 리오넬이 비꼬듯이 받아쳤다.

"오늘은 정말이지 답지 않게 친절하셨군요."

"내가 신분의 높고 낮음에 따라 사람을 다르게 취급한다고 생각하는구나."

"아니셨어요?"

"넌 내 아들이야. 내가 네게 붙은 오점을 방관했어야 했다는 거니?"

왕비는 디에고를 아꼈지만, 동시에 그는 고작해야 아들의 친구에 불과했다. 디에고가 행복하게만 산다면 왕비는 그가 어떤 여자를 데려오든 축복해 줄 자신이 있었다. 그러나 눈앞에 앉은, 제 배로 낳은 저 아이는 다르다.

왕비의 눈동자가 노기로 일렁였다. 반대로 그녀가 내뱉는 목소리는 매섭도록 차가웠다.

"하긴 그때 내가 실수를 하긴 했지. 덕분에 밑바닥 인생은 함부로 건드리면 안 된다는 교훈을 얻었어."

실로 8년 전의 자신은 미숙했다. 카밀라가 제 살길을 살아 구렁이처럼 빠져나가기 전, 일찍이 숨통을 틀어막아 궁 밖으로 내쳤어야 했다. 시야에서 사라지지 않는 탓에 제 아들도 그 더러운 여자를 잊지 못하고 계속 입에 담는 게 분명했다. 왕비가 철없는 아들을 노려보며 말했다.

"그런 애들은 잃을 게 없어. 그러니까 너와 붙어먹다가 너희 아버지에게로 옮겨 가는 상종 못 할 짓거리를 벌인 게 아니겠니?"

"그래서, 과거로 돌아가면 안 그러실 겁니까? 그 여자가 아버지의 정부가 되는 일이 없도록."

리오넬이 날카롭게 되물었다. 아들의 연인이었던 여자를 왕의 침전으로 밀어 넣었음을 비꼬는 말이었다.

왕비는 숨을 크게 들이켜 흥분을 가라앉혔다. 궁에서 오랜 세월을 버틴 여인답게 그녀는 제 감정을 숨기는 데 능했다. 마침내 왕비가 무표정한 얼굴로 제 아들을 응시했다. 그녀가 선선히 인정했다.

"고맙구나. 마음가짐을 달리하게 되었어."

왕비의 얼굴에 이전과 같은 온화한 미소가 떠올랐다. 리오넬은 제 어미의 낯에서 섬뜩한 이질감을 느꼈다. 그녀가 곧이어 상냥한 음성으로 말했다.

"다시 생각해도 차라리 아비 쪽이 낫구나."

에스텔라는 긴장으로 굳었던 어깨에서 힘을 뺐다. 뒤따라 붙었던 시녀는 조용히 움직이고 싶다는 핑계로 정중히 물렸다. 수풀이 내다보이는 복도를 거닐자 한결 마음이 편해졌다. 예상보다 왕비의 태도가 온화하긴 했으나 저만한 신분의 소유자는 존재만으로 동석한 이들을 긴장하게 하는 법이었다.

리오넬이 관심을 끌어 준 덕에 대화가 짧게 끝나 다행이었다. 왕비는 말이 새어 나갈 것을 염려해 저를 내보냈지만, 에스텔라는 리오넬이 결혼을 하지 않은 이유에 대해 이미 몹시 잘 알고 있었다. 리오넬에게 어머니만 한 애증의 상대가 더 있을까.

비슷한 연계로 이 작은 보석함 역시 에스텔라의 기억에 있는 물건이었다. 소설 속에서도 아드리아나가 왕비에게 장신구를 하사받는 에피소드가 등장했었기 때문이다. 그 생김새까지 동일한지는 알 수 없었지만, 정황상 지금 제 손에 있는 건 아드리아나가 받았던 것과 같은 물건일 확률이 컸다.

에스텔라는 상자 뚜껑을 열고는 무심히 그 안을 들여다보았다. 목걸이에 꿰인 진주 하나하나가 뽀얗고 맑았다. 왕비의 취향을 말하듯 고상한 귀부인에게 잘 어울리는 장신구였다. 설마하니 왕비가 후작가 출신도 아닌 일개 지방 귀족 영애까지 이리 신경 써 줄 줄은 몰랐다.

잠시 후 에스텔라는 열었던 보석함을 덮었다. 건너편에서 다가오는 인기척을 느낀 탓이었다.

“안녕하십니까, 아브릴 백작 부인.”

에스텔라가 먼저 무릎을 살짝 굽히며 인사를 건넸다. 에스텔라의 알은체에 상대는 다소 의외라는 듯한 표정을 지었다. 카밀라가 에스텔라의 앞에 멈춰 서며 물었다.

“어머, 에스텔라 양. 이 시간에 궁엔 어쩐 일로 방문하셨나요?”

“초대를 받은 덕분에 간만에 바깥나들이를 하게 되었네요.”

에스텔라가 싱긋 웃으며 대답했다. 초대의 주체는 의도적으로 밝히지 않았다. 왕비의 앞에서 정부의 존재를 입에 담는 것이 실례이듯이, 정부의 앞에서 본처를 들먹이는 것도 당사자에겐 기분 상할 만한 일이다.

물론 그러한 배려에도 불구하고 카밀라가 제게 좋은 감정을 품었을 리는 없었다. 에스텔라는 그녀의 호감을 사고자 하는 것이 아니고, 마찬가지로 카밀라가 보이는 살가운 태도도 연기에 불과하다.

“마침 이렇게 뵙게 되어 반갑군요. 영애와는 언제고 꼭 한번 오붓이 이야기를 나눠 보고 싶었는데 말이지요.”

“초대만 해 주신다면 언제든 찾아뵙도록 하겠습니다.”

“굳이 먼 시일로 미룰 필요가 있나요? 바쁘지 않으면 저와 차 한잔하고 가시지요.”

카밀라는 무례하게 보일만치 적극적으로 굴고 있었다. 으레 흘리는 말이라고 생각하고 만남을 약속했던 이라면 적잖이 당황했을 터였다. 카밀라의 눈빛에선 어딘지 짓궂은 장난기가 느껴졌다. 그 속에 담긴 본심을 추려 낸다면 아마 악의로 불릴 만한 형체가 나올 것이다.

카밀라가 지금 무슨 생각을 하고 있는지는 대충 예상이 가는 바였다. 작중에서 악역이었던 카밀라는 아드리아나를 망신 주려 하다가 되레 자신이 타격을 입고 만다. 분노한 디에고의 공작으로 왕의 정부 자리에서 내쫓긴 것이다. 그러고는 후에…….

'어떻게 되었더라?'

에스텔라가 슬쩍 미간을 좁혔다. 카밀라와 리오넬이 후에 가서 이어졌는지는 잘 기억이 나지 않았다. 19세 미만 구독 불가 소설에서 조연들의 서사까지 챙겨 읽을 정도로 자신이 부지런한 독서가는 아니었다.

어찌 됐건 카밀라가 어떤 방식으로 아드리아나에게 곤경을 주려고 했는지는 알고 있으니 아무래도 상관이 없을까. 제게 같은 시련이 닥치더라도 무리 없이 이겨 낼 수 있을 테니 말이다.

생각을 마친 에스텔라가 선선히 고개를 끄덕였다. 카밀라는 기다렸다는 듯 방금까지 걸어왔던 방향으로 몸을 돌렸다. 왕비궁과 왕의 거처는 붙어 있는 법이고, 따라서 카밀라가 머무는 방도 이곳에서 가까운 거리에 있었다. 나란히 걷기 시작하고 얼마 지나지 않아 둘은 목적지에 다다랐다.

방으로 들어선 카밀라가 에스텔라에게 자리를 내주었다. 에스텔라는 카밀라와 마주 보고 앉으며 습관처럼 가벼운 칭찬을 던졌다.

"아름다운 방이네요."

"칭찬 고마워요. 하지만 솔직히 말해, 그다지 기쁘진 않군요."

카밀라가 가감 없는 투로 대답했다. 시녀에게 차를 부탁하고는 한 박자 후에 에스텔라를 돌아보며 부연했다.

"아시잖아요? 여긴 저만이 기거할 수 있지만 그렇다고 제 방은 아니랍니다."

외부 인사는 궁에 일주일 이상을 머물지 못한다. 일정한 시간이 지나면 내쫓겨야 하는 공간을 어찌 제 소유로 여길 수 있을까. 이곳은 카밀라가 입궁 시에 머무는 한시적인 거처에 불과했다. 왕이 친히 신경을 써 아름답게 꾸며 주긴 했으나 카밀라의 취향을 완전히 반영하진 못했다.

카밀라가 소파 팔걸이에 비스듬히 몸을 기대며 말했다.

"수도 외곽에 내 소유의 저택이 하나 있어요. 난 사람이 많은 곳을 별로 좋아하지 않아서 매입 비용을 많이 아낄 수 있었죠. 대신 실내는 오래 품을 들여 내 취향으로만 꾸며 두었어요. 진짜 나의 공간은 그곳에 있으니, 원한다면 후에 한번 방문하셔도 좋아요."

"그거 기대되는군요."

에스텔라가 선선히 대답했다. 마침 시녀가 김이 피어오르는 따듯한 차를 내왔다. 에스텔라는 잔을 들어 한 모금을 삼켰다. 카밀라가 향기로운 차만큼이나 듣기 좋은 목소리를 내어 말했다.

"그런데 아까부터 계속 들고 계시던 물건은 무엇인가요? 시녀들에게 넘겨주지 않으시고."

"아, 이건 귀한 분께 받은 것이라 제가 직접……."

"귀한 분이시라면?"

카밀라의 물음에 에스텔라는 곤란한 표정을 떠올렸다. 그에 카밀라가 알 만하다는 듯 미소 지었다.

물건의 출처야 뻔했다. 카밀라는 에스텔라와 왕비궁 앞에서 마주쳤었다. 그게 아니더라도 카밀라는 이미 왕비궁에 들인 몇몇 세작에게서 에스텔라의 방문 사유를 알아낸 참이었다. 왕비가 베르타가와의 긴밀한 연결을 공고히 하고자 공작의 약혼자에게 장신구를 하사했다고 말이다.

카밀라가 쾌활한 투를 자아내며 제안했다.

"좋아요, 말씀하고 싶지 않으시면 함구하셔도 상관없어요. 출처를 묻진 않을 테니 한번 구경할 수 있을까요?"

여기서 거절했다간 카밀라의 노여움을 사게 될 것이었다. 책 속에서의 아드리아나도 눈치를 보다가 어쩔 수 없이 이 물건을 내보였었다. 에스텔라라고 뾰족한 수가 있을 리는 없었다. 에스텔라는 그녀를 향해 보석함을 열어 내용물을 보여 주었다. 카밀라가 작게 감탄했다.

"예쁜 장신구네요. 아름다워라. 에스텔라 양에게 아주 잘 어울릴 것 같아요."

카밀라가 다 구경했다는 듯 고개를 끄덕였다. 굳이 내용물을 보여 달라 졸랐던 것치고는 싱거운 반응이었다. 카밀라가 손등에 턱을 괸 채 에스텔라를 향해 싱긋 웃어 보였다.

"덕분에 좋은 구경 잘했어요."

"어려운 일도 아닌걸요."

"내 초대가 부담스럽게 여겨졌을 텐데 이리 선선히 응해 준 것부터가 고마워요. 난 사람들과 교류하는 걸 즐기지만, 어쩔 수 없이 종종 인간관계의 어려움에 부딪히곤 한답니다."

"아브릴 백작 부인처럼 매력적인 분도 그런 걱정을 하시나요?"

"내 매력이 여인들에게 통할 법한 것은 아니지 않나요?"

카밀라가 후후 웃으며 찻잔 손잡이를 엄지로 쓸었다. 에스텔라는 전혀 그렇지 않다는 듯 고개를 내저었다.

"저에 한해서라면 같은 불행이 벌어지지 않을 수도 있겠어요. 부인을 뵙고 싶었던 건 저 역시 마찬가지거든요."

"어머, 에스텔라 양께서 저를요?"

"아시다시피 전 수도 토박이가 아니어서요. 수도 인사들은 제 약혼자의 지인들 위주로 알게 될 수밖에 없었지요. 리오넬 전하는 그분의 오랜 벗이시고요."

"……."

"아브릴 백작 부인께서도 리오넬 전하와 친밀한 사이셨다고요."

에스텔라가 천진한 웃음을 지으며 말을 맺었다. 단순히 떠보는 것이라기엔 지나치게 확신 있는 태도였다.

카밀라는 딱딱하게 굳을 뻔한 제 낯을 겨우 추슬렀다. 예기치 못한 화제에 당황을 느끼기도 했지만, 이후로 파고든 감정은 분노였다. 사적인 영역을 침략당하고도 불쾌감을 느끼지 않을 자는 없으리라. 애초에 이건 상대에게 저를 캐낼 기회를 주기 위해 만든 자리가 아니었다.

카밀라가 애써 태연한 표정을 유지한 채 물었다.

"공작님께서 말씀해 주셨나요?"

"정보의 출처가 중요한가요?"

"내겐 중요하죠. 숨기고 싶은 과거가 새어 나갔다면 누구든 그 입 가벼운 밀고자를 궁금해하지 않을까요?"

"어머, 이리 불쾌해하실 줄은 몰랐는데요. 제가 해선 안 되는 이야기를 꺼낸 거라면 사과드리겠어요."

에스텔라가 과장된 투로 사과했다. 카밀라는 상대가 저를 놀리고 있다는 기분을 지울 수 없었다. 카밀라의 입꼬리가 천천히 아래로 가라앉았다. 에스텔라가 유감이라는 듯 제 가슴께에 손을 올렸다.

"그렇죠, 제가 예의 없이 부인의 이야기만 캐물었네요. 이번엔 제 이야기를 좀 해 볼까요?"

카밀라는 그러라는 대답조차 하지 않았다. 에스텔라가 다음으로 꺼낼 말이 무엇인지는 몰라도 제가 유쾌히 받아들일 만한 화제는 아니리란 생각이 들었다.

"아시겠지만 저 역시 아브릴 백작 부인처럼 먼 지방 출신이랍니다. 생계 때문에 수도에 있는 베르타 공작가까지 이력서를 보내야 했지요."

의도를 알 수 없는 서두였다. 쉽게 파악할 수 없는 상대란 긴장을 안겨 주는 법이었다.

카밀라는 가만히 에스텔라를 응시했다. 분명 부드러운 인상의 얼굴이었으나, 상냥한 호선을 그린 입가와 달리 눈은 웃고 있지 않았다.

에스텔라가 카밀라와 시선을 맞춘 채 물었다.

"제가 수도에 올라오기로 결심하며 가장 먼저 구입한 물건이 뭐였는지 아시나요?"

"……뭔가요?"

"안경이었어요. 아주 두껍고 투과율이 낮은, 얼굴을 가려 줄 안경."

에스텔라가 강조하듯 제 관자놀이 부근을 손끝으로 두드렸다. 그러고는 유려한 투로 말을 이었다.

"시골 미녀들이란 제 쓸 만한 외관에 대해 자부심보다는 두려움부터 갖게 되기 마련이죠."

"……."

"식구들의 생계, 가문의 빚…… 뭐든 좋아요. 어찌 됐든 고향을 떠날 정도면 정말 돈이 간절했겠죠. 당장 눈앞에 들이닥친 위기를 모면하기도 급급한 상황에, 남자 하나 잘 잡아 보자는 허무맹랑한 결심이 끼어들 수나 있나요? 글쎄요, 전 경험자로서 그렇게 생각하지 않네요."

에스텔라가 가볍게 어깨를 으쓱였다. 카밀라가 무표정한 얼굴로 되물었다.

"지금 내게 그 말을 하는 이유가 뭐죠?"

그것은 에스텔라가 스스로에게 던지고 싶은 질문이기도 했다. 자신은 왜 모른 척하면 편할 타인의 사정이나 헤집고 있는 걸까. 카밀라가 대화의 주도권을 잡지 못하도록 할 의도긴 했지만 분명 그 목적은 다른 방식으로도 이룰 수 있었다.

하지만 에스텔라는 카밀라의 숨겨진 뒷 사정이 못내 마음에 걸렸다. 왕비의 모진 괴롭힘으로 인해 카밀라가 리오넬을 포기했다는 소설 속 구절이 계속해서 떠올랐던 탓이다. 자세한 정황까지야 알 수 없으나 왕비가 내민 수가 그리 온건했을 것 같진 않았다.

에스텔라가 담담히 말했다.

"당신들 사이에 끼어들었을 타의가 궁금해져서요."

"하!"

카밀라가 크게 헛웃음을 터트렸다. 이어 그녀가 날카로운 목소리로 되물었다.

"내가 당신과는 달리 원래부터 야망이 넘쳤다면?"

"눈앞의 남자가 하룻밤을 취하려 사탕발림을 하고 있는지, 아니면 진짜 진심인지 분별하기는 쉽지 않죠. 그게 아마 여자란 생물들의 오랜 불행일 거예요."

"베르타가의 안주인 자리를 차지하게 될 여인치고는 염세적인 말씀을 하시는군요."

카밀라는 애써 여유로운 척 코웃음을 쳤다. 에스텔라는 상대에게서 이 이상의 반응을 끌어낼 수 없음을 인지했다. 애초에 에스텔라와 카밀라는 오늘 처음으로 제대로 된 대화를 나눠 본 것이었다. 연인인 리오넬에게도 밝히지 않았던 사정을 말 몇 마디로 얻어낼 수는 없었다.

카밀라가 날카로운 눈으로 에스텔라를 응시하며 말했다.

"흥미로운 추론이었어요. 하지만 애석하게도 영애의 염려는 넘겨짚기에 불과하네요."

"그런가요. 제가 주제넘게 굴었군요."

카밀라의 매서운 시선에 에스텔라가 순순히 먼저 굽히고 들어갔다. 상대가 먼저 무례를 시인하자 당장은 더 트집 잡을 구석이 없었다. 카밀라는 지긋이 제 입술을 사리물었다. 친우의 앙갚음을 해 주기 위해 불러들인 것이었는데 건드려진 건 되레 제 약점 쪽이었다.

감히 뭘 안다고 저런 건방진 소리를 지껄이고 있는 건가. 저 여인은 조실부모한 젊은 공작의 눈에 들어 운 좋게 아무 방해 없이 정실 자리를 차지하게 된 것뿐이었다. 베르타 공작에게 더 깊이 참견할 만한 어른이 있었다면 그녀도 자신과 같은 불행을 얻었을 것이다.

아니, 그래도 왕세자보다는 공작 쪽이 한결 손에 넣기 쉬웠을까. 그 악독한 왕비도 제 자식의 일이 아니라서인지 공작의 피앙세에게 꽤 상냥히 굴고 있으니 말이다.

오늘 왕비가 에스텔라에게 보인 포용적인 태도는 카밀라의 기분을 단숨에 밑바닥까지 처박았다. 그 소중한 하사품의 의미를 완전히 망쳐 놓고 싶어졌을 정도로.

카밀라가 가까스로 입꼬리를 끌어올리며 말했다.

"저야말로 즐거워야 할 만남에서 괜히 언성을 높여 부끄럽군요. 이번만은 서로의 실수를 눈감고 넘어가 주도록 해요."

"부인께서 먼저 배려해 주시니 그저 감사할 뿐이랍니다."

그리 말하며 에스텔라가 벽에 걸린 시계에 시선을 주었다. 에스텔라는 후에 다른 약속이 있다 말하고는, 볼일이 끝났다는 듯 깔끔한 태도로 자리에서 일어섰다.

에스텔라가 왕비에게서 받은 물건을 확인한 이상 카밀라도 더 이상의 용건은 없었다. 오히려 카밀라야말로 저 불쾌한 여인을 한시라도 빨리 이곳에서 치워 버리고 싶은 심정이었다. 카밀라가 상냥한 표정을 자아내며 작별 인사를 남겼다.

"곧 탄신 무도회에서 다시 뵙겠네요. 다시 마주치면 인사 정도는 해 주세요."

"물론이죠. 오늘의 만남으로 저희도 친교의 한 단계를 밟아 간 게 아니겠어요?"

에스텔라가 싱긋 웃으며 마지막 인사를 남기고는 방을 나섰다. 문이 닫혔다. 카밀라는 곧장 자리에서 일어나 제 앞에 있던 찻잔을 힘껏 바닥으로 던져 버렸다.

"공작님."

"……."

"공작님!"

몇 번의 부름 후, 하비에르가 끝내 언성을 높이고서야 디에고의 눈동자에 초점이 돌아왔다. 하비에르가 의심스러운 눈으로 디에고를 보며 물었다.

"혹시 제가 방금 보고드린 내용…… 들으셨습니까?"

디에고는 여전히 턱을 괴고 있을 뿐 아무런 대답이 없었다. 전혀 듣지 않았다는 시인이었다. 하비에르는 속으로 한숨을 삼키며 말했다.

"전대 공작 부인의 상태가 좋지 못하다는 소견서가 도착했다고 말씀드렸습니다."

집중하여 듣던 디에고가 전대 공작 부인이 언급되자마자 인상을 찡그렸다. 안 그래도 중요한 고민이 도중에 끊겨 짜증이 일던 참이다. 그 와중 궁금하지도 않은 전대 공작 부인의 소식이 전해지니 몹시 기분이 상했다. 디에고가 비꼬듯이 물었다.

"그 여자 건강이 당최 나와 무슨 상관이라고 친절히 읊고 있는 거지?"

"근황 정도는 알고 계셔야 할 것 같아서 말입니다."

"내가 손대는 것만 아니면 어디서 코 박고 죽든 관심도 없어. 이참에 아예 쓸데없는 자원 낭비는 그만하고 세상을 떠나 주면 좋겠군."

디에고가 신경질적으로 손을 내저으며 대화의 끝을 알렸다. 하비에르는 잠자코 입을 다물었다. 이 이상 이야기를 꺼내 봤자 디에고가 듣지 않을 게 분명했기 때문이다.

아니나 다를까 디에고는 고뇌에 찬 표정으로 또 제 무의식에 잠겼다. 잠시 후 뒤늦게 조력자의 존재를 깨달은 디에고가 고개를 들어 물었다.

"고백은 보통 어떻게 하는 게 좋지?"

그것도 앞선 신랄한 발언과는 어울리지 않는 귀여운 연애 상담이었다. 하비에르는 황당한 마음에 잠시 침묵을 지켰다. 제 주인이 누구 때문에 이런 질문을 던졌는지는 너무나도 분명한 바였다. 순간 억울한 마음이 치솟아 하비에르는 충동적으로 이렇게 묻고 말았다.

"……공작님, 혹시 기억하십니까? 예전에 에스텔라 양에게 관심이 없다고 말씀하셨던 것 말입니다."

"지금 그게 문제야."

디에고가 인상을 구기며 두 손으로 제 이마를 감쌌다. 앞으로 넘어온 머리칼을 뒤로 쓸어 넘기고는 짧은 신음을 흘렸다. 디에고가 심각한 얼굴로 말했다.

"내가 그따위 말을 미스 마거릿에게도 지껄였어. 지금 당신 주인이 얼마나 곤란한 상황에 봉착했는지 알겠나?"

디에고가 막막한 심정으로 눈을 들어 하비에르를 응시했다. 심지어 디에고의 주변엔 연애에 대해 도움을 구할 만한 적절한 인물도 없었다. 가까운 친구인 리오넬은 첫사랑은 이루어지지 않는다는 통념을 실현시킨 인물로, 그 실패는 무려 지금까지 현재 진행 중이었다. 당연히도 그다지 조언을 구하고 싶은 상대는 아니다.

순간 디에고의 눈이 크게 뜨였다. 그러고 보니 30년 가까이 성공적인 결혼 생활을 이어 온 인생 선배가 바로 눈앞에 있었다. 디에고가 깍지 낀 손을 턱에 대고는 진지하게 물었다.

"자네는 어떻게 아내에게 고백했지?"

그 오랜 세월을 보필하면서도 디에고에게서 한 번도 받지 못했던 관심이었다. 하비에르는 어딘지 떨떠름한 심정이 되어 대답했다.

"전 푸르른 여름날, 후원을 산책하다가 꽃이 만개한 지점에서 고백했었지요. 아주 아름다운 곳이었습니다."

하비에르는 그곳이 베르타 공작가의 후원이었다고는 굳이 말하지 않았다. 여인을 꼬시려고 직장으로 데려왔던 철없는 과거를 밝힐 수는 없었다. 좋은 사용인이란 곧 고용주에게 제 흠을 들키지 않는 사용인인 법이다.

다행히 디에고는 그에 관해 말꼬리를 잡고 늘어지지 않았다. 디에고가 한층 더 진지해진 눈빛으로 물었다.

"선물은?"

"준비하면 좋기야 하겠지만…… 딱히 물건으로 흥정을 하시려는 건 아니지 않습니까?"

그리 되물은 하비에르가 미소와 함께 정론을 내놓았다.

"모름지기 중요한 건 진심이지요."

"그게 그동안 부족했던 단 한 가지긴 하지."

디에고가 앓는 소리를 내며 등받이에 등을 기댔다. 타이밍 좋게 문 너머에서 하녀의 전언이 들려왔다.

"공작님, 에스텔라 양께서 돌아오셨습니다."

누군가의 위치를 실시간으로 인지하기에 공작가는 지나치게 넓었다. 그러나 지켜보는 눈이 있다면 얘기가 조금 달라진다. 사용인들은 에스텔라가 귀가하면 곧바로 디에고에게 와서 보고하곤 했다. 디에고는 근래 제 권력을 효과적으로 이용하는 몇 가지 방법을 더 알게 되었다.

디에고가 떠날 때가 됐음을 인지한 집사가 뒤로 물러섰다. 예상대로 디에고는 흡족한 표정을 지으며 자리에서 일어섰다. 디에고는 결코 뜀박질은 아니나 그와 흡사한 속도의 걸음으로 부부 침실에 다다랐다. 두어 번 노크를 남기자 곧장 들어오라는 허락이 들려왔다. 디에고가 안으로 발을 들이자마자 질문을 던졌다.

"왜 이렇게 늦게 들어옵니까?"

뒤에서 들려온 굵직한 음성에 에스텔라가 놀란 눈으로 돌아섰다. 환복을 도와줄 하녀의 방문이라고 생각하고 출입을 허했는데 방엔 전혀 의외의 인물이 들어서 있었다.

디에고의 당당한 물음에 에스텔라는 순간 지금 자정에 가까운 시간이라고 착각할 뻔했다. 다행히 창 너머로 바깥이 훤히 내보였던 탓에 에스텔라는 디에고의 수작에 속지 않을 수 있었다. 에스텔라가 아직 새파란 하늘을 가리키며 어이없다는 듯 되물었다.

"지금 고작 오후 다섯 시인데요?"

"당신을 기다리느라 난 아사할 뻔했어요. 아니면 말라 죽든가."

"사람은 그렇게 쉽게 안 죽어요."

말도 안 되는 푸념을 들어 줄 이유가 없다. 에스텔라는 디에고의 과장된 앓는 소리를 매정하게 잘라 냈다. 그러고는 무심히 턱 아래에 매인 리본을 풀어냈다. 이마를 누르던 모자를 벗었으나 딱 붙는 외출복은 그대로였던 탓에 딱히 편해지진 않았다. 에스텔라가 베드벤치 위로 레이스 끈을 떨어트리며 말했다.

"나가시면서 하녀를 좀 불러 주시겠어요? 옷 갈아입고 바로 갈게요."

그때 에스텔라의 등허리에 긴 손가락이 닿았다. 그에 이어 가슴을 죄던 압박이 가벼워졌다. 에스텔라는 무의식적으로 어깨를 굳혔다.

귓가에서 디에고의 숨결이 느껴진 탓이었다. 어느새 가까이 다가온 디에고가 섬세한 솜씨로 등 뒤의 단추를 풀어 내리고 있었다.

"……뭐 하시는 거예요?"

"옷 갈아입는 것 도와주려고요."

그의 손이 벌어진 옷 틈 사이를 가르고 들어왔다. 미지근한 손끝이 등 위를 부드럽게 문질렀다. 의도가 뻔히 짐작되는 것치곤 대단히 금욕적인 움직임이었다.

그가 매듭을 전부 풀어내자 드레스가 천천히 아래로 떨어졌다. 슈미즈와 파니에가 남아 있어 완전한 맨몸은 아니었는데도 어딘지 민망한 기분이 들었다. 그의 손이 자연스럽게 허리 위로 미끄러졌다. 디에고가 에스텔라의 목덜미에 얼굴을 묻으며 웅얼거렸다.

"오늘 내가 얼마나 피곤했는지 압니까?"

디에고가 에스텔라의 어깨에 턱을 괴고는 그녀의 배를 끌어안았다. 에스텔라는 무심코 손을 들어 디에고의 얼굴을 매만졌다. 디에고는 기분 좋다는 듯 그녀에게 제 뺨을 묻어 왔다. 그가 눈을 감은 채 웅얼거렸다.

"세실리아가 갑자기 비밀이라는 단어에 꽂혀서는 어찌나 질기게 달려들던지……."

"비밀이요?"

"그날 당신이 세드릭에게 말하지 말라 당부했던 그거 말입니다."

디에고가 비밀 이야기라도 하듯이 에스텔라의 귓가에 대고 속삭였다. 에스텔라는 저도 모르게 어깨를 움츠렸다. 귓불에서 느껴지는 숨결에 소름이 우수수 돋아났다.

디에고가 무슨 이야기를 하고 있는지는 뻔했다. 그들이 같은 방에서 나왔다는 걸 동생한테 말하지 말라 세드릭에게 당부했던 일을 언급하는 것이다. 저 빼고 공유하는 비밀이라 하니 세실리아 입장에선 소외당한 기분이 들었을 법도 했다. 무리에서 혼자 동떨어지는 일에 세실리아는 유독 민감한 편이었다.

“세드릭이랑 이야기하다 그 얘기가 나왔는데, 세실리아가 그걸 듣고는 사람 지칠 때까지 꼬치꼬치 캐묻더군요. 난 가끔 그 애 엄마보다 걔가 더 무섭습니다.”

“다른 이야기라도 지어내서 알려 주시지 그랬어요.”

“거짓말을 하면 다 알아챘을 텐데?”

“공작님 같은 달변가가 그런 말씀을 하시는 건 엄살이죠.”

“아니, 나 말고 세드릭이요. 걔는 유독 자기 동생한테 약하더라고.”

디에고가 부스스한 웃음을 흘리며 에스텔라의 귀밑에 장난스럽게 입을 맞췄다. 에스텔라가 그를 떨쳐 내려 상체를 흔들었으나 디에고의 몸은 지나치게 크고 무거웠다. 결국 에스텔라는 반동을 못 이기고 그대로 침대 위에 쓰러지고 말았다. 등 뒤에 디에고를 단 상태 그대로였다.

에스텔라가 무겁다고 앓는 소리를 내자 그가 몸을 일으켰다. 다만 다리 사이에 그녀를 가둔 채 완전히 비켜서진 않았다. 힘겹게 뒤돌아 누운 에스텔라가 팔꿈치로 매트리스 위를 짚었다.

“공작님, 아까부터 은근슬쩍…….”

“은근슬쩍처럼 보였습니까? 난 대놓고였는데.”

디에고가 능청스럽게 대답했다. 에스텔라는 가는 눈으로 그를 흘겨보았다. 어쩐지 한동안은 조용하다 했다. 그가 대단한 신사가 됐다기보다는 그냥 신중히 기회를 노리고 있었을 뿐이었던 거다.

“난 세실리아가 모르는 비밀이 우리 사이에 더 많아졌으면 하는, 아주 개인적인 소망이 있어요.”

디에고가 그리 말하고는 에스텔라에게로 고개를 숙였다. 아랫입술을 가볍게 빨아들이고는, 이어 윗입술까지 삼켰다. 말캉하고 도톰한 살갗이 일그러졌다가 원래대로 돌아가기를 반복했다.

에스텔라는 그와 혀끝을 맞댄 채 슬쩍 인상을 찡그렸다. 그의 입술이 지나치게 달콤한 것과 별개로 그녀에겐 해야 할 이야기가 있었다. 에스텔라가 검지를 들어 그의 입술을 밀어냈다.

“일단 오늘 있었던 일 얘기 먼저.”

“음?”

“오늘 왕비님께 이걸 받았어요.”

그리 말하며 에스텔라가 제 쇄골 위에 걸쳐진 목걸이를 손끝으로 쓸었다. 디에고가 흘긋 그것에 시선을 주었다. 그가 초조한 목소리로 짧은 평가를 남겼다.

“잘 어울리네요.”

“왕세자 전하의 생일 기념 무도회에 차고 오라고 하시던데요”

“그렇게 해요. 문제 있습니까?”

“물론 없죠. 그럼 다음 용건으로 넘어갈게요. 오늘 아브릴 백작 부인도 만났어요.”

이야기가 짧게 끝나지 않으리라는 걸 그도 직감한 모양이었다. 디에고는 결국 몸을 물리고 바로 앉았다. 제 위에 있던 디에고가 사라졌기에 에스텔라도 허리를 바로 세웠다. 디에고는 몸의 대화를 방해받은 상황이 고까운 듯했지만 어쨌든 또 다른 대화에도 집중해 주었다.

"무슨 일이 있었습니까?"

"무슨 일이 있었다기보단…… 음, 있었던 건가? 잘 모르겠네요."

"일이 있었던 거면 있었던 거고 아니면 아닌 거지, 그게 무슨 뜻입니까?"

"그게…… 아브릴 백작 부인이 무도회 날 제게 무슨 짓을 할 것 같아요. 아마 높은 확률로."

에스텔라가 곤란한 얼굴로 대답하며 어깨를 으쓱였다.

아브릴 백작 부인이라. 갑작스레 튀어나온 언짢은 이름에 디에고의 기분도 떨떠름해졌다. 솔직히 말해 디에고도 친구의 짝사랑 상대가 썩 달갑진 않았다. 그 감정에 잠겨 지낸 세월을 알아 나쁜 소리를 않을 뿐, 아버지의 정부라는 게 썩 잘되길 응원할 만한 상대는 아니지 않은가.

안나와 절친한 여인이라는 사실만으로도 카밀라는 디에고에게 충분히 불편한 인물이었다. 심지어 그에게는 카밀라에게 작위 계승을 격렬히 방해받은 기억까지 있다. 디에고는 인상을 찌푸리며 물었다.

"그 정도로 말다툼을 했습니까?"

"그거 때문은 아닌데요."

에스텔라는 곧바로 대답하지 못하고 잠시간 말을 골랐다. 그들의 만남에서 콕 집어 무엇이 문제였다 표현할 수는 없었다. 에스텔라가 카밀라의 속내를 알고 있는 건 원작을 읽었기 때문이었으니까. 디에고의 앞에서 소설이니 뭐니 하는 소리를 운운할 수 있을 리 없다. 제가 누군가의 창작물 속 인물이라는 사실엔 에스텔라조차 약간의 거리낌을 느끼고 있었으므로.

다만 에스텔라는 몇몇 인물의 행동과 그 결과에 대해 어느 정도는 앞서 인지하고 있었다. 목걸이를 보여 달라고 했던 카밀라의 청이 무엇을 의미하는지 역시 말이었다.

오늘 있었던 만남에선 그보다 더 많은 일이 일어날 수도 있었다. 기선을 잡은 덕분에 카밀라도 제 동요를 숨기는 데 급급해 쉽게 물러섰지만, 그렇다고 그녀 안의 악의까지 없어지는 건 아니었다.

덕분에 궁금한 점이 하나 생겨났다. 소설 속에서 카밀라가 아드리아나를 공격한 건 리오넬이 관심을 보인 데 대한 질투심처럼 묘사되었다. 그렇다면 리오넬과는 연관이 없는 자신은 어쩌다가 그녀의 분노를 샀을까.

"사실 저도 잘 모르겠네요. 그분이 왜 절 미워하는지."

에스텔라의 영문 모를 표정을 보며 디에고는 슬쩍 미소 지었다. 그는 어쩐지 그 이유를 알 것 같은 기분이 들었다.

똑같이 낮은 신분에서 출발했지만 현재는 너무도 다른 입장에 선 두 여인이다. 왕비가 아들의 사랑을 방해하기 위해 어떤 짓을 저질렀는지 디에고 또한 조사를 통해 알고 있었다. 카밀라의 입장에선 에스텔라에게 질투심을 느낄 만도 했다. 그것이 퍽 연민이 가는 사유긴 하나, 악의를 굳이 착한 마음으로 받아쳐 줄 이유는 없으리라.

"무슨 짓을 할지 짐작 가는 거라도 있습니까?"

"……네."

"내가 따로 해 줄 일은?"

"그냥 옆에서 제 편이나 들어 주세요."

에스텔라의 말에 디에고가 고개를 젖히며 파안했다. 저리 당당히 나오는 걸 보니 제 약혼자를 걱정할 필요는 없겠다는 생각이 들었다.

아브릴 백작 부인이 정도 이상의 불쾌한 짓을 저지른다면 제가 나서 막아 주면 되었다. 어쨌든 무도회장엔 그들의 편을 들어 줄 인물이 많았다. 이를테면 카밀라의 숙적인 왕비라든가.

디에고가 웃음 끝에 잠긴 목소리로 대꾸했다.

"너무 당연한 걸 시키니 나만 한가해지겠군요. 당신은 또 언제나처럼 바쁘고."

디에고가 그리 말하고는 잠시간 에스텔라를 빤히 쳐다보았다. 에스텔라에게 무도회 이야기를 듣고 나니 번뜩 좋은 생각이 끼어들었다. 에스텔라가 부담스럽다는 듯 몸을 뒤로 물리며 물었다.

"왜 그렇게 보세요?"

"이제 생각이 나서요. 어떻게 말해야 할지."

로맨틱한 밤, 아름다운 후원, 그리고 조용한 고백.

모든 조건에 딱 맞는 때가 그들을 기다리고 있었다. 그 후원이 제 소유가 아닌 리오넬의 것이라는 게 조금 걸리긴 하지만, 어쨌든 들키지만 않으면 놀림 받을 일도 없지 않은가. 좋은 친구란 모름지기 아낌없이 내주는 친구인 법이다. 물론 딱히 제 쪽에서 희생적인 역할을 맡을 생각은 없었다.

디에고는 느릿하게 눈을 감았다 뜨고는, 가급적 느끼한 목소리를 내어 말했다.

"무도회 날 기대해도 좋아요."

"백작 부인의 약점이라도 알고 계세요?"

에스텔라가 궁금증 어린 눈으로 물었다. 그녀는 아직 아브릴 백작 부인의 이야기에서 벗어나지 못한 모양이었다. 디에고의 상체에서 힘이 쭉 빠졌다. 디에고가 신음 섞인 한숨을 쏟아 냈다. 그가 가는 눈으로 에스텔라를 보며 물었다.

"당신…… 어지간히 눈치 없다는 소리 안 들어 봤습니까?"

"눈치 백 단이라는 소린 들어 봤는데요."

에스텔라가 당당한 태도로 대답했다. 사회에서 산전수전을 겪은 자신에게 그런 오명을 씌워서야 섭섭하다. 고향에 있을 시절엔 둔치에 가까웠던 게 사실이지만, 전생의 기억을 찾고 난 이후의 자신은 확실히 경험치가 늘었다. 에스텔라는 확신 어린 눈으로 디에고를 마주 보았다. 디에고가 한심하다는 듯 그런 그녀를 흘겼다.

"누군지는 몰라도 재빠르게 멀어져요. 가까이해서 도움될 사람 아니니까."

이미 다른 세계로 와서 다시 만날 일 없거든요. 에스텔라는 속으로 불만스럽게 중얼거렸다. 에스텔라의 불만스러운 표정에도 디에고는 가늘게 뜬 눈을 거두지 않았다. 결국 에스텔라가 돌연 진지한 목소리를 내어 말했다.

"만약 제가 여길 떠나는 것에 대해 대화하고 싶으신 거라면, 지금 하셔도 돼요."

갑작스레 나온 진지한 화제에 디에고의 허리가 펴졌다. 그는 그녀를 붙잡고 싶었지만 그건 고백과 함께여야 했다. 진심을 전하고 에스텔라가 이를 받아들이면, 그때 가서는 그녀가 거부하든 말든 그녀의 아버지에게 적당한 영지라도 하나 안겨 줄 작정이었다. 그리하면 몬티엘 경의 거취 문제를 완전히 종식시킬 수 있으리라.

혹자는 과한 선물이라고 하겠으나 디에고의 입장에서 에스텔라는 오히려 지나치게 품이 들지 않는 여인이었다. 디에고는 에스텔라가 제 지원에 거리낌을 품는 게 썩 마음에 들지 않았다. 솔직한 심정으로 그는 그녀가 사치에 익숙해져서라도 제 곁을 떠나지 못하도록 하고 싶었다. 넘치도록 가지고 있는 게 돈인데 이를 사랑하는 여인을 붙잡기 위한 수단으로 이용하지 못할 이유가 무언가.

그녀가 정말 돈 욕심이 있는 사람이었다면 차라리 더 좋았을 것이다. 에스텔라가 어떤 호사스러운 취미를 일삼는대도 그는 결코 빈털터리가 될 수 없을 테고, 그렇다면 그녀가 그를 떠날 일도 없을 테니까.

하지만 에스텔라는 그런 사람이 아니고, 그녀의 진심을 바란다면 디에고도 온 진심을 다해 맞부딪쳐야 했다. 그리고 그녀를 위해서라도 그런 중요한 일을 이렇게 성의 없는 장소에서 해치울 생각은 없다. 디에고는 빤히 그녀를 쳐다보았다.

"생각 정리할 시간이 필요하다고 했었잖아요. 벌써 결론 내린 겁니까?"

"아직이요. 하지만 그 전에 공작님과 한번 이야기해 보고 싶어요."

"이야기요?"

그녀가 무슨 의도로 저와 이야기를 나누자고 하는지 알 수 없었다. 그가 이 일에 있어 견지하고 있는 입장은 언제나와 같았다. 그는 그녀가 떠나지 않고 제 곁에 남기를 바란다. 그 외의 다른 타협점은 존재할 수 없었다.

"내가 그 문제에 관해 할 대답은 하나뿐입니다. 난 여전히 당신이 내 곁에 남길 바라요."

디에고가 흔들림 없는 음성으로 대답했다. 그에겐 심지어 그녀를 도덕적으로 몰아세울 근거까지 있었다. 디에고가 진지한 눈으로 그녀를 보며 말했다.

“이제 와서 날 버리고 떠나겠다고 하면 당신, 어지간히 양심 없는 겁니다. 난 당신이 처음이었거든.”

에스텔라는 그의 말뜻을 곧바로 이해하진 못했다. 하지만 양심과 처음이라는 단어가 합쳐지니 아무래도 야릇한 느낌이 연상되었다. 잠시 후에야 에스텔라의 눈이 걷잡을 수 없이 커졌다. 에스텔라가 대경실색한 표정으로 디에고를 쳐다보며 물었다.

“처음이었다고요?”

에스텔라는 도무지 혼란을 추스를 수 없었다. 디에고와 밤을 보낸 이후, 그녀는 오랫동안 품어 왔던 물음에 대해 나름대로의 답을 내렸었다. 그러니까 디에고의 성 경험 유무에 대한 제 안의 오랜 논쟁에 대해서 말이었다.

눈앞에서 별이 번쩍이고 온몸이 후들거렸던 그 순간, 에스텔라는 생각했다. 그는 처음이 아니었다. 처음일 수가 없었다.

그와의 관계에 미치도록 만족했던 한편 에스텔라는 약간의 실망 역시 품었다. 이런 제가 부끄러워 차마 입 밖으로 내진 못했지만 그녀는 그가 거쳤을 다른 여자들에 대해 생각했었다. 그런데 지금 그는 제가 유일한 상대였다고 말하고 있는 것이다.

첫 경험에서 그토록 능숙하게 자신을 밀어붙였다니, 그걸 지금 저 보고 믿으라는 걸까? 그는 지금 그녀를 속이고 있는 게 분명했다. 에스텔라의 눈빛에 불신이 싹텄다. 에스텔라의 의심 어린 표정을 본 디에고가 주지하듯 말했다.

“맞아요, 완벽한 처음.”

“거짓말!”

“……거짓말 아닙니다. 이런 걸 가지고 왜 당신을 속입니까?”

"그렇지만 처음이라기엔 너무, 너무……."

"내가 너무 잘했다?"

디에고의 입가에 담긴 미소가 진해졌다. 에스텔라는 말문이 막혀 입을 다물었다. 그의 자의식에 더한 비료를 뿌려 줄 생각은 없었다.

"그렇게 치면 당신도 꽤 자연스러워 보이던데요."

"아뇨, 저도 완벽한 처음이었는데요!"

그러니까 신체적으로는. 뒷말을 혀 밑으로 누른 에스텔라가 침을 꿀꺽 삼키며 디에고를 응시했다. 이제 보니 늘 단단해 보였던 저 미남자에게 좀 귀여운 구석이 있는 것도 같았다. 지금 이어지는 질투 섞인 툴툴거림까지도 그러했다.

"다섯 명이나 사귀었다면서, 순 이상한 놈팡이들만."

"이상한 놈들이라 수절했어요. 근데 진짜 처음이세요?"

에스텔라의 반복된 질문에 디에고가 황당하다는 표정을 지었다. 그러면서도 그다지 기분 나쁜 기색을 보이진 않았다. 다행히 그는 에스텔라의 불신을 지겹게 받아들이기보단, 스스로에 대한 찬사로 해석한 모양이었다. 디에고가 짧게 한 번 어깨를 으쓱이고는 담담한 목소리로 말했다.

"문제가 될 아이를 만들고 싶지 않았습니다."

디에고는 배다른 아이들이 존재하는 가정을 이미 한 번 겪어 보았다. 그가 그 사실에 어떤 감상을 느꼈을지는 극명했다. 그는 사춘기에 접어들었을 때부터 책임지지 못할 아이는 낳지 않겠다는 결심을 품었다. 그것이 여자가 되든, 그녀가 낳은 자식이 되든 평생 함께해야 할 사람이 생긴다는 사실에 두려움을 느낀 탓이었다. 그가 이토록 이성을 잃고 달려든 여자는 에스텔라가 유일했다.

어쩌면 그는 그녀와 닮은 아이의 꿈을 꾸었을까.

디에고가 곧은 시선으로 그녀를 응시했다. 그러고는 입가에 작은 미소를 띤 채 물었다.

"그래서 이제 만족했습니까? 이런 정숙한 남자라면 데리고 살 만하겠어요?"

"아니, 그러니까 원래 이런 얘기를 하려던 게 아니라……."

에스텔라가 대답하다 말고 한숨을 내쉬었다. 이래서야 자신이 남자의 순결에 집착하는 상종 못 할 여인이 되지 않는가.

에스텔라는 짧게 헛기침을 해 목소리를 가다듬었다. 에스텔라가 다시 진지한 눈으로 디에고를 보며 말했다.

"공작님께 물어보고 싶은 게 있어요. 대답해 주실 건가요?"

"그게 당신의 결정에 도움이 된다면 얼마든지요."

디에고가 그리 말하며 양손을 펼쳐 들어 올렸다. 대단히 시원스러운 제스처였다. 그가 선선히 그녀의 까탈을 따라 주었음에 에스텔라는 안심했다. 작게 심호흡을 한 에스텔라가 마침내 운을 떼었다.

"그때 아버지를 상처 입힌 걸 만회하기 위해 당신을 상처 입히지 말라고 했죠."

디에고는 잠자코 그녀의 말에 집중했다. 그와 시선을 마주하는 건 두려운 일이었지만 에스텔라는 눈을 피하지 않기 위해 노력했다. 더 상황을 회피하고만 있을 수는 없었다.

그의 말이 맞았다. 실수를 수습하기 위해 또 다른 실수를 저질러서는 안 될 것이다. 무엇보다 시일이 지나고 상황을 객관적으로 바라볼 수 있게 되니, 고향으로 돌아갔을 때 가족들이 지을 슬픈 표정이 떠올랐다. 이유를 설명해 봤자 아버지에겐 더한 자책을 안겨 줄 뿐일 것이다. 그리고 눈앞의 이 남자도 수도에 홀로 외로이 남겠지.

에스텔라가 물었다.

"내가 떠나면 슬픈가요?"

"당연한 말을 하는군요."

디에고가 피식 웃었다. 에스텔라가 이어 질문했다.

"내가 당신에게 위로가 되는 존재였나요?"

"……."

"그러니까 나와 함께 있는 편이 당신에게 더 나으냐고…… 묻는 거예요."

디에고는 곧바로 대답하지 못하고 입을 다물었다. 가슴이 술렁여 제 안의 감정을 어떤 형체로 빚어낼 수가 없었다.

이 여자가 정말 제 마음을 모를까. 그래서 제게 이런 질문을 하나.

디에고는 때때로 그녀를 원망하게 되었다. 어느 날은 미치도록 간절하다가도 가끔은 또 그녀가 미웠다. 하염없이 보고 싶으면서도 저 입이 나쁜 말을 뱉을 때면 다신 그녀에게 흔들리지 않겠다는 결심을 세웠다.

그럼에도 그는 매번 실패했다. 몇 번이고 반복해 다시 그녀의 앞에 서고는 또 어쩔 줄 몰라 전전긍긍했다. 그녀는 그에게 있어 세상에서 가장 어려운 문제였다.

"미스 마거릿, 당신보다 나를 크게 변화시켰던 사람이 또 없습니다."

디에고는 떨리는 눈으로 에스텔라를 응시했다. 앞선 물음엔 그다지 맞지 않는 답이었지만, 자신이 어떤 심정으로 꺼낸 말인지는 충분히 짐작이 되었으리라.

그녀와 함께할 때의 자신은 그녀가 없을 때의 자신과 달랐다. 그녀로 인해 디에고는 더 나은 사람이 되고 싶다는 욕심을 품었다. 그에게 있어 그녀는 감히 구원이라 부름직하다. 그녀의 입술이 조용히 벌어지는 걸 보며 디에고는 생각했다.

"그럼 난…… 여기, 당신 곁에 있을게요."

이 여자가 나와 같은 마음을 품었다고 생각하는 게 과연 욕심일까? 과하게 눈치 없는 그녀가 아직 제 본심도 알아채지 못하고 있을 뿐, 그는 이미 그녀 안에서 큰 존재가 되어 있는 게 아닌가?

벅차오르는 마음을 숨길 수 없었다. 세상에 더 없는 얼간이처럼 사랑을 노래하고 그녀의 발등에 입을 맞추고 싶은 심정이다.

디에고는 그녀를 덜컥 끌어안았다. 기우뚱한 두 몸이 침대 위로 기울었다. 에스텔라가 숨이 막힌다며 그의 등을 두드렸지만 디에고는 비켜 주지 않았다. 결국은 투정을 내뱉던 입술과 괜찮다며 어르던 입술이 겹쳐졌다.

"아브릴 백작 부인, 오늘도 정말 아름다우시네요."

쏟아지는 찬사에 카밀라는 미소를 머금었다. 외모를 칭찬받는 상황보다는 모두가 제 환심을 사려 귀에 단말을 뱉는다는 사실이 기꺼웠다.

이럴 때면 카밀라는 종종 새삼스러운 감상에 잠겼다. 시녀 시절과 비교해 제 외관이 크게 달라지진 않았으나 대우의 차이는 극명했다. 결국 미모란 것도 저를 지킬 힘이 있어야 효과적으로 이용할 수 있는 것이다. 그런 면에서 사람들이 내보이는 흠모 섞인 눈길은 카밀라에게 있어 어떠한 증명처럼 느껴졌다. 제가 내린 선택이 틀리지 않았다는.

평소처럼 모두의 관심을 사는 것도 충분히 즐거운 일이었으나, 기실 이 파티의 진정한 즐거움은 다른 곳에 있었다.

"착용하신 목걸이는 어디서 구매하신 건가요? 부인과 무척 잘 어울리네요."

대화를 나누던 영애가 건넨 물음이었다. 카밀라는 자연스럽게 손끝으로 제 목에 걸린 백금 줄을 문질렀다. 그 행동에 무리 모두가 카밀라의 가슴께로 시선을 내렸다. 우아한 다이아몬드 메달이 달린 목걸이였다. 커다란 보석이 가운데 중심을 잡고, 그 옆으로 작은 알들이 리듬감 있게 줄지어 있는 형태였다.

"어머, 그리 말씀해 줘서 고마워요. 이건 제게도 조금 특별한 물건이랍니다."

카밀라가 고혹적인 미소를 지으며 대답했다. 상대방이 어떤 의미인가 하는 궁금증을 드러냈으나 카밀라는 수줍음 어린 미소만으로 대답을 대신했다. 입이 간지럽긴 해도 지금이 이 물건의 정체를 공개할 적당한 때는 아니었다.

자연스럽게 무리에서 멀어진 카밀라는 조용히 홀을 관망했다. 일국의 왕세자가 태어난 날을 기념하는 연회니만큼 무도회는 무척이나 성대했다. 왕과 왕비 역시 드물게 함께 참석하여 자리를 지키고 있었다. 특히 리오넬은 그에게 한 번이라도 말을 붙이려 안달하는 귀족들에게 온통 둘러싸인 상태였다. 카밀라는 잠시 리오넬에게 시선을 주었다가 미련 없이 거두었다. 지금이 그에게 관심을 둘 때는 아니었다.

대부분이 입장을 마치고도 약간의 시간이 지난 후라 홀은 사람으로 북적거렸다. 베르타 공작과 그 약혼자는 왕비와 잠깐의 담소를 나눈 후 가까운 곳에 물러나 있었다. 인원 구성이나 거리로 보아 지금이 반응을 끌어낼 적기라는 생각이 들었다.

카밀라는 사뿐히 걸음을 떼어 왕비에게 다가갔다. 사람들의 시선이 집중되는 게 느껴졌다. 그도 그럴 것이 왕비에게 감히 정부가 먼저 다가서 말을 붙이려는 것이었다.

카밀라는 희열을 숨기며 왕비의 앞에 섰다. 이 고상한 여인의 낯을 일그러트리는 건 카밀라의 오랜 즐거움이었다. 왕비에게 있어 자신은 벌레나 마찬가지였고 경멸의 시선은 갈수록 짙어져 갔다. 그렇다고 왕비가 자신을 외면해서는 곤란했다. 자신은 그녀가 저지른 죄악의 결과였으므로.

"안녕하세요, 왕비 전하. 오랜만에 인사드리는군요."

왕비는 인사를 받아 주는 대신 가만히 카밀라를 내려다보았다. 왕비의 미간이 미세하게 좁혀 드는 것이 보였다. 속으로는 어떤 생각을 품고 있건, 카밀라는 그저 웃었다. 이 역시 왕비에게 배운 것이었다.

"왕비궁을 여러 번 지나쳤는데도 어쩜 한 번도 뵙지 못했어요. 덕분에 아쉽고도 또 그리운 마음이었답니다."

카밀라가 왕비궁을 지나칠 이유라 하면 뻔하다. 왕의 침소를 드나들었다는 사실을 은근히 내비친 것이었다. 왕비의 시선이 카밀라의 몸을 훑었다. 정부의 차림새를 검열하는 모양이었다.

왕비의 눈길이 어느 한 지점에서 멎었다. 카밀라의 입가에 어린 미소가 짙어졌다. 카밀라는 방금 담소를 나누었던 영애에게 그리했던 것처럼, 제가 찬 목걸이를 손마디로 짚어 보였다.

"익숙한 물건이시죠?"

"……그게 무슨 뜻이지?"

"얼마 전 에스텔라 양과 친교를 나누기 시작한 걸 기념하며, 저 나름의 기념품을 맞춰 보았답니다. 이건 저희 우정을 기념하는 표식이 될 거예요."

카밀라가 준비한 건 지난번 에스텔라가 보여 주었던, 왕비의 하사품과 똑같은 목걸이였다. 잠시 눈으로만 본 것뿐이었으므로 완벽히 동일하게 만들 수는 없었지만 그럭저럭 흉내를 내는 데는 성공했다.

카밀라가 이 일로 노린 효과는 정확히 두 가지였다. 첫째로는 왕비가 차기 공작 부인에게 내준 하사품의 의미를 더럽히는 것. 그리고 둘째로는 이 하사품을 정부에게 내보인 일에 분노를 느낀 왕비가 차기 공작 부인을 질책하게 만드는 것이었다.

사실 엄밀히 말해 같은 장신구를 차고 등장한 것이 에스텔라와 카밀라의 친교를 증명하진 않았다. 카밀라가 악의를 가지고 에스텔라를 이용한 정황이 분명했으니까. 하지만 왕비는 정부와 차기 공작 부인 사이에 약간의 접점이 있었다는 사실만으로도 불쾌감을 느낄 것이었다. 예상치 못한 일이라고 변명한대도 이는 에스텔라의 조심성 없음을 증명할 뿐이다.

아니나 다를까 왕비의 낯이 괴상하게 일그러졌다. 왕비가 천천히 고개를 돌려 시녀에게 귀엣말을 건넸다. 시녀는 고개를 숙이며 물러나 베르타 공작과 그 약혼자에게로 향했다. 부름을 전해 들은 두 사람이 곧 카밀라가 있는 쪽으로 다가왔다. 에스텔라가 먼저 왕비에게 인사를 전했다.

"왕비님, 부르셨습니까."

"그래요, 에스텔라 양. 내가 방금 다소 기이한 이야기를 들어서……. 지금 아브릴 백작 부인이 무슨 말을 하고 있는 건지 좀 설명이 필요하겠어요."

카밀라는 회심의 미소를 떠올리며 에스텔라를 돌아보았다. 그러나 에스텔라를 눈에 담은 것과 동시에, 카밀라의 몸이 일순 굳어 들었다. 예상대로의 상황 속에서 그야말로 예기치 못한 광경을 마주한 탓이었다.

'목걸이가…… 달라?'

카밀라가 당혹스러운 심정으로 자문했다. 에스텔라의 목에 걸린 건 카밀라가 준비한 모조품과 완전히 다른 모양이었다. 제가 디자인을 헷갈린 것이라 생각할 수도 없을 만치 차이가 확연했다. 그도 그럴 것이 에스텔라의 목걸이는 진주로 만들어져 있었으니까. 더욱이 어딘가에서 이미 착용하고 나타난 적이 있었던 듯, 묘하게 카밀라의 눈에 익은 물건이었다.

카밀라는 겨우 상황을 되짚어 보았다. 분명 세작의 전언으로는 왕세자의 생일 무도회에 착용하고 오라며 선물한 물건이라 했다. 왕비가 본인의 세력을 증명하기 위해 준 하사품을 치장 중 멋대로 빠트렸단 말인가?

에스텔라가 카밀라의 관심에 미심쩍음을 느끼고 피한 것일 수도 있지만, 이는 그녀의 조심성을 말하는 반면 생각은 짧았음을 증명했다. 왕비의 명을 거절한 셈이 됐으니 제 뒷배가 되어 줄 인물에게 더욱 밉

보이게 될 터였다.

"아브릴 백작 부인이 친교의 표시로 자네와 같은 목걸이를 하고 왔다더군."

왕비가 심기 불편한 어조로 말했다. 그에 에스텔라가 놀란 눈으로 카밀라를 돌아보았다. 에스텔라의 시선이 카밀라의 목덜미로 가 닿았다.

"오, 저건 분명 제가 가진 장신구와 대단히 비슷해 보입니다만……."

에스텔라는 몹시 당혹스러운 표정이었다. 디에고가 앞으로 나서려 했으나 에스텔라가 팔을 뻗어 막았다. 그에 카밀라의 눈썹이 위로 들렸다. 베르타 공작이 더없이 무서운 표정을 짓고 있긴 했지만 카밀라는 그에 겁을 집어먹진 않았다. 오히려 적이 내보인 날것의 반응에 여유를 되찾은 쪽이었다.

"부인, 굉장히 당혹스럽네요."

와중에 상황을 모면하려 계책이라도 짜낸 걸까. 에스텔라가 대단히 유감스러운 어조로 말을 이었다. 그러나 상대가 어떤 식으로 반격한대도 펼쳐진 덫을 빠져나갈 방법은 없었다. 카밀라가 다정한 목소리로 되물었다.

"무엇이 말씀이신가요, 친애하는 나의 벗?"

에스텔라가 짧게 심호흡을 했다. 평온을 되찾으려는 듯했다. 누가 보기에도 곤란해하는 모습이었으나 에스텔라를 향한 왕비의 눈빛은 차가웠다. 에스텔라가 간곡한 투로 해명을 시작했다.

"왕비님, 오해하지 않으시도록 설명드리겠어요. 저는 왕비님을 알현했던 그날, 자택으로 귀가하던 길에 아브릴 백작 부인과 만나 담소를 나누었었어요. 바쁘지 않으면 차 한잔하지 않겠느냐는 권유를 들어서였지요."

"계속 말해 봐요."

왕비가 가만히 에스텔라를 재촉했다. 에스텔라는 침중한 표정으로 말을 이었다.

"저희는 잠시 대화를 나누었고…… 그날 아브릴 백작 부인께선 유독 제가 들고 있던 보석함에 관심을 보이시더군요."

멍청한 여자 같으니. 카밀라는 내심 에스텔라를 향해 비난을 내던졌다. 그녀는 자신과 만나 하사품을 내보인 것 자체가 왕비에겐 불쾌한 행동이 된다는 사실을 모르는 모양이었다.

하기야 저 여인은 수도에 올라온 지 불과 1년도 지나지 않았다. 그런 그녀가 귀부인들의 까탈스러움과 예민함을 다 따라잡을 수 있을 리 없었다. 특히 왕비는 그 군집의 정점에 선 인물이 아니던가. 카밀라는 승자의 아량으로 가만히 에스텔라의 변명을 들어 주었다. 그러나 그런 카밀라의 여유는 그리 길게 이어지지 않았다.

"전 왕비님께 받은 물건을 곧바로 다른 분께 내보이는 게 내키진 않았지만, 어쨌든 아브릴 백작 부인께 보석함을 내드렸죠. 아브릴 백작 부인의 청을 거절할 수도 없었거니와…… 그때 그 안엔 다른 목걸이가 들어 있었거든요."

카밀라의 눈이 천천히 커졌다. 대화의 갈피를 잡지 못하는 카밀라와 달리 에스텔라가 바라보는 지점은 명확했다. 꼿꼿한 허리와 모두를 둘러보는 눈빛에선 당당함마저 느껴질 정도였다.

"저는 왕비님께 받은 선물이 너무 마음에 들어서, 자리에서 나오자마자 본래 궁에 올 때 하고 있었던 장신구와 바꿔 착용했었습니다. 따라서 아브릴 백작 부인께서 보신, 보석함에 들어 있었던 물건은 제 원래 소지품이었어요."

에스텔라가 그리 말하며 턱을 들었다. 그녀의 새하얀 살갗 위에 자리한 건 그에 걸맞게 반짝이는 진주 목걸이였다. 카밀라와 독대했던 그날 그 자리에서, 이미 에스텔라의 목에 걸쳐져 있었던.

"그게, 무슨……."

카밀라가 헛웃음을 내뱉다가는 입을 다물었다. 카밀라의 얼굴이 천천히 굳어 들었다. 이제 상황이 완전히 이해가 되었다. 왜 에스텔라는 제가 보았던 것과 다른 목걸이를 하고 왔는지, 왜 왕비가 그리도 기이하다는 듯한 표정으로 저를 보았는지 말이다.

자신이 속은 것도 어찌 보면 당연했다. 엄연히 공작가의 여인이 소지하고 있던 장신구다. 왕비의 하사품에 비교한다 한들 격이 뒤떨어지는 물건은 아니었다. 그 광채와 기품은 왕비에게 내려진 것이라고 말한대도 손색이 없을 정도였다.

카밀라의 얼굴이 벌겋게 달아올랐다. 제가 목걸이를 보여 달라 청하기도 전 내용물을 바꿔치기했다니. 자신은 처음부터 이 상황을 헛짚고 있었던 것이다. 카밀라는 그야말로 황당무계한 기분이 되었다. 그녀는 저와 만나기 전 목표물이 뒤바뀌었다는, 이 기막힌 우연을 믿기가 힘들었다. 누가 질 나쁜 장난으로 저를 골리고 있나 싶을 정도였다.

그러나 카밀라가 청한 만남은 완벽히 돌발적이었으므로 에스텔라가 이를 앞서 예상했을 리는 없었다. 자신은 분명 예기치 못한 상황에서 적을 압박한 것이었다. 그럼에도 결과는 당초의 바람과는 완전히 다른 곳으로 치달아 있었다. 카밀라를 몰아세우는 반박은 그것만으로 그치지도 않았다.

"아브릴 백작 부인, 부인께서 이런 간교를 부리실 줄은 몰랐네요. 저희가 썩 친밀한 사이는 아니었더라도, 전 부인께 충분히 성의를 다해 대해 왔는데……. 이 실망스러운 마음을 이루 말할 수가 없어요."

에스텔라가 착잡한 음성으로 말했다. 일을 꾸민 카밀라에게 분노를 느꼈을 법도 한데 에스텔라에게선 일말의 동요도 느껴지지 않았다. 꼭 아교를 발라 광택을 낸 것 같은 낯을 보며 카밀라는 문득 생각했다.

저 여인이 정말 제 계획을 몰랐을까?

그러고 보면 제 앞에서 굳이 리오넬의 이야기를 꺼낸 것도 이상했다. 제가 불러들인 이유를 안다는 양 화제를 선점할 여지조차 주지 않고 먼저 저를 밀어붙이지 않았던가. 그때의 카밀라는 제 흠을 숨기는 데 급급했었다. 그 시점에 에스텔라는 이미 카밀라의 속내를 인지하고 있었던 게 아니었을까.

계획이 탄로 난 데 대한 빈틈을 찾자면 역시 왕비궁에 붙여 둔 세작 쪽이 마음에 걸렸다. 자신이 숨겨 둔 인사를 찾은, 진실을 알고 있던 자는 어느 쪽인가? 왕비인가, 아니면 차기 공작 부인인가?

"아브릴 백작 부인, 그대가 무슨 생각으로 에스텔라 양을 음해한 것인지는 모르겠으나…… 지금 이 상황은 대단히 불쾌하군."

채 혼란을 정리하지 못한 카밀라에게 왕비가 매서운 질책을 남겼다. 왕비는 드물게 동요하여 헛웃음까지 내뱉었다.

"내가 내린 물건임을 알고 이를 똑같이 만들었다고? 자네 지금 제정신인가?"

왕비의 음성은 또렷했다. 주변 모두에게 카밀라가 저지른 짓을 떠벌리기라도 하는 듯했다. 카밀라는 가슴 깊은 곳까지 모욕감이 밀려드는 걸 느꼈다. 자신은 지금 공개적인 자리에서 망신을 당하고 있는 것이었다.

멀찍이 서 있던 왕은 카밀라를 외면하듯 고개를 돌렸다. 오롯이 자신의 잘못으로 일어난 일이긴 하나 카밀라는 그에 큰 배신감을 느꼈다. 아니, 애초에 기대한 바가 없었으니 배신감이란 표현은 적합지 않을지도 모른다. 이건 목적지를 알 수 없는 분노였다.

카밀라는 힘겹게 제 목구멍까지 치솟은 불을 삼켰다. 카밀라가 파르라니 떠는 입술로 사과를 전했다.

“제 장난이 지나쳤나 봅니다. 두 분께 모두 사과드리겠어요.”

카밀라는 아무와도 눈을 마주치지 않았다. 주변을 둘러싼 모두가 저를 우습게 보고 있을 것만 같았다. 카밀라는 그대로 등을 돌려 파티장을 빠져나갔다. 카밀라의 예상처럼, 그녀를 향한 시선은 좀처럼 잦아들지 않았다.

“저, 건방진…….”

왕비의 탄식은 길지 않았으나 그녀의 노여움은 익히 짐작이 되었다. 에스텔라는 멀어지는 카밀라를 지켜보던 시선을 되돌렸다. 에스텔라가 아직 제 앞에 있음을 인지한 왕비가 다시 온화한 낯을 떠올렸다. 왕비가 갸륵하다는 듯 말했다.

“아브릴 백작 부인 때문에 괜한 오해를 살 뻔했군요. 그대가 내 선물을 마음에 들어 한 게 얼마나 다행인 일인지 몰라요.”

왕비는 에스텔라의 대응이 마음에 찬 기색이었다. 과연 에스텔라를 보는 시선이 전에 없이 따듯했다. 에스텔라는 가만히 겸양의 말을 내놓았다.

"단순히 운이 좋았을 뿐인걸요."

"악의를 가진 자에겐 운이랄 것도 따르지 않기 마련이죠."

왕비는 웃어른이 으레 그리하듯 교훈을 입에 담았다. 왕비가 입가에 미소를 띤 채 말을 이었다.

"그대가 아주 현명하게 대처해 줬어요. 앞으로는 저자가 만남을 청해도 들어주지 말도록 해요. 물론 알아서 그리하겠지만."

격려의 말미엔 약간의 경고가 숨어들어 있었다. 어찌 됐든 에스텔라가 카밀라와 독대했다는 사실이 왕비의 마음에 남은 모양이었다. 움직임을 제한받은 것이긴 하나 어쩌면 이는 보호의 신호일 수도 있었다. 에스텔라는 불편한 인물이 만남을 청해도 왕비를 뒷배 삼아 거절할 수 있게 된 것이었다.

원작에서의 아드리아나는 이 사건으로 왕비와 데면데면한 사이가 되었다가, 결말 즈음에서야 겨우 인정을 받았다. 왕비의 심기를 거스르지 않았다는 점에서 에스텔라는 원래의 흐름보다 현명히 문제를 해결한 셈이었다. 그러나 에스텔라는 왜인지 모르게 파티장 밖으로 뛰쳐나간 카밀라가 신경 쓰였다. 카밀라가 제게 보였던 것은 분명 순수한 악의였음에도.

"괜찮습니까?"

에스텔라의 표정에서 어딘지 모를 불편함을 느꼈을까, 디에고가 조용히 에스텔라의 손을 감싸 쥐며 물었다. 디에고의 눈빛엔 염려가 스며 있었다.

곤란한 장난질에 휘말렸다가 순식간에 말끔히 풀려나갔다. 디에고는 약간의 당혹과 함께 유려히 상황을 풀어낸 에스텔라를 향한 감탄 역시 느꼈다. 옆에서 제 편이나 들면 된다던 그녀의 말이 맞았다. 에스텔라는 그의 보호가 필요하지 않은 여인이었다.

그럼에도 불구하고 그들이 마주친 게 참으로 질 나쁜 계략인 건 사실이었다. 카밀라는 지금 에스텔라와 왕비와의 사이를 이간질하려 한 것이었다. 기껏해야 시비를 걸어오는 정도나 예상했지, 아브릴 백작 부인이 준비하고 있던 게 이리 본격적인 비방일 줄은 몰랐다.

"전 괜찮아요. 기분 나빴던 게 아니라……."

에스텔라가 디에고의 손을 마주 잡으며 말끝을 흐렸다. 에스텔라는 별로 기분이 상하지도 않은 기색이었다. 에스텔라는 계속해서 카밀라와 리오넬, 그리고 왕비의 입장을 되짚었다. 문득 에스텔라가 디에고를 돌아보며 속삭이듯 물었다.

"다른 방법이 있었을까요?"

그때 근처를 지키고 있던 리오넬이 돌아섰다. 입구를 향해 성큼 걸어 나가는 움직임은 성급하게까지 느껴질 정도였다. 대부분은 리오넬의 걸음이 향하는 곳을 예상치 못했겠지만 그와 가까운 이들의 감상은 달랐다. 디에고는 왕비의 입술이 조용히 일그러지는 것을 보았다.

디에고는 대체로 친구의 연심에 참견하지 않는 편이었지만 이번만은 달랐다. 디에고의 낯에도 사나운 기색이 배어들었다. 디에고는 에스텔라에게 잠시 기다리라 말하고는 리오넬을 뒤쫓았다. 리오넬의 움직임이 빨랐던 통에 디에고는 사람이 없는 복도로 나서고 나서야 그를 붙잡을 수 있었다.

디에고가 감사나운 태도로 리오넬의 앞을 가로막았다. 뒤따라오는 걸음을 인지하고는 있었던 듯 리오넬은 전혀 당황한 기색이 아니었다. 친구의 방해에 리오넬이 입술을 깨물며 짧게 말했다.

“비켜.”

“어딜 가려고?”

“알잖아, 내가 어딜 가려고 하는지.”

그 대답에 디에고의 이성이 끊어졌다. 디에고는 리오넬의 가슴팍을 떠밀어 복도 쪽으로 물러서게 하고는, 그대로 휘청이는 리오넬의 멱살을 잡았다. 디에고가 흉흉한 눈으로 리오넬을 노려보며 말했다.

“그래, 아니까 잡으러 온 거지. 네가 뭘 잘못하고 있는지 몰라? 아니면 내가 네 입장에선 말도 안 되게 화를 내고 있는 건가?”

“디에고, 난…….”

“너 지금 그 여자 쫓아나갈 때 아니야. 행동 똑바로 해.”

디에고가 잇새로 윽박질렀다. 카밀라 때문에 에스텔라는 얼토당토않은 오해를 살 뻔한 것이었다. 지금 달래 주어야 할 이가 상대를 욕보이고자 계책을 꾸민 쪽은 아닐 터다. 이건 디에고에게나 에스텔라에게나 더없이 예의 없는 짓거리였다. 리오넬도 이를 모르지 않았다.

굳어 있던 표정은 제 본심을 숨기기 위한 것이었던 듯, 리오넬의 얼굴이 순식간에 일그러졌다. 리오넬이 손을 들어 제 볼품없는 낯을 가리며 말했다.

“미안해, 디에고. 너의 그녀를 생각하면 이러면 안 되는 걸 알아.”

리오넬의 어깨엔 힘이 빠져 있었다. 디에고와 맞싸울 의지조차 없는 듯했다. 리오넬은 저를 붙잡은 디에고를 떨쳐 내지도 못하고 갈라진 목소리를 냈다.

“하지만…… 지금 그 여자 옆에 누가 있는데?”

리오넬의 되물음에 디에고는 한참 제 친우를 노려보았다. 리오넬이 맞서 저를 노려보진 않았으나 그렇다고 제 시선을 피하지도 않았다.

디에고는 이를 한 번 악물었다 풀고는 결국 리오넬을 놓아주었다. 리오넬이 비틀거리는 걸음으로 멀어졌다.

디에고는 허리에 양손을 올린 채 저를 진정시키듯 길게 숨을 들이마셨다. 고개를 젖혀 천장을 올려다보다가는, 그대로 욕설을 내뱉으며 성질껏 벽을 걷어찼다.

"이런 빌어먹을!"

"카밀라, 카밀라!"

인파에서 멀어질수록 애탄 부름은 더욱 커졌다. 리오넬은 숨을 몰아쉬며 주변을 둘러보았다. 그리 멀리 나가진 못했을 텐데 카밀라는 도통 보이지 않았다. 입구를 지키고 있던 경비에게 듣기로는 이 방향으로 간 게 맞을 텐데도 말이다.

리오넬이 카밀라의 행방을 묻자 경비병은 머뭇거렸다. 왕세자가 친구를 대신해 왕의 정부에게 경고라도 남기러 간다고 생각한 듯했다. 정작 리오넬은 모두에게 미안할 짓을 저지르고 있을 뿐이었다. 리오넬은 자조를 삼켰다.

그가 다시 카밀라의 이름을 부르려 할 때였다. 누군가가 뒤에서 그의 입을 틀어막았다.

"미치셨습니까? 제 이름을 그리 크게 부르시면……."

카밀라가 아연한 얼굴로 쏘아붙이다 말고 입을 다물었다. 리오넬은 홀린 듯이 카밀라를 응시했다. 카밀라는 잠시 후에야 제가 그와 지나치게 가까이 붙어 있다는 사실을 깨달았다. 카밀라가 리오넬과의 거리를 떨어트리며 물었다.

"왜 따라 나오신 거죠?"

"당신이…… 걱정돼서."

리오넬이 숨을 헐떡이며 대답했다. 건물 밖으로 나온 이후 쭉 뛰었기에 가쁜 호흡을 억누를 수 없었다. 리오넬의 대답에 카밀라는 들어선 안 될 말이라도 들은 표정을 지었다. 카밀라가 기이한 낯으로 자문했다.

"걱정?"

리오넬은 콧잔등에 어린 땀을 닦아 냈다. 머리가 어지러웠다. 더는 그 자리에서 버틸 수 없어 카밀라를 따라 나왔지만 정작 그녀에게 무슨 말을 해야 할지는 알 수 없었다. 제가 아무리 카밀라를 위로하고 싶다 한들 여기서 에스텔라의 흉을 봐 줄 수는 없었다. 리오넬은 카밀라를 둘러싼 상황 중 무엇이 그녀를 가장 괴롭게 했을지 되짚어 보았다. 리오넬이 이윽고 입을 열었다.

"아버지가 끼어들면 더 모양새가 이상해졌을 테니…… 크게 상심하진 말아요. 오늘은 그저……."

리오넬은 왕이 그녀를 외면한 것을 위로하려 하고 있었다. 왕에게 당신이 소중하지 않아서 그랬던 것은 아니리라고. 그러나 리오넬과 카밀라 모두 그것이 기만에 지나지 않음을 알았다.

"상심?"

카밀라는 제 꼴이 더없이 볼품없다는 사실을 자각했다. 리오넬이 같잖게 저를 달래려 드는 걸 보니 제 모습이 지금 타인에게 어떻게 비칠지 대강 짐작이 갔다. 카밀라는 그에 못 견디도록 자존심이 상했다. 왕비와 리오넬은 그녀가 절대 나약해 보이고 싶지 않은 사람들이었다.

지금의 카밀라에겐 자존심과 오기와 악밖에 남지 않았다. 여기서 더 무언가를 잃을 수는 없었다.

카밀라는 어이없다는 듯 애써 헛웃음을 지었다. 그녀가 분노한 목소리로 씹듯이 말했다.

"난 그 멍청한 인간이 날 어떻게 생각하든 아무 상관없어."

"카밀라."

"델메르 대신관과 왕을 동시에 만나면서 내가 무슨 생각을 했을 것 같아? 왕은 지금 자기가 어떤 여자의 몸을 부둥켜안고 있는 줄도 모르겠지. 내가 자기 아들과 무슨 사이였는지도 모르고 날 안았던 것처럼, 이번에도 그럴 거라고 말이야!"

카밀라가 깔깔거리며 웃음을 터트렸다. 그런 그녀는 소문 속 왕의 정부만큼이나 더없이 악한 여인처럼 보였다.

"사내놈들이란 어쩜 그리 하나같이 똑같은지! 세 치 혀와 가짜 눈물에 속고는 쉽게 사랑을 속삭여. 난 그 인간들이 날 어떻게 보고 있는지조차 몰라. 그건 내가 아니니까!"

그러나 카밀라의 앞에 선 리오넬은 무언가 가련한 것을 보는 듯한 표정을 짓고 있었다. 리오넬은 왈칵 솟아오른 감정을 참지 못했다. 리오넬이 일그러진 낯으로 간신히 입을 열었다.

"당신이 그 일로 아버지를 비웃었다고 생각해? 이것 봐 카밀라, 당신은 당신 스스로를 우습게 만든 거야."

"뭐?"

"대체, 대체…… 어디까지 망가지려고 그래."

참담함을 참지 못하고 리오넬은 끝내 눈물을 터트렸다. 미련하고 한심해 보일 것을 알았음에도 흘러나온 슬픔을 참지 못했다. 리오넬이 제 뺨을 적신 눈물을 닦아 내며 입술을 질끈 물었다. 카밀라가 멍하니 되물었다.

"당신 눈엔 내가 망가진 것 같아 보여?"

끝마디로 갈수록 카밀라의 목소리에 힘이 담겼다. 카밀라는 주먹을 힘껏 틀어쥐었다. 그녀가 가시를 바짝 세우며 소리쳤다.

"천만에, 이 바보 같은 왕자님! 망가진 건 너야. 지금 네 꼴을 좀 봐, 고귀한 왕세자의 위엄이라고는 온데간데없지!"

카밀라는 눈물을 보인 리오넬을 비웃고 있었다. 서로의 나약한 모습을 봤을 때 서슴없이 물어뜯어 온 세월이 길었다. 상대를 향해 내던지는 비난은 이미 익숙한 것이었다. 그러나 리오넬은 그에 모욕감을 느끼지 않았고, 카밀라 역시 그다지 통쾌한 기분은 들지 않았다.

리오넬이 힘겹게 물었다.

"카밀라, 하나만 묻겠어. 그때 왜 그랬어?"

왜 나를 버렸어?

그는 그렇게 말하고 있다. 카밀라는 자문했다.

제가 그를 버렸던가?

"알잖아, 내가 왜 그랬는지."

"당신 입으로 직접 말해."

리오넬이 대답을 회피하는 카밀라를 붙잡았다. 카밀라는 잠시 리오넬과 시선을 맞췄다. 갈구와 외면이 맞부딪쳤다. 이윽고 카밀라가 어깨를 으쓱이며 대수롭지 않은 투로 대답했다.

"욕심이 많아서."

"……."

"어차피 남정네들 사랑은 길지 않을 텐데, 당신이 왕이 될 때까지 기다리기는 너무 오래 걸리잖아."

리오넬은 무언가 감내하는 표정을 짓고 있었다. 그가 조용히 되물었다.

"내가 그때나 지금이나 당신에게 진심이라고 한대도, 대답은 여전히 같나? 당신은 나한테 진심이었던 적이 없냐고 묻는 거야."

"없어. 단 한 번도."

그 표현에 부족함을 느낀 카밀라가 리오넬을 할퀴듯 덧붙였다.

"그러니 자꾸 옛날 얘기하지 마. 구질구질하니까."

이번에도 카밀라는 그녀가 만들어 낸 가면 뒤에 숨었다. 그것은 꽤 성공적인 기만이었다. 그녀는 그동안 모두를 아주 잘 속여 왔다. 다음 순간 리오넬이 이렇게 말하지만 않았어도, 그녀는 그 어떤 동요도 내보이지 않을 자신이 있었다.

"카밀라, 네가 8년 전에 내 어머니에게 어떤 짓을 당했는지 들었어."

순간 카밀라의 숨이 멈췄다.

'어떤 짓'이라. 그건 굉장히 범위가 넓은 표현이었다. 카밀라는 리오넬이 그 끝을 알진 못하길 바랐다. 카밀라가 애써 당혹을 추스르며 말했다.

"……그래, 아들의 창창한 미래를 더럽히기 싫었던 엄마의 귀여운 훼방이었지. 그게 이제 와 무슨 상관인데?"

카밀라는 리오넬의 눈을 마주 보았다. 그리고 제가 지금까지 내뱉었던 알량한 거짓말들이 모두 의미를 잃었음을 인지했다. 리오넬은 처음부터 모든 걸 다 알고 과거의 일을 물어봤던 거다. 그는 단순히 오늘 있었던 일 때문에 눈물을 보인 것이 아니었다.

수치심과 모욕감이 그녀를 감쌌다. 카밀라의 몸이 잘게 떨리기 시작했다. 리오넬이 죄책감 어린 목소리로 말했다.
"내가 몰라서 미안해. 당신을 미워하느라 바빠서 정작 당신이 어떻게 망가져 가는지도 모른 거야."
카밀라는 한 번 이를 맞부딪쳤다. 그가 저를 동정하는 눈으로 볼 것이 싫었다. 그녀가 차마 리오넬을 마주 보지 못하고 대답했다.
"아니야."
"카밀라, 내가 좀 더 일찍 깨달았어야 했어. 그때 난 오만하게 무슨 일이든 해결할 수 있는 것처럼 굴었지만, 사실은 한참 모자란 인간이었어. 당신이 날 증오한대도 이상하지 않아."
"뭘 말하는 건지 모르겠어. 난, 이해할 수가……."
각고의 노력을 다해 꺼낸 대답이었음에도 리오넬은 여전히 애원하듯 그녀를 보고 있었다. 카밀라는 제 부인이 아무 소용이 없음을 알아차렸다. 간신히 지켜 왔던 무표정이 무너졌다. 카밀라는 다시 분노를 머금었다. 오래도록 그녀는 스스로의 나약함을 감추기 위해 화를 내 왔다.
"그래서?"
"……."
"그래서 당신이 내게 이제 와 뭘 해 줄 수 있는데? 예전 그때와 똑같은 마음이라고? 난 그렇지도 못해. 그럴 수가 없어. 난, 난……!"
카밀라는 그대로 제 얼굴을 감쌌다. 리오넬의 마음을 한 줌 탐냈다고 제가 어떤 취급을 받았던가. 카밀라는 그날의 일들을 한시도 잊은 적이 없었다. 그래서 저와 같은 처지였던 여인이 저 빛나는 곳에서 모두의 찬사를 받는 것이 미치도록 미웠다. 카밀라에게도 그렇게 반짝였던 날들이 있었다. 누군가에게 정당한 사랑을 받고 그 마음에 당당했던 적이 분명 있었다.

카밀라는 지금 제 모습이 더없는 꼴불견이라는 사실을 알아차렸다. 자신은 이미 추악한 질투심에 미쳐 버렸다.

"내가 모든 걸 버린다면?"

리오넬이 조용히 물었다. 큰 목소리는 아니었으나 카밀라는 분명 똑똑히 그 말을 들었다. 현실감이 없었다. 카밀라가 믿을 수 없다는 듯 물었다.

"……지금 당신이 앉은 자리를 포기하겠다고?"

"그게 당신에게 사죄가 된다면 그렇게 할게. 그게 내가 어머니에게 할 수 있는 가장 큰 복수가 될 테지."

리오넬은 복수를 위해 제가 쓸 관을 내려놓겠다고 말하고 있었다. 왕비는 오직 리오넬에게 후계 위를 물려주고 싶어 그 모든 일을 벌였다. 리오넬이 제 결심을 실현한다면 왕비는 목표를 잃고 제자리에 주저앉을 것이다. 이 지난한 싸움의 끝에서 그 누구도 전리품을 쟁취하지 못하게 되는 셈이다.

카밀라는 그만 헛웃음을 터트렸다. 리오넬은 분명 커다란 각오를 한 것이었지만, 동시에 그 말은 그에게 아직 버릴 것이 남아 있었다는 사실을 의미했다.

조용하고도 소중했던 일상과 풋풋한 연심, 스스로에 대한 자부심과 홀로 조용히 꿈꿨던 미래까지. 카밀라는 제가 중요하게 생각했던 것들을 이미 모두 내다 버렸다. 그래서 그녀 안엔 더 이상 남은 것이 없었다. 그를 같은 공허로 끌어들여 봤자 전혀 통쾌하지 않을 정도로.

"이제 와서?"

카밀라는 겨우 제 동요를 추슬렀다. 느린 심호흡 끝에 그녀가 입꼬리를 비틀며 말했다.

"시작이 자의가 아니란 걸 알았으니 이젠 당신도 이해하겠네. 내겐 멈출 수 있는 선택지조차 없어."

"화나셨어요?"

에스텔라가 조용히 물었다. 바로 뒤에서 들려온 목소리에 밖을 내다보고 있던 디에고가 고개를 돌렸다. 그의 머리칼이 바람결에 나부끼듯 흩날렸다. 디에고는 가만히 난간에 몸을 기댔다. 언뜻 보기에는 평온한 낯이었으나 에스텔라는 그에게서 다른 면면을 읽어 낼 수 있었다. 그는 지금 대단히 기분이 좋지 않았다.

에스텔라는 디에고에게 다가가 가만히 술잔을 건넸다. 디에고가 그것을 받아 들며 한쪽 입꼬리를 당겼다.

"내가요? 누구에게?"

유쾌하지 못한 어조로 되물은 디에고가 술잔을 흔들었다. 그대로 한 모금을 들이켜고는 잠시 생각에 잠겼다. 이윽고 그가 눈살을 찌푸리며 잔을 쥔 손 쪽의 검지를 펼쳐 에스텔라를 가리켰다.

"……당신 때문은 아니에요."

그가 짧게 혀를 차며 잔을 난간 위에 내려놓았다. 보는 눈이 없는 자리였기에 디에고는 조금 솔직해져 보기로 했다. 굳이 에스텔라의 앞에서까지 타인에게처럼 거짓된 웃음을 자아낼 필요는 없었다. 디에고가 한숨을 내쉬며 입을 열었다.

"그냥 난 이 빌어먹을 상황이 답답한 겁니다. 오늘 벌어진 일들 중 어느 것 하나 우리의 잘못이 있길 합니까?"

결국은 모두가 타인의 사정에 휘말려 벌어진 일이었다. 디에고는 이 사건에 제 지인들이 대단한 지분을 차지하고 있다는 데 대단한 불쾌감을 느꼈다. 특정한 누군가의 탓으로 돌리기엔 각자의 사정을 너무도 잘 아는 게 문제였다. 디에고가 이 자리에 없는 이들을 향해 비아냥거리듯 소리쳤다.

"세상에. 왕비님은 평생 본인 잘못을 인정하지 않을 거고, 아브릴 백작 부인은 불쌍하지만 성질 나쁜 여자죠. 리오넬은 더 없는 얼간이 새끼고!"

잠자코 듣고 있던 에스텔라가 머뭇거리다 물었다.

"아브릴 백작 부인과 리오넬 전하 사이에 정확히 무슨 일이 있었던 건지, 알 수 있을까요?"

디에고는 에스텔라를 빤히 응시했다. 친구의 애정사를 허락 없이 전하는 건 예의가 아닐 테지만, 에스텔라를 대뜸 사랑싸움에 끌어들인 건 그들이 먼저였다. 제 쪽에서 약간의 해명을 해 준다고 해서 그들이 억울해할 수는 없으리라.

디에고는 지난 과거를 천천히 되짚었다. 카밀라와 리오넬 사이에 어떤 일이 있었던가. 불화의 시발점을 말하는 건 어렵지 않다. 그건 아마 왕비가 리오넬과 카밀라의 만남에 간섭하기 시작한 때가 될 것이다.

리오넬이 카밀라에게 관심을 보이고 그녀가 긍정을 표한 후, 그들은 여느 연인들처럼 풋풋한 만남을 이어 나갔다. 리오넬은 본래 숙맥이 아니었으나 그렇다고 열과 성을 다해 여자를 만나려 안달하는 부류도 아니었다. 그런 그가 갑작스레 한 여인과 진중한 만남을 가지기 시작한 것이었다. 디에고가 보기에도 리오넬은 답지 않게 꽤 진심인 것처럼 보였다.

그것이 문제였다.

왕비는 곧 제 궁에 아들을 노린 겁 없는 시녀가 있다는 사실을 알아챘다. 이후로는 질 나쁜 괴롭힘이 이어졌다. 홀로 침구를 모두 빨래하게 하거나 물의 온도가 맞지 않는다며 몇 번이고 주방까지 심부름을 시켰다. 편지의 대필을 부탁하고는 필체까지 천하다며 조롱했다. 수백 번 옮겨 적어 겨우 왕비의 기준에 맞는 글씨를 써내자 가서 제 손으로 태우라 전했다.

왕비로서도 이 모든 괴롭힘을 행하는 건 고역이었을 테지만, 아들의 장래 앞에서 어머니는 굳건했다. 고귀한 그녀가 아들에게 붙은 방해물에만은 그토록 악랄해질 수 있었다.

"리오넬과 나는 몰랐습니다. 그도 그럴 것이 우리에게 왕비님은……."

"점잖고 교양 있는 분이셨겠죠."

에스텔라가 잠자코 말을 받았다. 디에고는 그 표현에 거부감을 느낀 듯 슬쩍 미간을 찌푸렸다. 이윽고 걸쩍지근한 감정을 소화시킨 디에고가 다시 운을 떼었다.

"리오넬과 아브릴 백작 부인이 다툰 날이 있었어요."

둘의 만남이 단발성으로 끝날 것 같지 않자 왕비는 리오넬의 선 자리를 주선했다. 상대는 이국의 공주였다. 왕비가 완강한 태도를 보였기에 리오넬은 연인을 보호하고자 어머니가 제시한 만남을 수락했다. 어찌 됐든 리오넬은 한 나라의 후계자로서 책임져야 하는 것들이 있었고, 그건 종종 필연적으로 그의 연인을 불안하게 만들었다.

리오넬은 국빈의 방문 전 카밀라를 잠시 먼 곳으로 보내 두려 했다.

왕비가 그의 눈이 없을 때 방해꾼을 치우려 들까 하는 불안한 마음에서였다. 그러나 리오넬의 본의도와 다르게 그건 카밀라에게 어떠한 신호처럼 받아들여졌다. 비슷한 일이 일어났을 때 그녀는 연인의 옆에 서지 못하고 매번 뒤로 숨어야 한다는. 그리고 그게 사실이 맞기도 했다.

결국 카밀라와 리오넬은 흔치 않게 큰 싸움을 벌였다. 카밀라로선 리오넬이 미덥지 못했을 테고 리오넬 입장에선 그런 그녀가 답답했을 테지만, 결국 축약해 보면 서로가 불안했기 때문이었다.

이후 리오넬은 지속적으로 카밀라를 찾아갔으나 닫힌 문은 열리지 않았다. 그리고 그로부터 머지않아 카밀라는 다시 왕궁에 얼굴을 비쳤다. 이번엔 일개 왕비궁 시녀가 아닌, 왕의 정부로서였다. 왕비는 거의 실신하다시피 했지만 정작 가장 충격받은 사람은 그녀가 아니었으리라.

"리오넬은 아브릴 백작 부인에게 꽤 큰 배신감을 느꼈고……. 실제로 그때의 그녀는 본인을 향한 통상적인 편견과 꽤 닮아 보였죠. 그러니까 부와 권력을 손에 쥐려 하는 야망에 찬 여자로 말입니다."

리오넬의 입장에선 가히 청천벽력과 같은 일이었다. 연인이었던 여인이 어느 날 아버지의 손을 잡고 나타난 것이다. 얼마 전까지만 해도 제게 속삭여 주었던 달콤한 귀엣말을 다른 이에게 흘리며.

그 급작스러운 변화는 리오넬이 알고 있던 카밀라라는 사람 자체를 의심하게 만들었다. 카밀라는 해명을 요구하는 리오넬을 비웃었고, 리오넬은 저를 버린 여인에게 매달리기를 포기했다. 연인이었던 둘은 그렇게 끝났다.

디에고가 한숨을 쉬며 말했다.

"그 이유를 최근에야 알았어요."

리오넬이 어머니에 대한 의심을 품은 건 아드리아나와 함께 카밀라를 대면했을 당시 들었던, 어떤 의미심장한 말 때문이었다.

"왕비님은 아드리아나 양처럼 고아하고 참한 영애들에겐 더없이 상냥하신 분이시랍니다."

그 말에 가시가 있었다. 찜찜한 기분은 목 안에 걸려 좀처럼 녹지 않았다. 리오넬은 디에고에게 어머니에 대해 조사해 줄 것을 부탁했고, 디에고는 친구를 대신해 모든 정황을 알아보았다.

디에고는 진상을 밝히기 위해 당시 왕비궁에서 근무했던 인력들을 찾았다. 왕비가 목격자를 치우려 했던 것인지 대부분은 일선에서 물러나 타지에 있었다. 시녀에게서 다른 궁인으로, 궁인에게서 일꾼으로 여러 사람에 걸쳐 벌어진 일이었기에 추적에도 남다른 노력이 필요했다. 그리고 디에고는 그 꼬리의 끝에서 참으로 믿기 어려운 정황을 발견했다.

디에고는 다음 이야기를 이으려 했으나, 굳은 입가가 잘 움직이지 않았다. 어쩌면 생리적인 거부감 때문에 직접 입 밖에 내기를 꺼리는 것일지도 몰랐다. 디에고가 침통하기까지 한 심정으로 쏟아 내듯 말했다.

"아브릴 백작 부인을 왕의 침전으로 밀어 넣은 게 다름 아닌 왕비님이었더군요."

물론 강제였죠.

디에고가 입맛이 쓰다는 듯 덧붙였다. 에스텔라의 눈이 걷잡을 수 없이 커졌다. 에스텔라가 무의식적으로 걸음을 주춤 뒤로 물리며 고개를 내저었다.

"왕비님이요? 그게 무슨 말도 안 되는……. 하지만 그분은 분명……."

"그게 아들에게 붙은 여자를 떼어 낼 가장 좋은 방법이라고 생각하신 모양입니다. 그때의 왕비님께선 아브릴 백작 부인이 수도에 남기보다는 수치를 안고 사라지길 바라셨을 테지만."

디에고는 잠시 침묵했다. 디에고에게 카밀라는 분명 적에 가까운 인물이었지만 그녀의 사정엔 차마 연민을 품지 않을 수 없었다. 디에고가 가라앉은 목소리로 말했다.

"그녀가 그날, 그 안에서 무슨 생각을 했는진 모르겠군요. 하지만 나라도 그 상황에선 복수를 결심했을 거예요."

"……."

"결국 그 여자는 살아남을 방법을 찾아야 했던 겁니다."

디에고가 한숨처럼 말을 이었다.

"그래서 분풀이를 하고 있는 걸 테죠. 비슷한 출신의 당신이 자신과는 완전히 다른 대접을 받고 있으니까."

매정한 앙갚음을 돌려주기에 카밀라는 참으로 찝찝한 뒷사정을 안고 있었다. 디에고가 끝내 리오넬을 붙잡지 못한 것도 자신이 직접 조사를 도와준 장본인이기 때문이었다.

카밀라의 사연에 에스텔라도 그와 마찬가지로 연민에 가까운 감상을 느꼈을까. 에스텔라가 굳은 얼굴로 중얼거렸다.

"상상 이상으로 참담한 뒷이야기네요."

"당신이 그녀를 이해하길 바라고 전한 말이 아닙니다. 다만 당신도 왜 오늘 대뜸 뺨을 얻어맞았는지 정도는 알고 있어야 할 것 같아서요."

디에고가 피식 웃으며 말했다. 농담조였지만 정작 그의 얼굴은 피로로 물들어 있었다. 디에고가 잠긴 음성으로 자문했다.

"잊으려고 했지만 잊히지 않는 마음은 어떻게 해야 하는 걸까요."

차라리 품지 않았으면 좋을 사랑은 어떻게 되는가. 그 단어가 종종 박애에 대입되는 것과 다르게 대부분의 사랑은 자격을 말했다. 카밀라는 시골 영애 출신으로 욕심내선 안 될 사람을 욕심냈기에 벌을 받은 것이었다.

잠깐의 침묵 후, 에스텔라가 불쑥 물었다.

"공작님께서 처음 결혼을 말하셨을 때, 제가 뭐라고 대답했었는지 기억나세요?"

디에고는 잠시 멈칫했다. 그는 반 박자 뒤에야 에스텔라가 무슨 말을 하고 있는지를 이해했다. 디에고가 처음 청혼했을 당시 에스텔라는 격렬하게 거부했었다. 그가 변덕을 부려 마음을 바꾸면 피해를 입는 건 자신뿐이라며 말이다.

"……내 변심을 걱정했었죠."

"공작님은 동의하지 않으시겠지만, 전 우리가 단순히 운이 좋았을 뿐이라는 생각이 들어요. 그들은 그렇지 않았고요."

그에 디에고는 조금 울컥한 기색이었다. 에스텔라가 다소 뒤떨어지는 신분을 갖고 있다고는 하나 그 구도만으로 아브릴 백작 부인과 비교되어도 된다고는 생각지 않았다. 디에고가 목소리에 힘을 주어 말했다.

"달라요. 나라면 당신이 그런 일을 당하지 않도록 할 테니까."

"공작님의 능력을 의심하는 건 아니에요. 하지만 아브릴 백작 부인과 제 처지가 크게 다를 것도 없는걸요."

"왜 당신은 자꾸 그 여자의 악독한 성격을 무시하는 겁니까?"

디에고가 답답하다는 듯 되물었다. 그에 에스텔라는 그만 크게 웃어 버렸다. 농으로 꺼낸 말이 아니었기 때문에 디에고는 에스텔라의 태평한 반응에 초조함마저 느꼈다. 디에고가 재차 물었다.

"당신을 해치려 했던 여자를 옹호하는 겁니까?"

"기분 나쁜 일이었죠. 하지만 그녀라고 해서 오늘 벌인 일이 그리 유쾌하진 않았을 거예요."

"그건 본인 계획이 뜻대로 안 흘러가서일 뿐이잖습니까."

에스텔라의 시원스러운 음성에 디에고가 곧바로 반박을 돌려주었다. 카밀라에게 있었던 사연과 별개로 그녀는 디에고와 에스텔라에게 있어 참으로 달갑지 않은 존재였다. 그들이 카밀라의 사정을 알게 되었다 한들 달라지는 건 없었다. 지나간 일은 지나간 일일 뿐이며, 더욱이 그들은 카밀라의 불행에 아무런 지분이 없다.

디에고가 눈썹을 들어 올리며 말했다.

"모두가 각자의 사정을 안고 각자의 선택을 하며 살아요. 타인이 그걸 책임져 줄 수는 없는 노릇이에요. 결국은 어쩔 수 없는 일입니다."

"그리고 지금 우리 앞에도 선택지가 놓였죠."

에스텔라가 조용히 대꾸했다. 디에고는 그녀의 평온한 낯에서 또 선량한 꿍꿍이속을 발견해 냈다. 디에고가 끝내 마른세수를 하며 중얼거렸다.

"하……. 너무 당신다운 반응이어서 짜증이 나요."

에스텔라는 조용히 웃을 뿐 아니라 부정하지 않았다. 디에고의 어깨에 힘이 빠졌다. 오늘 카밀라에게 공격당한 건 에스텔라 쪽이었으므로 그녀가 원하는 대로 해결하는 것이 맞았다. 디에고가 끝내 수그러든 기색으로 물었다.

"그래서 아브릴 백작 부인을 용서해 주겠다는 겁니까? 이번 일을 문제 삼기엔 그녀가 너무도 불쌍한 인간이니까?"

"아니요, 전 그녀가 마땅한 죗값을 치렀으면 하는걸요."

에스텔라가 무슨 뚱딴지같은 소리냐는 듯 디에고를 보며 말했다. 조금 전까지 아브릴 백작 부인을 이해한다는 듯이 말했던 것과 다르게 몹시 매정한 반응이었다.

영문 모를 소리에 디에고의 낯이 얼떨떨함으로 물들었다. 디에고가 함의를 찾아 재차 물었다.

"생각해 둔 계획이라도 있습니까?"

다시 생각하고 싶지도 않았던 꿈을 꿨다. 카밀라는 지끈거리는 머리를 붙잡으며 침대에서 일어났다. 숙취 때문인지 속이 메스꺼웠다. 지난밤은 실로 취하지 않고서는 버텨 낼 수 없었던 시간이었다.

카밀라는 침대에 앉은 상태 그대로 멍하니 한참 허공을 응시했다. 상념의 끝에 떠오른 건 결국 누군가의 우는 얼굴이었다.

"다 알았다고?"

카밀라는 헛웃음을 터트렸다. 그에게 피해를 끼치지 않겠다는 희생적인 마음으로 비밀을 만든 건 아니었다. 그래서인지 상황이 이렇게 되고 보니 새삼 아무것도 몰랐던 남자에 대한 원망이 치솟았다. 다 알았다니. 이제야, 그야말로 이제 와서…….

그녀는 리오넬과 마지막으로 싸우고 돌아서던 밤, 갑자기 어두워졌던 시야를 기억한다. 흐려졌던 이성이 돌아왔을 때 들었던 첫 마디도.

왕비가.

"왕비가 선뜻 너를 내주더구나."

왕은 그렇게 말하며 부드럽게 웃어 보였다. 카밀라는 상황이 이해가 가지 않아 한참 얼빠진 표정으로 앉아 있었다. 몇 번이고 반복해 눈을 깜빡였음에도 제가 앉은 장소와, 또한 마주 보고 있는 사람은 바뀌지 않았다. 카밀라는 그제야 왕의 설명을 이해했다.

왕비가 자신을 남편에게 진상했다.

카밀라의 얼굴이 희게 질려 들었다. 그 '선뜻 내주는' 방식이 사람을 납치하는 것이었다니 믿어지지 않았다.

"저런, 젊은 나이인데도 손발이 이리 부르터……."

왕이 굳은 카밀라의 손을 끌어가 쓰다듬으며 말했다. 왕실의 시녀 취급은 나쁘지 않았다. 카밀라의 손이 볼품없는 꼴이 된 것은 왕비가 이 추운 날 굳이 이불을 손빨래하란 명을 내렸기 때문이었다. 왕비궁 구석구석의 모든 침구를 들어내 가며.

"색색의 반지를 끼우면 얼마나 어여쁠까."

"……."

"그리 생각하지 않니?"

카밀라가 긴장으로 굳어 있다고 여긴 듯, 왕은 다정히 그녀를 얼렀다. 카밀라는 그 행동에서 일말의 희망을 보았다. 보내 달라 애원해 볼까. 자의로 이곳에 온 게 아니란 걸 밝히면 돌려보내 줄 것도 같았다. 카밀라는 떨리는 심정으로 남자의 눈을 마주 보았다. 그리고 그 순간 깨달았다.

이건 제안이 아니다.

이 안으로 들어온 이상 자신의 거절엔 의미가 없었다. 반항해도 취하고 내버리면 그뿐, 왕이 저 같은 여인의 의사에 관심이나 가지겠는가. 왕의 눈엔 이미 눈앞의 여체에 대한 욕망이 넘실거리고 있었다.

카밀라의 입술은 그 어떤 거절도 내뱉지 못하고 천천히 허물어졌다. 우습게도 그녀를 자격 없는 사람으로 만들었던 리오넬의 대단한 지위는 지금 이 순간 아무런 도움도 되지 않았다. 왕비는 그걸 알고 자신을 왕에게 보낸 것이었다.

리오넬은 카밀라 외에도 눈치를 봐야 할 사람이 너무나 많았다. 그 비참한 진실은 마지막 싸움에서 극명히 밝혀졌다. 카밀라가 사랑한 남자가 문제를 해결하기 위해 꺼내든 방식은 그녀를 숨기는 것이었으므로.

'내가 왜 이런 일을 당해야 하지? 힘이 없어서?'

카밀라는 입술을 깨물었다. 차오르는 분노를 억누를 수가 없었다. 카밀라는 끝내 속으로 악을 내질렀다.

힘이 있다고 해서 이따위 짓을 저질러도 되는 건가? 힘이 없으면, 권력자의 심기를 거슬렀을 때 그저 얌전히 처분되는 수밖에 없나? 자신은 이렇게 의미 없는 조연으로 그들의 인생에서 사라질 뿐인가?

붉게 충혈된 눈을 들어 자신의 대답을 기다리는 남자를 응시했다.

그 낯에서 그녀가 아는 얼굴이 언뜻 그려졌다. 카밀라는 조용히 이를 악물었다.

아아, 내가 사랑한 남자의 아버지. 그러나 내가 증오하는 여자의 남편이다.

남자들은 울기만 하는 여자에게 매력을 느끼지 않는다. 카밀라는 야망을 가진 매력적인 여인의 거죽을 뒤집어썼다. 그녀의 연기는 꽤 훌륭했다. 아버지의 팔짱을 끼고 나타난 그녀에게 리오넬이 배신감 어린 눈으로 이렇게 말했을 때도, 그 가면은 쉬이 깨부숴지지 않았다.

"아버지의 정부가 될 거면 차라리 나한테 오지 그랬어."

카밀라는 비웃음을 흘리며 그를 지나쳤다. 리오넬에게도 분노를 품고 있었기에 그의 마음을 짓밟는 일은 쉬웠다.

리오넬에게 사정을 밝힐 수도 있었겠지만 그러지 않았다. 그녀는 일국의 왕자가 저 때문에 권력자인 부모를 배반하리라고는 감히 기대조차 하지 않았으니까. 그들은 부모 자식이고 자신은 어디까지나 타인에 불과했다. 실제로 카밀라가 왕비의 심기를 거스를수록 리오넬의 실망은 커졌다.

그 모습을 볼 때마다 카밀라는 몇 번이고 잘한 선택이었다고 스스로를 다독였다. 그 이상의 최선은 없었다고. 다만 가끔은 생각이 났다. 제가 진심으로 아꼈던 과거의 것들이.

지나간 것들이 그립다고 해서 자신이 더 할 수 있는 일은 없었다. 과거는 과거였고 그녀는 여전히 현재에 있었다. 카밀라는 왕의 앞에 던져

졌던 그날 밤처럼, 조용히 이를 악물고 지난한 행군을 이어 나갔다.

그런데 그 끝에 남은 건 결국 무력한 패배감뿐이라니. 모든 걸 버리고 얻은 결과치곤 참으로 보잘것없었다. 그녀는 늘 가난의 비용을 비싸게 치르곤 했다.

카밀라가 힘없이 중얼거렸다.

“로잘리, 살아온 인생이 후회될 땐 어떻게 해야 할까.”

침실의 커튼을 걷어 내고 있던 시녀가 당황한 표정으로 카밀라를 돌아봤다. 카밀라는 타인에게 인생의 해답을 구할 정도로 어리석진 않았다. 카밀라가 뒷머리를 매만지며 곧바로 제 나약한 모습을 추슬렀다.

“내가 쓸데없는 걸 물었군.”

그때 침실 문을 두드리는 소리가 들려왔다. 카밀라는 신경질적으로 문가를 향해 고개를 돌렸다. 들어오라는 허락을 전하자 하녀가 조심스럽게 문을 열었다. 양손을 허벅지 앞으로 모은 하녀가 표정을 이상하게 일그러트리며 말했다.

“부인, 그, 저…….”

“왜 제대로 말을 못 하지?”

카밀라가 짜증스럽게 미간을 구기며 물었다. 그에 하녀가 지레 놀라 딸꾹질을 터트렸다. 카밀라의 매서운 시선이 사라지지 않았으므로 하녀는 결국 완전히 울상이 되어 용건을 내놓았다.

“그것이, 에스텔라 양께서…… 방문하셨습니다.”

“날 비웃으러 왔나?”

카밀라가 응접실에 들어서자마자 꺼낸 말이었다. 이젠 아무래도 상관없다는 양 존대까지도 벗어 던진 상태였다. 그도 그럴 것이 카밀라는 에스텔라의 방문 목적을 도통 긍정적으로 해석할 수가 없었다. 승자가 패자의 자택까지 찾아와 할 일이 또 무엇이 있겠는가. 제 승리를 과시하거나 상대의 비참한 몰골을 비웃을 뿐이겠지.

카밀라는 적어도 꼬리를 만 쥐처럼 보이고 싶진 않았다. 그녀는 당당한 태도로 에스텔라의 앞에 가 앉았다. 에스텔라가 보일 듯 말 듯한 미소를 띤 채 칭찬을 건넸다.

"좋은 집이네요. 그때 부인이 하셨던 말씀을 이제야 제대로 이해할 것 같아요. 내부를 섬세하게 꾸며 두셨군요."

그리 말하며 에스텔라가 천천히 주변을 둘러보았다. 상냥한 목소리에선 의도를 파악할 수 없었다. 카밀라가 눈썹을 추켜세우며 되물었다.

"지금 뭐 하자는 거지?"

"그때 개인 저택으로 절 초대해 주셨었으니까요. 이를 사양하는 것도 예의가 아니지 않겠어요?"

에스텔라가 우아하게 찻잔을 입에 대며 말했다. 카밀라의 미간이 꿈틀했다. 그때 제 저택 이야기를 꺼냈던 건 본론으로 들어가기 전에 거친 인사치레에 불과했다. 당연히도 방문을 청한 것 역시 어디까지나 빈말이었다.

"말장난을 할 생각이면 사양하겠어."

"오, 설마요."

에스텔라가 난처한 표정으로 대답했다. 카밀라는 에스텔라가 저를 비웃고 있다고 생각했다. 곤란하다는 듯 휘어진 눈썹은 마치 제게 보내는 애잔한 눈빛처럼도 보였다.

카밀라는 애써 당당히 다리를 꼬며 등받이에 등을 기댔다. 마침 카밀라의 앞에는 차를 마실 기분이 아니라는 이유로 준비시킨 술잔이 있었다. 카밀라가 그것으로 혀를 적시고는 쏘아붙였다.

"안나와 네 사정이 크게 다를 거라고 생각하나?"

"무슨 의도로 하시는 말씀이죠?"

에스텔라의 반문에 카밀라가 코웃음을 치며 대꾸했다.

"지금은 베르타 공작이 눈에 넣어도 아프지 않을 것처럼 사랑해 주겠지. 당신이 기세등등한 것도 당연한 일이야."

"잘 아는 것처럼 말씀하시네요."

"그건 우리도 이미 다 겪어 본 일이거든. 안나 쪽이나 내 쪽이나 시작은 보잘것없었지. 글쎄, 옆에 낀 남자가 변심하면 금세 밀려날 처지였으니까."

에스텔라에겐 이미 익숙한 저주였다. 전대 공작 부인인 안나도 끝에 가서는 이와 비슷한 논조의 이야기를 했었다. 카밀라가 깔깔거리며 말을 이었다.

"그래서 우린 손을 잡고 힘을 합쳤지. 그녀와 나는 꽤 괜찮은 동맹이었어. 안나는 생각보다 오래 살아남았고 나 역시 그랬지. 하지만 결국 끝에 가서 내가 얻은 결론이 뭔지 알아?"

"……."

"우리 같은 인간들은 오래 못 가. 두고 봐, 머지않아 너도 같은 끝을 맞이할 날이 올 테니."

카밀라는 투명한 술잔을 통해 에스텔라를 넘겨보고는, 그대로 잔 안의 내용물을 비웠다. 속에서 쓰린 감각이 느껴지며 가라앉았던 취기가 올라왔다. 그런 카밀라를 빤히 응시하던 에스텔라가 말했다.

"궤변을 늘어놓으시는군요."

"뭐?"

"전대 공작 부인의 추방은 그녀의 학대가 없었다면 벌어지지 않았을 일이었어요. 이번 역시 마찬가지죠. 무도회에서 먼저 저를 모욕 주려 한 건 부인이 아니었던가요?"

에스텔라가 분명한 목소리로 반박을 늘어놓았다. 결국 그들은 본인이 저지른 일에 대한 죗값을 치른 것뿐이라고 말이다. 틀린 말은 아니었다. 카밀라는 입술을 깨물었다.

"그간은 얌전한 아가씨처럼 굴더라니. 이제 본색을 보여도 되겠다 싶은가 보지?"

"설마요, 하지만 난 분명 당하면서 사는 성격은 아니에요."

에스텔라가 조용히 웃으며 대답했다. 잠시 후 에스텔라가 얼굴에서 웃음기를 거두며 움직임을 멈췄다.

"그럼에도 제가 그때 당신의 과거를 물었던 건……."

말끝을 흐린 에스텔라가 카밀라가 없는 쪽으로 시선을 비껴 내렸다. 그러고는 소파 어딘가에 눈을 고정한 채 말을 맺었다.

"내게 타인의 사정에 끼어들지 않고서는 못 배겨 내는 고약한 성미가 있어서겠죠. 인정해요."

에스텔라가 쓰게 웃으며 들고 있던 찻잔을 내려놓았다. 카밀라는 에스텔라가 제 앞에서 리오넬의 이야기를 꺼냈던 순간을 기억했다. 그때 에스텔라는 꼭 카밀라의 사정을 이해하는 것처럼 말했었다. 카밀라가 소문처럼 팔자를 고치겠다는 핑계로 왕에게 다가선 게 아니라 어쩔 수 없는 사정이 있었을 거라고 말이다. 에스텔라가 그때 보였던 감정이 연민이었다면, 그녀가 사람을 동정하는 방식은 참으로 악랄한 모습을 하고 있는 셈이다. 카밀라가 끝내 언성을 높였다.

“그래서, 끼어든 결과가 이건가? 나를 모욕 주고 우습게 만드는 것?”

카밀라는 꼭 손을 휘두르고 싶은 걸 참고 있다는 듯이 주먹을 틀어쥐었다. 꽤 위협적인 모습이었음에도 에스텔라는 여전히 허리를 세운 채 고고한 자세로 앉아 있었다. 카밀라는 그 모습에서 과거의 잔상을 보았다. 왕비도 언제나 저런 고상한 낯을 한 채 자신을 비웃었었다. 카밀라가 크게 헛웃음을 터트리며 번들거리는 눈으로 에스텔라를 노려보았다.

“그래, 왕비와 같은 세력이 되었다고 했지. 그래서 그녀를 대신해 나를 벌주기라도 하겠다는 건가?”

에스텔라는 대답하지 않고 그저 분통을 터트리는 카밀라를 응시했다. 카밀라는 악에 받친 표정을 짓고 있었지만, 에스텔라는 어쩐지 그녀가 곧 울음을 터트릴 것 같다고 생각했다.

타오르는 불처럼 행동하고 있는 것과 다르게 그녀를 태울 연소제는 이미 동이 났다. 고통받은 세월이 충분히 길었기 때문이다. 그녀가 곤경을 마주칠 때마다 깎아내렸던 스스로는 이미 나무 밑동만 초라하게 남아 있었다. 아니나 다를까 카밀라의 분노는 길게 이어지지 못하고 곧 사그라졌다. 카밀라가 젖은 목소리로 자문했다.

“내가 그 왕자를 탐냈다는 이유로 얼마나 더 고통받아야 하지?”

짙은 피로감이 느껴지는 음성이었다. 카밀라는 제 허벅지에 팔꿈치를 기댄 채 고개를 숙였다. 양손을 모아 얼굴을 묻고는 그 안에 설움을 쏟아 냈다.

사람들은 종종 과거로 돌아갈 수 있는지를 묻는다. 에스텔라는 그것이 익숙한 질문이라고 생각했다. 자신이 그러했고 디에고가 그러했으며, 어쩌면 베르타 공작도 검을 든 아들의 앞에 섰을 때 같은 바람을 품었는지도 모를 일이다.

에스텔라가 말했다.

"난 당신을 용서할 수 없어요."

"제기랄, 나도 알아."

카밀라가 앞으로 넘어온 머리칼을 쓸어넘기며 짜증스럽게 답했다. 카밀라는 에스텔라의 선언이 몹시 새삼스럽다고 생각했다. 그러나 에스텔라가 진정 꺼내려던 말은 그런 것이 아니었다.

"당신에겐 두 가지 미래가 있어요."

이해할 수 없는 서두에 카밀라가 고개를 들었다. 카밀라가 의아해하건 말건, 에스텔라는 아랑곳하지 않고 조용히 말을 이었다.

"첫째로는 이대로 사교계에서 나와 앙숙으로 남는 거죠. 나는 왕비파의 귀부인으로, 당신은 이를 적대하는 왕의 정부로. 시시콜콜 서로의 약점을 물어뜯어 가면서요."

제 속내는 그렇지 않다는 양 무심한 투였다. 카밀라는 더더욱 에스텔라의 의도를 짐작할 수 없어졌다. 그것은 선택지가 아닌 예정된 미래일 뿐이었으니까. 카밀라가 이상하게 구겨진 낯으로 물었다.

"……나머지는 뭐지?"

"두 번째 경우는 조금 수고가 필요해요. 어젯밤의 일로 나는 너무나도 분노한 나머지, 당신이 이전처럼 이곳에서 위세 떠는 걸 견딜 수가 없게 됐어요."

카밀라의 물음에 에스텔라는 순순히 다음 경우를 읊기 시작했다. 이번에도 에스텔라의 목소리는 동요라곤 찾아볼 수 없이 평온했다. 카밀라는 이 기이한 상황이 좀처럼 파악되지 않아 입만 벙긋거렸다.

"지금 그게 당최 무슨……."

"그래서 분노한 나를 대신해 내 약혼자가 당신을 정부 자리에서 내쫓으라고 협박하러 갈 거예요. 당신을 향한 약간의 비방을 곁들여서요. 아마 왕비님께서 친히 왕의 확신을 굳혀 주시겠죠?"

카밀라의 눈이 천천히 커졌다. 에스텔라는 여전히 무표정한 낯으로 그런 그녀를 응시하고 있었다. 카밀라는 그제야 에스텔라의 저의를 깨달았다. 에스텔라는 타의에 휩쓸려 이곳까지 밀려든 자신에게, 역시 타의라는 핑계로 그만둘 기회를 주겠다고 말하고 있었다.

왕은 이미 카밀라 때문에 디에고와의 불화를 감수한 적이 있었다. 그때 졌던 빚이 있는 이상, 왕으로서도 디에고가 강경하게 나왔을 때 이를 무시하기는 힘들 터였다.

에스텔라가 곧은 시선으로 카밀라를 응시하며 날카롭게 물었다.

"말해 봐요, 내가 어떻게 했으면 하죠?"

카밀라는 에스텔라와 한참 시선을 마주했다. 왕의 정부로 남는다면 자신은 적당히 위세를 부리며 살 수 있을 것이다. 이번에 벌어진 사건으로 기세야 줄어들겠지만 카밀라가 왕의 곁에 있는 이상 그녀의 비위를 맞출 사람들은 넘쳐 났다.

반면 정부 자리에서 내쫓긴 자신은 보잘것없는 처지가 되어 사교계에서 밀려날 터였다. 지금껏 왕에게 받았던 재산으로 조용히 여생을 보내는 수밖에는 없겠지. 도무지 수지 타산이 맞지 않는 선택지였다. 이따위 터무니없는 제안을 하는 건, 카밀라가 스스로 인정했던 것처럼 에스텔라가 그녀와 같은 처지의 사람이기 때문일 것이다.

카밀라는 끝내 이를 사납게 한번 맞부딪치며 말했다.

“난 네가 싫어. 너 때문에 내 하나뿐인 친구가 내쫓겼지.”

“나도 당신이 싫어요. 난 끼리끼리라는 말을 알고, 당신의 친구는 내게 아동 학대범에 불과하거든요.”

에스텔라가 대수롭지 않다는 듯 가볍게 어깨를 으쓱였다. 카밀라는 제가 에스텔라에게 쓸데없이 높은 평가를 내렸다고 생각했다. 왕비 같은 고단수는 에스텔라처럼 적 앞에서 솔직한 속내를 내뱉지 않는다. 다음으로 이어진 말도 물렁하긴 마찬가지였다.

“하지만 난 사람의 선택이란 게 상황에 좌우된다고 믿는 편이에요.”

“…….”

“이번엔 어떤 선택을 할 거죠?”

맑디맑은 빛의 푸른색 눈이 자신을 보고 있었다. 카밀라는 그만 실소를 터트렸다. 어이가 없기 때문일까, 차오르는 웃음을 참을 수가 없었다.

한참 후 카밀라가 에스텔라를 비웃듯 한쪽 입꼬리를 끌어올리며 말했다.

“당신처럼 남의 사정이나 봐주는 인간은 정말 이 세계에서 얼마 못 가. 내기해도 좋아.”

에스텔라는 그러느냐는 둥 가만히 고개만 끄덕였다. 진지한 충고였는데 상대는 그렇게 받아들이지 않은 모양이다. 카밀라는 길게 숨을 들이마셨다. 그들 사이에 놓인 침묵이 적당히 무르익을 때까지.

끝내 그녀의 입술이 답을 내놓기 위해 벌어졌다.

“나는…….”

6. 관용과 불용

왕궁 후원에서 고백하려고 했던 작전은 결국 실패로 돌아갔다. 그럴 만한 분위기도 아니었거니와, 그런 일이 벌어진 공간에서 진심을 전하기는 아무래도 조금 부담스러웠기 때문이다. 사랑이란 순수한 감정을 말하기에 왕궁은 지나치게 추악한 과거를 품고 있었다. 디에고는 불길함을 예고하는 선택을 과감히 배제했다. 그러고 나니 남은 아이디어가 전혀 없었다는 게 사소한 문제라면 문제다.

디에고는 계획적인 남자였고 한번 목표한 것을 놓치는 법이 없었다. 성공을 위한 철저한 사전 조사는 필수였다. 그는 자구책을 찾아 에스텔라를 잘 아는 지인들의 앞에 섰다. 디에고가 진지한 음성으로 말했다.

"너희 선생은 뭘 좋아하는지 차례대로 한번 말해 보렴."

두 쌍의 눈이 조용히 굴렀다. 곰곰이 고민하던 세드릭이 무언가가 생각났다는 듯 입을 열었다. 그때 세실리아가 재빠르게 손을 뻗어 세드릭의 무릎 위를 짚었다. 세실리아는 세드릭을 향해 고개를 내젓더니 이번엔 디에고를 돌아보았다. 디에고는 그 눈빛에서 어렵지 않게 의도를 읽어 냈다.

디에고가 멈칫거리다가는 제 바지 주머니를 뒤져 보았다. 집에서 현금을 소지하고 다닐 이유는 없었다. 디에고의 옷 안에서 떨어진 것은 몇 푼 안 되는 동전뿐이었다. 그에 세실리아가 또 가만히 고개를 내저었다. 볼일이 없다는 듯 자리를 털고 일어서려 하기까지 했다.

조언을 구하기 위해 아이들의 놀이방까지 찾아와 바닥에 주저앉은 상황이다. 이대로 소득 없이 세실리아와 세드릭을 보낼 수는 없었다. 디에고가 황급히 대가를 제시했다.

"내 신용이 못 미덥진 않겠지. 나중에 대가는 충분히 치르마."

"어떠케?"

세실리아가 기다렸다는 듯 추궁했다. 디에고의 입꼬리에 경련이 일어났다. 디에고는 속으로 세실리아가 적당히 자라면 무역업을 배우도록 아카데미에라도 보내야겠다고 다짐했다. 디에고가 깍지 낀 두 손을 턱 밑에 대며 최대한 상냥한 음성을 자아냈다.

"원하는 게 뭐니."

"이번 꺼는 어려운 질무니라……. 후, 저버니랑 가튼 돈으로는 안 대개써……."

세실리아가 제 이마에 손을 올린 채 고개를 절레절레 내저었다. 옆에 있던 세드릭이 황당하다는 듯 그런 세실리아를 돌아보았다. 하지만 제 무릎에 얹어진 세실리아의 손을 의식해서인지 이렇다 할 답을 뱉어내진 않았다. 아무래도 제 동생이 하자는 대로 따를 모양이었다. 결국은 세실리아의 동의를 구해야만 한다는 소리다. 디에고가 한숨을 쉬며 검지와 중지를 펼쳤다.

"그럼 이렇게 하지. 지난번 줬던 용돈의 두 배를 주마. 대신 성공하면 또 그 두 배를 주지."

"두 배몬……?"

"20골드."

"그 두 배며는……?"

"40골드지. 그러면 총 60이 된단다."

때아닌 수학 교실이 열렸다. 손가락을 열심히 셈을 하던 세실리아가 방긋 미소를 떠올렸다.

"그럼 쪼아!"

알려 주기 힘들다는 듯 재기는 했지만 실제로 어려운 문제는 아니었다. 세실리아는 지난번 에스텔라가 동화를 읽어 주다가 말했던 소소한 로망을 기억하고 있었다. 이야기 속 주인공의 사랑 고백에 대해 열띤 토론을 나누다가 각자의 취향까지 알게 된 것이다. 세실리아는 모두가 축복하는 곳에서 고백을 받으면 좋겠다고 했고, 에스텔라는 이와 완전히 상반된 대답을 했다.

"엘라가 그래써. 요라난 고배근 실타구."

요란한 고백은 싫다 이거군. 디에고는 팔짱을 낀 채 눈을 감고 고개를 끄덕였다. 계속 이야기하라는 뜻이었다. 디에고는 세실리아의 이어지는 설명을 들으며 그 장면을 머릿속에 그리기 시작했다.

"그러니까 노으리 지는 테라스에서."

노을이 지는 테라스에서.

"긴장하지 안케 농담두 하몬서."

긴장하지 않게 농담도 하면서.

"이미 있는 반지를 내밀몬서 징지하게 고배글 하면 조켔다고 해써!"

이미 있는, 아니, 이게 아니군. 의미 있는 반지를 내밀면서…….

디에고는 상상을 잇다 말고 번쩍 눈을 떴다. 세실리아의 설명이 어쩐지 몹시 익숙했다. 디에고가 미간을 찌푸리며 의문 어린 표정을 지었다.

세실리아가 말한 고백은 정확히 제가 에스텔라에게 청혼했을 때 행했던 방식 그대로였다. 우연의 일치로 자신이 에스텔라의 취향을 맞춘 것인지, 아니면 그녀가 그때 일을 좋은 기억으로 담아 둔 것인지 알 수 없었다. 후자의 경우라면 자신에겐 그야말로 희망적인 신호가 되는 셈이다. 디에고가 세실리아에게 몸을 기울이며 진지한 눈으로 물었다.

"그녀가 그런 말을 한 게 언제쯤 일이지?"

"웅?"

"약혼식 전의 일이냐, 아니면 그 후의 일이냐?"

디에고가 테라스에서 반지를 선물하고 한 주 남짓 지난 시점에 식을 치렀으므로 약혼식은 진상을 파악하기에 적당한 분기점이었다.

혼란에 잠긴 표정을 짓던 세실리아가 곧 통통한 손마디를 꼽기 시작했다. 언어에서 의외의 두각을 드러내고 있는 반면 세실리아는 수 읽기에 약한 편이었다. 한참을 끙끙거린 후에야 세실리아가 대답을 내놓았다.

"저저번 주……?"

그야말로 얼마 지나지 않은 일이다. 당혹을 숨길 수 없어 디에고는 오른손을 들어 제 낯을 감쌌다. 아이들의 이상하다는 눈빛이 따라왔으나 얼굴을 다시 드러내 보일 순 없었다. 거울을 보지 않아도 제 뺨에 열이 올라 있음을 알 수 있었으니까.

귓등이 뜨끈했다. 이 상황이 의미하는 바를 소화할 시간이 필요했다. 디에고는 고개를 숙인 채 잠시간 생각을 정리했다.

받고 싶은 고백에 대해 논할 때 그녀가 이미 겪었던 일을 언급한 저의가 무얼까. 혹시 그건 그때의 청혼이 그녀에게 더없이 완벽했다는 뜻은 아닌가. 어쩌면 둘 다 확언을 피하느라 서로에게 닿지 못했을 뿐, 그들은 오래전부터 이미 같은 마음이었는지도 몰랐다.

디에고는 도무지 부푼 가슴을 숨길 수가 없었다. 거절할 경우를 대비해 스스로를 다잡으려 했으나 쉽지가 않았다. 진심을 다해 제 맘을 전한다면 그녀도 기꺼이 고개를 끄덕이리라 믿고 싶은 것이다.

"띠에고, 어디 아파?"

세실리아가 걱정스러운 목소리로 물었다. 반면 세실리아보다 경험치가 많은 세드릭은 알 만하다는 표정을 짓고 있었다. 세드릭이 한숨을 쉬며 첨언했다.

"휴, 아프긴. 엘라랑 형 사이에 우리가 모르는 무언가가 있는 거야."

"머가 있는데?"

"이 바보야, 그걸 내 입으로 말해야 아냐?"

세드릭이 툴툴거리자 세실리아가 제 오라비를 노려보기 시작했다. 둘이 투닥거리는 모습이 꽤 귀여웠기에 디에고는 그만 작은 웃음을 흘리고 말았다.

"세실, 아무래도 약속한 금액이 너무 작은 것 같구나. 깔끔하게 100골드를 주마."

디에고가 세실리아를 달래듯 말했다. 답지 않게 인심 좋게 군 데는 기분이 급격히 좋아진 탓도 있었다.

뜻밖의 거금에 세실리아의 눈동자가 사정없이 흔들렸다. 에스텔라는 세실리아에게 몇 번이고 반복해 '낯선 사람이 사탕을 줘도 따라가면 안 된다.'고 가르쳤었다. 납치를 경고하는 말이긴 하나 심층적인 요지를 파악하자면 이유 모를 호의를 함부로 받아들여선 안 된다는 뜻이 될 터다. 세실리아가 인중이 늘어난 이상한 표정을 지으며 말했다.

"나, 나난, 정해진 대가 이에의 건……."

"아니지, 세실. 원래 세상엔 인센티브라는 게 존재하는 법이란다."

"인생티브……?"

"그래, 일을 잘해 주었을 때 받는 보너스 같은 거지. 네가 너무 대답을 잘해 주어 내가 보답을 하는 거란다."

디에고가 대답을 종용하듯 고개를 까딱이자 세실리아 역시 심각한 결단을 내리는 표정으로 마주 고개를 끄덕였다. 두 사람의 결의를 가만히 지켜보고 있던 세드릭이 불쑥 물었다.

"나는 아무것도 없어?"

"세드리기 몰 해따구?"

세실리아가 부리나케 세드릭을 향해 매서운 눈을 돌렸다. 제 돈을 훔치려고 드는 도둑을 보는 눈빛이었다. 엄밀히 말해 세드릭이 아무 말도 못 하도록 막은 건 세실리아 쪽이었지만, 아무래도 세실리아는 비밀을 유지해 준 세드릭에게 적절한 대가를 돌려줄 생각이 없는 모양이었다.

디에고는 피식 웃으며 세실리아의 머리를 쓰다듬었다. 집사에게 숙녀의 머리를 함부로 건드려서는 안 된다는 발언을 한 적이 있긴 하나, 자신으로서도 저 밤톨만 한 뒤통수를 쓰다듬고 싶은 욕구를 참기는 쉽지 않았다.

"남매끼리 사이좋게 지내야지."

타이르듯 말하던 디에고가 천천히 몸을 굳혔다. 제 입에서 나왔다기엔 지나치게 생소한 말이었다. 우애나 가족의 정 따위는 세뇌일 뿐이라 불신했던 그가 아닌가.

디에고는 고개를 숙인 채 그만 헛웃음을 흘리고 말았다. 그는 당장 에스텔라의 앞으로 뛰어가 진지하게 이렇게 묻고 싶었다.

대체 어디까지 내 안으로 들어온 거예요? 사람이 사람을 이만큼 뒤바꿔 놓아도 되는 겁니까?

그녀를 만나기 전의 자신이 지금의 저를 본다면 아마 미쳤다며 혀를 찰 것이었다. 그런 모자란 사내 취급을 받아도 예전으로 돌아가고 싶지 않을 만큼 현재가 만족스러웠다.

그러고 보면 에스텔라는 그의 운명의 상대는 따로 있다며, 결국은 그가 다른 여인에게 반하고야 말 것이라 호언한 적이 있었다. 그야말로 개소리였다. 그녀가 아닌 어떤 사람이 또 그에게 운명이 될 수 있겠는가. 이토록 달뜬 기분으로 매일을 이어 나간 적이 또 없었다. 그녀를 보며 그는 처음으로 사랑이란 감정을 꿈꿨다.

"공작님, 에스텔라 양께서 귀가하셨습니다."

벅차도록 보고 싶은 마음을 알았을까. 뒤에서 다가온 하녀가 조용히 귀엣말을 속삭였다. 이젠 어느덧 자연스럽게 일과로 스며든 보고였다.

에스텔라를 마중하겠다는 동생들의 아우성을 뿌리치며 디에고는 자리에서 일어섰다. 동생들이 귀여운 것과 별개로 그녀와의 시간을 나눠 가지는 건 사양이었다.

디에고가 거의 뛰듯이 1층으로 내려갔을 때, 에스텔라는 막 중앙 계단으로 올라서고 있었다. 디에고를 발견한 에스텔라의 눈이 미미하게 커졌다.

"공작님?"

문득 그녀가 부른 게 제 직위가 아닌 이름이었으면 좋겠다는 생각이 스쳤다. 성급한 욕심을 억누른 디에고가 계단을 뛰듯이 내려가 그녀의 옆에 섰다. 그녀를 만나자마자 살핀 바로 몸싸움의 흔적은 없어 보였다. 아브릴 백작 부인의 저택에서 대단히 불미스러운 일이 벌어지진 않은 모양이었다.

디에고는 에스코트하듯 자연스럽게 에스텔라의 허리를 감싸고는 뺨에 입을 맞췄다. 그가 다정한 음성을 내어 물었다.

"다녀왔습니까?"

"마중을 다 나와 주시고, 영광이네요."

에스텔라가 부족하다는 듯 다시 제 뺨에 달라붙으려는 디에고의 얼굴을 밀어내며 말했다. 에스텔라의 손에 실린 힘을 느낀 디에고가 실없는 웃음을 흘렸다. 에스텔라의 손길을 이리저리 피한 그가 끝내 에스텔라의 귓가에 속삭이듯 물었다.

"얘기는 잘 끝마쳤습니까?"

솔직히 말해 디에고는 카밀라가 에스텔라의 제안대로 얌전히 정부 자리를 내려놓을 것이라 생각하진 않았다. 저택을 나서던 에스텔라가 어째서 묘하게 확신 어린 표정을 지었는지 디에고로서는 짐작할 수 없었다. 과거를 알게 되었다고 한들 그는 카밀라가 보인 현재의 행적 쪽을 더 믿었다. 정부 자리에서 내쫓아 주겠다는 제안에 카밀라가 불쾌감을 느끼고 화를 내지나 않으면 다행이었다.

아브릴 백작 부인이 어떤 결론을 내리든 그녀 인생에 참견할 생각은 없으나, 에스텔라의 제안이 어떤 거절로 돌아왔는지 정도는 그도 알아둘 필요가 있었다. 에스텔라가 오늘 방문에서 대단한 무례를 경험했다면 그도 더 이상은 참지 않을 예정이었다.

"네."

에스텔라가 의미를 알 수 없는 목소리로 대답했다. 어쩐지 초조한 기분이 되어 디에고는 눈살을 찌푸렸다.

"그거 긍정입니까, 부정입니까?"

조용히 웃던 에스텔라가 이내 선뜻 대답을 내놓았다.

"제 계획대로 하겠다고 하셨어요."

예상치 못한 결과에 디에고는 얼떨떨한 기분이 되었다. 불신의 눈빛을 쏘아 보내자 에스텔라는 재차 "정부를 그만두겠다고 하셨다고요."라며 쐐기를 박았다. 그에 디에고가 "오." 하고 얼빠진 감탄사를 흘렸다. 디에고가 이어 제 턱을 쓸며 중얼거렸다.

"그거 믿기 힘든 결과네요."

에스텔라가 처음 제 생각을 말했을 때 디에고는 말도 안 되는 일이라며 고개를 내저었다. 에스텔라가 아브릴 백작 부인의 어떤 모습을 보고 그런 터무니없는 계획을 떠올렸는지 알 수 없었다. 무엇보다 에스텔라가 대면한 카밀라는 악의로 똘똘 뭉친 상태가 아니었던가.

잠시 침묵하던 디에고가 어이없다는 듯 말했다.

"당신은 참 이상한 사람입니다."

"제가 뭐가요?"

"나도 타인의 속을 못 읽는 편은 아닙니다만, 당신은 특히 더해요. 어떻게 그리도 사람을 잘 꿰뚫어 보는지 모르겠어."

그렇게 눈치 좋은 사람이 왜 제 진심은 모르는지도 말이었다. 디에고의 눈빛에 약간의 힐난이 섞였다. 디에고의 말을 칭찬으로만 여겼는지 에스텔라는 웃음으로 대답을 대신했다.

그러나 곧 그녀의 낯에도 걱정이 어렸다. 에스텔라가 인상을 찌푸리며 운을 떼었다.

"그런데 하나 찜찜한 게 있어요."

"뭡니까?"

"파티장에서의 일만으론 모자랄 수 있다고, 조금만 기다려 보라고 하시더라고요. ……별일 없겠죠?"

디에고는 대답하지 않고 입을 다물었다. 카밀라가 왜 에스텔라의 제안을 받아들였는지 이해하지 못했듯, 이번에 요청한 유예 역시 도무지 동기를 짐작할 수 없었다. 그리고 에스텔라도 디에고와 그리 다르지 않은 심정인 모양이었다.

에스텔라와 디에고가 동시에 어색하게 입꼬리를 끌어올렸다. 그들의 미소가 순식간에 꺼져 든 것도 같은 순간의 일이었다.

"아아아아악!"

엘렌은 날카로운 비명을 내지르며 제자리에 주저앉았다. 잠긴 문 너머에서 사용인들이 안위를 묻는 소리가 들려왔지만 도무지 대답할 상태가 아니었다. 쥐어뜯긴 머리는 얼얼했고 비싼 드레스는 거지꼴이 되어 있었다. 얻어맞아 부푼 뺨에 눈물이 닿자 쓰라리기 그지없었다.

어째서 제게 이런 끔찍한 일이 벌어졌던가. 엘렌은 훌쩍거리며 아침의 일을 되새겼다

분명 오늘은 여느 때와 같은 날이었다. 발길을 끊은 초대장 때문에 여전히 책상 위는 비어 있었고, 이틀 전 왕궁 무도회에서 벌어진 사건

은 더더욱 그녀의 기분을 저조하게 만들었다.

그도 그럴 것이 에스텔라라는 여자를 효과적으로 치워 낼 줄로만 알았던 아브릴 백작 부인이 되레 망신을 당하고 돌아온 것이다. 심지어는 하사품의 의미를 더럽히려 했다며 왕비까지 크게 분노했다고 들었다. 물건이 바뀐 우연이 없었다면 예비 공작 부인과 크나큰 오해가 생겨날 뻔했다는 것이었다.

의도치 않게 계략에서 벗어났다며 대부분은 기막힌 행운에 감탄했으나 엘렌의 생각은 조금 달랐다. 어떻게 아브릴 백작 부인의 계획을 알아챈 것인지는 모르겠으나 바꿔치기는 의도된 바였을 거라는 게 엘렌의 판단이었다. 엘렌은 제 앞에 놓인 수프 그릇을 밀쳐 내며 잘근 입술을 깨물었다.

'고단수인 줄은 알았지만 생각보다 더해.'

물론 그렇다고 해서 에스텔라를 모욕 주는 일을 포기할 생각은 없었다. 이대로 싸움에 진 개처럼 물러서는 건 자존심이 용납하지 않았다.

문제는 아브릴 백작 부인마저 쓸모없어진 와중 누구의 협조를 구하냐는 거였다. 저와 동고동락했던 사교계의 영애들은 그 시꺼먼 속을 가진 여자에게 넘어간 지 오래였다. 그렇다고 먼 지방으로 쫓겨난 전대 공작 부인을 찾아갈 수도 없는 노릇이었다. 애초에 안나야말로 에스텔라에게 패배한 첫 번째 인물이었으므로.

상황이 이렇게 되고 보니 어떻게 승기를 돌릴지 도통 감이 잡히지 않았다. 비겁한 수작임은 인정하지만, 다시 에스텔라의 가정사를 건드려 볼까 하는 충동이 밀려올 정도로 말이었다. 제 살 깎아 먹기가 될 가능성이 크나 그건 어차피 자신의 현주소였다.

엘렌은 지금까지 에스텔라에게 어떤 흠집도 내지 못하고 매번 굴욕을 맛봐 왔다. 이젠 앙갚음을 해 줄 수 있다면 방법이 정당하고 말고가 대수겠는가 싶었다.

엘렌이 어떻게 에스텔라의 아버지를 수도로 끌어들일지 고민할 때였다. 하녀가 반갑지 않은 방문을 알렸다.

"아가씨, 아브릴 백작 부인께서 만남을 청하십니다."

갑작스러운 방문에 엘렌은 몹시 당황했다. 이렇게 이르게 카밀라와 마주치리라곤 예상치 못했었기 때문이다. 일을 사주한 입장에서 아브릴 백작 부인의 기분을 달래 주는 것이 도리겠으나 엘렌은 그녀와 만날 생각이 없었다. 이럴 때 여론에 밉보인 아브릴 백작 부인을 찾아가는 건 사회적인 자살 행위였다.

엘렌은 잠시 고민하다가 카밀라를 응접실로 들이라고 전했다. 카밀라가 괜히 마음을 달리 먹고 저와의 공조를 떠벌리고 다니면 곤란했다. 내키지는 않았으나 엘렌은 옷을 갈아입고 카밀라를 만나러 갔다.

응접실로 들어서, 막상 얼굴을 마주한 카밀라는 생각 외로 아무렇지 않은 표정을 짓고 있었다. 예상만큼 큰 타격을 입진 않은 모양이라며 엘렌은 심드렁히 자리에 앉았다.

"부인, 어쩐 일로 이런 아침에 찾아오셨는지요?"

"왜, 넌 이런 시간에 찾아와도 되고 나는 아닌가 보지?"

그리 되물으며 카밀라가 상냥한 웃음을 흘렸다. 내용과 상이한 평화로운 목소리였다. 덕분에 엘렌은 잠시 제 귀가 잘못된 줄 알았다.

"방금, 뭐…… 라고 하셨죠, 아브릴 백작 부인?"

"태평해 보이네, 간밤엔 푹 잤나 보지?"

제가 잘못 들은 게 아니었다. 그때부터 엘렌은 왠지 모를 불길함을 느꼈다. 자리에서 일어서는 카밀라의 고상한 몸짓이 이상하게 위협적이었다. 엘렌은 무의식적으로 카밀라와 방문을 번갈아 보았다. 엘렌이 문가를 향해 뛰쳐나간 것과 카밀라가 그런 엘렌의 머리채를 붙잡은 건 동시의 일이었다. 엘렌은 그대로 머리채가 잡혀 뒤로 끌려갔다.

정신을 차려보니 문은 잠겨 있었으며 응접실은 난장판이 되어 있었다. 엘렌은 단언컨대 이런 무서운 상황은 경험해 본 적이 없었다. 그 누가 감히 권세가 자식의 따귀를 후려치겠느냔 말이다. 처음 경험한 날것의 폭력에 엘렌은 잔뜩 겁을 집어먹었다. 엘렌이 몸을 떨며 간헐적으로 훌쩍였다. 울음소리가 제법 컸는지 카밀라가 짜증스럽게 말했다.

"조용히 하렴, 이 깜찍한 계집애야. 네 덕에 내가 평생직장을 잃고 멀리 떠나게 생겼단다."

위협적인 경고에 엘렌은 양손을 들어 제 입을 틀어막았다. 엘렌이 공포에 질린 눈으로 고개를 끄덕이자 비로소 카밀라가 머리칼을 놓아주었다. 엘렌은 그대로 처참하게 바닥으로 나동그라졌다.

오랜만의 육탄전에 카밀라도 지친 건 마찬가지였다. 카밀라가 콧잔등에 밴 땀을 닦으며 씨근거리는 숨을 골랐다. 구석에서 흐느끼던 엘렌이 억울한 심정을 참지 못하고 속삭이듯 소리쳤다.

"당, 당신이 실수해서 버, 벌어진 일이잖아! 내, 내가 뭘 잘못했다고 내 탓을 해!"

"뭐?"

카밀라가 매섭게 되물으며 다시 성큼 엘렌에게 다가섰다. 엘렌은 반사적으로 몸을 움찔거리며 양팔을 들어 제 머리 위를 감쌌다. 카밀라가 재미있다는 듯이 웃으며 되물었다.

"부추긴 사람한테는 죄가 없다고? 네가 믿는 신의 교리에선 그렇게 가르치나 보지?"

"나, 난 당신이 친구 때문에 속앓이를 할까 봐! 그냥 바, 방법을 제시해 준 것뿐이야."

"아, 이제 알았어. 난 사교계식 화법을 참으로 싫어해."

카밀라가 따분하다는 듯 대답하며 엘렌에게 다가섰다. 카밀라의 입가에 어린 미소가 짙어졌다.

"그러고 보니 우리 고귀하신 엘렌 양께서는 침방 시녀 출신이었던 나를 적잖이 비웃었었지?"

"가, 갑자기 그게 무슨……."

엘렌은 종종 카밀라의 출신을 비웃으며 스스로를 드높이는 근거로 삼았었다. 늙은 왕에겐 관심이 없었기에 에스텔라를 상대로 했던 것처럼 직접적으로 표출하진 않았으나, 분명 카밀라가 엘렌에게 재밌는 뒷얘기 대상이었던 건 맞았다.

뒤에서 떠든 소리라 한들 당사자의 귀에 들어오지 않았을 리 없다. 카밀라가 그런 엘렌에게 손대지 못했던 건 어찌 됐든 권세가의 여식을 건드려서는 곤란했기 때문이었다. 이미 수도 생활을 포기한 지금에 와선 거리낄 것이 없다.

"무슨 소리긴, 내가 바느질에 꽤 재주가 있단 소리지."

카밀라가 그리 말하며 미리 준비해 둔 바늘을 하나 꺼내 들었다. 눈에 띄지 않게 드레스 자락에 꿰어 놓았던 물건이었다. 칼이나 총 같은 커다란 흉기는 입장과 동시에 걸러졌을 것이나 이런 작고 날카로운 물건은 얘기가 달랐다. 엘렌의 얼굴이 순식간에 푸르죽죽하게 질려 들었다. 카밀라가 바늘을 엘렌의 눈앞에 대고 흔들며 말했다.

"아, 팔자에 안 맞는 귀부인 생활을 하느라 실력이 좀 녹슬었을지도 모르겠네."

엘렌이 믿어지지 않는다는 듯이 고개를 내저었다.

"세상에, 처, 천한 말투 좀 봐. 이런, 상스러운……."

바늘이 눈앞에 가까워지자 엘렌도 더 입을 움직이진 못했다. 카밀라가 싱긋 웃으며 물었다.

"이 예쁜 얼굴을 어떻게 꿰매 놓아야 미운 성격과 걸맞아질까?"

사실 엘렌에게 괘씸한 마음이 있긴 했어도 이리 손봐 주고 싶을 정도는 아니었다. 어찌됐든 에스텔라를 건드린 건 제 마음이 동해서 행한 행동이 아니었던가. 그러나 제 안에서 해소된 갈등과 다르게, 자신이 품었던 것과 같은 악의는 분명 다른 곳에도 잔존해 있었다.

눈앞의 성질 나쁜 영애를 응시하며 카밀라는 무르기 그지없는 누군가의 낯을 떠올렸다. 그녀는 자신 같은 사람에게까지 기회를 주고 싶어 하는 멍청하리만치 착한 여자였다. 그런 종류의 인간이 이 깜찍하게 성질 나쁜 아가씨를 상대로 한들 썩 제대로 된 보복을 행할 것 같진 않았다.

카밀라는 빚을 지고는 살지 못하는 성격이었고 같은 연계로 오랜 시간을 왕비에게 복수하는 데 써 왔다. 에스텔라가 자신을 구하려 했다면, 자신도 같은 대가를 돌려주어야 깔끔해질 것이었다. 특히 이런 진흙탕 싸움엔 얼마든지 손을 더럽힐 수 있는 제가 나서 주어야 격이 맞을 터다.

카밀라가 바늘 끝으로 엘렌의 미간을 쿡쿡 찌르며 말했다.

"한 번만 심보를 더 나쁘게 써 봐요, 귀여운 아가씨."

엘렌은 혼절할 것만 같은 기분이었다. 깊숙이 박힌 게 아니라 크게 아프진 않았지만, 저 날카로운 바늘 끝이 제 이마를 그대로 꿰뚫을 것만 같은 공포감이 엘렌을 압도했다.

겁에 질린 창백한 낯을 보고도 카밀라는 딱히 죄책감을 느끼지 않았다. 그녀는 세간이 자신을 어떤 명칭으로 부르는지 알고 있었다. 자신은 무려 현왕을 현혹하고 선량한 왕비를 괴롭히는 피도 눈물도 없는 악녀가 아니던가?

"꺄아아아아악!"

엘렌이 버둥거리며 비명을 내질렀다. 카밀라가 든 바늘이 순식간에 엘렌의 눈앞으로 다가온 탓이었다. 카밀라의 손을 붙잡아 가까스로 막긴 했으나, 제가 아래쪽에 있었기에 힘이 확연히 부족했다. 바늘 끝이 가까워지며 엘렌의 공포도 함께 농익어 갔다. 사지를 떠는 엘렌을 보며 카밀라가 말했다.

"난 신은 안 믿지만, 구원보다 주먹이 가깝다는 건 알아. 우리 아가씨도 내가 무슨 말을 하고 있는지 잘 이해했겠지?"

카밀라가 교태 어린 목소리로 채근했다.

"착하게 살자고, 우리. 응?"

엘렌이 침을 꿀꺽 삼키며 몇 번이고 반복해서 고개를 끄덕였다. 신실한 믿음을 이어갈 것을 신께 맹세했던 날 이상으로 진실된 마음이었다.

불세출의 요부 카밀라 아브릴은 마침내 왕의 신임을 잃고 궁에서 내쫓겼다. 악역에게 주어져 마땅한 결말이었다.

둘만 있는 자리에서 왕은 편을 들어 주지 못해 미안하다며 사과했다. 베르타 공작이 너무도 완강하여 그의 분노를 막을 수가 없었다고 말이다. 왕은 사태가 진정되면 다시 수를 써 보겠다고 말했지만 그건 카밀라가 원하는 바가 아니었다. 카밀라는 왕의 비겁함에 크게 실망한 척 그를 책망했다. 연인의 신경증에 왕도 결국 도통 반성을 모른다며 넌더리를 내게 되었다. 깊지 않았기에 깔끔했던 이별이었다.

수도에 있는 저택은 세를 놓기로 결정했다. 중심가에서 거리가 있는 만큼 비싼 가격을 받을 순 없었지만 잘 관리된 저택이라 와서 살겠다는 사람이 없진 않았다. 그동안 모아 두었던 것을 생각하면 앞으로 평생 생계는 걱정하지 않아도 될 수준이었다. 수도 생활에서 얻은 게 영 없진 않았다며 카밀라는 자조적인 미소를 머금었다.

이곳에서 살아온 세월이 길었던 만큼 정리해야 할 것들은 그밖에도 산재해 있었다. 카밀라는 마지막으로 왕이 그녀에게 내주었던 방을 찾았다. 대단히 귀중한 물건을 두진 않았지만 자주 들렀던 곳이니만큼 애용했던 소지품이 여럿 있었다. 왕궁이 껄끄러운 공간이 됐다고는 하나 물질적인 손해까지 감수해 가며 피할 생각은 없었다.

단순히 짐을 챙길 목적이었기에 체류 시간은 짧았다. 그 잠깐의 짬에 누군가의 방문이 끼어든 건 정말이지 의외의 일이었다.

"아브릴 백작 부인, 부인께 만남을 청한 분이 계십니다."

익숙한 서두였다. 카밀라에게 줄을 대려 했던 무수한 사람들은 이와 같은 안내를 받고 등장했었다. 그러나 지금 이 시점에서의 방문은 도무지 의도를 짐작할 수가 없었다. 카밀라가 왕의 총애를 잃은 이후 그녀의 거처에는 발걸음이 뚝 끊겼다. 끈 떨어진 정부를 찾아올 사람은 아무도 없었으니까.

"누구지?"

시종이 좀처럼 대답하지 못하고 우물쭈물했다. 곧바로 소개가 나오지 않는 걸 보면 말하기도 곤란할 만큼 별 볼 일 없는 인사인 모양이었다. 그 반대의 경우일 리는 없었다. 엘렌을 폭행한 일까지 더해져 카밀라는 기피 대상으로 전락한 지 오래였으므로.

수도 사람들 모두가 아는 걸 아직도 모르는 이가 있다니. 이 정도로 눈치 없는 인사라면 한번 만나 보는 것도 재밌겠다는 생각이 들었다. 카밀라가 순순히 허락을 전하자 곧 방문이 열렸다.

어떤 사람인지 낯짝이나 구경하자며 카밀라는 심드렁히 고개를 들었다. 그러나 그녀는 그대로 몸을 굳히고 말았다. 카밀라가 마른 입술을 달싹였다.

"당신……."

당신이 여길 왜.

뒷말은 이어지지 못했다. 사교계에서 퇴출된 몸이라고는 하나 그곳에서 익혔던 가면까지 잃어버린 건 아니었다. 카밀라는 겨우 표정을 추슬렀다. 달갑지 않은 반응을 알아챘을 텐데도 상대는 별다른 반응이 없었다. 방 안을 조용히 둘러보던 방문객이 입을 열었다.

"떠나려나 보구나."

카밀라는 눈앞에 선 왕비를 조용히 노려보았다. 제 신분을 밝히면 곱게 만나 주진 않았을 테니 이런 수를 쓴 것이다.

시녀조차 뒤따라 들어오지 않은 상태에서 방문이 닫혔다. 보는 눈 없는 곳에서 대체 무슨 짓을 벌이려는 걸까. 왕비가 왜 저를 찾아온 건지 알 수 없었다. 카밀라는 곧 수도를 떠날 것이었고 그건 왕비가 내내 거슬려 했던 골칫덩이를 마침내 눈앞에서 치워 냈음을 의미했다.

이 시점에서 카밀라는 인정해야 했다. 왕비가 이겼고 자신은 졌다. 카밀라는 그간 제가 왕비를 썩 효과적으로 물어뜯어 왔다고 생각했지만, 그 과정에서 진정 상처받았던 이는 다름 아닌 자신이었다. 적어도 카밀라는 그 이상으로 더 고통받고 싶진 않았다.

"마지막 가는 길 배웅이라도 해 주시려 왔습니까?"

카밀라가 날 선 목소리로 물었다. 카밀라는 곧 왕비에게서 차가운 비소가 날아오리라고 생각했다. 그러나 다음에 이어진 행동은 카밀라로서도 차마 예상치 못했던 것이었다.

왕비가 무릎을 꿇었다. 다른 누구도 아닌 카밀라의 앞에.

"미안하다."

왕비가 쏟아 내듯 말했다. 카밀라는 그 사과를 곧바로 소화해 내지 못했다. 제가 지금 무슨 말을 들은 건지 알 수 없었다. 왕비가 왜 저리 참회하는 꼴로 제 앞에 주저앉아 있는지도 역시.

카밀라는 제자리에 굳어 왕비를 그저 응시하기만 했다. 왕비가 고개를 숙이고 있어 무슨 표정을 짓고 있는지 잘 보이지 않았다. 왕비가 바닥에 시선을 고정한 채 속사포처럼 이어 말했다.

"네가 여기 남을 수 있도록 도우마. 엘렌 영애는 내가 책임지고 달랠 수 있어."

"그게 지금 무슨……."

"떠나지 말고 여기서 계속 지내란 소리다. 앞으로는 왕의 총애 때문에 너를 견제하는 일도 없을 거야. 보이지 않는 곳에서 내가 네 뒷배가 되마."

"왕비님."

"그냥 앞으로도 쭉, 이렇게 계속 호강하고 살아, 제발. 응?"

왕비가 그리 애원하며 마침내 고개를 들었다. 왕비의 눈은 빨갛게 충혈되어 있었다. 곧이라도 눈물을 떨굴 듯한 기색이었다. 난생처음 보는 광경이었다. 카밀라는 이날 이때껏 왕비가 눈물이라곤 평생 흘려 본 적 없는, 그야말로 기계 같은 인간인 줄 알았다. 카밀라는 충격으로 좀처럼 정신을 차릴 수 없었다.

"내가 이렇게 비마. 제발……."

왕비가 다시 카밀라의 발치 앞에 고개를 조아렸다. 종내에는 말끝에 흐느낌이 섞여 나왔다. 카밀라는 왕비의 사과에 차라리 섬뜩함을 느꼈다. 지금까지 카밀라를 견제해 왔던 왕비가 새삼 참회했을 리는 없었다. 분명히 다른 이유가 있을 것이다.

"왜 이러시는 겁니까?"

카밀라가 굳은 목소리로 물었다. 아니나 다를까 왕비의 몸이 크게 움찔했다. 잠깐의 침묵 끝에 왕비가 토해 내듯 말했다.

"리오넬이…… 왕세자 자리를 내려놓고 떠나겠다고 하더구나."

카밀라는 마지막으로 리오넬과 이야기를 나눴을 때를 떠올렸다. 무도회장에서 그녀를 뒤쫓아 나오며 리오넬은 자신이 가진 자리를 포기하겠다고 말했다. 그러나 카밀라는 그러라고 말한 적이 없었다. 자신과 함께하는 결말이 아니더라도 리오넬이 행하려는 복수는 유효했을까.

"그래서요?"

카밀라가 차갑게 물었다.

왕비는 지금껏 카밀라와 리오넬의 관계에 대해 모른 척 굴어 왔다. 둘은 결국 서로의 추문이 될 뿐인 사이였다. 왕에게 그 사실을 고해바쳤다면 카밀라를 쉬이 떠나보낼 수 있었겠지만, 제 아들의 흠결을 드러낼 생각이 없었던 왕비는 끝끝내 침묵을 지켰다.

그렇게 카밀라와 리오넬의 만남은 없었던 일이 되었다. 그들은 아무 사이도 아니었다. 그러므로 리오넬이 어떤 결론을 내렸든 그 역시 카밀라와는 상관이 없는 문제일 것이다.

"당신이 왜 아들의 일을 내게 묻는지 모르겠군요. 난 그와 함께 떠나겠다고 약속한 적이 없습니다."

카밀라가 매정하기까지 한 목소리로 말했다. 그에 왕비가 더는 버티지 못하고 몸을 무너트렸다. 끝내 왕비에게서 울부짖음이 터져 나왔다. 몸 안의 창자가 녹아내리고 있다고 해도 믿을 만큼 처절한 목소리였다.

"그럼 왜 내 아들이 날 떠나겠다는 건데! 그 애를 위해 지금껏 어떤 짓을 해 왔는데, 내 아들을 위해, 내가……!"

그녀가 아들을 위해 어떤 짓을 해 왔는지, 카밀라는 몹시도 잘 알고 있었다. 그러나 카밀라는 왕비가 지난 노력을 들어 설득할 수 없는 유일한 사람이었다.

그 사실을 깨달은 왕비가 이내 눈물을 그쳤다. 왕비는 손을 들어 제 뺨 위를 훔쳤으나, 잔뜩 흘러내린 눈물을 채 다 지워 낼 수는 없었다. 왕비가 엉망이 된 얼굴로 빠르게 말했다.

"그래, 그땐 내가 잘못했다. 그러면 안 됐어. 네가 다른 괴롭힘에는 꿈쩍도 안 하니 나도 오기가 생겨 버린 거야."

카밀라에게선 여전히 아무런 대답도 돌아오지 않았다. 왕비가 제 머리를 감싸며 절규하듯 소리쳤다.

"그러니 제때 알아서 떨어져 나갔으면 좋았잖아!"

"……."

"그럼 아무도 다치지 않을 수 있었어. 네가 일찍이 내 경고를 들었다면 나도 그런 무서운 수까지 쓰진 않았을 게다. 그랬으면 다 좋았을 텐데, 대체 왜 그렇게까지 오래……. 그래서 나를 그리 모질게 만들어……!"

카밀라는 저를 괴롭게 했던 비뚤어진 모정을 잠시간 내려다보았다. 제 고통이 숭고한 희생이라 불릴 만한 것이었으면 차라리 기분이 나았을 것이다. 카밀라가 알 수 없는 표정을 지으며 말했다.

"몰랐는데, 당신 정말 추해."

그리 말한 카밀라가 잠시 입술을 깨물다가는, 이내 큰 웃음을 터트렸다. 어디서 공연이라도 관람한 듯한 광적인 웃음이었다. 비로소 결론이 섰다.

세상에, 자신은 복수를 할 필요도 없었다!

"당신 같은 어머니를 둔 사람이라면 그 모정이란 것에 치를 떨 법도 해! 그런데 말이야, 그게 내 죄는 아니지 않겠어?"

카밀라가 희열에 찬 목소리로 소리쳤다. 제 존재 자체가 곧 왕비가 저지른 죄악의 증거이자 복수였다. 자신을 망가트림으로써 왕비는 제 아들 역시 함께 망쳐 놓은 것이었다. 왕비가 저지른 짓을 알게 됨으로써 리오넬은 제 친모를 용서하지 않겠다고 결심했다. 저 여자는 이제 평생토록, 결단코 제 아들의 앞에서 자랑스러운 어머니가 될 수 없을 것이다.

카밀라의 낯에서 마침내 웃음기가 사그라졌다. 카밀라가 섬뜩한 눈으로 왕비를 내려다보며 말했다.

"난 당신 아들이랑 상관없어진 지 오래야. 당신네 가족 일은 당신들끼리 해결해."

카밀라는 그대로 왕비를 지나쳤다.

비로소 그녀는 그녀를 괴롭게 했던 것에서부터 벗어났다. 남겨진 이들의 사정에는 당연히도 관심이 없었다.

베르타 공작가에 불청객이 찾아든 것은 이른 아침의 일이었다. 상대는 왕의 정부였던 아브릴 백작 부인으로, 공가와는 우호적인 교류보다는 앙금만을 쌓아 온 인물이었다.

예의 없는 방문에 사용인들은 당혹스러운 심정으로 객을 맞아들였다. 주인의 단잠을 깨워야 하는 상황이 부담스러웠으나 그렇다고 성질 나쁘기로 소문난 여자를 문전박대할 수도 없는 노릇이었다.

다행히 베르타 공작의 약혼자는 온화한 성품으로 명망이 높은 이였다. 그녀의 방에 엎드려 누운 나신의 사내가 아니었다면 하녀도 보다 의연한 기색으로 말을 전할 수 있었을 것이다.

"아, 아브릴 백작 부인이 방문하셨습니다."

하녀가 더듬거리며 빠르게 고개를 조아렸다. 무엇 때문에 시선을 피하는지가 분명했기에 에스텔라는 속으로 한숨을 내쉬었다. 에스텔라의 옆에 누운 남자는 맨 등을 고스란히 노출한 채 나른한 눈을 깜빡이고 있었다.

여기서 확실히 하고 싶은 점은 이 반라의 남성과 보낸 지난밤이 매우 건전했다는 사실이다. 은근슬쩍 에스텔라의 침실로 들어왔던 디에고가 덥다며 대뜸 잠옷 상의를 끄르기 시작했어도, 에스텔라는 절대 눈길을 돌리지 않았다. 심지어는 잠결에 맨살을 드러낸 그를 위해 직접 이불을 덮어 주기까지 했다. 그런데 자고 일어나 보니 그는 다시 매끈한 근육을 만천하에 드러내고 있었다.

오해를 정정하고 싶었으나 굳이 변명을 하는 쪽이 더 이상했다. 해명을 포기한 에스텔라는 곧 나가겠다며 하녀를 밖으로 내보냈다.

다시 침대로 시선을 돌리자 어느새 완전히 잠이 깬 디에고가 보였다. 그는 옆으로 누워 손바닥에 머리를 괸 자세로 그녀를 올려다보고 있었다. 디에고가 느리게 눈을 깜빡이며 말했다.

"지금 이 시간에 찾아오다니, 어지간히 배려가 없군요."

이른 방문이 마음에 들지 않는다는 듯한 기색이었다. 상황이 해결됐다고는 하나 디에고가 카밀라에게 품은 불쾌한 감정까지 모두 가신 건 아니었다. 에스텔라가 엉킨 머리를 빗어 넘기며 대수롭지 않게 답했다.

"떠나기 전 마지막으로 찾아오신 거겠죠."

"당신의 유일한 단점은 사람을 너무 좋게만 생각한다는 겁니다."
"딱히 그래선 안 될 이유도 없지 않나요?"
"……다시 생각해 봐요. 꼭 만날 필요가 있습니까?"
에스텔라가 웃음기 어린 얼굴로 디에고를 내려다보았다. 무언가를 골똘히 생각하는 듯 눈동자를 굴리다가는, 불쑥 디에고에게로 고개를 숙여 거리를 좁혔다. 에스텔라가 추궁하듯 물었다.
"리오넬 전하께 뭐 들은 얘기 없으세요?"
"뭘 말입니까?"
"아브릴 백작 부인께서 절 찾아오실 만한 이유요."
에스텔라의 궁금증 어린 눈길에 디에고는 가볍게 어깨만 으쓱였다. 애초에 그는 그들 사이에 대해 딱히 아는 바가 없었다. 생일 연회 이후 단 한 번도 리오넬과 연락하지 않았기 때문이다.
"애초에 만나질 않았습니다. 그놈이 보낸 편지는 뜯어보지도 않았죠."
디에고가 덤덤히 대답했다. 에스텔라가 디에고를 응시하며 곧바로 되물었다.
"그분께 실망하셨나요?"
"난 그놈한테 실망할 만큼 뭔가를 기대한 적이 애초에 없습니다."
디에고가 그리 말하며 피곤하다는 듯 다른 쪽으로 눈을 돌렸다. 그가 방 안 어딘가에 시선을 고정한 채 말을 이었다.
"하지만 그때 그 행동은 당신을 무시한 거였어요."
"……."
"그건 친구 사이에 당연히 지켜야 할 예의보다 그 빌어먹을 사랑 쪽이 그놈한테 더 중요했단 의미죠."

에스텔라는 디에고가 무슨 생각을 하고 있는지 알 것 같았다. 디에고는 지금 에스텔라의 체면을 위해 리오넬과의 사이를 단절시킨 것이었다. 그들이 쌓아 온 세월을 생각하면 언뜻 과하게까지 느껴지는 결단이었다.

애초에 에스텔라는 리오넬에게 화가 난 적도 없었지만, 만일 그랬더라도 디에고의 대처를 보고 충분히 응어리를 풀 법했다. 에스텔라가 작게 미소 지으며 말했다.

"실수 한 번 안 하는 사람은 없어요. 화해하세요."

언제나처럼 돌아온 교육적인 대답에 디에고가 불만스럽게 눈썹을 들어 올렸다.

"난 당신 기분이 더 중요한데?"

"전 괜찮다니까요?"

"그렇게 넘어갈 일이 아니라 이건……."

"친구끼리 사이좋게 지내야죠."

에스텔라가 디에고의 말을 자르며 그의 코끝을 눌렀다. 꼭 심통 난 아이를 달래는 듯한 목소리였다. 디에고는 앓는 소리를 내며 다시 침대에 바른 자세로 드러누웠다. 에스텔라는 작게 웃으며 자리에서 일어났다.

화해하란 말이 마음에 들지 않았는지 디에고는 문을 나서는 에스텔라에게 잘 다녀오란 인사도 건네지 않았다. 에스텔라도 딱히 디에고가 제 의견을 전적으로 따르길 바란 건 아니었다. 다만 화를 내는 이유가 자신 때문이라면 그러지 않아도 된다고 일러 준 것뿐이었다. 선택은 어디까지나 디에고가 할 문제였다. 리오넬의 친구는 자신이 아닌 디에고니 말이었다.

제 쪽에서 해결해야 할 일은 따로 형체를 가지고 찾아와 눈앞에 앉아 있었다. 에스텔라는 카밀라의 건너편에 자리 잡으며 좋은 아침이라는 인사를 건넸다. 카밀라가 의미를 알 수 없는 표정으로 말했다.

"이른 방문인데 놀라지 않았나 보네."

왕의 정부였을 때의 카밀라는 꼭 날을 세운 칼처럼 늘 완벽한 꾸밈을 유지했었다. 반면 지금의 그녀는 사교계에서 볼 때와는 사뭇 다른 경장을 하고 있었다. 품이 넓고 장식이 없는 포플린 드레스는 먼 길을 떠나기에 적합한 행색이었다.

"오늘 떠나시는 건가요?"

에스텔라의 물음에 카밀라가 가볍게 고개를 끄덕였다.

"오래 여기 있어 봤자 뭐 하겠어. 할 일 다 끝냈으면 이만 가 봐야지."

"엘렌 양과 있었던 일은 전해 들었어요."

"아, 그거."

에스텔라가 엘렌의 이름을 언급하자 카밀라의 입가에 매혹적인 미소가 떠올랐다. 카밀라가 즐거운 기색을 숨기지 않고 말했다.

"일전에 그 아가씨가 날 찾아와 같이 당신을 몰아세우자고 작당을 시도하더군."

충격적인 발언이었지만 에스텔라는 크게 놀라지 않았다. 엘렌이라면 정말 그랬을 법도 했다.

"나야 곧 떠날 몸이지만 그 아가씨는 계속 여기 남지 않겠어? 그런데 당신이 사람을 상대할 때 영 극단적인 수는 안 쓸 것 같아서, 내가 대신 한 거야. 사람이 손 한 번 안 더럽히고 살 수는 없지 않겠어?"

카밀라가 그게 뭐 잘못됐냐는 듯이 양손을 펼치며 고개를 까딱였다. 멋대로 일을 치긴 했어도 딱히 에스텔라의 인정까진 바라지 않았다. 이건 제멋대로 갚은 빚이었고 정작 상대는 반기지 않을 가능성이 농후했다.

카밀라가 목을 길게 빼며 손끝으로 제 턱을 쓸었다. 그녀가 재미있다는 듯 에스텔라를 보며 물었다.

"왜? 날 혼낼 텐가, 선생님?"

에스텔라의 바른 인성을 놀리는 투였다. 에스텔라는 제가 세상을 바라보는 방식이 종종 놀림감이 된다는 사실을 알았다. 에스텔라라고 해서 더 쉽고 빠르게 가는 길이 있다는 걸 모르는 건 아니었다. 다만 에스텔라는 지금 걷고 있는 길에서 비껴나지 않도록 의식적으로 스스로를 다잡고 있을 뿐이었다. 에스텔라는 자신이 완벽히 도덕적인 사람은 아니라 여겼고, 이를 선선히 인정할 자신도 있었다.

에스텔라가 손끝을 잡아 뜯다가는 한숨처럼 말했다.

"아뇨, 정말 속 시원했어요."

카밀라의 눈이 동그랗게 뜨였다. 에스텔라는 어색한 미소를 지으며 그런 카밀라의 시선을 받아쳤다. 에스텔라의 머쓱한 반응에 카밀라가 작게 헛웃음을 터트렸다.

"뭐야, 당신 그렇게 착하기만 한 것도 아니네."

"전 착하다기보단 비겁한 사람이에요. 그래서 항상 누군가에게 꼭 악역을 떠넘기고야 마는 거죠."

그리 대답하며 에스텔라는 아버지를 떠올렸다. 그녀의 아버지는 망설이는 딸을 위해 선뜻 부녀 관계를 부정했었다. 그로 인해 에스텔라는 결과적으로 아버지에게 죄스러운 일을 행하지 않게 되었지만, 그렇다고 해서 그녀가 정말 무결해진 건 아니었다.

"뭐가 됐든 이걸로 우리 사이의 빚은 없어진 거야."

카밀라가 어깨를 으쓱이며 말했다. 에스텔라가 곤란한 음성을 내어 대답했다.

"빚이라니……. 그런 걸 지워 드릴 생각으로 한 일은 아니었는데요."

"난 원래 이래. 뭐든 받은 만큼 돌려주지 않고선 못 배기거든."

그리 말하며 카밀라가 손바닥에 턱을 괴었다. 카밀라는 탁상 위에 시선을 고정한 채 잠시간 생각에 잠겼다. 이윽고 그녀가 불쑥 입을 열어 말했다.

"왕비에게 사과를 받았어."

"사과라면……."

"세상 사람들은 왕비가 내게 고개 숙일 이유가 뭐가 있느냐며 놀라겠지만, 나에겐 분명 그녀에게 사과받을 만한 일이 있었거든."

카밀라가 무료한 투로 중얼거리며 탁상 위로 손을 뻗었다. 기다리는 동안 대접받았지만 정작 입을 대지 않은 차는 이미 차게 식어 있었다. 카밀라는 티스푼으로 찻물을 두어 번 휘저었다. 찻물이 소용돌이치다가는 이내 잦아들었다. 카밀라도 곧 흥미를 잃고 테이블에서 시선을 떼어 냈다. 그때까지 에스텔라에게선 아무런 대답이 돌아오지 않았다.

카밀라는 조용히 눈을 들어 에스텔라를 응시했다. 의미 없이 건넨 시선이었으나 차츰 그 안에 확신이 담겼다.

"당신, 처음부터 다 알았구나."

카밀라가 얼굴을 굳힌 채 떨떠름한 목소리로 말했다. 에스텔라가 손끝을 움츠리며 반사적으로 사과했다.

"죄송해요."

카밀라는 어이없다는 듯 헛웃음을 터트렸다. 눈앞의 여자는 리오넬과의 관계는 물론, 자신이 8년 전 왕비에게 어떤 일을 당했는지까지 진작에 알고 있었던 듯했다. 그제야 제게 베푼 과한 친절이 이해가 갔다. 자신은 공개적인 자리에서 에스텔라를 사회적으로 매장시키려 했고 보통 이는 용서받지 못할 짓이었다.

"아니, 사과할 필요 없어. 그냥 그래서 그랬구나…… 싶네, 이젠."

카밀라가 후련한 음성으로 대답했다. 이유 모를 친절의 근거를 찾게 되어 오히려 한결 마음이 편했다. 쓸데없는 상황 설명이 필요 없게 됐으니 더 쉽게 이야기를 꺼낼 수 있게 된 셈이었다. 카밀라가 나직이 말을 이었다.

"왕비가 하는 말이, 본인 아들이 왕세자 자리를 버리겠다고 했다며 나더러 차라리 여기 계속 남으라더군."

"……."

"이상하지. 그가 날 따라오겠다고 하면 좋아야 하는데 그렇지가 않았어."

카밀라가 윈편을 응시하며 기이하다는 듯 중얼거렸다. 카밀라가 대수롭지 않게 이야기하고 있는 것과 달리 에스텔라는 그 내용에 놀라지 않을 수 없었다. 리오넬의 사랑이 깊은 줄은 알았지만 그가 카밀라 때문에 왕세자 자리까지 버리려 했을 줄은 몰랐다.

하지만 감정의 크기만을 이유로 반드시 상응하는 대가가 주어지는 건 아니었다. 카밀라가 쓰게 웃으며 말을 이었다.

"결국 우리 사이에 사랑이란 건 오래전부터 죽어 있었던 거지."

리오넬의 이해와 희생이 위로가 되지 않았을 때, 카밀라는 마침내 깨달았다. 그를 향한 열정은 그녀 안에서 일찍이 소실되어 있었다.

왜 자신은 사랑을 잃어버리고도 그 부재를 알아채지 못했을까.

카밀라는 그들이 이별을 제대로 받아들일 기회조차 얻지 못했다는 생각이 들었다. 그들은 타의로 헤어짐을 겪었고 리오넬을 매정히 떨쳐냈던 그녀조차 마음 한구석엔 여전히 그를 담고 있었다. 묵은 감정 위에 천을 덮어 보이지 않는 곳으로 치워 둔 채, 그럼에도 그 존재를 내내 인지하면서 살았다.

그래서 착각한 거다. 그를 사랑한 세월이 길어 지금까지도 습관적으로 그를 사랑하고 있다고 생각했다. 그 자리에 남은 건 단순한 미련이었음에도 불구하고.

"괜찮으신가요?"

에스텔라가 걱정 어린 표정으로 물었다. 카밀라는 느리게 고개를 끄덕이다가는, 확신을 가지고 한 번 더 그 행동을 반복했다. 고통의 시간은 이미 옛적에 지났고 카밀라에게 남은 건 나아지는 일뿐이었다. 카밀라가 덤덤히 말했다.

"이제 리오넬은 어머니를 볼 때면 날 생각할 테고, 그녀도 그걸 알 거야. 평생은 몰라도 꽤 길게 화해할 수 없겠지."

"……."

"그만하면 됐겠다는 생각이 드네. 어쩌면 왕비는 지난 8년간 나를 견딤으로써 충분히 죗값을 치렀다고 볼 수도 있겠지. 글쎄, 난 그 여자의 남편을 뺏은 거니까."

말을 마친 카밀라가 으스대듯 후후 웃었다. 긴 손가락 위에 턱을 괸 자세는 언뜻 여유로워 보이기까지 했다. 카밀라가 주의를 집중시키듯

한쪽 눈썹을 들었다 내리며 이어 물었다.

"내가 이번 일로 인해 깨달은 교훈이 뭔지 알아?"

에스텔라는 가만히 앉아 대답을 기다렸다. 카밀라가 에스텔라를 향해 손목을 젖히며 검지를 펼쳤다.

"결국 죄는 지워지지 않고 남는다는 거지."

말을 마친 카밀라가 피식 웃음을 터트렸다. 카밀라가 행한 복수는 어느 것 하나 그럴듯하게 성공한 적이 없었지만, 결국 왕비는 제가 저지른 죄악의 대가를 고스란히 돌려받았다. 천벌이라 표현하기엔 우스우나 필연이라 말해도 이상하지 않다.

죄는 남는다. 에스텔라는 그 말을 가만히 되뇌었다. 카밀라는 생각에 잠긴 에스텔라를 잠시간 응시했다. 에스텔라는 그녀의 말에 동의하는 건지 아닌지 알 수 없는 표정을 짓고 있었다. 애초에 타인의 공감을 바라고 한 말이 아니었기에 카밀라는 그만 자리에서 일어섰다. 그제야 에스텔라가 당황한 눈을 들었다.

"벌써 가시나요?"

"길게 이야기를 나눌 사이는 아니지, 우리가."

그러나 카밀라는 곧바로 떠나지 않고 잠시간 망설였다. 그녀는 이런 말을 하는 자신이 스스로도 어색하다는 투로 입을 열었다.

"폐를 끼치려고 이른 시각에 찾아온 건 아니었어."

"……."

"베르타 공작가는 지켜보는 사람이 많은 곳이니까, 새벽쯤이나 되어야 조용히 오갈 수 있으리라 생각한 거야."

디에고는 카밀라의 예의 없는 방문을 불쾌히 여겼다. 이런 이른 만남은 통상적인 규범에서 동떨어진 것이었다. 그녀의 행동은 충분히 무례로 해석될 법했다. 그러나 카밀라는 본인이 베르타가를 찾았을 때 퍼질 수 있는 추문을 먼저 생각한 것이었다. 에스텔라는 문득 지금 이 상황과 카밀라라는 사람이 몹시 닮아 있다는 생각이 들었다.

"뭐, 소문이 나거든 내가 또 마지막에 당신을 찾아와 한바탕 소란을 피웠다고 말하고 다녀도 좋고."

카밀라가 쌀쌀맞은 투로 이어 말했다. 꼭 상처받지 않기 위해 먼저 벽을 두르는 행동과 같았다. 그에 에스텔라가 조용히 미소 지으며 대답했다.

"그러지 않을 거예요."

"……."

"누가 물어보거든 마지막 순간 진실한 사과를 남기고 가셨다고, 참으로 의미 깊은 시간이었다고 대답하겠어요."

카밀라의 콧방울이 기묘하게 움찔거렸다. 꼭 좋아하던 남학생에게서 간지러운 고백을 들은 것만 같은 반응이었다.

"……수도 인심이 영 야박한 것만은 아니군."

카밀라가 어색하게 입꼬리를 당기며 말했다. 에스텔라는 굳이 제가 수도 출신이 아니란 말을 덧붙여 흥을 깨진 않았다. 테이블 위의 찻잔은 온전히 제 형체를 유지하고 있었고, 오늘의 그들은 웃는 얼굴로 헤어졌다.

카밀라는 공작저를 나서며 곧바로 수도 밖으로 떠날 예정이라고 했다. 과연 남은 볼일은 정말 에스텔라를 만나는 것뿐이었던 듯, 카밀라가 타고 온 마차에는 커다란 짐이 잔뜩 실려 있었다. 에스텔라는 앞으로 오래도록 그녀를 다시 만나지 못할 것이었다. 슬픈 일은 아니었다. 수도를 떠나는 일은 대체로 신분의 하락으로 받아들여지나 그건 어디까지나 타인의 시선일 뿐이었다. 고향으로 돌아간 카밀라는 이곳에 있을 때보다 한결 행복할 것이다.

보는 눈이 걱정된다며 상대가 배웅을 거절한 탓에 결국 실내에서 떠나가는 모습을 배웅하게 되었다. 정문이 열리고 마차가 저택을 벗어난 것과 동시에 뒤편에서 문소리가 들려왔다. 에스텔라는 창가에서 몸을 돌렸다. 상대의 정체가 익히 짐작되었기에 크게 놀라진 않았다.

아니나 다를까 문을 열고 등장한 인물은 에스텔라의 예상과 정확히 맞아떨어졌다. 어느새 평상복으로 갈아입은 디에고가 방 안으로 걸어 들어오고 있었다. 심통 난 표정으로 보내 놓고서는 막상 혼자 있을 그녀가 걱정이 되었던 모양이었다. 디에고가 빈 응접실을 가볍게 둘러보고는 물었다.

"갔습니까?"

"네, 아주 의미 깊은 작별 인사를 나누고 가셨어요."

에스텔라가 떳떳이 어깨를 펴며 말했다. 카밀라의 방문에 부정적인 반응을 보였던 디에고를 비난하는 투였다. 디에고는 마음에 들지 않는다는 표정으로 그런 에스텔라에게 성큼 다가왔다. 그는 에스텔라의 옆에 서 커튼을 젖히더니 그녀가 지켜보고 있던 지점을 찾았다. 객을 떠나보낸 정문이 서서히 다시 잠기고 있었다.

디에고는 바깥에 시선을 고정한 채 잠시간 말이 없었다. 디에고를 빤히 쳐다보던 에스텔라가 불쑥 생각났다는 듯 말했다.

"아, 리오넬 전하가 어떤 편지를 부쳤는지 전 이제 알 것 같아요."

"어떻게요?"

"아브릴 백작 부인께 왕세자 자리를 내려놓겠다고 말씀하셨었대요. 대강 같은 내용이 아니었을까요?"

"혹시 미쳤답니까?"

디에고가 곧바로 험악하게 얼굴을 구기며 에스텔라를 돌아보았다. 그러나 그는 제 분노의 근거를 찾지 못하고 그대로 멈춰 섰다.

생각에 빠져든 디에고가 흘긋 창 쪽으로 눈동자를 굴렸다. 급작스럽게 디에고의 인상이 펴졌다. 이윽고 디에고가 깨달음을 얻은 목소리로 산뜻이 말했다.

"아니지, 국가적으로는 좋은 선택일 수도 있겠군요."

"우리나라는 하루아침에 후계자가 사라지는 건데요?"

"뭐, 어쨌든 공주님도 계시니까요."

"……아직 세 살 아니셨어요?"

"정신 연령은 대강 비슷할 겁니다."

디에고의 심드렁한 대답에 에스텔라가 그만 참지 못하고 풋 하고 웃음을 터트렸다. 에스텔라는 입을 막은 그대로 작게 헛기침을 했다. 겨우 이성을 놓치지 않은 에스텔라가 현실적인 문제를 꺼내 들었다.

"아드리아나 양은 어떡하죠?"

"아브릴 백작 부인은 리오넬을 거절하고 떠난 거 아닙니까?"

"하지만 두 사람이 이루어지지 않았다는 게 왕비님을 용서한다는 뜻은 아니잖아요?"

에스텔라는 의문을 늘어놓다 말고 입을 다물었다. 디에고가 빤히 자신을 지켜보고 있었던 탓이다. 그는 이 상황이 마음에 들지 않는다는 듯 어딘지 불량스러운 눈매를 하고 있었다. 에스텔라가 슬쩍 그의 눈치를 보며 물었다.

"……왜 그렇게 보세요?"

"바빠 보여서요. 모두가 싫어하는 왕의 정부도 교화시키고, 왕국의 미래를 걱정하는 건 당연하고, 심지어는 날 협박했던 영애의 미래까지 고민해야 하지 않습니까."

디에고가 고개를 까딱이며 차근차근 그녀의 관심사를 읊었다. 누가 봐도 놀리는 투가 분명했기에 에스텔라는 은근히 기분이 상했다. 에스텔라의 불만 어린 눈길을 무시하며 디에고가 여유로운 투로 이어 물었다.

"오늘 뭐 더 할 거라도 있습니까?"

"놀리려는 작정이시라면 됐어요. 더 얘기 안 할게요."

"놀린 거 아닌데요."

"지금 그러고 계시거든요."

"난 당신 일정을 물은 것뿐인데?"

디에고가 뭐가 문제냐는 듯 되물었다. 에스텔라는 고개를 내저으며 먼저 창가에서 벗어났다. 이렇게 말꼬리를 물고 늘어질 때의 그에겐 관심을 보이지 않는 게 답이었다. 에스텔라가 응접실 문을 향해 걸어 나가며 차근차근 대답했다.

"오늘은 아무 일정도 없고, 휴일은 아무래도 조용히 보내는 게 좋겠다 싶네요."

혼자 쉬고 싶으니 더는 귀찮게 하지 말란 소리였다. 디에고가 뒤늦게 그런 에스텔라의 걸음을 따라붙었다. 에스텔라가 문고리를 잡은 것과 디에고가 그녀를 가로막은 건 동시의 일이었다. 에스텔라는 고개를 들어 그의 팔에 의해 단단히 고정된 문과, 그 아래의 장난기 어린 얼굴을 번갈아 보았다. 디에고가 문에 몸을 기댄 채 느긋이 에스텔라를 내려다보며 말했다.

"바쁘지 않으면 속이 시꺼먼 남자한테도 시간 좀 내줘요."

에스텔라의 눈이 동그랗게 커졌다. 디에고의 말을 이해하지 못한 건지, 아니면 갑작스러운 상황에 당황한 건지 대답은 돌아오지 않았다.

결국 초조한 기분이 된 건 디에고 쪽이었다. 디에고는 간지러운 기분을 숨기며 직접적인 용건을 꺼내 들었다.

"오늘 데이트할까요?"

디에고가 에스텔라에게 실없는 이유로 수작을 부린 건 아니었다. 그는 오늘에야말로 기필코 미뤄 왔던 고백을 할 생각이었다. 외출을 제안한 것도 분위기를 환기시킬 필요를 느낀 탓이 컸다.

공작저가 잘 꾸며진 공간이라고는 하나 거주지에서만 데이트를 해치우는 건 어딘지 성의 없게 느껴졌다. 익숙한 공간에선 크게 가슴 뛸 일도 없었다. 때문에 디에고는 최대한 정석적인 데이트 코스를 밟아 볼 생각이었다. 그리한다면 아무리 눈치 없는 에스텔라라도 그녀 안의 연애 감성을 깨우지 않겠는가.

디에고가 첫 번째 행선지로 삼은 건 상점가였다. 그의 재력은 다시 말하기도 입 아픈 수준이었으나 그럼에도 그의 가장 큰 장점 중 하나라는 걸 부정할 순 없었다. 원하는 것을 모두 눈앞에다 대령하는 사람에게 어느 누가 매력을 느끼지 않을 수 있겠는가.

그러나 이 지점에 와서 디에고는 제가 다소 잘못된 판단을 내렸다는 걸 인정해야만 했다. 상점가는 어떤 것이든 살 수 있는 곳이었고, 그건 에스텔라가 물건을 고를 때 얼마든지 타인을 생각할 수 있음을 의미했다.

"생각해 봤는데, 당신에게서 가정 교사 명목의 월급을 제한 건 좀 근시안적인 결정이었던 듯싶어요."

디에고의 뜬금없는 말에 한참 물건을 고르고 있던 에스텔라가 그를 돌아보았다.

"그게 무슨 말씀이세요?"

디에고는 곧장 에스텔라가 보고 있던 아동용 모자를 뺏어 들었다. 그가 그것을 불량스럽게 흔들며 말했다.

"여전히 이리 훌륭한 보호자로서의 면모를 보여 주시는데 급여만 사라지지 않았습니까."

에스텔라는 그에게서 다시 뺏긴 물건을 앗아 들었다. 커다란 챙의 노란 실크 모자를 세실리아에게 씌우면 아주 귀여울 것 같았다. 그간 세실리아의 한결같은 취향으로 보석이 달린 머리핀만 사다 바쳤었지만, 가끔은 다른 선물을 하는 것도 나쁘지 않으리라. 특히 햇빛을 가려 줄 모자는 레이디에게 꼭 필요한 물건 중 하나였다. 사교계에 데뷔할 나이가 멀긴 했으나 다 같이 나들이 정도는 갈 수 있을 것이다.

"교사가 아니니 이런 걸 보는 거죠. 어떤 선생님이 아이들에게 이런 걸 선물하겠어요?"

에스텔라가 그리 말하며 진지한 얼굴로 거울에 모자를 비춰 보았다. 세실리아의 모습을 상상하고 있는 듯 고운 미간을 찌푸린 채였다. 그에 디에고가 피식 웃었다.

"왜 웃으세요?"

"꼭 애들 키우는 부모 같아서요."

'애들 키우는'이란 구절에만 집중해서 보면 썩 틀린 말도 아니었다. 에스텔라는 반박하지 못하고 애매한 표정을 지었다. 그 틈을 타 디에고가 대기하고 있던 점원에게 포장을 부탁했다. 그러고는 대뜸 근처에 있는 성인용 모자를 들어 에스텔라에게 씌웠다.

갑자기 차단된 시야에 에스텔라가 당황하여 손끝으로 챙을 들었다. 그사이 에스텔라에게 바짝 다가선 디에고가 끈을 당겨 턱 밑에 매듭을 만들기 시작했다.

"당신 것도 좀 사요. 애들 것만 보지 말고."

디에고가 나직한 목소리로 말했다. 그와의 거리가 지나치게 가까웠다. 턱 아래에 그의 모양 좋은 손가락이 스쳤다. 어쩐지 낯간지러운 기분이 되어 에스텔라는 그가 뒤로 물러서기를 기다렸다. 그러나 디에고는 완성된 리본이 마음에 들지 않는다는 양 다시 풀어 버렸다. 그러고는 아주 느리게 다시 모양을 내기 시작하는 것이다.

"전 옷 많은데요."

"애들은 뭐 안 많습니까?"

"대신 성장기엔 치수가 자주 바뀌죠."

에스텔라가 지지 않고 반박했다. 논리적인 지적이었으나 상대방은 애초부터 들을 의사가 없었다. 한발 물러선 디에고가 에스텔라를 전체적으로 한 번 눈에 담고는, 만족스럽게 고개를 끄덕였다.

"아주 잘 어울리네요. 이것도 하나 해요."

에스텔라는 거절의 말을 내뱉는 대신 잠자코 "알았어요." 하고 대답했다. 여기서 됐다고 말해 봐야 소용이 없음을 아는 것이다. 묘하게 성의 없는 태도에 디에고의 눈썹이 슬쩍 들렸다.

디에고에게 에스텔라는 참으로 어려운 사람이었다. 에스텔라는 물질에 관심이 많은 듯 보이면서도 정작 본인 물건엔 심드렁한 경향이 있었다. 귀금속을 좋아하는 편이긴 하나 지금 이 시점에서 다시 선물하기엔 조금 애매했다. 고백이라고 하면 반지인데, 그건 이미 제가 가지고 있는 것 중 가장 좋은 걸 해 주지 않았던가. 값으로 따지면 비슷한 게 없진 않겠으나 의미로는 뒤따라 올 물건이 없었다.

이쯤 되니 '내 동생들의 가족이 되어 줘요.' 따위의 무드 없는 말로 고백을 해야 하나 싶기까지 했다. 물론 그런 멋없는 짓거리를 벌일 생각은 죽었다 깨어나도 없었지만.

디에고가 달갑지 않은 음성으로 말했다.

"당신은 아이들을 너무 좋아해서 문제예요."

"덕분에 직업이 적성에 잘 맞았었죠."

"본인 아이라면요, 아이는 몇 명이나 낳고 싶습니까?"

디에고는 은근히 미래의 호구조사부터 실시했다. 그에 에스텔라는 진지하게 고민에 빠졌다. 아이를 좋아한다고 해서 출산과 육아를 그리 만만하게 보고 있는 건 아니었다. 에스텔라가 제 턱을 쥐며 머릿속의 미래 계획을 짚어 나갔다.

"솔직히 하나도 벅차긴 한데……. 그래도 애를 좋아해서 둘 정도?"

디에고는 에스텔라의 대답을 머릿속에 아주 잘 기억해 두었다. 자식 문제와 관련해선 디에고야 아무래도 상관이 없었다. 에스텔라가 원하는 바가 있다면 그녀의 바람대로 하면 되는 문제다. 디에고는 잠자코 고개만 끄덕였다.

그리 대화가 끝나자 에스텔라도 조금 당황하지 않을 수 없었다. 보통 이런 식의 한담에선 사이좋게 질답을 주고받게 되지 않던가. 반면 디에고는 이러한 질문이 본인에게 돌아올 거라고 생각지도 않는 눈치였다. 그리고 에스텔라는 그 이유가 무엇인지 몹시 잘 알고 있었다.

에스텔라는 곧장 디에고에게 예상치 못한 질문을 내놓았다.

"공작님께선 어떠신데요?"

디에고는 일순 당황했다. 한 번도 생각해 본 적이 없는 문제였다. 애초에 에스텔라를 만나기 전까지 그는 자신이 자식을 보리라고 생각지도 않았었다. 2세와 관련해 도통 현실감이 느껴지지 않는 건 지금도 마찬가지였다. 다만 에스텔라와 결혼한 미래에서 아이를 얻게 된다면, 제게 조금 부족한 면이 있어도 그녀가 보완해 줄 수 있으리라 여겼다.

말하자면 그는 그녀의 꿈을 빌려 꾸고 있는 것이었다.

"난 아무래도 좋습니다."

디에고가 가까스로 무감한 목소리를 냈다. 더 부연할 것이 없는 대답이었다. 날을 세우지는 않았으나 제게 주어진 관심을 단절시키는 화법을 썼다. 에스텔라는 그것이 일종의 방어벽 같다고 생각했다. 그의 상처를 섣불리 건드릴 생각은 없었으므로 에스텔라는 제가 알아챈 사실을 내색하지 않았다.

"좋은 아버지가 되실 거예요."

"그거 굉장히 낭만적인 고백처럼 들리는데요."

칭찬이 다른 엄한 곳으로 튀자 에스텔라는 재빠르게 그의 오해를 지적했다.

"좋은 남편이 되실 거라고 한 건 아니거든요."

"그럼 약혼자로서의 나는 어떻습니까?"

디에고가 물 흐르듯 받아쳤다. 에스텔라의 입이 당황으로 벌어졌다. 그녀는 잠시 몸을 굳혔다가 반 박자 후에야 대답했다.

"책임감 넘치시고, 다 좋죠."

"그럼 남자로서의 나는?"

얼핏 들어서는 차이점을 알 수 없는 질문이나 에스텔라는 그가 무엇을 묻고 있는지 직관적으로 이해할 수 있었다. 약혼자라는 명칭이 사회적인 역할을 뜻한다면 남자라는 단어는 개인적인 이끌림을 말했다.

갑자기 터져 나온 직구에 제정신을 차릴 수가 없었다. 에스텔라는 뻣뻣이 어깨를 굳히며 그에게서 돌아섰다. 이상해진 표정을 숨기기 위해서였지만 어색한 몸짓만으로도 충분히 그녀의 당황을 느낄 수 있었다. 디에고는 조용히 웃으며 그녀를 뒤따라 붙었다. 디에고가 장난기 어린 음성으로 물었다.

"왜 대답 안 해 줍니까?"

"배, 배가 고파서 머리가 안 굴러가네요."

에스텔라가 더듬더듬 변명하며 걸음을 빨리했다. 디에고는 다섯 걸음 정도를 뛰어 손쉽게 그녀의 옆에 섰다. 디에고가 에스텔라의 허리를 손으로 감싸며 은근한 음성으로 물었다.

"그럼 식사라도 하러 가죠, 따로 예약해 둔 곳이 있는데."

화제를 돌려준 것이 기꺼운지 에스텔라는 황급히 고개를 끄덕였다.

가엾게도 그것이 더 깊은 덫으로 빠져드는 길인 줄도 모르고.

디에고는 음험한 속내를 숨기며 그녀와 나란히 보폭을 맞춰 걸었다. 그에겐 미리 알선해 둔 장소가 있었고 그 외의 준비도 완벽했다. 오늘 아침에 심심풀이로 봤던 신문 속 운세가 영 불길하긴 했지만 디에고는 코웃음을 치며 대수롭지 않게 넘겼다. 그는 원래 그런 미신에 휘둘리지 않는 남자였다. 운명이란 본디 스스로 개척해 가는 것이 아니던가?

디에고는 에스텔라의 붉은 귓등을 내려다보며 배부른 미소를 지었다.

"설마 여길 다 빌리신 거예요?"

자리로 안내받고, 그들을 응대했던 웨이터가 떠나자마자 튀어나온 물음이었다. 에스텔라는 테이블 위를 양손으로 짚은 채 어딘가 불안한 얼굴로 주변을 둘러보았다.

가게 안은 음산하게 느껴지리만치 텅 비어 있었다. 분위기를 내기 위해서인지 각각의 테이블 위엔 촛불이 놓여 있었는데, 그건 꼭 보이지 않는 사람들이라도 대접하고 있는 느낌을 주었다.

에스텔라가 대답을 구하듯 디에고를 빤히 응시했다. 누가 봐도 에스텔라의 낯에 어린 건 기대가 아닌 불안이었다. "어머." 내지는 "세상에!" 따위의 설렌 목소리를 기대했던 디에고로선 영문을 알 수 없는 반응이었다. 디에고가 애써 태연한 척 되물었다.

"왜 설마입니까?"

"가게를…… 가게 전체를 빌리시다니. 솔직히 좀 촌스러워요……."

에스텔라가 그리 말하며 슬쩍 양손으로 얼굴을 가렸다. 그녀는 이 부끄러운 광경을 직원들에게 내보여야 한다는 사실에 대단한 부담감을 느꼈다. 그에 디에고는 기분이 몹시 저조해졌지만 그녀의 앞에서 불편한 심기를 드러내진 않았다.

"촌스럽게 느껴질 만큼 흔한 일은 아니지 않습니까?"

디에고의 관점에서 틀린 말은 아니나 에스텔라는 전생을 통해 미디어에서 비슷한 광경을 자주 마주쳐 왔다. 에스텔라는 제가 여주인공 체질이 아니란 사실을 다시금 깨달았다. 이 모든 공간이 그들만을 위해 준비되었다고 생각하자 음식을 제대로 소화할 자신이 없었다.

때마침 다가온 웨이터가 그들에게 와인을 따라 주었다. 디에고는 원형을 그리며 잔을 돌리고는 그것을 들어 빛에 비춰 보았다. 글라스를 타고 내린 희미한 물줄기가 일직선으로 곧게 뻗어 있었다. 디에고가 와인을 한 모금 들이켜며 말했다.

"뭐, 옆에 앉은 남자를 자랑하고 싶은 쪽이라면 앞으로 이런 일은 삼가도록 하죠."

에스텔라는 그만 반박할 의욕을 잃고 "네, 워낙 멋지시니까요……." 하고 영혼 없이 대답했다. 누가 봐도 빈말이 분명했기에 디에고는 그만 피식 웃음을 흘리고 말았다. 그가 어이없다는 듯 웃자 에스텔라의 입술도 따라 호선을 그렸다. 한 차례 웃음이 지나간 자리엔 한결 어색함이 가셔 있었다. 그도 그럴 것이 그들 사이엔 술이 놓여 있지 않던가.

음식이 나올 즈음엔 에스텔라도 이 분위기에 그럭저럭 적응이 되었다. 조용히 흘러나오는 피아노 선율이 감미로웠다. 에스텔라의 얼굴이 점차 발갛게 달아오름에 따라 디에고도 용기를 얻었다. 첫 반응이 조금 안 좋긴 했지만 그가 준비한 회심의 카드는 따로 있었다.

후식까지 해치우고 난 후, 디에고는 마침내 헛기침으로 그녀의 이목을 집중시켰다. 그는 품에서 편지를 하나 꺼내 그녀를 향해 밀어 주었다.

“읽어 봐요.”

“이게 뭔데요?”

에스텔라가 의아한 표정으로 되물었다. 디에고가 그녀의 시선을 마주하며 대답했다.

“당신 모르게 아버님께 연락했었어요. 그에게서 받은 답장입니다.”

그에 에스텔라의 몸이 굳었다. 그녀는 미소 띤 얼굴 그대로 디에고와 눈을 맞추다가, 천천히 시선을 내려 테이블 위의 편지를 응시했다. 에스텔라에게서 긴 심호흡이 터져 나왔다. 디에고가 그녀의 표정을 살피며 물었다.

“혹시 내가 주제넘었습니까?”

“아니요, 그게 아니라…….”

에스텔라가 아니라는 듯 고개를 내저었다. 에스텔라는 결국 지금 제 기분을 말로 형용하는 데 실패했다.

그간 그녀는 몇 번이고 아버지에게 연락을 하려다가 실패했었다. 아무 일 없었던 것처럼 일상을 살았지만 혼자 있는 밤이면 하지 못한 말들이 생각났다. 그럼에도 어떠한 행동을 취할 용기가 없어 어영부영 지금까지 버티고 만 것이었다. 에스텔라가 차마 하지 못한 일을 디에고가 대신 행해 주었다. 오히려 고마운 일이었다.

"전 지금 늘 피해 왔던 숙제를 마주한 거예요."

에스텔라가 씁쓸한 미소를 지으며 편지를 제 쪽으로 끌어왔다. 그러고는 슬쩍 미간을 찌푸리며 물었다.

"뭐라고 하시던가요?"

"답장은 두 장이 왔고, 당신 몫의 편지는 읽지 않았어요."

디에고의 대답에 에스텔라가 긴장한 표정을 지었다. 디에고가 입꼬리를 당기며 부연하듯 말을 이었다.

"하지만 글쎄요. 내 몫의 편지를 읽기로는, 당신의 것도 그리 나쁜 내용은 아닐 듯싶군요."

에스텔라는 조심스럽게 편지의 겉봉을 뜯었다. 길이는 짧지 않았다. 잘 지내냐는 인사말로 시작한 편지는 아무 일도 없었던 것처럼 가족들의 근황을 몇 줄 읊었다. 줄글을 읽어 내리던 에스텔라는 이윽고 어느 한 부분에 시선을 고정했다.

[식사는 잘 하고 있니. 그곳에서의 생활은 지낼 만하니.

그런 높은 곳에 있는데 무슨 근심이 있겠느냐 싶다만, 뭐 어디서든 나름의 고충이란 게 존재하지 않을까 해서 말이다. 네 약혼자가 생김새는 꽤 훤칠하더라만, 길게 보지 못해 괜찮은 사람인지를 모르겠다. 네가 어련히 알아서 잘하지 않을까 싶긴 해도 나이가 들어서 그런지 자꾸 노파심이 생기는구나.

그러니 아비된 사람으로서 내가 짧게 조언을 한 번 하마. 배우자를 고를 때 유념해야 할 점은 다른 무엇도 아닌 책임감이다. 너는 어떤 상황이든 너를 우선으로 생각할 수 있는 사람을 만나야 한단다. 너의 실수를 포용하고, 가족으로서 평생을 함께할 수 있는 사람. 네 인생을 감당해 줄 수 있는 그런 사람이어야 한다 이 말이다.

내가 이런 말을 하기는 좀 입장이 우습지. 사실 난 네가 네 어머니와 같은 실수를 하지 않게 하려는 거란다. 네 어머니는 이미 나라는 실패를 한 번 겪었고, 나는 그 문제를 일으킨 당사자기에 앞선 조언을 누구보다도 깊이 통감한다.

그때의 내겐 가족이 우선이 아니었다. 당시에는 우리 모두가 더 잘 살기 위해서라고 변명했지만 사실은 치기와 욕심이 앞섰던 거지.

감당 못 할 가난을 두고 나는 몹시 초조했다. 사람들 앞에서 떵떵거리고 싶은 욕심이 분명 없지 않았다. 그래서 나는 그 작은 테이블 위에 우리들을 내던지고 말았던 거야. 확률에 가족들의 운명을 거는 건 어지간히 책임감이 없는 행동이란다.

그러니 딸아, 내게 죄책감을 갖지 마라. 넌 착한 아이니 아마 날 모른 척했던 것에 대해 아주 미안해하고 있겠지. 부디 그러지 말렴. 오히려 난 그때 네가 내게 알은체를 할까 봐 얼마나 조마조마했는지 모른다. 거기서 너를 마주친 순간 덜컥 겁부터 나더구나.

아, 어쩌면 이다지도 부끄러운 인생인지! 자식을 좀먹는 부모란 얼마나 볼품이 없느냐. 이만치 의미 없는 존재가 또 있겠느냔 말이다. 네게 좋은 것을 안겨 주지는 못할망정 네가 스스로 얻은 것을 빼앗지나 말아야 하지 않겠니. 그런데 내가 바로 그러고 있더구나.

난 이제 그 누구보다도 분명히 알고 있다. 난 그렇게 살면 안 됐다. 우리 가족을 그렇게 망쳐서는 안 됐어. 적어도 네가 이런 고민을 하게 만드는 아버지는 아니어야 했다.

그래서 나는 이제라도 조금 다르게 살아 볼 예정이야. 그것이 사죄가 되진 못하더라도 우리를 더 나아지게 만들리라 믿는다. 너는 내게 그런 깨달음을 준 아주 훌륭한 사람이란다.

너를 부끄러이 여기면서 살지 마라. 내가 그때 일에 관해 할 말은 그것뿐이다. 네가 어디서든 행복하길 바란다.

-마음을 담아, 아버지가.]

에스텔라는 제 입을 왼손으로 덮었다. 손끝으로 볼 위를 쓸다가는, 이내 아린 눈가를 문질렀다.

아버지에게 편지를 부친다면 이와 같은 대답이 돌아올 것을, 에스텔라는 애초부터 알고 있었다. 심지어 실제로 돌아온 건 그녀가 기대했던 것보다도 더 훌륭한 위로였다. 어쩜 그녀의 마음에 이렇게 달게 와닿는 고백이 또 있을까 싶을 정도였다.

에스텔라는 아버지에게 바로 이런 말들이 듣고 싶었다. 그녀에겐 잘못이 없다는 확언이 필요했다. 그녀는 비겁했으니까. 그래서 아버지가 또 굳이 그녀의 사정을 살피게까지 하고야 만 것이었다

울고 싶은 기분이었지만 오히려 눈물은 나오지 않았다. 에스텔라는 빨갛게 달아오른 눈으로 디에고를 응시했다.

"지난번에, 공작님께선 저희 아버지가 생각보다 좋은 분이라고 하셨었죠."

"……그랬죠."

"그때 전 그렇게 생각하지 않는다고 했고요."

디에고가 가만히 고개를 끄덕였다. 에스텔라가 한 번 입술을 깨물었다 떼고는 결연한 투로 말을 맺었다.

"전 이제 아버지가 부끄럽지 않아요."

그에 디에고가 설핏 미소 지었다. 그녀의 가족이 기댈 만한 사람이

라는 사실은 그에게도 위로가 되었다. 디에고는 그녀가 행복하기를 바랐다. 고통받거나 괴롭지 않기를, 그래서 웃는 얼굴로 매일을 맞이하기를 기도한다.

디에고가 느리게 눈을 감으며 말했다.

"당신이 그렇게 말할 수 있게 되어 다행이에요."

"감사해요, 공작님. 이렇게 연락을 전해 주셔서요."

"내 사리사욕이었을 뿐인데요."

디에고가 장난기 어린 목소리로 말을 받았다. 에스텔라는 의아한 눈빛을 떠올리지 않을 수 없었다. 어차피 자신은 그의 곁에 남겠다고 확언을 남겼었다. 그런데 그들 부녀의 화해가 왜 새삼 그에게 사적인 욕심이 된다는 말인가.

에스텔라의 의문을 알아챈 디에고가 탁상 위를 가볍게 두드렸다. 엄지부터 새끼손가락까지 차례대로 움직이다가, 그대로 시선을 들어 에스텔라를 응시했다.

"원래는 감정을 앞세워 성급히 굴 뻔도 했지만, 난 결국 일에는 순서가 있다는 사실을 받아들여야 했어요."

양손을 나란히 모아든 디에고가 에스텔라가 든 편지를 향해 눈짓했다. 디에고가 오른편으로 고개를 까딱이며 말을 이었다.

"내 곁에 남겠다고 결정했다 해서 당신이 아버지의 일을 잊은 건 아니었겠죠. 어떤 귀한 것을 가져다 바치든 당신 같은 사람에겐 물질이 위안이 되지도 않을 테고요."

에스텔라가 아버지를 부끄러이 여기게 된 것은 그녀가 선 자리가 다름 아닌 베르타 공작의 옆이기 때문이었다. 부녀 사이를 부정함으로써 디에고의 옆에 남는 일은 그녀에게 상처가 되었다. 디에고는 그것이 싫었다. 그녀가 자신에게 위로가 된 것처럼, 자신도 그녀에게 그런 존재기를 바랐다.

"말하자면 이건 내 결심이었어요."

"……."

"이번엔 내 존재가 당신에게 상처가 되었지만, 앞으로는 결코 그럴 일이 없도록 할 거예요. 당신은 내게 대단히 의지가 되는 사람이고, 나 또한 당신에게 그런 사람이기를 바랍니다."

에스텔라는 입을 작게 벙긋이다가, 이내 눈을 내리깔았다. 그녀가 젖은 목소리로 감탄하듯 중얼거렸다.

"공작님은…… 정말 완벽한 약혼자시네요."

디에고는 슬쩍 콧잔등을 찡그렸다. 아무래도 에스텔라는 그의 진심 어린 고백을 삶의 동반자에게 바치는 결심 정도로 해석한 모양이었다. 디에고는 그녀의 눈치 없음에 슬슬 짜증이 일 지경이었지만 애써 조급증을 내리눌렀다. 확실히 고백하고 나면 그녀도 더는 제멋대로 그의 본심을 오해하진 못할 것이었다.

디에고는 느리게 심호흡을 한 뒤 에스텔라를 마주 보며 분명한 목소리로 말했다.

"미스 마거릿, 당신이 어지간히 눈치가 없는 것 같아서 그냥 단도직입적으로 말하겠습니다. 난 당신한테 이성적인 호감을 가지고 있어요."

속에 담아 왔던 말을 내뱉고 보니 후련한 기분이 되었다. 에스텔라의 얼굴에 담긴 미소가 당황으로 서서히 꺼져 들었다. 에스텔라에게선 좀처럼 대답이 돌아오지 않았다.

그러고 보니 '이성적인 호감'이라는 단어는 전에 안 좋은 방식으로 이미 한 번 써먹은 경험이 있었다. 디에고가 에스텔라의 눈치를 보다가는 슬쩍 덧붙였다.

"말하고 보니 호감은 너무 약하네. 좋아합니다."

그에 에스텔라가 당혹스러운 얼굴로 입을 다물었다. 디에고는 초조하게 말을 이었다.

"사실 지는 기분이 들어서 자꾸 내 감정을 낮춰 불렀어요. 좋아하는 것과도 거리가 멉니다."

진심을 말로 옮길수록 그의 심장이 벅차올랐다. 그가 내뱉은 고백이 형체를 가지고 부풀고 있는 것만 같았다. 디에고가 숨을 크게 들이켰다 내뱉으며 말했다.

"사랑합니다, 미스 마거릿. 내 생에 당신만큼 크게 자리 잡은 사람이 또 없습니다."

디에고가 진실한 마음으로 에스텔라를 마주 보았다. 심장을 토해낼 것만 같은 기분이었다. 끝내는 그의 음성이 조금 떨렸다.

"감히 당신과 내 마음이 같다고 생각해도 될까요."

에스텔라가 멍하니 그를 응시했다. 뜻을 알 수 없는 눈빛이었다. 다만 거칠게 뛰고 있는 그의 심장과 비교되게도, 그다지 크게 놀란 것 같진 않았다. 그녀의 입술이 벌어지는 찰나가 꼭 억겁인 것만 같았다. 디에고는 에스텔라에게 시선을 고정한 채 대답을 기다렸다. 이내 그녀가 짧게 답했다.

"아니에요."

디에고는 그만 한숨을 삼킬 뻔했다. 에스텔라의 덤덤한 반응은 단순히 현실감이 없었기 때문이었을까. 어지간히 눈치 없는 그녀다웠다.

디에고는 그만 맥이 풀렸다. 디에고가 핀잔하듯 되물었다.

"내 마음을 당신이 재단합니까?"

"착각하신 거예요. 지난번에 공작님도 사랑이 아니라고 하셨잖아요."

그리 말하며 그녀가 고개를 내저었다. 이젠 완전히 정신을 차린 듯 에스텔라의 목소리가 좀 더 또렷해졌다. 디에고는 처음에 그것이 불신이라고 생각했다. 그러나 진심을 해명하려던 그의 입은 이내 천천히 다물렸다. 그만 깨닫고야 말았으니까.

이건 거부였다.

그러고 보면 그녀는 늘 그에게 이끌리면서도 정작 중요할 땐 확언을 삼켰다. 디에고는 그것이 그녀가 자신처럼 낯선 감정에 겁을 먹어서라고 생각했다. 그러나 아니었다. 그녀는 그처럼 풋사랑에 얼이 나간 어리숙한 인간이 아니었다.

디에고가 미약한 충격이 담긴 목소리로 내뱉었다.

"당신…… 알고 있었군요. 내가 당신을 보며 무슨 생각을 하는지."

생각이 정리되지 않았다. 디에고는 이런 상황에 도통 면역이 없었다. 그녀 같은 사람이 처음이었고 사랑이란 걸 해 본 것도 처음이었다. 머릿속이 하얗게 표백되어 아무 생각도 떠오르지 않았다.

"언제부터?"

디에고가 헛웃음을 지으며 물었다. 에스텔라가 힘겹게 입을 열었다.

"나한테 처음 키스했을 때……."

편지를 열어볼 때 애써 내리눌렀던 눈물이 다시 그녀의 눈가를 적셨다. 에스텔라가 제 아랫입술에 손가락을 올린 채 울음 같은 웃음을 흘렸다.

"그때 당신 입술이 꼭 지금처럼 떨렸어."

먹구름이 가득한 하늘이 결국은 빗방울을 떨구듯, 순간 에스텔라에게서 눈물이 쏟아졌다.

부자연스럽게 그와 약혼을 맺었을 때부터 의심은 있었다. 이용하기 편한 여자를 대한다기에 그는 너무도 다정했다. 그가 반지를 내밀었을 때 에스텔라는 한 번 고개를 내저었고, 약혼식 날 밤 그와 나란히 누웠을 때 또 한 번 고개를 내저었다. 떠나려는 그녀를 그가 온 힘을 다해 붙잡았을 때 에스텔라는 마침내 그에게서 고개를 돌렸다. 그의 진심을 감당할 자신이 없었으니까.

"나는……."

에스텔라는 한 마디를 쥐어짜듯이 내뱉고는 그대로 고개를 푹 숙였다. 그녀는 미안하다는 말밖에 모르는 것처럼 반복해서 사과를 전했다.

"미안해요, 디에고. 나의 가여운 공작님."

디에고의 가슴이 철렁 내려앉았다. 그녀의 우는 모습을 보려고 제 마음을 전한 게 아니었다. 에스텔라가 왜 그리도 슬프게 우는지 그는 도통 알 수 없었다. 아니, 그녀가 왜 저를 마다하는지부터 잘 이해가 가지 않았다. 그들은 결혼할 사이가 아니던가. 그들은…… 같은 마음이 아니었던가?

디에고가 멍한 얼굴로 물었다.

"거절입니까?"

"맞아요, 죄송해요."

"이유를…… 알 수 있습니까?"

도무지 그를 마주 볼 수 없었다. 치맛자락을 틀어쥔 손가락이 하얗게 변해 있었다. 에스텔라는 고개를 숙인 채 일그러진 얼굴을 반복해 느리게 내저었다. 그러나 에스텔라에게 향한 그의 시선은 도통 달아나지 않았다.

아무 말이나 둘러대어 이 자리를 모면한다고 해서 해결될 일이 아니었다. 그가 진심을 말한 이상 그녀도 그에게 대답을 돌려주어야 했다. 에스텔라는 그것이 두려워 이 순간을 피하려 그간 무던히도 애써 왔었다.

"난…… 나는…… 당신한테 절대 이 말만은 하고 싶지 않았어요."

에스텔라가 억눌린 음성을 내어 더듬더듬 말했다. 그 얼굴에서 디에고는 잔인하게도 정답을 찾았다. 디에고가 속삭이듯이 물었다.

"내가 아버지를 죽여서?"

에스텔라는 그렇다고 대답하지 않았다. 그러나 아니라고도 말하지 않았다. 디에고는 에스텔라에게 시선을 고정한 채 지금 이 순간을 그저, 그저…… 버텼다.

디에고는 제가 자리에 앉아 있어서 다행이라고 생각했다. 만약 두 다리로 일어선 상태였다면 그대로 힘이 풀려 바닥에 주저앉고 말았을 것이다.

"난…… 사람은 바뀔 수 없다거나, 당신이 구제 못 할 인간이라거나 하는 말을 하려는 게 아니에요."

어지러운 머릿속으로 그녀의 목소리가 흘러들었다. 반은 소화가 됐지만 반 정도는 그렇지 못했다. 디에고는 에스텔라의 말을 이해하기 위해 한참을 곱씹어야만 했다. 에스텔라가 자신을 편견을 가지고 대하지 않았다는 걸, 디에고도 몹시 잘 알고 있었다. 그녀의 말이 사실이었기에 이 상황이 더욱 받아들여지지 않았다. 그녀는 그의 아픔을 돌보았던 유일한 사람이었다. 디에고가 메인 목으로 겨우 대꾸했다.

"그런 게 아니라면, 왜……."

"하지만 당신의 말과 행동에 설렐 때마다, 계속 어떤 생각이 저를 괴롭혔어요."

"……."

"공작님, 제가 없었어도 그 애들을 내버려 두셨을 건가요?"

에스텔라가 서글픈 미소를 지으며 물었다. 디에고는 그것이 미소가 아니라고 생각했다. 그녀의 웃는 얼굴을 보고 있는데 이토록 제 가슴이 찌르듯이 아플 이유가 없지 않은가.

지금 이 상황은 꼭 질 나쁜 장난 같았다. 어찌할 줄 모르는 것처럼 그의 시선이 바쁘게 움직였다. 디에고가 주먹을 틀어쥐며 다급하게 대답했다.

"이젠 아니잖아. 그러지 않았잖아요. 그럼 되는 거 아닙니까?"

"이건…… 당신이 나쁜 사람이라서가 아니에요, 공작님. 저보다 그걸 잘 아는 사람이 없어요."

그사이 에스텔라는 벌써 침착해져 있었다. 얼굴을 적신 눈물은 여전했어도 언제나 그렇듯 그녀는 강인했다. 에스텔라가 테이블 위에 시선을 고정한 채 차분히 말을 이었다.

"당신은 잘 자랐어요. 그런 환경에서 그보다 잘 자랄 수가 없었어요. 누구도 그걸 부정할 수 없어요."

에스텔라는 그의 모든 선택이 옳진 않았을지언정, 결코 틀리진 않았다고 생각했다. 디에고는 그 나름의 최선을 다했다. 심지어는 그녀조차 같은 상황을 맞이했을 때 그처럼 증오를 품지 않을 자신이 없었다.

“당신이 왜 그렇게 행동해야 했는지를 알아요. 그런 당신을 비난할 생각이 없고, 어쩌면 그때 당신이 용기를 냈음에 함께 안도할 수도 있을 거예요.”

“…….”

“하지만…… 그렇기 때문에 안 돼요. 그런 일이 존재했기 때문에.”

디에고는 그녀가 제 옆에 서지 못할 이유는 없다고 말했지만, 애당초 디에고는 에스텔라가 넘을 수 없는 선 밖의 사람이었다. 미래는 달라질 수 있지만 과거는 뒤바뀌지 않는다. 디에고는 제 친부를 죽인 사람이었고 에스텔라는 그런 남자를 사랑할 수 없었다. 그의 인간적인 흠결을 의심해서는 아니었다.

다만…… 안 되는 것이다. 어쩔 수 없이.

에스텔라는 차라리 그들이 품은 게 얼마 안 가 흐려지고 말 단순한 감정이었다면 좋았으리라고 생각했다. 그랬다면 그들은 외려 서로의 좋은 이해자가 될 수 있었을 것이다.

무엇이든 소리 내어 말하지 않으면 아무것도 문제 되지 않는다. 에스텔라는 가슴 속에 남은 이 한 가지 우려를 죽는 날까지 그에게 내비치지 않을 자신이 있었다. 그가 피할 수도 없게 온 마음을 다해 사랑을 고백해오기 전까진.

저에게로 향한 그의 곧은 눈에 에스텔라는 숨이 막히는 듯한 기분을 느꼈다. 그동안 비겁하게 정면으로 마주하기를 피해 왔던 그의 진심이었다. 이미 동생들을 위한 계약을 했으니 어쩌면 그를 위한 다정함 한 술 남겨 주는 것쯤이야 그녀에겐 그리 어렵지 않은 일이었을지도 모른다. 하지만 에스텔라는 그런 것을 어떤 이름으로 불러야 하는

지 알고 있었다.

그건 기만이었다.

에스텔라는 그를 더 속일 수 없었고, 때문에 잔인한 일일지언정 그녀는 말해야 했다. 자신은 그가 생각하는 것처럼 고귀하지 않다고. 그가 사랑할 만한 사람이 아니라고. 아버지를 외면했던 것처럼, 자신의 천성은 너무나도 비겁하기에 차마 그를 끌어안을 수 없다고…….

에스텔라는 모든 것을 감내하는 표정으로 그의 대답을 기다렸다. 디에고는 한참 동안 건너편에 앉은 에스텔라를 응시했다. 눈앞에 놓인 건 보통의 테이블일 뿐인데도 그녀가 앉은 자리가 하염없이 멀게 느껴졌다. 이윽고 그의 입술이 벌어졌다.

"그대 말이 맞아요. 난 망가졌어. 어쩌면 이젠 제대로 된 관계란 걸 맺을 수 없는 종류의 인간이 되어 버렸는지도 모르고."

디에고는 제가 지금 무슨 말을 하고 있는지도 몰랐다. 그녀를 붙잡으려면 자신은 좀 더 그럴듯한 말씨를 써야 했다. 그간 그녀를 제가 원하는 지점으로 몰아갔던 것처럼, 그녀의 귀에 달콤한 고백을 흘리고 눈을 가려야 한다.

그러나 지금의 디에고는 그럴 수 없었다. 주먹 쥔 손에 이젠 힘조차 들어가지 않았다. 디에고가 팔걸이 위를 짚으며 횡설수설 말을 이었다.

"하지만 그대 곁에 있으면 내가…… 좀 더 괜찮은 사람이 되어 가고 있는 기분이라서. 세드릭도 세실리아도 죽이지 않고, 그 애들과 가끔 머저리 같은 농담을 나누는 시간이 빌어먹게도 좋아서……."

이윽고 디에고의 목소리가 멎었다. 디에고가 탈력감 어린 얼굴로 야

트막한 숨을 뱉었다. 그러고는 이어 혼잣말하듯 내뱉었다.

"이미 지나간 일이니까, 나는 돌이킬 수조차 없는 거군."

디에고는 아버지를 죽인 이후 죄의식을 느끼지 않았다. 그는 친부에게 빚진 것이 없었기 때문이다. 아이들에게서 아버지의 존재를 앗았음에 부채감을 느끼기도 했지만, 그렇다고 제가 저질렀던 일을 후회하진 않았다. 평생의 숙원을 이뤘는데 어찌하여 이에 아쉬움을 느끼겠는가. 그러나 지금은…….

디에고는 조용히 이를 악물었다.

친부의 목숨을 노렸던 죄를 돌려받는 것인가? 아니면 탐내선 안 될 것을 마음에 담은 대가를 치르는 것인가?

"내가 그대를 위해 얼마나 애쓰든, 그대를 향한 사랑이 얼마나 간절하든 간에 상관없이, 그저 나라서 안 된다고……."

그녀는 그가 나쁜 사람이라 생각하지 않는다고 말했다. 그의 유일한 문제는 현재에 있지 않았고, 그것은 절대 뒤바꿀 수 없는 종류의 것이었다.

디에고는 손을 들어 어지러운 눈가를 감쌌다. 억누르지 못한 침음이 흘러나왔다. 자신은 모른 척하고 있었던 거다. 그녀가 그를 교정하려 애썼던 건, 결국 그가 옳지 않다고 생각했기 때문이라는 것을.

이럴 거면 처음부터 저를 경멸하는 편이 나았다. 제가 어떻게 변하든 얻을 수 없는 무언가가 있다면, 차라리 희망조차 품지 않게 해야 했다. 에스텔라는 늘 그에게 다정함만을 주었던 사람이었다. 늘 달게 마셨던 그 다정함이 이번엔 비수가 되어 그를 찔렀다.

그녀는 그에게 의지가 되어 줄 수 있다. 그녀는 그에게 용기를 주고 다시 일어서게 할 수 있다. 그녀는 그를 더 나은 사람으로 만들며 한정 없는 애정을 베풀 수 있다.

그가 그녀에게 진심을 바라지만 않는다면.

“미안해요, 난 그냥……. 오만한 결심인 건 알지만. 당신이 나로 인해 위로받고 싶은 거라면, 그 정도는 해 줄 수 있다고 생각했어요.”

그녀의 말이 맞았다. 그녀는 그에게 위로가 되었다. 그것이 너무도 달콤하여 제가 어떤 종류의 인간인지 감히 잊게 할 만큼.

문득 그녀와 함께 있는 게 그에게 있어 더 낫느냐던 물음이 떠올랐다. 그녀는 그때부터, 아니 그보다도 훨씬 전부터 그의 감정을 알아채고 마음을 써왔던 거였다. 디에고는 그녀가 그러지 않는 편이 제게 나았으리라고도, 차마 확신을 가지고 말할 수 없었다.

“아니, 나 역시 당신과 있는 시간이 즐거웠기에 그러면 안 된다는 걸 알면서도 안주했어요. 차마 밀어낼 수 없을 만치 당신이 내게 너무 의지가 됐어요. 애초에 거리를 뒀어야 했는데.”

에스텔라가 헐떡임을 억누르며 고해하듯이 말을 이었다. 디에고는 그녀가 왜 사과하는지 이해할 수 없었다. 처음부터 싫다는 그녀를 밀어붙인 건 자신이었다. 감히 욕심내선 안 될 것을 그가 억지로 한 줌 맛본 것이다. 그것이 그에게 참을 수 없는 갈증을 불러일으켰다고 한들 먹힌 것에는 죄가 없었다.

그런데도 왜 자신은 가슴에 미움을 품나. 왜 그녀를 원망하고 싶은 마음이 치솟나.

디에고는 아무런 대답도 하지 않고 바닥을 내려다보았다. 느린 숨소리만이 그들 사이에 오가는 교류의 전부였다. 디에고가 한참 후에야 입을 열어 물었다.

"그거 압니까?"

"……."

"당신 참 잔인해."

디에고는 눈물을 흘리지 않으려 했다. 그는 심지어 아버지를 찌를 때도 울지 않았었다.

디에고는 시선을 떨구었다. 그녀를 피해 왼편으로 고개를 돌리다가는, 한숨을 억누르려 입술을 깨물었다. 디에고는 한참 후에야 발개진 눈으로 고개를 들었다. 이성을 찾으려는 갖은 노력은 결국 그녀의 앞에서 허물어졌다.

"제길, 이 정도면 제법 잘 살아왔잖아. 알아서 앞가림해 가며 어떻게든 아등바등 살아남았잖아. 내 삶의 방식을 비난하지 마."

"공작님."

"당신 앞에 서면 자꾸 내가 살아온 방식을 돌이켜 보게 돼. 내가 조금 더 나은 사람이 될 수는 없었을까 생각하면 죽고만 싶어지지."

디에고의 눈가가 물기로 번들거렸다. 디에고가 헛웃음을 터트리며 물었다.

"말해 봐요, 에스텔라. 내가 어떻게 해야 했습니까?"

"……."

"내가 이 지옥 같은 곳에서 살아남기 위해 더 무엇을 해야 했어?"

디에고는 우습게도 그들이 안 되는 이유에 대해 무척이나 잘 알고 있었다. 그녀는 너무 제대로 된 인간이고 자신은 돼먹지 못한 이들 중에서도 가장 질이 나빠서다.

어찌 보면 이건 처음부터 예고된 결말이었다. 그녀란 사람 자체가 그와는 절대 맞닿을 수 없는 지점에 서 있지 않았던가.

그를 송두리째 흔드는 이 감정에 겁을 집어먹었던 순간을 기억한다. 어쩌면 그때 자신은 이것이 감당할 수 없는 마음임을 본능적으로 알아챈 건지도 몰랐다. 매 순간의 행복이 그의 불안을 구실 좋게 달래었다. 계약이라는 필요가, 우연이라는 구실이, 서로라는 존재가 너무나도 잘 들어맞았기 때문에…….

디에고는 참담한 심정으로 눈을 감으며 말했다.

"처음부터 당신이 나를 후회하게 만들 것이 두려웠어."

그를 위로했던 신념이 그를 죽인다.

7. 선택의 순간

그녀는 교실에 서 있었다. 익숙한 배경이었다. 맨 끝 벽면에 놓인 연갈색의 사물함과 비슷한 재질의 책상, 그와 세트로 된 의자까지. 심지어 몇 개는 나사가 풀려 엉덩이 받침이 나가 있기까지 하다. 책상 위에 남은 칼로 긁은 자국과 아이들이 적은 낙서가 현실감을 더했다.

그녀는 느리게 심호흡을 하며 교단에 올라섰다. 초록색 칠판엔 분필 가루가 희뿌옇게 얹어져 있었다. 그녀는 분필을 들어 무언가를 적으려다가 이내 멈칫했다. 머리에 떠오르는 두 가지 종류의 언어 중 어떤 글자를 적어야 할지 알 수가 없었다.

그녀는 결국 멍하니 서 있다가 아무것도 쓰지 못하고 칠판에서 등을 돌렸다. 그러고는 놀라움에 잠시 움직임을 멈췄다. 혼자인 줄로 알았는데 자신 말고 또 다른 누군가가 이곳에 있었다. 그녀가 의아한 음성을 내어 물었다.

"아직 안 갔니?"

언제 나타났는지 모를 아이가 사물함 앞에 서 있었다. 집에 간 게 아니었나. 아니면 두고 간 물건이 있어 다시 교실로 돌아왔나.

덥수룩한 머리와 몸에 비해 확연히 큰 옷까지. 오랫동안 보지 못했음에도 여전히 기억에 남아 있는 얼굴이었다. 잘 씻지 않아 아이들이 기피하는 통에 학급에 잘 적응을 하지 못해, 그녀가 교사 차원에서 따로 신경 써야 했던 학생이 아니던가.

그녀는 천천히 아이를 향해 다가갔다. 요즘 학교생활은 어떤지 간단히라도 묻고 싶었다. 그러나 아이에게 가까이 갈수록 그녀의 미간이 서서히 좁아졌다. 반팔 옷 아래로 드러난 팔꿈치 밑이 어쩐지 얼룩덜룩했기 때문이다.

그때 아이가 대뜸 뒷문을 향해 달리기 시작했다. 그녀는 황급히 아이를 뒤쫓았다.

"얘, 잠깐. 거기 잠깐 서 보렴."

아이가 어른보다 빨리 달릴 수 있을 리 없었다. 그녀는 결국 아이가 뒷문을 열어젖히기 전 그의 팔을 붙잡았다.

그러나 아이의 몸을 돌려세우자마자 에스텔라는 깜짝 놀라 그를 놓치고 말았다. 아이의 얼굴에 세드릭의 모습이 떠올라 있었다.

"쓸데없는 오지랖이나 부리더니."

세드릭이 이죽이듯 말했다. 그 말이 끝나기가 무섭게 이번엔 아이의 얼굴이 세실리아로 변했다. 세실리아가 어울리지 않는 신랄한 음성을 내어 물었다.

"결국 이뤄 낸 게 뭐야?"

목소리는 끝으로 갈수록 변질되어 성인 남성의 것으로 변했다. 마침내 그 안에서 디에고의 얼굴이 보였다. 그의 검은 눈동자를 마주한 것과 동시에 그녀는 번뜩 잠에서 깨어났다.

"에스텔라 님, 잠시 나와 보세요. 에스텔라 님!"

문을 두드리는 소리에 눈을 떴다. 온몸이 무거웠다. 에스텔라는 비척비척 몸을 일으켜 앉았다.

분명 꿈을 꾸었는데…….

깨어나자마자 휘발된 탓에 내용이 잘 기억나지 않았다. 조금만 더 집중하면 갈피가 잡힐 듯했지만 에스텔라에겐 그만한 여유가 주어지지 않았다. 노크 소리가 갈수록 거칠어지고 있었기 때문이다.

햇빛의 기울기를 보아 시간은 거의 정오에 가까워진 듯했다. 어제 하루가 힘들었던 탓에 답지 않게 게으름을 피우고 말았다. 그렇다고는 해도 사용인들이 이리 저를 급히 찾을 이유가 뭐가 있단 말인가.

"에스텔라 님!"

반복된 부름에 에스텔라는 침대에서 일어서 방을 가로질렀다. 몽롱한 정신 탓에 걸음이 비틀거렸다.

문을 열자마자 희게 질린 하녀의 얼굴이 눈에 들어왔다. 좋지 않은 예감이 느껴졌다. 에스텔라가 슬쩍 눈살을 찌푸리며 물었다.

"무슨 일이지?"

"그게…… 세실리아 아가씨께서…… 다치셨어요."

"뭐?"

에스텔라의 눈이 순식간에 커졌다. 깨자마자 느꼈던 가라앉은 기분은 갑작스러운 사고의 전조였을까. 정신이 번쩍 들었다.

아이들이 다치는 게 원체 예고 없이 벌어지는 일이라지만, 지켜보는 눈이 있는 저택에선 별달리 위험 요소라 말할 만한 것이 없었다. 정원에서 뛰다가 넘어진 것인가. 아니면 어디 몸을 부딪치기라도 한 것인가. 에스텔라가 문가에 몸을 가까이 붙이며 대답을 채근했다.

"어쩌다?"

"그게…… 세실리아 아가씨가 저희가 안 보는 틈을 타 세드릭 도련님의 방으로 숨어드셨어요. 세드릭 도련님이 받으신 검이 탐이 났는지, 그걸 가지고 노시다가 그만……."

하녀의 설명을 듣자마자 에스텔라는 거의 비명을 터트리고 말았다.

"검상이라고?"

"그렇게 크게 다치신 건 아니고요……."

문초가 걱정되었는지 하녀가 에스텔라의 눈치를 보며 덧붙였다. 그에 에스텔라의 목덜미에 열이 올랐다. 아이가 검에 베인 것 자체가 큰 일이었다. 단순히 운이 좋아 작은 상처가 난 것일 뿐, 더 큰 사고가 날 수도 있었던 게 아닌가.

"애가 다칠 때까지 다들 뭘 하고 있었던 거야!"

에스텔라는 하녀를 지나쳐 그대로 아래층으로 뛰어 내려갔다. 일상복으로 갈아입지도 않은 채였다.

세실리아의 방 앞에 도착하자마자 에스텔라는 황급히 문을 젖히고 들어갔다. 에스텔라를 찾기 전에 먼저 의사를 불렀던 듯, 방 안엔 가문의 주치의가 이미 도착해 있었다.

거친 문소리에 의사가 세실리아의 팔에 붕대를 동여매다 말고 뒤를 돌아보았다. 그는 잠옷 바람을 한 여인을 발견하자마자 헛기침을 터트리며 재빠르게 눈을 돌렸다. 에스텔라를 놀란 눈으로 보던 세실리아 역시 눈치를 보며 슬슬 시선을 피했다.

에스텔라는 세실리아를 향해 급히 다가갔다. 피를 닦아 낸 듯 붉게 물든 거즈가 테이블 위에 널려 있었다. 에스텔라가 다급한 목소리로 물었다.

"어떻게 된 거죠? 얼마나 다친 거예요?"

"아, 조금 베이신 정도입니다. 바로 치료해서 흉이 지지도 않을 거고요. 크게 염려하지 않으셔도 됩니다."

주치의는 아무 이상 없다는 듯 세실리아의 팔에서 손을 떼어 내고는, 무해한 표정을 지으며 양손을 펴 보였다. 에스텔라는 제자리에 그대로 주저앉고 말았다.

진이 다 빠졌다. 풀린 다리에 도통 힘이 들어가지 않았다. 다쳤다는 소식을 듣자마자 내려앉았던 심장은 세실리아가 무사하다는 걸 알게 된 후에도 쉽사리 제자리로 돌아오지 않았다. 그에 주치의가 걱정스러운 얼굴로 에스텔라의 안색을 살펴 왔다. 에스텔라는 신경 쓰지 않아도 된다며 손을 내저었다.

의사는 곧 뒷정리를 마치고 제 짐을 챙겨 떠나갔다. 상처가 벌어질 수 있으니 활동은 자제시키라는 조언을 남긴 채였다. 문이 닫히자마자 세실리아가 우물쭈물 변명했다.

"엘라…… 난 그냥 조금만 만져 볼려구……."

세실리아의 목소리를 듣자 그제야 조금 정신이 깨었다. 에스텔라는 힘겹게 자리에서 일어나 세실리아의 앞으로 향했다. 세실리아의 건너편에 앉은 에스텔라가 다친 팔을 제게로 끌어오며 추궁했다.

"얼마나 다치셨어요?"

"조오금."

"이게 조금이에요?"

에스텔라가 날이 선 목소리로 되물었다. 세실리아의 말이 거짓이란 걸 증명하듯 붕대 위로 핏기가 비쳤다. 안의 상태를 확인하고 싶었지만 이미 처치가 끝난 부위를 건드릴 수는 없었다. 에스텔라는 속이 상해 어쩔 줄을 몰랐다.

"피 나오는 거 봐요. 이걸 다 어째, 세상에."

"필리비 갠찬타구 해써."

세실리아가 변명하듯 주치의의 진단을 옮겨 말했다. 가볍게 베이고 끝나서인지 세실리아는 사태의 심각성을 잘 모르는 듯했다. 검은 피를 보기 위해 만들어진 물건이었다. 잘못 휘둘렀더라면 더 크게 다칠 수도 있었다.

"왜 그러셨어요. 제가 검은 안 된다고 했잖아요. 왜……."

에스텔라가 세실리아를 다그치다 말고 입술을 깨물었다. 세드릭의 검을 몰래 휘두르다 다쳤다고 했다. 아이를 제대로 돌보지 못한 사용인들에게도 화가 났지만, 제 말을 어기고 날붙이에 손을 댄 세실리아에게도 원망이 치솟았다.

뭐가 그렇게 답답했을까. 심지어 에스텔라는 더 자라면 세드릭과 같은 수업을 듣게 해 주겠다고 약속하기까지 했었다. 다른 무엇도 아닌 본인의 안전 때문이었는데 대체 왜 제 속을 몰라주는 걸까.

"크게 다치셨으면 어쩔 뻔했어요. 제가 도련님만큼 자라면 검 배울 수 있게 해 드린다고 했잖아요. 왜 그걸 못 참으세요."

에스텔라가 다친 팔을 가리키며 엄한 투로 말을 이었다.

"이거 봐요. 몰래 위험한 물건을 건드리니까 이렇게 다치시잖아요!"

"세드…… 은 이짜나."

세실리아가 알아들을 수 없는 소리를 웅얼거렸다. 에스텔라가 설핏 인상을 찡그리며 되물었다.

"뭐라고요?"

"세드릭만 검 이짜나!"

끝내 세실리아가 볼멘 음성으로 소리쳤다. 자신을 타이르는 에스텔라가 원망스럽다는 투였다. 두 눈엔 눈물이 가득 고여 있었다. 에스텔라는 세실리아가 무슨 말을 하고 있는지 도통 이해할 수 없어 눈을 동그랗게 떴다. 에스텔라가 놀라 굳어 있는 사이 세실리아가 그녀의 손을 뿌리치며 악을 썼다.

"왜 나는 안 조! 왜 세드릭만 검 조! 불고평해!"

"제가 말했잖아요! 아직 어려서 안 된다고."

"맨날 세드릭만 먼저 하자나. 다 먼저 배우구, 나눈 구경만 하구. 시러, 다 시러어!"

에스텔라는 떼를 쓰는 세실리아를 보며 얼빠진 표정을 지었다. 결국 제 오라비의 물건이 탐이 나 이런 일을 벌였다 이 말이었다. 벌어진 사건에 비해 몹시 보잘것없는 동기였다.

서서히 에스텔라의 뒷머리에 열이 올랐다. 안 그래도 심란한 와중이었다. 아이의 영문 모를 고집을 감당할 인내심은 그녀 안에 남아 있지 않았다.

"어쩜 이렇게 말을 안 들어요! 지금 뭘 잘못했는지 모르시죠!"

에스텔라가 끝내 호통을 쳤다. 그에 세실리아가 울음을 뚝 그치며 숨을 크게 들이쉬었다. 억울하다는 듯 저를 노려보는 시선에는 독이 빠지지 않은 상태였다. 세실리아가 통통한 손가락을 그러쥐며 소리쳤다.

"왜 소리쳐! 왜 나항테 화내!"

에스텔라는 세실리아와 마주 눈싸움을 벌이다 그만 한숨을 내쉬었다. 더 이 자리에 있었다간 필요 이상으로 화를 내게 될 것 같았다. 에스텔라가 뜨끈한 이마를 감싸며 몸을 일으켰다.

"상처가 아물 때까지는 방에서 지내세요. 외출 금지예요. 세드릭 도련님 방에도 당연히 못 가시고요. 아시겠어요?"

그리 말하며 에스텔라는 점검하듯 주변을 한번 살펴보았다. 검은 세드릭의 방에 남아 있는 것인지 따로 치울 만한 물건은 눈에 들어오지 않았다.

에스텔라는 그대로 돌아서 문가로 향했다. 에스텔라가 문고리를 잡자마자 세실리아가 원망 어린 음성으로 툭 내뱉었다.

"엘라, 미어."

"……."

"정말 미워."

에스텔라는 그만 헛웃음을 삼켰다. 말도 안 되는 상상이지만, 꼭 세실리아가 제 큰오라비를 대신해 심경을 전하고 있는 것 같지 않은가.

에스텔라는 그대로 방을 나섰다. 복도엔 세실리아의 전담 하녀가 초조한 표정으로 에스텔라를 기다리고 있었다.

"간단하게 식사를 챙기고 푹 재워. 놀랐을 테니까 단것을 먹이는 게 좋겠어."

"네, 네. 분부대로 하겠습니다."

"상처가 아물 때까지 활동을 삼가라고 했으니 방에서 나오게 하지 마. 세드릭도 출입하지 않게 하고."

하녀가 기다렸다는 듯 고개를 끄덕였다. 그러고는 슬쩍 에스텔라의 눈치를 보며 물었다.

“저, 식사를 거르신 걸로 아는데, 에스텔라 님은 어떻게…….”

“……입맛이 없으니 난 딱히 신경 쓰지 않아도 돼.”

에스텔라가 그리 말하며 힘없이 돌아섰다. 뭔가를 먹고, 또 부지런히 움직이고 싶은 의욕이 들지 않았다. 더욱이 제가 사용인의 시중을 받는 것도 우습다는 생각이 들었다. 에스텔라는 지난밤 이 저택의 주인과 완전한 끝을 경험했었다. 그것은 감히 관계의 종말이라 부를 직한 대화였다.

에스텔라는 방으로 들어가자마자 침대에 누웠다. 피로한 눈은 금세 감겼고 그녀는 다시 잠으로 빠져들었다.

눈을 뜬 것은 밤이 깊어서였다. 창문이 열려 있었는지 바람에 커튼이 조용히 흔들리고 있었다. 어두운 창밖에 시선을 두자 서늘한 밤하늘이 열 오른 눈가를 씻어 주는 기분이 들었다. 암순응을 마친 눈에 서서히 초점이 돌아왔다. 에스텔라는 천천히 고개를 돌려 방 안을 둘러보았다. 적지 않은 시간 동안 머물러서인지 곳곳에 그녀의 흔적이 배어 있었다.

에스텔라는 문득 탁상 위에 올려진 종이를 물끄러미 응시했다. 어젯밤 디에고가 전해 주었던 아버지의 편지였다. 에스텔라가 양 무릎에 얼굴을 묻으며 중얼거렸다.

“아버지, 저는 아버지가 생각하는 것만큼 좋은 사람이 아니에요.”

스스로의 안에 파묻혀서일까. 답답한 가슴이 불안정하게 뛰는 소리가 들렸다. 에스텔라는 문득 헛웃음을 흘렸다.

어떤 여자가 그 같은 사람에게 끌리지 않을 수 있을까. 그를 속절

없이 사랑하고 만 것은 필연적인 일이었다. 그러나 에스텔라는 그와 함께하는 자신의 안에 어떠한 의문이 끝내 녹지 않고 남으리란 사실을 알았다.

차라리 그에게 진심이 아니었다면 상황이 지금보다는 나았을까. 그에 대한 감정이 깊어질수록 에스텔라는 제가 정한 선에서 비껴 나갔다. 디에고를 사랑하는 그녀는 그에게서 죄를 지우고 싶어 했다.

그를 연민했기에 에스텔라는 선택의 순간 아이들의 목숨을 두고 도박을 했었다. 그가 아버지를 죽였다면, 에스텔라는 디에고로 하여금 그의 친부가 죽음을 맞이하도록 내버려 둔 것이었다. 에스텔라는 디에고와 살인에 대한 책임을 나누어 지고 있었다. 에스텔라는 그들의 손에 묻은 피가 두려웠다.

그녀는 이 모든 것에서 눈을 감는 데 실패했다. 그를 향한 사랑만으로 스스로를 납득시킬 순 없었다. 그를 앞에 두고 에스텔라는 자신의 신념을 계산했다. 그를 최우선으로 두지 못하는 스스로를 보며 에스텔라는 의문을 품었다.

이토록 자기중심적이고 비겁한 것이 사랑이 맞나. 그를 기만하려 드는 욕심을 그런 고결한 이름으로 명명할 수 있나.

오랜 고민 끝에 에스텔라는 아니라는 결론을 내렸다. 그에게는 그만을 위해 줄 수 있는 사람이 필요했다. 그의 죄를 떠올리며 내내 의심할 자신이 아니라.

꿈결 같은 환상을 벗어던지자 그들은 가파르게 현실로 돌아왔다. 이렇게 된 이상 제가 이 저택에 더 머무는 것도 우스웠다. 디에고는 견디지 못하고 그녀에게 파혼을 말하고 말 것이었고, 그건 그녀가 아이들을 볼 수 있는 시간도 얼마 남지 않았다는 사실을 의미했다. 세실리아와 세드릭은 그의 동생이었으니까. 그렇다면 그녀도 미리 아이들과의 이별을 준비해 두는 편이 나을 터였다.

에스텔라는 저를 노려보던 세실리아를 떠올리곤 뒤늦은 후회를 삼켰다. 아이들은 원래 제 손위 형제의 물건을 탐내곤 하지 않던가. 아이가 시야를 넓게 보지 못했다고 해서 이를 질책할 수는 없었다.

에스텔라는 옷을 갈아입고 다시 아래층으로 내려갔다. 마지막으로 들은 말이 '밉다.'였기 때문인지 아무래도 신경이 쓰였다. 상처가 벌어질 수도 있으니 외출 금지를 풀 수는 없겠지만, 이 상황을 좀 더 친절히 이해시킬 필요는 분명 있었다.

에스텔라는 세실리아의 방문 위로 두어 번 노크를 남겼다.

"저예요."

대답은 들려오지 않았다. 에스텔라는 더욱 힘주어 문을 두드리며 세실리아를 불렀다.

"안으로 들어가도 돼요?"

아무래도 제게 단단히 성이 난 나머지 말을 섞기도 싫은 모양이었다. 에스텔라는 조심스럽게 문을 열고 방 안으로 들어갔다.

실내가 어두운 탓에 에스텔라는 세실리아를 찾는 데 약간의 시간을 소요했다. 세실리아는 이불을 뒤집어 쓴 채 몸을 동그랗게 말고 있었다. 에스텔라는 침대 옆 스툴을 끌어다 세실리아의 머리맡에 앉았다.

"아가씨, 많이 화났어요?"

에스텔라는 옅은 한숨을 내쉬었다. 이별이 곧일 텐데 이렇게 감정이 상한 상태로 떠난다는 말을 전하고 싶진 않았다.

"아까는…… 안 그래도 놀랐을 텐데 무섭게 해서 미안해요. 세실이 또 다칠까 봐 걱정이 돼서 그런 거예요."

에스텔라가 그리 말하며 세실리아에게로 손을 뻗었다. 그러나 에스텔라는 그대로 몸을 굳히고 말았다. 이불 너머로 사람의 몸과는 다른 감촉이 느껴진 탓이었다.

에스텔라는 황급히 이불을 걷어 냈다. 그 안엔 세실리아와 비슷한 몸집의 인형이 놓여 있었다. 에스텔라는 자리에서 일어서 황망히 주변을 둘러보았다. 아까와 완벽히 같은 상태의 방에선 별다른 징조를 찾을 수 없었다. 머리가 제대로 굴러가지 않았다.

에스텔라는 주춤 뒤로 물러서다가는, 몸을 돌려 복도로 나왔다. 마침 세드릭의 방에서 나오던 하녀와 시선이 마주쳤다. 에스텔라가 핏기 없는 입술로 물었다.

"세실리아는 지금 어디 있지?"

에스텔라는 간절한 시선으로 하녀를 응시했다. 씻는 중이거나, 아니면 제 말을 어기고 세드릭과 함께 있거나……. 뭐가 되었든 세실리아는 이 저택 안에, 에스텔라가 인지하고 있는 공간에 있어야 했다.

그러나 하녀는 에스텔라의 기대를 배반하고 영문 모를 표정으로 이렇게 되물어 왔다.

"침실에 안 계신가요?"

"없어."

"예?"

"방 안에 없다고!"

"아, 아까 주무시는 걸 확인하고 나왔는데……."

그제서야 상황의 심각함을 파악한 듯 하녀의 표정이 굳었다. 하녀는 황급히 방 안으로 뛰어 들어갔지만 에스텔라가 본 것 이상의 것을 발견해 내진 못했다.
"이럴 리가 없는데, 분명 아까…… 아까까지만 해도 분명……."
하녀가 침대 위를 손으로 짚은 채 횡설수설 중얼거렸다. 마침내 에스텔라가 희게 질린 얼굴로 소리쳤다.
"그럼 그 애가 갑자기 어디로 사라져!"

외출 중이던 디에고는 세실리아의 실종 소식을 알게 되자마자 저택으로 돌아왔다. 디에고가 실내에 들어서자마자 마주한 건 초조한 표정으로 그를 기다리던 사용인들과 넋을 놓은 에스텔라였다. 분위기는 어수선하다 못해 흉흉했다. 온 집 안을 뒤졌지만 세실리아는 찾아볼 수 없었고 그건 곧 한 가지 사실을 의미했다. 다섯 살배기 여자아이가 홀로 외부로 나갔다.
성인 여성에게도 충분히 위험한 세상이었다. 한눈에 보기에도 부잣집에서 자란 아이가 나돌아 다니는데 범죄의 표적이 되지 않을 리 없었다. 베르타 저택에 비상이 걸린 건 당연한 일이었다.
디에고를 보자마자 에스텔라의 낯빛은 흑색이 되었다. 불시에 마주친 디에고의 앞에서 에스텔라는 완벽히 죄인이 되어 있었다. 그에게 씻을 수 없는 상처를 입힌 데 이어 세실리아의 실종에까지 일조했다. 에스텔라가 핼쑥한 얼굴로 알아듣지 못할 말을 중얼거렸다.
"내, 내가……. 화를 내서……. 세실리아한테 화를 내서……."
"그게 무슨 소립니까."
디에고가 인내심 있게 물었지만 그녀는 고개를 푹 숙인 채 더 말을 잇지 못했다. 디에고 역시 그녀와 이런 식으로 마주하게 될 줄은 몰랐기에 좀처럼 태연한 반응을 보일 수 없었다. 그는 에스텔라를 피해 밖을 나돌았던 것이었다.

다행인지 불행인지 에스텔라는 세실리아의 일로 경황이 없어 제대로 그의 얼굴을 들여다보지도 못했다. 디에고는 결국 고개를 돌려 대기하고 있던 집사에게 설명을 구했다.

"무슨 일이 있었던 거지?"

"오늘 세실리아 아가씨께서 세드릭 도련님의 검을 몰래 만지다가 작은 검상을 입는 사고가 있었습니다. 에스텔라 님께서는 이를 꾸짖으며 외출 금지를 명하셨고요. 그런데 밤이 되고 보니……."

하비에르는 말을 더 잇지 못하고 면목 없다는 듯 고개를 떨구었다. 디에고는 별다른 설명 없이도 이어질 말을 알 수 있었다. 세실리아가 감쪽같이 사라졌다는 소리를 육성으로 재차 듣고 싶진 않았기에 디에고는 곧장 다음 질문을 던졌다.

"그밖에 다른 일은 없었나?"

"네, 그 외에는 전혀……."

"잘못한 일로 혼을 냈다고 그 애가 집을 나갔다고?"

사건의 아귀가 맞지 않았다. 안나의 그늘에서 벗어난 세실리아는 정도 이상으로 똑똑한 아이였다. 그런 아이가 단순히 외출을 금지당했다고 해서 집을 나갔을 것 같진 않았다. 아픈 와중 꾸중을 들었으니 서러웠을 법도 하지만, 세실리아는 제 어머니의 긴긴 학대 속에서도 저택을 벗어난 적이 없지 않은가. 어쩌면 누군가의 납치를 의심해야 하는 시점인지도 몰랐다.

디에고가 제 가설에 골몰해 있을 때였다. 누군가가 그의 소매 끝을 당겼다. 불현듯 뒤를 돌아보자 고개를 숙인 에스텔라가 보였다.

"치안대에…… 일단 신고는 했어요. 아이 생김새도 알렸고……. 그런데, 그런데 지금까지 전혀 소식이……."

완전히 넋이 나간 듯 에스텔라의 말에는 두서가 없었다. 마침내 그녀의 음성에 물기가 담겼다. 에스텔라가 쉰 목소리로 속삭였다.

"어떡하죠. 그 애한테 무슨 일이라도 있으면 어떡해요. 나 때문에……."

에스텔라가 더 말을 잇지 못하고 숨을 꺽꺽거렸다. 디에고는 언제나처럼 그녀의 어깨를 두드리려 하다가, 문득 그들이 더 이상 그럴 사이가 아님을 인지했다.

디에고는 반쯤 내뻗었던 손을 거두며 주먹을 말아 쥐었다. 그녀는 자신이 문을 열고 들어서기 전, 이곳에서 그녀의 얼굴을 찾을 수 있길 기대했다는 사실을 짐작이나 할까.

디에고는 날이 밝자마자 도망치듯 밖으로 나섰다. 답답함을 견딜 수 없었던 탓도 있지만 진짜 두려웠던 건 그녀가 저를 찾아와 완벽한 이별을 고하는 일이었다. 그녀의 입술이 이제 그만 떠나야겠다는 말을 내어놓는다면 더 견디지 못할 것 같았다. 에스텔라가 조심스럽게 내어놓았던 본심에 그는 충분히 상처받았다.

모순적이게도 지금 이 순간 그에게 위안이 된 건 자신을 사랑하지 않는다는 그녀의 말이었다. 그녀는 그를 사랑해서 곁에 남은 게 아니었기에 그를 사랑하지 않는다는 이유로 떠날 필요도 없었다.

디에고는 그 사실에 안도하는 스스로에게 구역질을 느꼈다. 그들 관계의 밑바닥을 보았음에도 여전히 그녀를 향한 마음을 접지 못한 제가 싫었다. 이런 미련한 짓거리에 빠져 세실리아가 위험에 처한 것도 모르고 있었다. 평소처럼 저택에 남아 업무를 보았더라면 한결 더 빨리 소식을 전해 들을 수 있었을 것이었다.

디에고가 굳은 표정으로 흘깃 집사를 돌아보며 물었다.

"오늘 저택에서 빠져나간 마차가 총 몇 대지?"

"식자재 수급용 마차와 사용인들의 외출용 마차입니다."

"그럼 사람이 없는 짐차로 숨어들었겠군. 23번가부터 은발 머리 여자아이를 본 행인이 있는지 수색해 봐."

그리 말하며 디에고는 위층을 향해 성큼 걸음을 디뎠다. 목적지는 세실리아의 방이었다. 자의든 타의든 곱게 자란 귀족가의 아이가 맨몸으로 나가진 않았을 테니 들고 나간 물건에서 실마리를 찾을 수 있으리라.

세실리아의 방 앞에 다다르자마자 디에고는 주저 없이 문을 열어젖혔다. 침실 안엔 하녀 둘이 어쩔 줄 모르고 엉거주춤하게 서 있었다. 세실리아와 세드릭을 전담하던 이들이었다. 디에고가 방 안을 눈으로 훑고는 침착하게 물었다.

"아이가 뭘 들고 갔는지 확인했나?"

"예, 예?"

갈피를 잡지 못한 반문에 디에고의 움직임이 멎었다. 그가 무서운 표정으로 두 사람을 돌아보았다. 디에고가 섬뜩한 음성으로 한 자 한 자 끊어 말했다.

"그 애가 무슨 옷을 입고 나갔는지, 따로 챙긴 소지품이 있다면 내용물은 뭔지, 그 부피는 어느 정도인지. 이쯤은 내가 도착하기 전에 전부 파악해 뒀어야 하지 않나?"

"아……!"

뒤늦게 정신을 차린 하녀들이 드레스룸에서 행거를 끌고 나왔다.

세실리아가 이 집에서 아가씨로 대접받은 것은 얼마 되지 않은 일이었다. 적은 옷은 아니었지만 드레스룸을 들어내는 데 대단히 긴 시간을 소요할 정도로 수가 많지도 않았다.

디에고는 남은 옷을 들추며 세실리아가 자의로 가출한 것이라는 결론을 내렸다. 그는 세실리아가 특히 즐겨 입던 옷이 무엇인지 기억했다. 납치범의 소행이었다면 굳이 아이의 취향대로 여분의 옷을 챙겨 담았을 리 없었다.

디에고는 구둣발로 세실리아의 화장대를 향해 걸어갔다. 세실리아가 선물 받은 장신구나 용돈 따위를 담아 두던 장소였다. 수납공간을 모두 뒤엎었지만 잡동사니만이 눈에 들어왔다.

디에고는 개중 가운데 서랍에서 조악한 보석함을 발견했다. 기억에 있는 물건이었다. 디에고는 손을 뻗어 그 뚜껑을 열었다. 그가 텅 빈 보석함 안에 시선을 고정한 채 말했다.

"비었군."

디에고는 명령을 내릴 사람을 찾아 뒤를 돌아보았다. 마침 하인들에게 지시를 전하고 돌아온 하비에르가 문 앞에 서 있었다.

"수도 내의 보석상들을 전부 수배해. 다섯 살 내외의 여아가 보석을 처분하러 오면 시간을 끌며 잡아 두라고. 그리고……."

그리 말한 디에고가 이번엔 겁에 질린 표정의 하녀들을 돌아보았다. 엄밀히 말해 아이를 온종일 감시하는 것이 그들의 일은 아니었으므로 모든 책임을 지울 순 없었다. 아무도 다섯 살 난 아이가 꾀를 내어 달아나리라곤 생각지 않을 터였다. 이번 일에선 어른의 실수를 탓하기보단 차라리 세실리아의 재주 쪽을 칭찬해야 했다.

사건은 이미 벌어졌으니 중요한 건 사후 처리 쪽이었다. 그리고 말은 아이를 잃어버린 데 이어, 수색에 필요한 단서조차 찾아내지 못한 무능한 인력은 이 저택에 더는 필요가 없었다. 디에고가 싸늘한 음성으로 말했다.

"거기 서 있는 둘은 오늘부로 해고야. 이유를 따로 설명할 필요는 없겠지?"

"자유란…… 조흔 거구나……."

세실리아는 양손에 턱을 괸 채 황홀한 눈으로 떠오르는 해를 응시했다. 제 방이 아닌 다른 공간에서 아침을 맞이하는 건 처음 있는 일이었다. 내내 가슴이 콩닥거렸던 탓에 잠이 오지 않아 지난밤은 뜬눈으로 지새웠었다. 조금 피로하긴 했지만 처음 쟁취한 자유를 생각하면 견디지 못할 것도 없었다.

세실리아는 배부른 눈으로 아늑한 방 안을 둘러보았다. 세실리아가 머물고 있는 장소는 한 고급 여관이었다. 숙소를 구하는 건 어렵지 않았다. 지나가던 마음씨 좋은 여자 어른에게 부모님을 잃어버렸고, 갈 곳이 없으니 대신 방을 잡아 달라 부탁한 것이다.

그 와중에도 난관은 있었다. 너무 선량해 보이는 사람을 고른 여파인지 아주머니가 넌지시 경비대에 신고해 주겠다고 제안한 것이다. 세실리아는 황급히 이미 신고는 마쳤으며, 경비대엔 이 숙소에서 기다리겠다 말했다고 변명했다.

한눈에 보아도 귀티 나는 아가씨가 제법 똘똘하게 굴자 아주머니도 그러려니 하는 눈치였다. 아이의 품에서 나온 금화 한 닢은 '아무렴 어때’ 싶어질 만큼 그녀의 마음을 녹였다. 그도 그럴 것이 아이가 부탁한 건 안전한 공간을 잡아 달라는 요청 단 하나뿐이었다. 세실리아는 그렇게 밤의 위험을 피해 안전한 잠자리에 안착하는 데 성공했다.

떠오르는 해를 구경하던 세실리아는 천천히 침대를 기어 내려왔다. 이젠 날이 밝았으니 활동을 시작할 때였다. 세실리아는 가방에서 어두운색의 망토를 끄집어냈다. 모자를 깊숙이 눌러쓰자 눈에 띄는 머리카락 색이 감쪽같이 가려졌다.

준비를 마친 세실리아는 조심스러운 손길로 주머니를 들추었다. 그 안엔 지금껏 모아 왔던 장신구들이 사이좋게 모여 있었다. 보석이 박힌 머리핀들은 기분 좋은 광채를 냈다. 세실리아의 입꼬리가 성취감으로 씰룩거렸다.

사실 이렇게 반짝거리는 장신구는 세실리아의 취향이 아니었다. 하지만 어린아이에게 큰 용돈은 잘 주어지지 않았고 세실리아는 작고 귀한 물건 쪽으로 눈을 돌려야 했다.

세실리아의 어머니는 종종 커다란 보석이 박힌 장신구를 내보이며 그 값어치에 대해 떠들곤 했다. 그때부터 세실리아에게 보석은 재산으로 인식되었다. 세실리아는 이것을 어디에 내다 팔아야 돈과 맞바꿀 수 있는지도 알고 있었다.

혹시 귀한 물건을 잃어버릴까 세실리아는 바지춤을 단단히 여몄다. 그러나 세실리아는 곧바로 복도로 나서는 대신 잠시 멈칫거렸다. 문득 제게 이것을 내주었던 사람들이 생각난 탓이었다.

“내가 업서진 고…… 이제 다 알게찌?”

세실리아의 표정이 급격히 우울해졌다. 에스텔라와 디에고는 자신을 걱정하고 있을까. 어쩌면 멋대로 저택을 나갔다며 화를 내고 있을지도 몰랐다.

에스텔라와의 다툼은 가슴 아팠지만 세실리아는 결국 자신이 상처받은 방식이 너무도 익숙했음을 받아들였다. 저택을 나오는 건 세실리아가 오래전부터 계획해 왔던 일이었다. 오히려 지나치게 미뤄진 감이 없지 않아 있었다. 이제 와 마음이 약해져선 안 됐다.

세실리아는 고개를 내젓고는 여관을 나섰다. 목적지는 근처의 보석상이었다. 세실리아는 가지고 있는 물건을 적당히 처분해 여비를 마련할 생각이었다. 세실리아는 크게 심호흡을 하며 당당히 가게로 들어섰다. 당연히 아무런 관심도 주어지지 않았다.

세실리아는 부지런히 앞으로 나아가 유리로 된 전시용 책상 앞에 섰다. 밑에서 아른거리는 작은 인영을 발견한 가게 주인이 마침내 세실리아를 내려다보았다. 세실리아가 그에게로 손을 척 뻗으며 말했다.

"보성 팔러 와써여."

"뭐?"

"이고."

세실리아가 제 주머니 춤을 들추며 말했다. 안이 잘 들여다보이지 않았는지 남자가 인상을 찌푸렸다. 세실리아는 결국 허리에 매단 끈을 풀어 주머니를 유리판 위로 올려 주었다.

내용물을 확인하던 남자가 놀란 기색으로 세실리아를 응시했다. 주머니 안의 보석과 세실리아를 번갈아 보던 남자의 눈이 마침내 이채를 띠었다. 그가 급격히 친절한 미소를 띠며 말했다.

"아주 귀한 물건을 팔러 오셨군요."

"마자."

세실리아가 으스대듯 대답했다. 남자의 입가에 어린 미소가 짙어졌다. 그가 계산대 안의 돈을 세다가는 난처하다는 듯 양손을 펴 들었다.

"이런, 아가씨. 아침이라 금고에 돈이 모자라 옆 가게에서 좀 빌려와야 할 것 같은데요. 잠깐 기다려 주실 수 있으십니까?"

세실리아는 잠시 고민하다가 고개를 끄덕였다. 자신이 너무 이른 시간에 찾아온 것 같긴 했다. 흔쾌히 돌아온 허락에 점주가 기다렸다는 듯 세실리아를 안쪽에 있는 접대용 테이블로 안내했다. 곧 상품 카탈로그와 달달한 밀크티, 버터 향이 나는 쿠키까지 상 위로 내어졌다.

세실리아는 흥분한 눈을 숨기지 못하고 과자를 집어 먹기 시작했다. 설탕이 듬뿍 든 밀크티 역시 입맛에 맞긴 마찬가지였다. 정신없이 간식을 탐닉하는 세실리아를 보며 남자는 만족스러운 미소를 떠올렸다. 그는 금방 돌아오겠다며 콧노래와 함께 자리를 비웠다.

세실리아는 점주가 내준 간식거리들을 게 눈 감추듯 먹어 치웠다. 빈 접시를 마주하고서야 세실리아는 뒤늦게 정신을 차렸다. 세실리아가 희게 질린 얼굴로 중얼거렸다.

"다…… 머거 브렀다……."

너무나 허기가 진 탓이었다. 혼자 음식을 주문하기가 눈치 보여 어젯밤은 쫄쫄 굶지 않았던가.

그렇다고는 해도 이렇게 삽시간에 접시를 비우다니. 세실리아는 도통 제가 벌인 일을 믿을 수가 없었다. 만일 하녀가 이 모습을 봤다면 깜짝 놀라 예법을 운운했을 터였다.

"……아니지. 여긴 바끼야."

세실리아는 뒤늦게 자신이 저택이 아닌, 밖에 있다는 사실을 인지하고는 침착을 되찾았다. 이제는 예법에 맞지 않는 행동을 해도 자신을 혼낼 사람이 없었다. 혼자라는 건 그런 것이었다.

세실리아는 빵빵한 배를 문지르며 카탈로그를 들여다보기 시작했다. 그러나 세실리아가 신상품의 구경을 마치고, 찻잔 바닥이 완전히 말라붙을 때까지 점주는 돌아오지 않았다. 세실리아는 결국 참다못해 다른 직원을 불렀다.

"저기여."

"예, 아가씨. 더 필요하신 거라도 있으십니까?"

황급히 달려온 직원이 공손하게 물어 왔다. 세실리아가 의심 어린 목소리로 물었다.

"돈은 언제 주세여?"

"아, 아직 잔금이 다 준비가 되지 않아서요. 잠시만 더 기다려 주세요."

상냥한 대답이 돌아왔지만 세실리아는 어딘지 불길한 기분을 숨길 수 없었다. 세실리아는 불안하게 손가락을 꼼지락거리며 주변을 살폈다. 2층짜리 가게는 한눈에 보기에도 고급스럽게 잘 꾸며져 있었다. 그도 그럴 것이, 좋은 값을 받기 위해 눈에 보이는 가게 중 가장 큰 곳을 골라 들어오지 않았던가.

이런 거대한 상점에서 잔돈 마련에 이렇게나 오랜 시간을 쓰는 게 과연 말이 되는 일일까?

세실리아는 의자에서 폴짝 뛰어내렸다. 세실리아가 결심 어린 표정으로 말했다.

"저 그냥 갈래여. 제 머리핀 주세요."

"예?"

세실리아의 선언에 직원이 당황한 표정을 지었다. 그가 상황을 수습하려 황급히 세실리아를 달래 왔다.

"아, 조금만 더 기다려 주시면 됩니다. 곧 사장님께서 돌아오실 예정이니……."

"내 꺼 주세요!"

세실리아가 양 주먹을 틀어쥔 채 지지 않고 소리쳤다. 세실리아는 마침내 직원을 노려보기 시작했다.

자세한 이유까진 알 수 없었지만, 어째서인지 이 가게는 아주 이상했다. 어쩌면 어린아이가 홀로 왔다며 물건을 빼돌릴 작당을 했는지도 몰랐다. 뒤에서 제 보물을 챙기고 있다고 생각하니 마음이 급해졌다.

"아가씨, 잠시만 기다리시면 된다니까요."

남자가 그리 말하며 답답하다는 듯 세실리아의 팔을 붙잡았다. 언뜻 난처한 표정을 짓고 있었지만 그의 눈빛에서는 짜증이 묻어 나왔다. 남자에게 붙잡힌 팔이 몹시 아팠으므로 세실리아도 그에게서 악의를 느끼지 않을 수 없었다. 세실리아는 턱에 힘을 주어 그의 손가락을 깨물었다.

"악!"

끝내 사내의 목소리에 노기가 담겼다. 재빠르게 도망친 세실리아를 보며 남자가 다른 직원들을 향해 소리쳤다.

"어이, 거기! 이리 와 봐. 이 꼬마 좀 잡아!"

준비라도 했던 것처럼 직원들이 한꺼번에 세실리아에게로 달려들었다. 의심을 피하기 위해 다들 멀리 떨어져 있었던 탓에 다행히도 그들의 접근은 느린 편이었다.

세실리아는 문을 향해 달리기 시작했다. 혈안이 되어 뒤쫓아 오는 남자들은 공포 그 자체였다. 이 악당 소굴을 벗어나 사람이 많은 곳으로 가면 지금보다는 안전해질 것이다. 세실리아는 이를 악물고 다리를 움직였다.

이런 무서운 일을 겪을 거라면 차라리 집에 남아 있는 편이 나았다. 세드릭은 자신이 떼를 쓰면 몰래 검을 만져 보게 해 주었을 테고, 디에고는 못 이긴 듯 또 목말을 태워 주었을 것이다. 그리고 에스텔라는, 에스텔라는…….

세실리아는 울먹이며 속으로 소리쳤다.

엘라, 왜 나한테 화를 냈어? 난 정말 작은 것에만 욕심을 부리고 있었단 말이야. 사실은 모두 날 싫어하고 있는 건 아니야? 그건 정말이지 익숙하고도 외로운 일인데.

"세실!"

정문을 열어젖힌 것과 동시에 세실리아는 상상 속의 얼굴과 마주쳤다. 문밖에 서 있던 에스텔라가 놀란 얼굴로 세실리아를 향해 양팔을 뻗었다. 세실리아는 무의식적으로 그런 에스텔라에게 안겨 들었다. 그와 동시에 세실리아에게서 서러운 울음이 터져 나왔다.

"으아아아앙!"

"죄송합니다."

두 사내가 나란히 고개 숙여 사과했다. 머리가 곧이라도 바닥에 닿을 듯한 자세였다. 모름지기 고객은 왕이라지만, 상대가 실제로 왕가에 피가 닿은 공작가의 가주라면 그 의례적인 표현도 진심에 가까워진다.

점주는 슬쩍 제 머리 앞에 선 베르타 공작을 올려다보다가, 그와 눈이 마주치곤 냉큼 다시 고개를 숙였다. 그러고는 바로 옆에 있는 직원을 열렬히 노려보기 시작했다.

점주가 베르타 공작가에서 아이를 찾는다는 소식을 전해 들은 것은 지난 밤의 일이었다. 거액의 보상금은 구미가 당겼지만 대단히 운이 좋지 않고서야 설마 그 돈이 제 몫이 되겠느냐 싶었다. 그런데 이게 웬걸, 장사를 시작하자마자 저 귀여운 아가씨가 제 발로 걸어 들어온 것이다.

점주는 신사적인 태도로 아이를 귀빈석에 안내하고는 냉큼 공작가로 달려갔다. 그런데 베르타 공작을 대동하고 가게로 돌아와 보니 상황이 완전히 아수라장이 되어 있는 게 아닌가. 어찌나 겁을 줬는지 아이는 보호자의 품에 안긴 지금까지도 눈물을 그치지 못하고 있었다. 잘못하면 포상금은커녕 질책이 날아들지도 모른다. 점주는 일을 크게 벌인 직원의 멱살이라도 잡고 싶은 심경이었다.

그러나 직원으로서도 억울하긴 마찬가지였다. 직원은 기껏해야 저 아이가 도망치지 않게 잡아 두라는 주의 정도만 들었을 뿐이었다. 그에 몸뿐만 아니라 마음도 다치지 않게 하라는 의미가 포함되어 있다고는 생각지도 못했다. 공포스러운 분위기를 조성한 죄로 허리 숙여 사죄하길 여러 번, 마침내 베르타 공작이 입을 열었다.

"일단 아이를 맡아 주어 고맙다는 말을 하고 싶군."

디에고가 그리 말하며 뒤편에 있는 세실리아를 흘깃 돌아보았다.

세실리아는 에스텔라의 품에 안겨 소심하게 코를 풀고 있었다. 이 덩치 큰 남자들이 더 앞에 버티고 서 있어 봤자 상황이 나아질 것 같진 않았다. 무엇보다 방식이야 어찌 됐건 이들이 아이를 붙잡아 두지 않았더라면, 실제로는 더 험악한 일이 벌어졌을지도 모를 일이었다.

디에고가 가게 안쪽을 턱으로 가리키며 넌지시 말했다.

"보상은 나와 안으로 들어가 따로 이야기하지."

점주의 낯에 급격히 화색이 돌았다. 점주는 희희낙락한 표정으로 디에고를 따라 안쪽으로 들어갔다. 자리에 남은 건 에스텔라와 세실리아, 그리고 집사 셋뿐이었다. 저를 위협했던 장정들이 사라지자 세실리아도 점차 떨림을 멈췄다. 에스텔라가 세실리아를 가만히 내려다보다가 물었다.

"이제 좀 진정이 되셨어요?"

"응……."

세실리아가 힘없는 목소리로 대답했다. 에스텔라는 세실리아를 의자 위에 제대로 앉히곤 그 앞에 무릎을 굽혔다. 세실리아와 시선을 맞춘 에스텔라가 손을 뻗어 발긋한 눈가를 닦아 주었다.

"아가씨, 이제 말씀해 보세요. 왜 저택을 나가신 거예요?"

충동적인 가출이 대번에 성공으로 이어지기엔 저택 내에 보는 눈이 많았다. 심지어 세실리아는 식자재 수급용 마차가 저택 안 어디에 서는지까지 알고 있었다. 꾸중을 들은 순간을 기점으로 계획한 일이라기엔 어딘지 석연치 않은 구석이 있었다. 만일 어제 언성을 높인 것만이 문제라면 사과하고 끝날 일이겠지만, 단순히 그러한 이유뿐만은 아닐 거라는 생각이 들었다. 에스텔라가 세실리아에게 진지한 시선을 보내며 말했다.

"말해 주세요. 들을게요."

"화 안 내……?"

세실리아가 주눅 든 목소리로 되물었다. 에스텔라가 크게 고개를 끄덕이며 힘주어 말했다.

"화 안 내요."

"저버낸 화 내짜나."

"그땐…… 아가씨가 다치셔서, 그게 걱정돼서 그런 거예요. 다친 게 너무 속상해서."

에스텔라의 해명에도 세실리아는 그다지 납득하지 못한 표정을 짓고 있었다. 그러나 그것이 본심이었기에 에스텔라는 더 덧붙일 말이 없었다. 에스텔라는 인내심 있게 세실리아의 대답을 기다렸다.

세실리아의 발그레한 얼굴을 들여다보던 에스텔라는 문득 깨달았다. 세실리아에게 있어 훈육이란 얼마 전까지만 해도 아이의 교육을 위해 행하는 것이 아닌, 단순한 학대에 불과했었다는 사실을.

"어차피 나눈 피료 업자나."

세실리아가 울먹이는 목소리로 또박또박 대답했다. 그런 세실리아를 멍하니 응시하던 에스텔라가 입술을 벙긋하며 되물었다.

"……뭐라고요?"

"나는 이 지베 필요 업자나."

이 집에 자신은 필요가 없다니. 그게 대체 무슨 소린가.

에스텔라는 곧바로 세실리아의 말뜻을 이해하진 못했다. 처음엔 제가 미워서 하는 말이라고 생각했으나 여느 아이들의 투정과는 조금 느낌이 달랐다. 세실리아는 정말 자신은 이 집에 필요 없다고, 쓸모없는 존재라고 생각하고 있었다. 짜증이라곤 담기지 않은 곧은 눈을 보면 알 수 있었다. 에스텔라가 얼빠진 얼굴로 재차 물었다.

"그게 대체…… 대체, 무슨 말씀이세요?"

"다 세드릭만 이쓰면 대잖아. 오래 전브터 그랭는걸."

세실리아가 통통한 손가락으로 치맛자락을 그러쥐며 말했다.

에스텔라는 세실리아에게서 새삼 친모의 흔적을 되새기지 않을 수 없었다. 안나에게 중요한 건 후계자가 될 세드릭이지 세실리아가 아니었다. 심지어 세드릭에게조차 안나는 그다지 좋은 어머니가 되어 주지 못했다. 세실리아에겐 최소한의 성의조차 보이지 않았을 것이었다.

부모가 살피지 않는 아이를 사용인이라 한들 신경 써 주었을까. 세실리아는 방치된 아이였다. 다섯 살배기 아이가 평생토록 품은 대부분의 기억이 바로 그런 것이었다.

뒤편에 서 있던 집사가 탄식하며 고개를 돌렸다. 에스텔라는 한참 동안 제자리에 얼어붙어 세실리아를 가만히 올려다보기만 했다. 에스텔라의 입가가 서서히 벌어졌다. 에스텔라가 가까스로 고개를 내저으며 말했다.

"그게 무슨 말이에요. 세실리아 아가씨랑 세드릭 도련님 중, 누가 더 중요하고 그런 거 없어요."

그마저도 제대로 가다듬은 위로는 되지 못했다. 에스텔라는 방금 받은 충격을 채 다 추스르지도 못한 상태였으니까. 반면 세실리아가 차곡차곡 쌓아 둔 설움은 대단히 오래된 것이었고, 언제라도 꺼낼 수 있도록 그녀 안에서 잘 정리되어 있었다.

세실리아가 코를 훌쩍이며 말했다.

"그치만 엘라두 맨날 세드릭 수업을 먼저 해짜나."

에스텔라는 그만 말문이 막혔다. 그건 안나가 공작 부인이었을 적 지시했던 사항이었다. 안나에겐 덜떨어진 아이의 진도보단 후계자가 될 세드릭의 배움이 더 중했으니까. 그밖에도 안나의 명령에 따라 많은 우선순위가 결정됐을 것이었다. 그 안에서 누가 수혜자가 되고 누가 피해자가 되었는지는 자명했다.

"나 모르는 비밀두 만들구. ……멀 하든 항상 세드릭이 먼저여써."

에스텔라는 세드릭에게 무언가를 먼저 해 주었을 때, 세실리아가 특히 날 선 반응을 보였던 것을 기억해 냈다. 디에고가 세드릭에게 먼저 목말을 태워 주었을 때나 침실에서 세드릭과 마주쳤던 일을 비밀로 하였을 때, 세드릭에게만 먼저 검을 내주었을 때까지. 세실리아는 항상 작은 발을 동동 구르며 화를 냈다.

그때는 그 모습이 귀여워 아무도 진지하게 생각하지 않았다. 당연히도 그 모든 행동이 세드릭을 더 소중하게 여겨서는 아니었다. 그럴 리가 없지 않은가.

그러나 에스텔라가 정곡을 찔려 입을 다물었다고 생각했을까, 세실리아가 슬쩍 눈치를 보며 이해한다는 듯 말했다.

"갠차나, 당연한 거야."

"……."

"그래두…… 나두 마음이 아퍼. 엘라가 그러면 막 속두 상하구 그래써."

세실리아가 그리 말하며 가슴을 슬쩍 쿵쿵 쳤다. 세드릭을 향한 특별 취급을 발견할 때마다 세실리아는 그렇게 제 가슴을 때렸다. 그러지 않으면 그 안의 저릿한 감각이 오래도록 지속되었기 때문이다. 세드릭은 상냥한 형제였고 세실리아는 그를 미워하고 싶지 않았다. 그렇다면 문제는 좋은 오빠에게 주어지는 좋은 것을 의연하게 받아들이지 못하는 자신에게 있었다.

그렇게 스스로를 매번 아프게 하다 보니 어느 날은 문득 이런 생각이 들었다. 아무도 자신을 원하지 않는 곳에 남을 필요는 없을 것이라고.

"그럼, 그럼…… 가출을 하겠다고…… 언제부터 생각했던 거예요?"

"몬나. 오래대써."

세실리아가 말을 더듬거리는 에스텔라를 이상한 눈으로 쳐다보며 대답했다. 에스텔라는 목 아래에 뜨거운 무언가가 울컥 치밀어오르는 걸 느꼈으나, 겨우 내리 삼켰다.

"지금까지…… 저희랑 지내면서 쭉 가출할 생각을 하고 있으셨던 거예요? 집을 나가겠다고?"

"……웅."

세실리아가 고개를 크게 끄덕였다. 에스텔라와 디에고와 함께 지내는 건 여러모로 어머니가 있을 때보다는 나았다. 그러나 그들을 좋아하게 될수록 세실리아는 더 속이 상했다. 싫어하는 모친이 저를 차별하는 건 외려 익숙해서 괜찮았다. 문제는 좋아하는 선생님이 그럼에도 제 오라비를 우선해서 생각할 때, 어쩔 수 없이 상처받고야 마는 자신이었다.

에스텔라는 이제야 세실리아의 안에 있던 긴긴 상처의 역사를 보았다. 자연히 눈가에 열이 올랐다. 에스텔라는 빠르게 눈을 깜빡이며 세실리아의 어깨를 단단히 쥐었다.

"이 세상이 얼마나 무서운 세상인데 혼자서 뭘 어쩌시려고요. 왜 그런 위험한 생각을 하셨어요."

"어차피 엘라 업쓸 때눈 나 혼자만 방 안에 이썼어. 막 다를 것두 업는걸?"

안나의 아래에 있던 세실리아는 학업이 부진한 아이였다. 시중을 드는 사용인들조차 그들이 모시는 아가씨가 발달이 느리다고 여겼다. 그러나 안나가 떠난 뒤 세실리아는 언어에 재능을 보였고 어려운 단어들마저 쉽게 익혔다. 이상하리만치 빠른 진도에 에스텔라와 디에고는 모두 의아함을 느꼈었다.

에스텔라는 이제 알 것 같았다. 세실리아의 말이 서툴렀던 진짜 이유는, 단순히 이 아이가 말을 많이 해 보지 않아서였다.

몇 달 걸러 한 번씩 바뀐 가정 교사가 세실리아의 서툰 언어에 심도 있게 접근할 수나 있었을까. 애초에 진도가 느린 아이라 판단하고 그에 맞게 쉬운 것만 가르쳤을 것이다. 세실리아가 유일하게 주기적으로 대화한 사람은 같은 아이인 세드릭뿐이었다.

전대 공작 부인과 아이들을 떨어트린 후, 에스텔라는 순진하게도 그들이 서서히 회복되고 있는 줄로만 알았다. 디에고와 자신은 단 한 번도 세드릭과 세실리아를 다르게 취급한 적이 없었으니까. 이를 세실리아도 알아주리라 멋대로 믿었다.

어리석은 판단이었다. 안나는 오래전에 수도를 떠났으나 원흉의 부재만으로 모든 문제가 해결되진 않았다.

에스텔라는 크게 심호흡을 했다. 아이의 상처란 늘 그렇듯 감당하기 힘든 것이었지만 어른인 제가 무너질 수는 없었다. 충격을 추스르는 건 적어도 세실리아를 달랜 이후여야 했다. 에스텔라가 세실리아의 눈을 똑바로 보며 말했다.

"아가씨."

"응?"

"전 세실이 다치면 너무 슬퍼요. 이번에 집을 나갔을 때도 혹시 다치지 않았을까, 어디서 위험한 일이라도 겪는 건 아닌가 내내 걱정했어요."

에스텔라가 떨리는 목소리를 가다듬으며 힘주어 말했다. 세실리아는 잠자코 에스텔라의 이야기에 집중했다. 에스텔라가 세실리아의 다친 팔을 제게로 끌어당기며 말을 이었다.

"그래서 검을 배우게 할 순 없어요. 세실이 너무 소중해서, 다치면 너무나도 걱정이 돼서 그래요. 제 말 이해했어요?"

"……웅."

"하지만 세실이 그걸 차별이라고 생각하고, 억울하다고 하면 세드릭 도련님에게도 검을 드리지 않을 거예요. 공평하게요."

에스텔라의 말이 끝나자마자 세실리아가 눈을 번쩍 떴다. 에스텔라의 결단을 믿지 못하겠다는 듯한 표정이었다. 그러나 세실리아의 예상과 달리 에스텔라는 농담이라거나 거짓말이라는 말로 상황을 수습하려 하지 않았다. 이윽고 세실리아가 미심쩍은 눈길로 되물었다.

"……정말?"

"진짜로요."

에스텔라가 흔들림 없는 눈으로 세실리아를 보며 고개를 끄덕였다. 그러고는 진지한 목소리로 이어 말했다.

"세드릭 도련님과 세실리아 아가씨는 공작님한테나 저한테나, 모두 똑같이 소중해요. 세실이 혹시나 오해하는 일이 없도록, 앞으로 제가 더 열심히 노력할 거예요."

세실리아를 붙잡은 에스텔라의 손에 힘이 담겼다. 세실리아는 손가락 끝을 움츠려 에스텔라에게서 몸을 빼내려 했으나, 결국 이기지 못하고 어깨를 늘어트렸다. 세실리아가 고개를 숙이며 자그마한 목소리로 말했다.

"그건 갠챠나."

"왜요? 저 못 믿으세요? 정말 그렇게 할 거예요."

세드릭의 검술 진도가 중요하지 않은 건 아니지만 그건 나중에도 배우게 할 수 있었다.

그러나 세실리아의 마음은 다르다. 마음의 병 역시 몸의 병처럼 치료에 적절한 때가 있었다.

"아니야. 사실 세실 이제 별로 검 안 조와해. 저버네 베어쓸 때 막막 아파써."

세실리아는 정말 괜찮다는 듯 반복해 고개를 내저어 보였다. 세실리아가 에스텔라의 눈치를 보다가는 조심스럽게 운을 떼었다.

"긍데……."

"네."

"그럼 엘라눈 세실도…… 세드릭만큼 사랑해?"

에스텔라는 지그시 아랫입술을 깨물었다. 코끝에 열이 오르며 심장이 울렁거렸다.

그러나 에스텔라는 꼴사납게 눈물을 흘리는 대신 환한 미소를 지어 보였다. 그녀는 누가 들을세라 두렵다는 듯 과장스럽게 주변을 둘러보았다. 그러고는 세실리아의 귀에 대고 속삭이듯 말했다.

"사실 세드릭 도련님 속상해할까 봐 끝까지 비밀로 하려고 했는데…… 전 세실이 제일 좋아요."

세실리아의 눈이 더욱더 커졌다. 에스텔라는 작게 미소 지으며 고개를 뒤로 뺐다. 에스텔라가 세실리아를 향해 팔을 벌려 너른 품을 내보였다.

"그럼 이제 집으로 돌아갈까요?"

에스텔라의 물음에 세실리아가 작게 고개를 끄덕였다. 작은 몸이 그대로 에스텔라의 품 안에 뛰어들었다.

"내가 그 아이들을 어떻게 해야 할까."

세실리아의 이야기를 전해 듣고, 디에고가 처음으로 내뱉은 말이었다. 감정이 담기지 않은 목소리였지만 그것이 이 상황에 무심하기 때문은 아니었다. 오히려 그간의 노력이 있었기에 더욱 탈력감이 짙게 배어들었다.

디에고는 오른편 벽에 시선을 고정한 채 잠시간 생각에 잠겼다. 어찌 보면 단순히 시간을 죽이는 행동과 진배없었다. '어떻게 할까'에서 더 나아가지 못한 생각은 늘 의문형으로 끊겼기 때문이다.

사이가 나빴던 시절을 지나, 스스럼없이 왕래하게 된 지금에 와서도 디에고는 제 이복동생들과의 관계에서 해답을 찾지 못했다. 세드릭과는 화해했으되 그 일시적인 휴전을 완벽한 해결이라 부를 수는 없었다. 더욱이 그에게는 세실리아라는 커다란 과제까지 남아 있었다. 세실리아와도 언젠가는 세드릭과 비슷한 단계를 거쳐야 할 테고, 그건 상상만으로도 몹시 두려운 일이었다.

집사는 상념에 잠긴 주인을 물끄러미 응시하다가 이내 다시 고개를 숙였다. 하비에르 역시 세실리아가 숨겨 온 상처에 놀란 건 마찬가지였다. 죄를 지은 어른은 여럿이었고 그들끼리 위로를 주고받는 것은 다소 우스운 일이었다.

"아직 덜 자란 아이들이라 처음엔 쉽게 생각했어. 내가 원하는 대로 손톱을 잘라내 무력하게 키울 작정이었지. 먹이를 주고 물지 못하도록 길들이면 번거로울지언정 적어도 내게 해는 끼치지 않으리라고 생각했으니까."

디에고가 드문드문하게 말을 이었다. 누군가에게 들려주기 위해서라기보단, 지나간 일들을 반추하는 듯한 목소리였다. 실제로 에스텔라의 제안을 받아들였을 때의 그에겐 이러한 속내가 숨어 있었다. 제게 해가 되지 않을 한심한 인물로만 자라난다면 그는 아이들의 미래가 어떻게 되든 전혀 상관이 없었다.

그러나 그 애들을 알아가고 정을 주며 상황은 점점 달라졌다. 인간이 인간을 길러 내는 일이 이토록 많은 고민을 양분으로 하는 줄은 미처 몰랐다. 사람이라면 누구든 제 안에 각기 다른 세계를 품고 사는 법이었고, 그런 서로를 공유하고 이해하는 데는 지난한 노력이 필요했다.

아이들의 상처를 마주할 때마다 디에고는 매번 스스로의 무력함을 깨우쳤다. 그는 아직까지도 세실리아와 세드릭을 제대로 알지 못했다.

"사람을 책임진다는 게 이토록 어려운 일인 줄 알았더라면, 난 아마 그 애들을 맡으려 하지 않았을 거야."

디에고가 자조하듯 말했다. 심지어 그들의 관계는 기본적인 형식조차도 갖추지 못했다. 이복형제란 도통 친밀하게 들리지 않는 단어였고 불량품들을 그럴듯하게 기워 붙이는 데는 많은 노력이 필요했다.

"누군가는 날 때부터 타고나는 것을 우린 이토록 어렵게 얻어야 하는군."

"……."

"갈수록 억울한 마음이 커지는 걸 보면 나도 사춘기가 이제야 찾아온 모양이야."

디에고가 그리 말을 맺으며 피식 웃음을 흘렸다. 그의 손끝이 권태롭게 종잇장 위를 문질렀다.

세상엔 노력만으로는 얻을 수 없는 것들이 있었고 디에고는 그중 대부분을 소유하지 못했다. 가족의 정이나 사랑 따위에 관심이 없다는 듯 굴기도 했지만 그것이 신 포도 취급에 지나지 않았다는 걸 디에고 본인이 가장 잘 알았다.

디에고가 고개를 들어 집사에게 질문했다.

"지금 세실리아는 뭘 하고 있지?"

"에스텔라 님께서 방으로 데리고 들어가 재우셨습니다. 당분간은 세실리아 님 곁에 붙어 계실 계획이신가 봅니다."

"그래, 그래야겠지……."

디에고가 한숨처럼 중얼거렸다. 에스텔라가 잘 달래 준 덕분에 세실리아를 다시 저택으로 데려오는 건 그리 어렵지 않았다.

그러나 그렇게 상황이 일단락됐다고 한들, 세실리아가 받은 마음의 상처가 하루 이틀 일로 회복될 문제는 아니었다. 세실리아에겐 애정과 보상이 필요했다. 그리고 세실리아가 정을 준 사람 중엔 당연히 에스텔라도 포함되어 있었다. 에스텔라로서도 상처받은 아이를 두고 떠날 결심을 하진 못할 것이었다.

그리 생각을 마친 디에고가 유쾌하지 않은 미소를 떠올렸다. 이런 계산을 하고 있는 것부터가 자신이 보호자로서 기준 미달이라는 증명인지도 모른다.

"저, 공작님."

하비에르가 답지 않게 뜸을 들이며 디에고를 불렀다. 디에고는 턱을 까딱여 집사가 설명을 잇길 종용했다. 하비에르가 머뭇거리며 운을 뗐다.

"제가 지난번에 전대 공작 부인의 상태가 좋지 않다고 말씀드렸던 것…… 기억하십니까?"

"그랬지. 왜, 더 큰 이상이라도 생겼나?"

디에고가 관심 없다는 듯 냉소적으로 받아쳤다. 하비에르는 머뭇거리며 진짜 용건을 내놓았다.

"건강이 좋지 않아 수도로 올라와 치료받고 싶다는 서신이 도착했습니다. 무어라 회신을 보낼까요?"

그것은 집사로서도 딱히 입 밖에 내고 싶지 않은 화제였다. 하지만 소식이 전해진 이상 결정을 내리는 건 가주의 몫이었다. 멋대로 보고를 누락시키는 월권을 휘두를 수는 없었다. 그게 주인에게 크나큰 불쾌감을 일으킬 사안이라는 걸 안다고 할지라도 말이다.

"말도 안 되는 소리."

아니나 다를까, 집사의 예상대로 디에고는 딱 잘라 거절을 말했다. 그 신경질적인 대답에 하비에르는 차라리 안도했다. 하비에르가 담담히 고개를 끄덕이며 말했다.

"그렇게 답하실 줄 알았습니다. 그럼 불허한다는 내용으로 답신을 부치지요."

하비에르는 그대로 돌아서 문가로 다가갔다. 집무실을 가로지르는 발걸음이 유난히 둔중하게 울렸다. 문고리가 달각이는 소리를 들으며 디에고는 문득 집사를 불러 세웠다.

"잠깐."

하비에르가 의아한 시선을 들었다. 디에고가 어두운 창밖으로 고개를 돌리며 말했다.

"그 여자한테 아이들에게 용서를 구할 수 있겠냐고 물어봐."

숨이 가빠졌을 즈음 목적지에 도착한 발걸음이 멎었다. 이곳을 향하기까지 에스텔라의 머릿속을 채웠던 생각은 대체로 비슷했다. 말리거나, 바꾸거나, 설득하거나, 혹은 싸우게 될 것이다.

서로 언성을 높이는 모습을 상상함과 동시에 가슴을 채웠던 충동이 볼품없이 가라앉았다. 에스텔라는 곧바로 안으로 들어서지 못하고 주저했다. 막상 문 너머에서 마주칠 사람이 두려웠던 탓이다. 노크를 위해 그러쥐었던 주먹이 느릿하게 펴졌다. 에스텔라는 문 위에 손을 댄 채 잠시간 심호흡을 했다.

에스텔라는 그에게 직접 묻고 싶었다. 전대 공작 부인을 다시 불러들이기로 한 것이 사실이냐고. 믿기 힘든 일이었지만 에스텔라를 이곳까지 오게 한 것이 바로 그 소식 때문이었다. 그마저도 직접 전달받은 사항이 아닌, 우연히 하녀들이 나누던 이야기를 훔쳐 듣고 알게 된 것이었다.

에스텔라가 놀란 얼굴로 진위를 묻자 하녀들로서도 당황한 눈치였다. 아랫것들 사이에서 이미 한 차례 돈 소문을 공작의 약혼자가 모르고 있을 이유가 없지 않은가. 그러나 모두가 에스텔라는 당연히 알고 있으리라고 지레짐작한 통에 정작 소식을 전해 듣는 시기가 미뤄지고 말았다.

안나에게 보낸 전령이 저택을 출발한 것은 며칠 전의 일이었다. 안나의 귀환을 막기 위해선 일분일초가 급했다. 에스텔라가 초조한 마음에 주먹을 틀어쥘 때였다. 돌연 문이 열리며 경첩이 삐걱거리는 소리가 들려왔다.

문고리를 돌린 건 에스텔라가 아니었다. 에스텔라는 오랜만에 마주한 남자를 보고 잠시 어깨를 굳혔다. 얼빠진 표정을 내보이게 될 것을 염려했지만 기우였다. 디에고 역시 뜻밖에 마주친 그녀를 보고 당황한 눈치였으니까.

어색하게 마주쳤던 시선이 조용히 비켜 나갔다. 에스텔라는 눈을 내리깐 채 치맛자락을 그러쥐었다. 에스텔라가 긴장을 삼키며 입을 열었다.

"잠깐 이야기 좀 나눌 수 있을까요?"

"……."

"세실리아에 관한 일이에요."

상대가 거절을 말할세라 에스텔라가 황급히 덧붙였다. 디에고는 문턱에서 발을 떼어 내고는 다시 안으로 들어갔다. 그가 안쪽으로 고갯짓하며 말했다.

"……들어와요."

복도에 어중간하게 서 대화를 나누기보다는 안으로 들어가는 편이 나을 터였다. 에스텔라는 잠자코 걸음을 내디뎠다. 문이 닫히자마자 에스텔라가 입을 열었다.

"전대 공작 부인을 수도로 불러들이기로 하셨다고 전해 들었어요."

소파를 향해 걸어가던 디에고가 의외라는 표정으로 그녀를 돌아보았다. 안나가 있는 지방으로 답신을 부친 지는 이미 며칠이 지났다. 감정을 지운 공적인 표현을 골라 전문을 완성하고 겉면을 봉한 후, 디에고는 에스텔라가 곧 저를 찾아오리라 예상했었다. 그 안엔 미약한 기대감이 숨어 있었고 어쩌면 그녀를 겨냥한 덫을 만들었다고 말해도 이상하지 않았다.

그러나 에스텔라는 좀처럼 그에게 대화를 청하는 일이 없었다. 디에고는 자조하듯 제 뻔한 속이 들통난 것이라고 생각했었다. 그런데 단순히 이야기가 이제야 전해진 것뿐이었나. 집사가 알아서 소식통 역할을 해 주리라고 생각했는데, 그리 판단한 것은 집사도 마찬가지였던 모양이었다. 이 저택의 누구도 아직 그들이 소원해졌다는 사실을 몰랐다.

디에고는 그녀를 응시하며 평소와는 다른 기이한 기분을 느꼈다. 그날 이후, 그녀와 제대로 얼굴을 마주 보고 이야기하는 건 이번이 처음이었다. 아이들에 관해 논의하는 것조차 쉽지 않을 정도로 그들은 어색한 사이가 되어 있었다.

'그날' 어떤 일이 벌어졌는지에 대해 디에고는 오래도록 고민했고, 불과 얼마 전까지만 해도 그 사건을 정확하게 말로 설명할 자신이 없었다. 그러나 디에고는 이제 알았다.

그날 에스텔라는 디에고를 내동댕이쳤다. 벅찬 무게의 물그릇을 억지로 끌어안고 있다가 예고 없이 떨어트렸다. 그것이 자의였든 타의였든 그 순간 무언가가 깨졌다는 사실은 변하지 않았다. 디에고는 그들 관계에서 보잘것없이 버려졌고 에스텔라는 그런 그를 방관할 뿐이었다.

그런데도 디에고는 그녀가 깨진 조각들을 그러모을지, 아니면 제 일이 아니란 것처럼 돌아설지 내내 촉각을 곤두세우고 있었다. 미련한 짓거리였다. 디에고는 자신이 그녀에게 더 무엇을 기대하고 있는지 알 수 없었다.

디에고와 에스텔라는 그들의 관계처럼 어정쩡한 거리를 사이에 두고 있었다. 에스텔라가 서 있었기에 디에고는 자리에 앉는 대신 소파 팔걸이에 엉덩이를 기댔다. 그러고는 제 목소리가 되도록 담담하게 들리길 기대하며 대답했다.

"맞습니다. 어찌 됐든 세실리아가 저렇게 된 근원엔 그 어머니가 있으니까요."

"세실리아를 위해서라고요?"

"그 애가 내내 세드릭과 자신을 비교하게 내버려 둘 수는 없지 않습니까."

에스텔라가 아연한 표정으로 디에고를 바라보았다. 에스텔라가 침착해지려 애쓰며 반박했다.

"그것과 전대 공작 부인이 돌아오는 건 별개의 문제예요. 학대하던 어머니를 마주한다고 해서 세실리아의 상태가 괜찮아지리라고 생각하세요?"

"난 그 여자에게 아이들의 양육을 요구하려는 게 아닙니다."

"그게 아니면요?"

에스텔라가 날카롭게 반문했다. 그 모습이 너무도 그녀다워서 디에고는 그만 상황에 맞지 않게 웃음을 흘릴 뻔했다. 그녀가 화를 내는 유일한 순간은 아이들의 양육에 문제가 생겼을 때였다.

그러나 디에고라고 해서 이복동생들을 위하지 않는 건 아니었다. 디에고가 인내심 있게 설명했다.

"그 여자는 지금 병들었어요. 난 치료를 대가로 그녀가 아이들에게 사과하기를 요구한 겁니다. 그녀는 그러겠다고 했고요. 이건 서로에게 나쁠 게 없는 거래예요."

"그건, 그건…… 진심이 아니잖아요."

에스텔라는 미약한 충격이 어린 표정을 짓고 있었다. 디에고의 계획은 어찌 보면 세실리아를 기만하는 일에 가까웠다. 선의의 거짓말은 종종 긍정적으로 작용하기도 하지만, 그것이 이번에도 같은 결과를 불러일으킬지는 알 수 없었다.

세실리아는 내내 부모에 의해 학대받았던 아이였다. 그 아이가 끝끝내 얻게 된 사과조차 거짓이라니. 이보다 잔인한 일이 또 있을까.

"진심이 중요합니까?"

디에고가 날카로운 목소리로 되물었다. 에스텔라는 당연히 그렇다고 대답하려고 했다. 그러나 에스텔라가 입을 열기도 전, 먼저 디에고가 늘어트렸던 팔을 들며 호소하듯 말을 이었다.

"그 애는 누군가에게 사과받을 필요가 있어요. 가짜라도 좋습니다. 누가 그 애한테 너는 그런 대접을 받을 사람이 아니었다고, 그때 잘못했던 건 네가 아니었다고 말해 줘야 해요."

"……."

"그녀가 진심으로 딸에게 미안해하든, 이득을 보기 위해 잠시 연기를 하는 것이든 그건 아무런 상관이 없어요. 강제로나마 그 여자를 세실리아에게 사과시킬 수 있다면, 난 그렇게 할 겁니다."

디에고는 흥분을 갈무리하려 입술을 깨물었다. 강경히 의견을 늘어놓던 디에고의 목엔 긴 핏대가 서 있었다. 디에고라고 해서 안나를 불러들이는 일에 회의적이지 않은 건 아니었다. 하지만 부모에 의한 학대는 디에고 역시 경험한 문제였다.

에스텔라가 언젠가 말했던 것처럼 각 관계의 역할은 따로 있었다. 타인이 빈자리를 채워 준다고 해도 그것은 다른 부분일 뿐이었다. 부모에게서 받은 상처를 다른 누군가의 애정으로 치유할 수는 없었다. 디에고는 세실리아와 세드릭에게 자신과 같은 결핍을 안겨 주고 싶지 않았다.

에스텔라 역시 그의 마음을 모르는 건 아니었으나, 디에고의 바람이 이루어지는 건 어디까지나 모든 계획이 문제없이 흘러갔을 때의 이야기였다. 에스텔라가 이성적으로 되물었다.

"전대 공작 부인은 학대범일 뿐이에요. 거래를 약속했다고 한들 그녀가 이곳에 올라와 실제로 무슨 짓을 벌일지 어떻게 알겠어요?"

에스텔라가 잠시 머뭇거리다가는 말을 이었다.

"무엇보다…… 아시잖아요, 그 여자는 공작님께 대단한 악의를 가지고 있다는 걸."

디에고는 오래도록 공을 들인 끝에 안나를 저택에서 몰아내는 데 성공했었다. 그런데 그는 이복동생들 때문에 이 모든 결과를 수포로 돌릴 결심을 한 것이었다. 그는 힘겹게 내쫓았던 불화의 근원을 다시 담장 안으로 불러들이려 하고 있었다. 안나의 위세가 약해졌다고는 하나 위험한 결정임은 변함이 없었다.

디에고는 에스텔라의 불안한 눈을 잠시간 마주 보았다. 그러고는 그녀에게서 시선을 떼어 내지 않은 채 논리적으로 반박했다.

"전과는 많은 게 달라졌습니다. 난 작위를 완전히 이어받았고 그 여자의 세력은 변변치 않죠. 그녀가 내게 협력하지 않는 건 자살행위에 불과해요. 물론 그 여자는 그런 멍청한 짓을 할 사람이 아니죠."

"하지만 혹시나……."

"아이들의 안전 문제라면 감시를 붙여 놓을 테니 염려하지 않아도 됩니다. 아이들과 결코 단둘이 만나게 하는 일도 없을 거고요. 아무 문제 없습니다."

"……."

"왜요, 그래도 걱정이 됩니까? 당신이 보기에 그 여자는 '그럴 사람' 이니까?"

디에고의 반문은 유달리 공격적이었다. 에스텔라는 말문이 막힌 표정으로 멍하니 디에고를 응시했다.

이 상황은 이상했다. 에스텔라는 안나의 귀환을 반대하고, 디에고는 찬성하는 입장에 있었다. 그건 달리 말해 그가 안나의 편을 들고 있다는 뜻이기도 했다. 정말이지 말도 안 되는 일이었다. 그는 마치 고집을 부리는 아이처럼 굴고 있었다.

잠깐의 침묵 끝에 에스텔라가 긍정하듯 고개를 끄덕였다.

"……맞아요. 전 그 여자가 수도에 와서 다른 분란을 일으킬까 두려워요."

디에고는 듣기 싫다는 듯 그녀에게서 고개를 돌렸다. 조명이 없는 방향으로 향한 그의 눈동자에서 빛이 꺼져 들었다. 디에고가 매서운 투로 대답했다.

"미안하지만 난 이미 결정을 내렸어요."

에스텔라의 표정이 순간 묘하게 일그러졌다. 에스텔라는 디에고의 모든 행동을 면밀히 살피고, 그에 대한 여러 해석을 떠올렸다가 지우길 반복하고 있었다. 그녀는 오로지 그의 선택에 의해 처우가 갈릴 입장에 서 있었으니까. 그리고 지금 그가 한 말은 그녀에게 한 가지 뜻으로 읽혔다.

에스텔라가 떨리는 두 손을 모아 그러쥐며 물었다.

"혹시 지금 저한테…… 떠나 달라는 말을 하고 싶으신 건가요?"

디에고의 시선이 순간 에스텔라에게로 돌아왔다. 에스텔라가 크게 심호흡을 하며 감내하듯 말했다.

"만약 당신이 결심이 선 거라면……."

"이야기가 왜 그렇게 됩니까."

디에고가 자리에서 일어나 성큼 에스텔라의 앞으로 다가갔다. 거리를 두고 있던 그의 몸이 순식간에 가까워졌다. 에스텔라는 혼란스러운 눈으로 디에고를 올려다보았다.

그녀는 디에고가 양육 문제에 있어 선을 긋고 있다고 생각했고, 그렇다면 물러서야 하는 건 그녀가 맞았다. 세실리아를 돌보고 싶은 욕심은 있으나 이도 그의 허락을 받고서야 가능한 일이었다. 그들 가족에게 에스텔라는 온전한 타인의 입장에 있었으니까.

"난…… 난! 도무지 이해가 안 됩니다."

디에고가 에스텔라의 팔을 붙잡으며 벌컥 언성을 높였다. 그가 억눌린 표정으로 에스텔라를 응시했다.

"당신은…… 나와 약혼했었어. 그거 계속 내 옆에 남겠다는 뜻입니다. 당신은 그때 날 이렇게 무책임하게 버리지 않겠다고 약속했던 거야. 안 그래요?"

"……."

"왜 대답을 못 합니까. 갑자기 왜 이러는지 나한테 해명이라도 해야 할 것 아니야. 말해 봐요. 대체 뭐 때문에 마음이 변한 건지."

그에게 잡힌 손목이 아릿했다. 에스텔라는 눈을 질끈 감았다 떴다. 그를 보는 눈동자가 떨리고 있었다. 언뜻 기억 속의 역겨운 피 내음이 코끝을 스치는 듯했다. 에스텔라가 힘겹게 입을 열어 말했다.

"당신과 함께하는 게…… 더는 그 약속 때문이 아니잖아요."

"……."

"당신이 그때와 같은 마음으로 나를 원하는 게 아니고, 나도 그때와 같은 마음으로 당신과 함께하는 게 아니니까요. 우리가 다른 곳으로 와 버렸잖아요."

내가 당신을 사랑하니까. 그러면 안 되는데, 당신의 옆에 있는 일이 내게 행복이 되었으니까.

에스텔라는 거의 울 듯한 표정을 짓고 있었다. 무섭게 다가선 그를 두려워한 것처럼 보이기라도 했을까. 디에고가 천천히 그녀에게서 손을 떼어 냈다. 에스텔라를 빤히 응시하던 디에고가 이내 헛웃음을 터트렸다. 그가 비아냥거리듯 말했다.

"살인자와 손을 잡을 순 있어도 그런 남자에게 사랑받는 건 역겹다, 이 말입니까?"

"디에고."

에스텔라가 제지하듯 그의 이름을 불렀다. 그는 꼭 스스로를 할퀴는 것처럼 말하고 있었다. 에스텔라가 창백한 얼굴로 디에고를 올려다보았다. 파리한 입술이 옅게 떨렸다. 디에고가 그것을 노려보며 말했다.

“좋아요. 이해했습니다.”

“그런 게 아니에요. 내가 말했잖아요, 이건 당신 잘못 때문이 아니라고.”

“내 잘못은 아니지만, 그래도 안 된다면서요. 나 같은 남자는 사랑할 수 없다고 당신이 당신 입으로 직접 말했잖아. 그게 뭐가 다릅니까?”

디에고가 에스텔라의 말을 끊으며 입꼬리를 비틀었다. 그를 상처 입힌 것이 사실이었기에 에스텔라는 차마 더 반박하지 못했다. 디에고가 사납게 숨을 들이켰다 내쉬었다. 그가 이를 악물며 한 자 한 자 끊어 말했다.

“그래, 당신 그 빌어먹을 신념, 다 이해했어. 당신이 원한다면 그렇게 해요. 내 진심이 부담스러운 거라면 내가 당신 사랑 안 하면 되는 문제야.”

그는 그녀를 떠나보낼 수 없었다. 그가 그녀를 사랑하는 게 문제라면, 그 거추장스러운 진심을 가리고 숨겨서라도 그 앞을 막아서야 했다.

디에고는 에스텔라에게서 시선을 떼어 내며 눈을 감았다. 그녀의 눈동자에 홀려 이성과는 다른 말을 내뱉을까 두려웠다. 그는 그녀를 사랑하지 않는 연기를 할 자신이 없었다. 디에고가 벌어지지 않는 입을 억지로 움직여 말했다.

“지난번에 말했잖아요. 이성끼리 부대끼다 보면 그런 감정이 들 수도 있는 거라고. 내가 그래서 착각한 거예요. 난 당신 사랑 안 해.”

“디에고, 그런 억지는.”

“내가 아니라잖아!”

디에고가 초조한 낯으로 왈칵 언성을 높였다. 어느새 모습을 드러낸 검은 눈동자에 그녀를 향한 진득한 감정이 매달려 있었다. 그는 그녀를 사랑하지 않는다고 말했지만, 바보가 아닌 이상 누구도 그 말을 곧이 받아들이진 못할 터였다. 그가 쏟아 내는 말들은 분노 어린 으름장보다는 꼭 애원 같았다.

감정이 북받친 탓인지 그의 목소리는 잘 이어지지 않았다. 디에고가 고개를 내저으며 굳어 버린 입술을 벙긋였다.

"당신이 부담스럽지 않게 눈치 봐 가며 옆에 있다가 꺼져 줄게. 당신 깨끗한 인생 더럽히지 않고 잠깐만 서성이다 돌아설게. 그러니까, 그러니까 잠깐만……."

그의 애걸은 더 이상 이어지지 못했다. 디에고는 그만 볼품없이 고개를 숙였다. 에스텔라는 보지 않아도 그의 눈이 젖어 있음을 알 수 있었다.

디에고의 머리가 에스텔라의 가슴에 닿았다. 마냥 단단하던 남자가 보잘것없이 무너졌다. 그가 에스텔라의 양팔에 매달린 채 숨을 헐떡였다.

"당신이 뭔데 날 이렇게 만들어. 난, 난 분명 후회하지 않을 수 있었어."

디에고는 제 앞에 선 여자가 무서웠다. 그녀는 그에게 멋대로 사랑을 가르쳐 놓고서는 또 멋대로 도망쳤다. 그녀에게 배운 건 사랑에 빠지는 법뿐이었기에 정작 어떻게 빠져나와야 하는지는 알지 못했다. 그래서 그는 그녀가 떠나간 자리에 내내 잠겨 있을 수밖에 없었다.

끝내 그의 목소리에 물기가 묻어 나왔다.

"……내가 그렇게 상종 못 할 인간입니까?"

"……."

"그런 거면, 그냥 희생하는 셈 치고 날 좀 구제해 줘요. 당신은 착하잖아……."

안나의 귀환을 받아들인 이유는 간단했다. 그는 사람이 구제받을 수 있다고 믿고 싶었다.

"아이들과 단둘이 있진 못하실 겁니다. 호위 기사를 붙여 둘 테니 같이 생활하십시오."

"호위 목적이 맞긴 한가?"

"외출을 할 땐 공작님께 확인을 받으셔야 하고요."

"그거 꼭 부모 자식 입장이 바뀐 느낌이군."

"마지막으로 아이들을 만났을 때엔……."

"죄를 뉘우치는 모습으로, 상냥하고 자상하게 대하라고?"

지시대로의 완벽한 대답이었다. 결국 집사는 입을 다물고 말았다. 반복해 이런 요구를 하는 것이 어딘지 굴욕적으로 느껴졌던 탓이다.

그런 하비에르의 속내를 읽기라도 했을까. 안나의 입가에 고혹적인 미소가 떠올랐다. 안나가 손끝으로 마차 창문 위를 느릿하게 두드리며 물었다.

"확인이 끝났으면 이제 좀 내리면 안 되나? 알다시피 내가 그리 몸이 좋지 않아서."

안나의 낯엔 인간적인 불평이 묻어났다. 마차를 타고 수도까지 올라온 이후, 집사와 함께 마중 나온 다른 마차로 옮겨 타 또 한참을 달렸다. 이젠 그만 넓고 평평한 곳에 드러눕고 싶었다. 아니, 적어도 슬슬 앉는 것 외의 다른 자세를 취해야 했다.

안나는 지겹다는 듯 느리게 기지개를 켰다. 하비에르의 노파심에 입성이 지체됐을 뿐 마차는 이미 저택 앞에 도착해 있었다. 창문 너머로 두 사람의 대화가 끝나기를 기다리는 마부의 초조한 얼굴이 보였다. 안나는 턱짓으로 그 모습을 가리켜 보였다. 마찬가지로 안에서 그들을 기다리고 있을 누군가를 상기시키듯이.

더 지적할 구석을 찾지 못한 하비에르가 끝내 고개를 끄덕였다. 하비에르는 자리에서 일어서는 안나의 뒷모습을 빤히 응시했다. 하비에르가 불쑥 입을 열어 말했다.

"두 번의 기회는 없을 겁니다."

섬찟한 경고였다. 안나는 조용히 뒤를 돌아보았다. 놀란 표정을 지은 것도 잠시, 그녀는 곧 여유로운 태도로 가는 눈을 떴다.

"난 내 남편이 죽기까지, 당신이 디에고의 편인 줄은 미처 몰랐지 뭐야."

"……."

"두 사람이 무서워서 내가 무슨 헛짓이나 벌이겠어? 너무 그렇게 경계하지 마. 너희들이 원하는 대로 몸이 다 나을 때까지 아주 얌전히 지내 줄 심산이거든."

자리에서 일어선 안나를 발견한 마부가 때마침 문을 열었다. 안나는 천천히 밖으로 내려섰다.

베르타 저택. 이곳은 그녀가 여러 해를 보냈던 두 번째 고향이었다. 한눈에 다 담기지도 않는 커다란 저택을 바라보며 그녀는 느리게 숨을 들이켰다.

오랜만에 찾은 옛집은 그녀의 기억 속 모습 그대로였다. 끝이 나쁘긴 했어도 이곳에서의 행복했던 기억까지 더럽혀진 건 아니었다. 안나는 2층 테라스 위로 잎사귀를 늘어트린 아름드리나무를 향해 향수 어린 시선을 보냈다.

하비에르가 이어 마차에서 내린 듯 뒤편에서 인기척이 들려왔다. 안나가 우아한 목소리로 물었다.

"디에고를 먼저 만나는 건가?"

"안에서 기다리고 계실 겁니다."

하비에르가 점잖은 투로 대답했다. 안나는 입구를 향해 성큼 걸음을 옮겼다. 과거에 그러했던 것처럼 당당한 걸음이었다. 대기하고 있던 하인이 안나를 향해 정중히 고개 숙이며 문을 열어 주었다. 안나가 밑 지방으로 내려간 이후로는 경험하지 못했던 극진한 대접이었다.

그러나 막상 문이 열리자 안나는 그 안으로 선뜻 발을 내딛지 못했다. 하비에르의 말대로 디에고가 로비에서 그녀를 기다리고 있었기 때문이다. 디에고를 마주하자마자 안나의 눈이 일순 크게 뜨였다. 지루하다는 듯 다른 곳을 향해 있던 디에고의 시선 또한 그녀에게로 돌아왔다.

안나가 서서히 미소 지으며 말했다.

"오랜만이구나."

디에고는 조용히 안나의 행색을 눈에 담았다. 수도에서 즐겨 입던 옷들을 가져가지 못한 탓에 그녀는 어울리지 않게 수수한 차림을 하고 있었다. 그녀의 목소리는 언뜻 유쾌하게도 들렸으나 화장기 없는 얼굴은 확실히 핼쑥해 보였다. 병색의 흔적인지 그녀는 팔목의 뼈마디가 보일 정도로 말라 있었다.

예상대로의 궁색한 모습에서 디에고는 일말의 관심마저 잃었다. 다시 보면 감회가 새로우리라고 생각했는데 안나의 등장이 그만한 감상을 불러일으키진 못했다. 디에고는 더는 그녀에게 하고 싶은 말도, 혹은 듣고 싶은 말도 없었다. 안나를 떠나보내던 그날 이미 모든 묵은 감정을 뱉어 냈었기 때문이다.

마지막 만남에서 그는 그녀에게 자신이 아버지와 같지 않으며, 그들처럼 비겁하게 살아가진 않으리라고 말했었다. 어쩌면 그리 결심함으로써 제가 완전히 다른 사람이 될 수 있다고 기대했던 것도 사실이었다.

그로부터 여러 날들이 지난 지금 자신은 어떤 모습을 하고 있을까. 그녀가 처한 빈곤이 통쾌하지 않은 건, 그도 그녀와 같은 패배자가 되어 이 자리에 섰기 때문인지도 몰랐다.

"약혼자는 어째 보이질 않네. 그 가정 교사가 날 불러들이는 데 찬성하진 않았을 것 같은데."

"……."

"둘이 합의는 된 건가?"

안나가 로비를 둘러보다가는 우아한 음성을 내어 물었다. 수도를 떠난 지 오래되었음에도 그녀는 그들을 다 안다는 듯이 굴고 있었다.

안나를 불러들인 건 아이들을 위해서였지, 그녀가 수도로 완전히 귀환할 발판을 만들어 주고자 함이 아니었다. 디에고는 그녀의 질문을 무시했다. 때론 침묵이 대답을 대신하기도 한다는 게 문제였지만.

"대답이 없는 걸 보니 아닌가 보네."

"당신이 관심 가질 문제는 아닌 듯싶군요."

"난 그냥 질문을 한 거야."

알잖아? 이러나저러나 내가 네게 맞출 수밖에 없는 입장이란 걸.

안나가 그리 덧붙이며 어깨를 으쓱였다. 독기가 빠진 태도였다. 디에고에게 했던 약속을 아주 잊지는 않은 듯했다. 디에고는 그녀에게 부친 편지에서 조금이라도 이상한 행동을 한다면 다시 지방으로 돌아가게 되리라고 경고했었다. 내내 화려한 생활을 해 왔던 안나에게 그보다 더 끔찍한 일도 없을 것이었다.

"아이들은 언제 만날 수 있지?"

"막 수도에 도착했으니 먼저 쉬어야 하지 않겠습니까?"

"내 걱정을 해 주는 건가? 오래 살고 볼 일이네."

안나가 이상하다는 듯 고개를 좌로 틀었다. 그녀는 눈치가 빠른 편이었고 디에고가 자신에게 품은 악감정을 잊었을 정도로 기억력이 나쁘지도 않았다. 안나가 알 만하다는 표정을 지으며 반문했다.

"아니, 그 애가 날 만나고 싶어 하지 않는 건가?"

디에고는 무심히 그런 안나의 시선을 받아쳤다. 안나의 말이 사실이었다. 디에고는 일찍이 세실리아에게 친어머니를 만나고 싶으냐고 물었으나 긍정의 대답을 얻진 못했다. 그만큼 세실리아가 받은 상처가 깊었다. 디에고는 세실리아를 서서히 달래 설득할 생각이었다. 어찌 됐든 싫다는 아이를 억지로 어머니와 상봉시킬 순 없었으니까.

굳이 거짓으로 둘러대고 싶진 않았기에 디에고는 순순히 고개를 끄덕였다.

"그 애도 받아들일 시간이 필요하겠죠."

"그럼 왜 날 여기로 부른 거지?"

안나가 설핏 인상을 찡그리며 되물었다. 아이들이 만남을 거부한다면 그녀는 더 할 수 있는 일이 없었다. 디에고가 답지 않게 저를 불러들이기에 안나는 아이들이 어머니를 그리워하기라도 했나 보다며 막연히 생각했었다. 그런데 그게 아니라 이번 호출은 디에고 홀로 내린 결정이었던 모양이었다.

제 아이들이 멍청하진 않다는 걸 증명하게 됐으니 다행으로 생각해야 할까. 그렇다면 디에고의 심경에는 어떤 변화가 있었기에 정적을 집 안으로 불러들일 결심까지 한 걸까. 안나가 진심으로 궁금하다는 듯 물었다.

"약혼자도 거부하고 아이 본인도 싫다는데, 뭘 얻고 싶어서?"

"말했잖습니까. 세실리아는 당신에게 사과받을 필요가 있어요."

디에고가 끝내 짜증스럽게 대답했다. 안나가 피식 웃음을 터트렸다.

"그건 네 생각일 뿐이지. 독선적인 점은 네 아버지랑 똑같네."

디에고에게서 매서운 눈길이 돌아왔다. 그가 안나를 응시하며 잇새로 말했다.

"쓸데없는 소리."

안나가 짐짓 겁난다는 듯 뒤로 물러서며 어깨를 으쓱였다.

"어머, 악담은 아니었단다. 알다시피, 난 네 아버지를 사랑했잖니?"

"……."

"뭐, 오랜만에 봤으니 반가운 마음에 조언을 하나 하마. 아내의 의견을 무시하고 내린 결정은 항상 엉망이기 마련이란다."

안나가 그리 말하며 재미있다는 듯 웃었다. 때마침 마부가 그녀의 가방을 이고 로비로 들어왔다. 안나는 그를 돌아보며 별관으로 짐을 올려 달라 명했다. 거처에 관해 논하지도 않았는데 그녀는 자연스럽게 스스로를 중심지에서 떨어트리고 있었다. 지금까지 디에고가 알아왔던 그녀와 어울리지 않는 태도였다.

디에고의 눈에 담긴 의아함을 발견했을까. 안나가 눈썹을 들어 올리며 확인을 구했다.

"당연히 난 별관에서 지내야겠지?"

"……그곳에 아직 당신 짐이 남아 있으니까요."

"그래, 그렇지. 그럼 아이들이 준비되면 불러 줘."

안나가 피곤하다는 듯 고개를 흔들며 등을 돌렸다. 원래는 도착하자마자 아이들과 만날 줄 알고 본관으로 향한 것이었지만, 그게 아니라면 이곳에 더 머물 이유가 없었다.

현관을 향해 걸어가던 안나가 문득 걸음을 멈췄다. 그녀가 할 말이 남았다는 듯 디에고를 돌아보며 말했다.

"아, 친절히 사정 봐줘서 고마워. 시골에선 정확한 진단을 받기가 참 힘들거든. 아프다고는 말했지만 정말 의사를 붙여 줄 줄은 몰랐구나."

"내가 당신을 이곳으로 불러들였다고 해서 주제넘게 다른 기대를 하진 말아요. 우린 이번 일에 한해 거래를 했을 뿐입니다."

디에고가 불쾌하다는 듯 대꾸했다. 안나와 자신은 감사 인사 따위를 주고받을 사이가 아니었다.

때마침 하인이 안나를 위해 문을 열며 틈 사이로 햇빛이 새어 들어왔다. 그녀의 등 뒤로 역광이 비치며 언뜻 시야가 흐려졌다.

"그래, 하지만 나라면 그렇게 하지 않았을 거야."

안나가 설핏 미소 지으며 대답하고는 밖으로 나섰다. 디에고는 닫힌 문을 한참 응시하다가 그만 발걸음을 돌렸다.

"형은 제멋대로야."

세드릭이 큰 소리로 불평했다. 에스텔라는 책장을 넘기다 말고 옆에 앉은 세드릭에게로 고개를 돌렸다. 오후 즈음 제멋대로 에스텔라의 방으로 쳐들어왔던 세드릭은 내내 불만스러운 표정으로 볼을 부풀리고 있었다.

에스텔라는 내심 세드릭의 말에 동의했으나 아이의 앞에서 형제를 험담하진 않았다. 그녀는 대신 점잖게 디에고를 변명하고 나섰다.

"몸이 안 좋으신 걸 어쩌겠어요. 그래도 도련님과 아가씨의 어머님이신데, 치료도 못 받게 방치하실 순 없었던 거죠."

아이들에겐 안나가 몸이 좋지 않아 다시 수도로 올라온 것이라고 설명했다. 납득이 가는 해명이었으나 그렇다고 그게 아이들에게서 좋은 반응을 끌어냈다는 소리는 아니었다. 그 와중에 안나가 아이들에게 사과하고 싶다는 의사를 드러내자 반향은 더더욱 거세어졌다. 세드릭은 이야기를 전한 디에고에게 소리까지 질렀다고 했다.

"수도로 올라왔다고 해서 꼭 여기 있을 필요는 없잖아. 엄청나게 아파 보이지도 않던데."

세드릭이 짜증스럽게 대답했다. 어머니가 아프다는 데도 정작 친아들의 반응은 매정했다.

에스텔라는 얼마 전 멀리서 마주쳤던 안나의 모습을 떠올려 보았다. 가까이서 인사까지 나누진 않아 자세히는 알 수 없었으나, 얼핏 보기로 확실히 운신 자체에는 문제가 없어 보였다.

그럼에도 에스텔라가 꾀병에 대한 의심을 버린 건 안나의 체중이 급격히 줄어 있었기 때문이었다. 주치의에게 전해 듣기로는 식사를 잘하지 못하고 피부엔 발진이 있다고 했다. 밤에는 몸에 열이 올라 잠을 통 자지 못한다고 하니 쉽게만 볼 증상은 아니었다.

더 큰 문제는 의사가 딱히 이렇다 할 병명을 짚어 내지 못하고 있다는 점이었다. 시골의 의사 수준이 변변치 않다며 수도로 온 것치고, 안나는 이곳에서도 딱히 별다른 소득을 거두지 못하고 있었다.

"어머니가 그렇게 싫으세요?"

에스텔라가 세드릭과 눈을 맞추며 물었다. 세드릭은 곧바로 크게 고개를 끄덕였다. 에스텔라가 다시금 물었다.

"정말 안 만나 보실 거예요?"

"그래, 싫다고 했잖아."

"한번 이야기를 나눠 보는 것 정도는 괜찮지 않을까요? 사과를 하고 싶으신 거라고 어머님께서 직접 말씀하셨으니까."

"이제 와서?"

세드릭이 나이와 어울리지 않게 냉소적인 투로 되물었다. 눈썹을 한껏 위로 치뜬 세드릭이 테이블 위를 노려보며 말을 이었다.

"다 잃고 나서야 뒤늦게 미안한 마음 드는 거, 그거 비겁해. 그런 사과는 받고 싶지도 않아."

"……."

"그리고 사과를 받으면 용서해야 할 것 같잖아."

세드릭은 꼭 스스로에게 다짐을 하는 것처럼 말하고 있었다. 제 어머니와는 절대 화해할 수 없다고, 그래서는 안 된다고 말이다.

세드릭과 세실리아는 친모가 아닌 디에고의 밑에서 자라고 있었다. 그들의 친모는 디에고에게 있어 원수에 가까웠으므로, 어떤 관점에서 안나와 화해하는 건 배은망덕한 행동일 수도 있었다.

에스텔라는 세드릭을 잠시간 물끄러미 응시했다. 용서하고 싶지 않다는 이에게 사과받기를 강요할 수는 없지만, 그렇다고 미움으로 점철된 인생이 행복한 것도 아니었다. 친모를 받아들이고 말고는 다른 외부적인 요인과 상관없이 온전히 아이들의 뜻대로 결정되어야 했다. 에스텔라가 되도록 덤덤한 목소리를 내어 말했다.

"도련님, 어머님을 미워하려고 딱히 노력하진 않아도 돼요."

"……."

"만약 어머니라는 존재가 그리워서 용서하고 싶어진다면, 그렇게 하세요. 본인 감정에 남의 눈치를 볼 필요는 없어요."

그럼에도 세드릭의 불만스러운 표정은 가시지 않았다. 되도록 공평한 입장에 서서 조언해 주고 싶은 마음이었는데 세드릭에겐 그리 들리지 않은 모양이었다. 하기야, 이미 어머니가 별관에 머무는 시점에선 조심스러운 권유조차 강요처럼 보일 수도 있었다.

세드릭이 씩씩거리며 에스텔라를 노려보았다. 그러고는 생각지도 못한 질문을 던져 왔다.

"형이랑 싸워서 우릴 어머니한테 떠넘기려고 하는 거야?"

에스텔라는 당혹스러운 마음에 그만 들고 있던 책을 떨어트릴 뻔했다. 그녀가 가까스로 침착한 목소리를 내 되물었다.

"싸우다뇨, 그게 무슨 소리세요?"

에스텔라는 그러면서도 어느 부분에서 세드릭이 변화를 느꼈을지를 속으로 재어 보았다. 당연히 그녀는 디에고와의 불화를 밝히지 않았고, 아이들이 보는 앞에서 언성을 높여 가며 싸운 적도 없었다.

에스텔라는 되도록 태연한 표정을 유지하려 애썼다. 세드릭은 대답하지 않고 그런 에스텔라를 계속해서 쏘아보았다. 치열한 눈싸움 끝에 결국 세드릭이 소파에서 내려섰다.

"엘라는 거짓말쟁이야."

원색적인 비난을 남긴 세드릭이 곧장 에스텔라에게서 돌아섰다. 에스텔라는 얼빠진 얼굴로 세드릭의 뒷모습을 응시하기만 했다.

곧 문이 사납게 부딪치는 소리가 났다. 힘주어 문을 여닫지 말라던 에스텔라의 가르침을 대놓고 무시하는 태도였다. 한참 입을 벙긋대던 에스텔라가 한숨을 내쉬었다.

"바보, 저 여자를 부른 건 네 형이라고."

에스텔라가 억울하다는 듯 중얼거리며 어깨에서 힘을 뺐다.

하기야 말하지 않았다고 해서 아이들이 모르길 바란 건 안이한 기대였다. 그녀가 디에고와 싸우지 않았다는 건, 곧 그들 사이의 대화가 단절되었다는 뜻이기도 했다. 가끔 함께 모여 즐기던 저녁 식사와 외출이 한꺼번에 사라졌다. 누구라도 이상함을 느낄 법했다.

"그래도 이렇게까지 빨리 알아챌 줄은 몰랐는데."

에스텔라는 입을 다물고는 허공에 시선을 고정했다. 세드릭이 모든 걸 알고 있다고 하니 자연히 다른 의심이 싹텄다. 세실리아도 제 오라비처럼 그들의 불화를 눈치챘을까. 생각만 해도 머리가 아팠다.

에스텔라는 자리에서 일어나 테라스 문을 열고 나섰다. 속이 답답해 바깥바람이라도 쐬고 싶은 마음이었다. 에스텔라는 난간에 기대

심호흡을 하다 말고 문득 시선을 내렸다. 아래쪽에서 인기척을 느낀 탓이었다.

발코니는 후원의 경관을 볼 수 있도록 밖으로 돌출된 형태였다. 덕분에 에스텔라는 금방 수풀 사이에 배치된 테이블을 발견할 수 있었다. 흰 식탁보 위엔 색색의 디저트가 놓여 있었고, 그 앞에 앉은 건 눈에 띄게 왜소한 체격의 여인이었다. 뒷모습밖엔 보이지 않았지만 에스텔라는 어렵지 않게 그녀의 정체를 알아볼 수 있었다.

그러고 보니 오늘이 드디어 세실리아와 안나가 대면하는 날이었던가. 둘의 상봉을 바란 건 디에고 쪽이었기에 에스텔라는 자세한 시각까지는 모르고 있었다. 왜 밖에 나와 있나 했더니 아무래도 세실리아의 심리 상태를 고려해 장소를 야외로 고른 모양이었다. 저택과 가까운 곳에 자리를 편 이유는 더욱 뻔했다. 안나는 감시의 눈이 필요한 인물이었다.

에스텔라는 3단으로 된 케이크 스탠드와 그 아래의 레이스 장식, 금칠이 된 의자를 물끄러미 내려다보았다. 꼭 귀부인들이 곧잘 열곤 하는 정원에서의 티타임 같았다. 주변이 조용해서인지 들릴 듯 말 듯하게 말소리가 전해졌다. 안나는 물 온도가 맞지 않다며 자연스럽게 하녀를 부리고 있었다. 사용인들의 움직임이 부산스러운 걸 보아 세실리아가 곧 나올 시간인 듯했다.

'아래로 내려가면 좀 더 잘 들릴 것 같은데.'

에스텔라는 문득 움직임을 멈췄다. 가장 훌륭한 경관을 공유해야 하기에 침실 바로 아래층엔 응접실이 있었다. 그녀가 머무는 방처럼 밖으로 튀어나온 발코니가 있음은 물론이었다. 몸을 밖으로 빼지만 않는다면 들키지 않고 대화를 훔쳐 들을 수도 있을 듯했다.

고민은 길지 않았다. 에스텔라는 곧장 몸을 돌려 아래층으로 뛰어 내려갔다. 한 층밖에 차이가 나지 않았기에 에스텔라는 얼마 지나지 않아 응접실에 다다랐다. 에스텔라는 뒤늦게 이곳에서 디에고에게 청혼받았었다는 사실을 깨닫고 주춤했지만, 바깥에서 들려오는 말소리가 그녀의 발을 난간 앞으로 끌어다 놓았다.

"세실리아, 그동안 잘 지냈니?"

안나의 음성은 이질감이 느껴지리만치 상냥했다. 그녀가 딸의 이름을 부르는 걸 보아 그사이 세실리아가 약속 장소로 나온 모양이었다.

에스텔라는 기둥에 기대 잠자코 세실리아의 대답을 기다렸다. 그러나 정작 어린아이의 음성은 들려오지 않았다. 길다면 길고 짧다면 짧은 침묵이 이어졌다. 이윽고 안나가 부드러운 투로 말했다.

"나를 보겠다고 했다기에 화가 좀 풀린 줄 알았는데."

단순히 세실리아의 목소리가 작아 위층까지 닿지 못한 건 아닌 듯했다. 안나는 세실리아에게서 반응을 일으키려 채근하고 있었다. 그럼에도 세실리아는 대답하지 않았고, 안나는 끝내 점잖게 혀를 찼다.

"좋아, 대답하기 싫다면 그렇게 하렴."

"……."

"어쨌든 자리에 나온 건 내 이야기를 들을 의사는 있다는 뜻이겠지. 그럼 나 혼자 말하도록 하마."

안나가 먼저 순순히 세실리아에게 굽히고 들어갔다. 에스텔라는 안나의 인내심 없는 모습만을 보았기에 그녀의 유순한 태도가 다소 낯설었다. 어쩌면 질긴 병마가 그녀의 억센 고집마저 꺾어 놓았는지도 모를 일이었다.

"내가 아주 어렸을 때 말이다. 그러니까 딱 너만 했던 시절에, 내게도 오라비가 있었단다."

"……."

"다섯 살 차이에 불과했지만 그땐 나보다 곱절은 많은 나이였으니 한참 연상으로 보였지. 사이는 좋지도 나쁘지도 않았어. 한참 어린 동생과 어울려 줄 정도로 열 살배기 사내아이한테 인내심이 많진 않으니 말이다."

시중을 들던 하녀들은 안나의 명 때문인지 멀리 떨어져 있었다. 그러면서도 어딘가에 유심히 눈을 고정한 것이, 세실리아의 안색이라도 살피는 모양이었다. 위층에서 내려다보던 에스텔라조차 부담스럽게 느꼈을 정도로 강렬한 시선이었다. 그런데도 정작 당사자인 안나는 아랑곳하지 않고 태연히 말을 이어 갔다.

"내 부모는 딱히 내게 크게 신경을 써 주진 않았어. 애가 생겼으니 낳은 느낌이었지. 하기야 이미 집안을 물려받을 장남은 존재했으니 먹을 입이 더 생긴 건 그들에게 그리 유쾌한 일이 아니었을 거야. 우린 아주 가난했으니 말이다."

"……."

"좋은 건 항상 오라비에게 돌아갔지. 먹을 것이든 입을 것이든, 내 오라비가 먼저였고 나는 항상 뒷전이었어. 그래서 난 남몰래 내 형제가 사라지기를 기도하기도 했단다. 어린 소원이었지."

"……."

"그런데 어느 날, 내 오라비가 정말 죽어 버리더구나?"

안나가 어이없다는 듯 피식 웃음을 흘렸다. 에스텔라는 안나의 표정을 직접 확인하고 싶어졌다. 들려오는 말소리만으로는 그녀의 진짜 의도가 잘 파악되지 않았다.

"뭐, 아이들은 원래 별것 아닌 걸 갖고도 오래 앓잖니. 시시한 열병이었지만 아이한테는 충분히 위험했고……. 그래, 그렇게 된 거지."

"……."

"어쨌든 중요한 건 다음으로 벌어진 일이야. 아이를 잃은 내 부모가 어떻게 했을까? 하나 남은 딸에게 아들에게 주었던 정성을 안겨줬을까?"

"……."

"아니지, 그들은 아이를 하나 더 낳았단다. 하늘이 도왔는지 대번에 또 다른 아들이 태어났지. 다행인 일 아니니?"

에스텔라는 지금이라도 아래층으로 달려가 대화를 막아야 할지, 아니면 자리를 지켜야 할지 갈등했다. 안나의 이야기가 어떤 결론으로 치달을지 짐작이 되질 않았다.

에스텔라는 분위기를 살피고자 난간 가까이에 붙었다. 고개를 숙여 밑을 내려다보자 간신히 안나의 한쪽 얼굴을 볼 수 있었다. 안나는 테이블 위에 팔을 기댄 채 그 위에 턱을 괴고 있었다. 안나가 티스푼으로 차를 휘저으며 지루하다는 듯 중얼거렸다.

"딸은 어미 팔자를 닮기 마련이라지."

"……."

"내가 네게 미안하다고 말하면, 네 기분이 풀릴까?"

"왜 그래써?"

그때 불쑥 세실리아의 입이 열렸다. 세실리아가 고개를 푹 숙이고 있었던 탓에 얼굴은 잘 보이지 않았다. 세실리아가 다시금 물었다.

"왜 여기 와써?"

"네가 이렇게 말을 잘했던가?"

안나가 신기하다는 듯 되물었다. 어리숙한 제 딸도 지금이 화를 낼 상황이라는 것쯤은 알아챈 듯했다. 안나에게 세실리아는 늘 모자란 아이였기에 이러한 반응이 몹시 새로웠다. 안나가 측은하다는 듯 세실리아를 바라보며 충고를 남겼다.

"딸아, 가해자에게 이유를 묻지 말렴."

"……."

"그들에게 해명할 기회를 주지 마. 그건 결국 그 사람에 대한 기대를 버리지 못했다는 뜻이란다."

"……무슨 마린지 모르게써."

"그럼 잊지 말고 기억해 두렴. 네가 자라서 이 말을 이해할 수 있게 될 때까지."

그리 말하며 안나가 자리에서 일어섰다. 에스텔라는 반사적으로 소리를 지를 뻔했다. 안나가 세실리아에게 폭력을 행사할까 두려웠기 때문이다. 그러나 안나는 세실리아를 향해 양팔을 뻗더니, 그대로 품으로 끌어안았다. 안나가 세실리아의 등을 토닥이며 중얼거렸다.

"가엾은 내 딸……."

모녀의 포옹은 길게 이어지지 않았다. 세실리아가 안나를 밀치고 빠져나온 탓이었다. 세실리아는 하얗게 질린 표정으로 어미에게서 도망쳐 뛰어갔다. 처음엔 세실리아가 안나에게서 남몰래 위협이라도 당한 줄 알았는데, 걱정과 달리 신체적인 위해를 가한 건 아닌 듯했다. 그 증거라도 되는 것처럼 안나는 세실리아를 붙잡지 않았다.

에스텔라는 그만 안도하여 바닥에 주저앉았다. 간신히 입을 틀어

막아 안도의 신음을 억눌렀으나 새어 나오는 소리를 완전히 막진 못했다.

위에서 들린 인기척을 느낀 듯 안나가 고개를 들었다. 안나의 눈길이 에스텔라에게 닿았다. 에스텔라는 그대로 얼어붙어 안나와 시선을 맞췄다. 이윽고 안나가 고개를 기울이며 물었다.

"지금 날 감시한 거니?"

"……."

"너희, 어지간히 소통이 안 되는 커플이로구나? 이미 호위가 내 일거수일투족을 다 보고하고 있는데."

안나가 그리 물으며 재미있다는 듯 미소 지었다. 에스텔라는 어깨를 굳히며 자리에서 일어섰다. 뒤편에서 기사가 대기하고 있었던가. 시야가 가려져 그것까지 확인하진 못했다.

에스텔라는 당혹스러운 심정으로 안나를 마주 보았다. 안나가 의도를 알 수 없는 목소리로 물었다.

"오랜만에 봤는데 차라도 한잔할까?"

"표정 펴렴. 누가 보면 내가 여기 독이라도 탄 줄 알겠구나."

안나가 에스텔라를 흘긋 넘겨보며 말했다. 농담에 가까운 투였으나 에스텔라는 선선히 웃어 보일 수 없었다. 그건 아마 세실리아가 어미의 포옹에서 도망쳤던 것과 비슷한 이유 때문일 것이다.

안나에 대한 기억은 대개 폭력으로 차 있었고, 그 편견은 그녀가 조금 점잖게 굴고 있다고 해서 희석될 정도로 가볍지 않았다. 수발을 들고 있는 듯하나 사실은 감시역에 가까운 하녀들과, 벽면에 붙어 대기 중인 호위가 아니었다면 에스텔라도 안나와 마주 앉는 용기를 내진 못했을 것이다.

에스텔라와 안나가 티타임을 함께한 것은 사실상 이번이 처음이었다. 대귀족가의 마님이 일개 가정 교사와 겸상할 일은 없었다. 더욱이 에스텔라가 디에고의 약혼자가 된 시점에 안나는 이미 저택을 떠나지 않았던가. 그들이 다시 테이블을 사이에 두고 앉으리라고는 누구도 예상치 못했을 것이다.

에스텔라가 침묵 끝에 입을 열었다.

"사과를 하신다고 말씀하셨던 걸로 기억합니다만."

안나가 이어질 말을 기다리는 것처럼 에스텔라를 응시했다. 에스텔라가 안나와 눈을 맞추며 덧붙였다.

"이건 계약 위반이에요."

그에 안나가 재미있다는 듯 눈썹을 들었다 내렸다. 그녀가 찻잔을 들어 입에 대며 대수롭지 않은 투로 대꾸했다.

"왜 그렇게 생각하는지 모르겠네. 했잖아? 화해의 포옹."

"제가 아는 화해와는 의미가 많이 다른 듯싶군요."

"그럼 내가 잘못을 뉘우치고 있다며 세실리아 앞에서 눈물을 쥐어짜기라도 해야 했다는 뜻이니?"

안나가 당황한 기색이라고는 없이 반문했다. 나른하게 움직이는 안나의 움직임은 꽤 고상해 보였다. 뼈마디가 드러나도록 마른 몸은 일견 예리한 인상마저 주었다. 안나가 흔들리는 주홍빛 수면을 내려다보며 말했다.

"그런 촌극에 누가 속을까? 이 저택의 모두가 내 변심을 믿지 않을 걸. 심지어는 사과받은 당사자조차 말이야."

안나의 사과는 디에고의 부탁으로 만들어진 가짜였다. 에스텔라는 안나에게 더 그럴듯하게 딸을 속여 달라고 부탁하고 있는 것이었다. 때문에 안나의 반박은 타당했고, 심지어는 세실리아에게 내보였던 연민을 꽤 진심처럼 보이게 했다.

"내가 디에고의 말을 형식적으로 따를 심산이었다면 세실리아에게 내 과거를 말하진 않았을 거야. 진심 없는 말을 지껄이는 건 내게 아주 쉬운 일이거든."

"그래서 차별받은 아이에게 또 차별을 이야기하신 건가요? 그게 당연하다는 것처럼?"

"어머, 그건 아주 교훈적인 이야기야."

에스텔라의 지적에 안나가 눈을 동그랗게 떴다. 그녀가 입가에 짙은 미소를 떠올리며 말을 이었다.

"난 그딴 부모에게 기대란 걸 해선 안 된다는 걸 가르쳐 준 거거든."

"……."

"난 절대 그 애들한테 정상적인 부모가 주는 것과 같은 사랑을 줄 순 없어. 원래 그렇게 생겨 먹었거든. 나 같은 사람과는 평생 왕래하지 않고 사는 게 아마 가장 나은 선택일 거야."

안나가 그리 말하며 느른히 뒷머리를 긁적였다. 그 옛날 날을 세웠던 모습은 온데간데없이 유순한 태도였다.

안나가 내리깔았던 눈을 들며 오른 손목을 젖혔다. 그녀의 마른 손끝이 리듬감 있게 까딱였다. 안나가 짐짓 우습다는 듯 말했다.

"나도 아는 걸 그놈만 몰라. 세상에서 가장 이성적인 척은 다 하더니. 정말 웃기는 일 아니니?"

대상을 명확히 하진 않았지만 에스텔라는 안나가 누굴 말하는지 어렵지 않게 이해할 수 있었다. 딱히 반박할 말은 없었다. 에스텔라 역시 그 의견에 동의하기에 안나의 귀환을 반대했었다. 갖은 이유를 갖다 붙인다 한들 안나를 불러들인 행동은 긍정적으로 해석되기 힘들었다. 얻을 대가는 보잘것없는 데 비해 혹시 모를 위험은 차고 넘쳤으니까. 심지어 안나는 개심이 가능한 종류의 인간도 아니었다.

에스텔라가 속내를 숨기며 대답했다.

"공작님은 동생들을 위하고 있는 거예요. 당신이랑은 다른 사람이니까."

"내가 아이들과 화해해 수도에 눌러앉기라도 하면 어떡하려고. 그래도 디에고의 편을 들 수 있겠어?"

"……아이들이 원한다면 그렇게 해야겠죠. 제가 선택할 문제는 아니에요."

"마음에도 없는 말은 참 잘한다니까."

안나가 그리 말하며 입 밖으로 소리 내 웃었다. 소리가 컸지만 그렇다고 경박해 보이지는 않았다. 에스텔라는 그녀의 상반된 태도에서 내내 위화감을 느꼈다. 에스텔라가 결국 직접적인 질문을 내던졌다.

"무슨 꿍꿍이죠?"

"꿍꿍이라니?"

"난 당신을 안 믿어요. 당신도 알겠지만."

에스텔라가 허리를 꼿꼿이 세운 채 대꾸했다. 반면 안나는 등받이에 팔을 올리고 손등에 뺨을 기댄 불량한 자세를 하고 있었다. 안나는 곰곰이 생각에 잠긴 듯 고운 미간을 찡그렸다. 그녀가 곧 인상을 펴며 말문을 뗐다.

"시골엔 말이야. 그다지 할 게 없단다."

의도를 알 수 없는 서두에 에스텔라가 의아한 눈빛을 내보였다. 안나는 아랑곳하지 않고 푸념하듯 말을 이었다.

"연극을 보러 갈 수도, 보고 싶은 책을 구할 수도 없지. 사들일 물건이 대단키를 한가? 수도에 비하면 모두 조잡할 뿐인걸."

"……."

"무료히…… 그저 무료히 시간을 죽일 뿐이지."

안나가 초점 없는 눈으로 허공을 응시하며 읊조렸다. 그들 사이에 잠깐의 침묵이 일었다.

안나가 돌연 에스텔라에게로 시선을 돌렸다. 그녀가 싱긋 웃으며 말했다.

"덕분에 나는 그곳에서 아주 많은 생각을 하게 되었단다. 내가 아이들에게 크게 잘못했었다는 걸 깨달을 만큼 말이야."

"……그 말을 지금 저보고 믿으라는 건가요?"

"사람은 죽을 때가 되면 이상해진다잖아? 그런 걸로 생각하렴."

에스텔라의 꺼림칙한 반응에도 안나는 내내 호의적인 태도를 내보이고 있었다. 상냥한 눈웃음이 음산한 느낌을 주는 건 편견 때문일까. 아니면 웃는 가면 뒤에 숨은 다른 의도를 감지해서일까.

안나는 디에고의 감시하에 있었고 그녀가 권력을 되찾을 수 있는 유일한 수단인 세드릭은 친모를 거부했다. 안나가 이제 와 공작가를 장악할 수 있는 방법은 없을 텐데도 에스텔라는 불안을 벗어던질 수 없었다.

"그러고 보니 귀에 상처가 있네?"

상대를 유심히 지켜본 건 에스텔라만이 아니었을까. 안나가 눈에 이채를 띠며 물어왔다. 에스텔라는 반 박자 후에야 그것이 제게 건넨 말임을 깨달았다.

귓가의 상처라니. 그런 것이 있었던가. 아이들과 놀아 주다가 장난감에 잘못 스친 것인지도 모른다.

"저런, 설마 나 때문에 흉이 진 건 아니지?"

안나가 조심스러운 태도로 에스텔라에게 손을 뻗었다. 부지불식간에 차가운 손끝이 귓등에 닿았다.

에스텔라는 무심코 그녀의 손을 쳐 냈다. 상대가 무안함을 느낄 만치 움직임이 컸다. 일순 눈을 크게 뜨던 안나가 옅게 미소 지었다.

"그렇게 놀라지 마. 걱정돼서 그런 거니까."

분명 염려하는 목소리인데도 이상하게 소름이 끼쳤다. 설명할 수 없는 불쾌한 느낌이 들었다. 에스텔라는 더는 참지 못하고 자리에서 일어섰다. 안나가 속으로 어떤 생각을 품고 있든, 여기서 그녀와 마주 앉아 있다고 해서 문제 해결에 하등 도움이 되지 않으리란 확신은 들었다.

에스텔라는 이만 가 보겠다며 황급히 돌아섰다. 에스텔라의 격식 없는 작별 인사에도 안나는 크게 당황하지 않았다. 안나가 에스텔라의 등 뒤에 대고 말했다.

"난 세실리아 상태가 좀 안정되면 사라져 줄 거야. 세실리아는 마음의 상처를 치유하고 나는 수도 생활을 좀 즐기고, 그럼 서로에게 좋은 일 아니겠어?"

디에고가 에스텔라를 설득했던 것과 같은 말이었다. 에스텔라는 대답하지 않고 복도로 나섰다. 등 뒤로 문이 닫히자마자 크게 숨을 들이켰다. 손바닥엔 어느새 땀이 잔뜩 고여 있었다.

이건 악몽이다. 디에고는 어머니의 얼굴을 보자마자 그렇게 생각했다.

빛이 닿지 않는 실내는 어두웠다. 디에고는 어렵지 않게 지금이 밤에 가까운 시간임을 알아차렸다. 시야에 담긴 배경 전부가 몹시 익숙했던 탓에 이어지는 장면까지도 자연스럽게 떠올릴 수 있었다. 그는 자신이 실제로 있었던 일을 꿈으로 되감아 보고 있다는 사실을 깨달았다.

방에 조용히 앉아 책을 들여다보던 어머니는 곧 뒤늦게 귀가한 아버지의 인기척을 듣고 몸을 일으킬 것이다. 집중해 책장을 넘기는 어머니의 얼굴이 실제라도 되는 것처럼 선명했다.

디에고는 소리 내어 어머니를 부르려고 했으나 말이 나오지 않았다. 작은 틈 사이로 겨우 보이는 좁은 시야가 그녀와의 거리를 새삼 깨닫게 했다.

자신은 문틈으로 이 광경을 훔쳐보았던가?

"늦으셨군요."

어머니가 느릿하게 몸을 일으켰다. 본래 베르타 공작가의 부부 침실은 나뉘어 있지 않았다. 어머니와 방을 함께 쓰는 걸 고역으로 생각했던 아버지가 내부 공사를 시행해 가벽을 세워 두었는데, 그때의 흔적이 지금까지 이어진 것이었다. 그 기폭제가 되었던 사건은 디에고의 기억에도 남아 있었다.

바로 지금 눈앞에서 벌어질 다툼이다.

"아아…… 바빠서 말이지."

아버지가 허물어진 발음으로 대꾸했다. 비틀거리는 걸음을 보아 또 여러 차례 술을 걸치고 온 모양이었다. 아버지는 중심을 잡지 못하고 그만 상체를 고꾸라트렸다. 어머니는 평소처럼 옷을 받아 드는 대신 무심한 눈으로 아버지를 내려다보았다. 어머니가 고저 없는 목소리로 물었다.

"하긴, 사내들의 세계에선 아내가 아닌 여자를 앉혀 놓고 술을 마시는 것도 사회생활이 된다지요?"

말에 가시가 있었다. 아버지가 대번에 눈을 들어 어머니를 노려보았다.

"당신이 그딴 식으로 기분 잡치게 구니까 내가 집구석에 정을 못 붙이는 거야. 알아?"

"여기서 어떻게, 감히, 당신이 나를 걸고넘어질 수가 있지?"

어머니가 분노를 억누르듯 한 자 한 자 끊어 말했다. 아버지가 보통 사람들만치라도 양심이 있었더라면 이쯤에서 굽히고 들어갔을 것이다. 그러나 적법한 아내를 버리고 새장가를 드는 건 어지간히 뻔뻔하지 않고서는 할 수 없는 일이다. 문제를 상대에게 전가한 것이 만족스러웠는지 남자는 다시금 저열한 비난을 내던졌다.

"하, 내가 그 추한 얼굴을 사랑할 정도로 비위가 좋다고 생각했어?"

"정말 유감스러울 만치 저질스럽네. 지금 내가 감정을 얘기하고 있다고 생각해?"

"그래, 내가 당신이 아닌 다른 여자를 주물러서 기분이 상한 거잖아. 아랫도리도 좀 외로울 거고. 안 그래, 어?"

이기는 것만을 목표로 한다면 이런 싸움에서 방법의 정당함은 그다지 문제가 되지 않는다. 상스러운 대답을 내던지던 아버지가 제 농담이 마음에 들었는지 대놓고 킬킬거렸다. 디에고는 슬슬 그를 아버지라고 칭하는 일에 염증을 느꼈다.

"염치라고는 모르는 인간 같으니."

"뭐?"

"내 아버지가 당신에게 넘긴 사업 자금, 채권, 정치적인 조력……. 이 모든 것들을 앞에 두고 염치없이 뭘 하고 있는 거야?"

어머니의 싸늘한 물음에 아버지가 과장스럽게 씩씩거렸다. 그가 위협적으로 어머니에게 다가섰다.

"우리 가문은 보트리 후작가에 내준 게 없는 줄 아나? 우린 거래를 한 거야."

"그래, 거래를 했지. 당신은 그 거래 상대에게 기본적인 예의조차 지키지 못하고 있고."

어머니는 꼿꼿한 자세로 아버지의 시선을 맞받아쳤다. 술에 취한 남자는 제대로 된 행색이 아니었고 반면 어머니의 모습은 마냥 고고했다. 그녀는 수준 이하의 남편과 비교되기가 억울할 만치 인격적인 사람이었다. 논리로 따지고 든다면 아버지는 어머니를 이길 수 없었다. 그녀는 사내의 외도를 부드러이 눈감고 넘어갈 정도로 사리에 어둡지도 않았다.

"아내로 대우할 생각이 없었다면, 애초에 날 맞이하지 말았어야지."

특색 없는 갈색 눈이 강인함으로 빛났다. 자격이 있는 자 특유의 당당한 태도였다.

아버지의 행동에서 이어질 미래를 보았을까. 어머니는 그의 여생에까지 이어질 예언을 남겼다.

"당신은 부끄러운 인간이야, 로드리고."

어머니의 목소리가 선고처럼 내려앉은 것과 동시에 디에고는 뒤로 주춤 물러섰다. 신발 뒷굽이 바닥에 부딪치며 큰 소리를 냈다. 인기척을 느낀 어머니가 서서히 디에고에게로 시선을 돌렸다. 그녀의 눈에 이채가 감돌았다.

"디에고, 너……."

어머니에게 이름을 불린 것과 동시에 디에고는 뒤돌아 뛰기 시작했다. 그때 당시에는 부모의 싸움을 훔쳐보다 들킨 것이 당황스러워 도망갔다면, 지금은 다른 생각이 그의 머릿속을 지배하고 있었다. 어머니를 마주한 순간부터 디에고는 어릴 적 스스로에게 했던 다짐을 되새길 수밖에 없었다.

그는 아버지처럼 부끄러운 인간은 되고 싶지 않았다.

온몸이 무거웠다. 디에고는 힘겹게 땀에 젖은 몸을 일으켰다. 등을 누인 자리가 축축했다. 커튼을 모두 치고 잠든 덕분에 방 안은 아직 어두웠다. 디에고는 멍하니 시간을 가늠했다.

새벽일까.

묵직한 눈을 몇 번 감았다 뜨고서야 잘못 판단했음을 깨달았다. 커튼과 바닥 사이의 작은 틈으로 슬금슬금 기어 나온 빛이 해가 밝았음을 알려 주었다. 괴로워하며 깨어난 것치곤 오래도 잤다 싶었다.

지난 꿈을 복기하고 있자니 문득 헛웃음이 터져 나왔다. 제 안의 죄의식이 남아 있긴 했을까. 이런 꿈을 꾼 걸 보면 에스텔라에게 거부당하며 받은 충격이 크긴 컸던 모양이었다. 죽은 부모를 꿈에서 보게 된다면 보통은 기꺼워할 텐데 그의 기분은 처참하게 가라앉았다. 그리웠던 어머니조차도 오늘은 그를 초라하게 만들 뿐이었다.

자신은 어떻게 감히 스스로가 나아지고 있다고 믿었을까. 디에고를 가장 괴롭게 하는 건 살인자라는 비난 앞에서 그가 결코 당당하지 않다는 사실이었다.

아버지가 핏줄을 죽이는 데 실패한 반면 디에고는 제 뜻을 실현시키고야 말았다. 그의 부친이 마지막 선만은 넘어서지 않고 죽었다면, 자신은 끝내 진짜 괴물이 되고야 만 셈이었다. 마땅한 보복이었음을 부정할 수는 없으나 그렇다고 그가 아버지를 죽였다는 사실을 당당히 떠들 수는 없을 것이었다.

이렇게 스스로를 비난하다 마주치는 질문이란 결국 이런 것이었다. 자신은 그때 어떤 선택을 했어야 했나.

다른 선택지가 없진 않았다. 어렵게 돌아가는 방법일지언정 손에 피를 묻히지 않을 수도 있었다. 그러나 아버지를 향한 감정은 증오로 얼룩져 있었고 분노는 제물을 필요로 했다. 그가 친부에게 품은 것은 분명 살의였다. 선택의 순간으로 되돌아간다고 한들 다른 결론이 나올까.

"변하는 건 없어. 똑같이 했을 테니까."

디에고가 음울한 음성으로 중얼거렸다. 그는 스스로를 몹시 잘 알았다. 자신이 선택을 번복할 일은 없었다. 그는 그럼에도 아버지를 찌를 것이다. 사람을 미워할 줄 모르는 그녀가 그런 자신을 끔찍하게 여겨도 이상하지 않았다.

"공작님, 기침하셨습니까?"

문 너머에서 노크 소리와 함께 공손한 음성이 들려왔다. 대답하고 싶은 기분은 아니었지만 디에고는 순순히 자리에서 몸을 일으켰다. 홀로 우울함에 잠겨 있어 봤자 해결될 건 없었다. 적어도 바쁘게 몸을 움직이고 있을 땐 그녀에 관한 생각을 멈출 수 있었다. 디에고가 소파에 던져두었던 상의를 집어 들며 말했다.

"들어와."

뒤편에서 문이 열리는 소리가 들려왔다. 디에고가 아래에서부터 단추를 꿰며 물었다.

"무슨 일이지?"

"전대 공작 부인께서 만남을 청하셨습니다."

의외의 소식이었다. 서로 마주치지 않는 게 나을 사이인데 또 무슨 대화가 필요한 걸까.

만남을 청하는 소식이 들려온 걸 보아 오전은 일찍이 지난 모양이라고 디에고는 내심 생각했다. 아니나 다를까 커튼을 젖히자 머리 위에서 햇빛이 강하게 쏟아지고 있었다. 디에고가 심드렁한 음성으로 대꾸했다.

"용건이 뭐기에?"

"그건 만나서 이야기하겠다고 하십니다."

그 와중에 제 패를 까발리지 않으려 재고 있다고 생각하니 어이가 없어졌다. 디에고는 안나의 용건을 유추해 보았으나 마땅히 떠오르는 화제는 없었다. 그녀의 근황은 이미 감시역을 통해 모두 전해 들었다. 어제 에스텔라를 만나 대화했다는 소식이 다소 거슬리긴 했지만, 그 내용에서 딱히 문제를 찾아내진 못했다.

"기다리고 있을 테니 내 방으로 올라오라고 전해."

디에고가 내키지 않는 태도로 허락을 남겼다. 그나마 위안이 되는 건 이 방의 주인이 되어 안나를 방문객으로 맞아들이게 됐다는 사실이었다.

뒤편에서 하인이 방을 나서는 소리가 들려왔다. 땀으로 젖은 몸이 불쾌했기에 디에고는 곧장 욕실로 건너갔다. 액상 비누를 손 위에 쏟다 말고 그는 문득 향을 바꿔야겠다고 생각했다.

그가 샤워를 마치고 나왔을 즈음엔 이미 방 안에 안나가 도착해 있었다. 다른 건물이라고 해 봤자 본관과 별관은 멀지 않은 거리에 있었다. 본의는 아니었지만 만남을 수락해 놓고 정작 방문객을 기다리게 한 셈이었다.

디에고는 사과하지 않았다. 그는 태연하게 방 안을 가로질러 안나의 앞으로 다가왔다. 디에고가 자리에 앉기를 기다리던 안나가 먼저 입을 열었다.

"이제 일어났나 보구나. 막 씻고 나온 걸 보니."

"용건만 말씀하시죠."

디에고가 차갑게 응수했다. 안나는 옅은 미소를 띨 뿐 입을 열지 않았다. 참다못한 디에고가 짜증스럽게 대답을 재촉하려 할 때였다. 안나가 나직이 운을 뗐다.

"아이들에게 사과하라고 했었지."

디에고의 표정이 미미하게 굳었다. 안나가 입가에 미소를 지우지 않은 채 뜻을 알 수 없는 질문을 던져 왔다.

"내가 진짜 사과할 사람은 따로 있지 않을까?"

간만에 옛꿈을 꿔서일까. 순간 머릿속을 스친 어머니의 얼굴에 디에고는 그만 헛웃음을 흘릴 뻔했다. 동요를 숨긴 디에고가 평온한 얼굴로 받아쳤다.

"내게 사죄라도 하겠다는 겁니까?"

"그래, 물론 너에게도 큰 잘못을 저질렀지. 하지만 그보다 우선인 사람이 있을 듯싶구나."

안나의 대답에 디에고의 눈빛이 싸늘하게 가라앉았다. 아무래도 둘은 같은 사람을 생각하고 있는 게 맞는 듯했다.

디에고는 안나를 당장 방 안에서 끌어내고 싶은 충동을 겨우 억눌렀다. 그녀가 제 어머니에게 사죄한다니. 말도 안 되는 일인 데 더해 염치까지 없는 일이었다.

디에고는 제 친모가 누구 때문에 죽었는지 잊지 않았다. 안나가 가담했든, 아니면 그러지 않았든 어머니는 그녀에게 공작 부인 자리를 내주기 위해 죽었다. 디에고는 돌로레스의 죽음이 타살이 아니길 바랄 정도로 순진하진 않았다. 그리고 안나는 제정신이 아니거나 미친 게 분명했다.

그러나 안나의 눈빛은 또렷했고 목소리에 비꼬는 기색이라고는 없었다. 안나가 순수한 의도임을 주장하듯 양손을 펴 보였다.

"다 보고받지 않았니? 아래 지방으로 내려간 동안 내겐 지난날을 돌이켜볼 시간이 아주 많았다고."

"지금 나보고 그 말을 믿으란 소립니까?"

디에고가 안나를 조롱하듯 입꼬리를 비틀었다. 안나가 청한 화해는 디에고의 분노를 자극할 뿐이었다. 디에고는 형식적인 존대마저도 벗어던졌다. 그가 가시 돋친 목소리로 쏘아붙였다.

"염치없는 태도는 당신 남편이랑 똑같군. 내가 당신을 죽이지 않고 여기로 불러들였다고 해서 모든 증오를 잊었다고 생각했나?"

"……."

"주제넘게 굴지 마. 아이들 친모라 목숨 줄이라도 연명한 거니 자식들에게 감사하면서 쥐 죽은 듯이 살란 뜻이야."

디에고가 차가운 목소리로 안나를 비웃었다. 안나는 무표정한 얼굴로 디에고의 경고를 듣고만 있었다. 온순한 태도가 이전과 사뭇 달랐다. 입술을 깨무는 행동은 디에고의 비난을 감내하는 듯 보이기도 했다.

이윽고 안나가 시선을 내리깔며 툭 내뱉었다.

"의사가 내게 얼마 못 살 것 같다고 말하더구나."

디에고의 입가가 빳빳해졌다. 예기치 못한 발언에 생각의 마디가 잘 이어지지 않았다.

얼마 못 살 것 같다니. 그게 무슨 소리인가. 아프다는 사실이야 알았으나 의사를 붙여 두었으니 서서히 나아질 것이라고만 생각했었다. 명색이 베르타 공작가에서 수배한 의사들인데 설마 불명의 병으로 남겨 두겠나 싶었던 탓이다.

충격에 젖은 디에고를 두고 안나가 쓰게 웃으며 말을 이었다.

"애초에 병명을 알 수 없으니 치료는 그른 일이지. 이런 게 천벌인가 싶더라니까."

디에고에겐 평생 증오했던 두 사람이 있었다. 한 사람은 그의 손에 죽음을 맞이했고, 남은 한 사람은 살아 그의 눈앞에 있었다. 그런데 그마저도 곧 세상을 떠나게 되었다고 말하고 있는 것이다.

그는 직접 손을 더럽히지 않고도 마음속 짐을 치워 낼 수 있게 되었다. 그런데도 왠지 모를 허망한 기분이 그의 가슴속을 잠식했다.

안나의 끝을 보면 기분이 한결 개운해지리라고 생각했는데 그렇지만도 못했다. 복수란 그가 오래도록 품어 왔던 삶의 목표였음에도 불구하고.

"넌 분명 날 용서하지 않을 테지만, 적어도 내가 해야 했던 말을 전하고 떠날 수는 있겠지."

디에고는 안나가 귀환한 이후, 처음으로 그녀의 얼굴을 자세히 들여다보았다. 삐쩍 마른 뺨은 볼 중앙이 움푹 들어가 있었고 건조한 입가는 생기가 없었다. 힘이 빠진 눈에선 이전의 표독한 인상을 찾아볼 수 없었다.

안나가 지친 태도로 느리게 눈을 깜빡였다. 그녀가 조용히, 그럼에도 흔들림 없는 목소리로 물었다.

"네 어머니에게 용서를 구할 기회를 주겠니?"

완곡하게 거절을 돌려 표현하길 여러 번, 에스텔라는 결국 지친 얼굴로 깃펜을 내려놓았다.

에스텔라는 등받이에 등을 기댄 채 책상 위의 편지 다발을 응시했다. 중요하지 않은 편지는 이미 아랫선에서 걸러 냈는데도 눈앞에 놓인 양이 어마무시했다. 온갖 파티와 티타임의 초대장이 필시 아무나 취급할 수 없을 종이에 적혀 고상하게 답신을 기다리고 있었다. 그리고 에스텔라는 그 모든 부름에 일일이 거절을 돌려주는 중이었다.

혹자는 약혼자를 믿고 까다롭게 군다고 평할지도 모르겠으나 에스텔라가 당면한 상황은 정확히 그 반대였다. 디에고와의 사이가 소원해진 지금 사교 모임에 드나드는 것도 우스웠다. 공작가에서의 생활은 그야말로 아슬아슬한 줄타기처럼 이어지고 있었다. 그녀는 이별을 준비하고 있었으나 적절한 시점을 찾는 건 쉽지 않았다. 많은 문제가 복잡하게 얽혀 있었고 전망은 더더욱 비관적이었다.

에스텔라는 자신이 이곳을 떠나는 것이 마땅히 내려야 할 결정인지, 아니면 책임감 없는 도피인지조차 분별할 수 없었다. 한 가지 확실한 건 안나가 이 저택에 있을 때 아이들만 두고 자리를 비울 수는 없다는 사실이었다.

안나는 별다른 꿍꿍이속이 없다는 듯 굴었지만 불신은 쉽게 지워지지 않았다. 에스텔라는 안나가 이 저택에 들어선 이래 줄곧 편집증적인 초조함을 느껴 왔다. 솔직히 말해서 에스텔라는 말도 안 되는 핑계를 들어서라도 안나를 다시 돌려보내고 싶은 마음이 컸다.

그러나 이 사안에 있어 결정권자는 디에고였고 그는 이미 안나가 필요하다고 결론 내린 상태였다. 자신이 별다른 근거도 없이 안나가 불길하다고 말해 봤자 듣지 않을 게 분명했다. 그들은 이미 이 일로 한 번 다툰 전적까지 있었다.

옅은 한숨을 내쉬는데 문가에서 노크 소리가 들려왔다. 이어 하녀가 방문을 열고 들어왔다. 에스텔라는 완성된 답신을 대충 아무렇게나 집어 하녀에게 내밀었다.

"일단 여기까지만 먼저 보내 줘."

"예, 그럼 새로 도착한 편지도 나중에 전해 드릴까요?"

"보낸 사람이 누구지?"

"아브릴 백작 부인께서 보내셨습니다."

하녀가 그리 말하며 품속에서 편지 봉투를 꺼내 들었다. 에스텔라가 지금까지 상대했던 것과는 다른 평범한 재질의 종이였다.

에스텔라는 의외라는 표정으로 그것을 받아 들었다. 카밀라와 웃는 얼굴로 헤어지긴 했지만 그녀가 떠난 후에도 연락을 취해 올 줄은 몰랐다. 그도 그럴 것이 그들을 둘러싼 관계는 몹시 복잡하지 않던가.

안나는 카밀라의 절친한 친구였지만 에스텔라에게 있어서는 적에 가까웠다. 카밀라가 양측과 동시에 친교를 나누는 건 불가능한 일이었다. 혹여 안나에게 보낸 편지가 제게 잘못 전해진 것은 아닌가 싶었지만, 봉투에 적힌 건 확실히 제 이름이 맞았다.

에스텔라가 겉면을 살피는 사이 하녀는 은쟁반에 답신을 담아 나갔다. 보는 눈이 사라지고서야 에스텔라는 왁스를 뜯어냈다. 재빠르게 휘갈긴 듯 들쭉날쭉한 필체가 먼저 눈에 들어왔다. 내용은 길지 않았다. 에스텔라는 호기심 어린 눈으로 첫 문장부터 읽어 내렸다.

[오랜만에 인사를 드립니다. 수도 생활에 익숙해졌던 것인지, 도시를 떠난다는 것이 이렇게 문명에서 멀어지는 일인 줄은 몰랐군요. 수도에 있었더라면 당일 저녁이 되기 전 귀에 들어왔을 소식들이 뒤늦게서야 찾아들고 있습니다. 연락이 지체되었다고 해서 나를 원망하진 말아 달란 소리예요.

예비 공작 부인을 향한 인사치레는 대강 끝냈으니 이전처럼 편히 말하겠습니다.

안나가 얼마 전 내게 총을 구할 수 있냐고 물어본 적이 있어. 자살이라도 계획하는 줄 알고 불가능한 일이라고 했지. 하지만 고향에 도착해 다시 편지를 부쳐 보니, 그녀가 수도로 떠났다는 답신이 돌아오더군.

이게 어떤 의미인지 알아채기 바라. 내가 할 수 있는 말은 이게 전부야.]

마지막 마침표에서 눈이 멈췄다. 에스텔라는 멍하니 처음부터 편지를 다시 읽어 내렸다. 당연히도 내용은 처음 읽었던 때와 다르지 않았다.

에스텔라는 주춤 자리에서 일어섰다. 뒤로 밀린 의자의 위치를 가늠하지 못했던 탓에 걸음이 휘청였다.

총을 구하려 했다니. 이게 대체 무슨 의미인가.

황급히 고개를 들어 사용인을 찾았으나 방 안엔 에스텔라 혼자뿐이었다. 에스텔라는 최대한 객관적으로 상황을 정리하려 애썼다. 당장 안나에게 찾아가 이 편지의 내용을 캐묻는다고 한들 원하는 답이 나올까. 결론은 아니었다.

우선은 안나의 눈을 피해 디에고를 만나 상의하는 게 먼저였다. 카밀라가 보낸 편지를 본다면 그도 생각을 달리할 것이다. 안나가 어떤 용도로 총을 마련했든, 총성과 함께 목적을 알게 되어서는 안 된다.

에스텔라는 벌컥 문을 열고 복도로 나섰다. 마침 지나가던 하녀가 에스텔라에게 고개 숙여 인사했다. 에스텔라가 그녀를 붙잡고는 물었다.

"공작님께 긴히 논의드려야 할 일이 있는데, 그분께선 어디 계시지?"

"안나 님과 함께 외출하셨다고 들었습니다."

하녀가 들려준 대답에 에스텔라의 표정이 일그러졌다. 에스텔라가 황급히 질문을 덧대었다.

"함께 외출을 했다고? 목적지가 어디기에?"

"그것까진 잘 모르겠습니다만……. 집사님께 한번 여쭈어볼까요?"

에스텔라의 심각한 반응에 하녀도 당황한 눈치였다. 하녀가 에스텔라를 흘끔거리며 안색을 살펴 왔다. 에스텔라는 거울을 확인하지 않아도 제 얼굴이 창백한 빛을 띠고 있음을 알 수 있었다. 편지를 보고 서늘하게 내려앉았던 심장이 무서운 속도로 뛰기 시작했다. 기우일 뿐이라 믿고 싶었으나 현실감 있는 상상이 불안을 더했다.

만일 과민한 걱정으로 무안을 당한다고 해도 그건 그때 가서 생각할 문제였다. 그녀는 지금 제 가슴을 채운 불안을 어떤 방식으로든 종식시켜야 했다.

에스텔라가 다급한 목소리로 소리쳤다.

"집사에게 내가 찾는다고 전하고 마차를 대기시켜. 급하니까 한시라도 빨리!"

달라지는 것은, 단지 달라지는 것뿐인가? 과거는 어쩔 수 없이 변하지 않으니까?

"이렇게 마주 앉아 가는 건 처음인 것 같구나."

안나가 한가로운 목소리로 말했다. 디에고는 창밖을 내다보다 말고 건너편에 앉은 그녀에게로 고개를 돌렸다.

망자에게 조의를 표하고 싶다던 그녀는 의도와 맞는 검은 상복을 입고 있었다. 망사 때문에 그늘이 진 눈가에서 피로한 기색이 느껴졌다. 덕분에 얼굴이 반쯤 가려진 상태였음에도 그녀의 병색을 어렵지 않게 짐작할 수 있었다.

앙상한 나뭇가지처럼 마른 몸을 보던 디에고는 문득 실소했다. 제 허리춤에 더부룩하게 얹힌 총의 존재감이 새삼 과민하게 느껴졌던 탓이다. 폭이 넓은 외투를 입어 안나가 제 대단한 준비성을 알아차리진 못했겠지만, 이런 여자를 조심하겠다고 무기를 지참했다는 것 자체가 다소 우습게 느껴졌다.

사실 이것이 그가 의도해서 준비한 물건은 아니었다. 디에고의 반쪽짜리 기사도를 욕하고 싶다면 우선 집사의 노파심을 먼저 탓해야 할 것이다.

안나와 함께 어머니의 무덤에 찾아가겠다고 말하자 집사는 몹시 당황했다. 하비에르는 여러 차례 디에고를 말리더니, 주인이 완강히 의견을 개진하고 나서자 마지못해 물러섰다. 대신 그는 조심하라고 신신당부하며 친히 호신용 무기까지 챙겨 주었다. 주인이 미쳐 버린 것은 아닌가 의심하던 눈빛이 아직까지 잊히지 않았다. 디에고는 저도 모르게 피식 웃음을 흘렸다.

이를 비웃음이라고 생각했을까. 안나가 묘한 표정으로 디에고를 응시했다.

"불편하다면 따로 마차를 타고 와도 되었을 텐데."

"그게 다 무슨 의미입니까. 목적지도 같은 마당에."

디에고가 심드렁한 태도로 대꾸했다. 안나가 시비를 걸며 신경을 긁지만 않는다면 크게 불편할 것은 없었다. 어찌 됐든 그들은 수년을 같은 저택에서 살았다. 얼굴을 마주하는 일 정도로는 새삼 디에고의 기분을 망칠 수 없었다.

"지금 이 상황이 네게 유쾌할 것 같진 않아서 말이다."

안나가 담담한 투로 말했다. 병을 앓은 이후 그녀는 눈에 띄게 온순해졌다. 디에고는 그녀에게 가시 돋친 투로 말하는 일에 슬슬 지쳐 갔다. 그들 사이의 악감정을 다 정리했다는 듯 초연하게 구는 안나와 다르게 그의 가슴엔 아직 증오가 살아 있었다. 그 사실은 디에고에게 묘한 패배감을 느끼게 했다. 괴로운 기억 속에 남아 얻을 것은 마찬가지의 괴로움뿐이었으므로.

"난 나를 죽이려 했던 사람을 품을 정도로 마음씨 좋은 인간이 아닙니다. 충분히 잘 알고 있겠지만."

"……."

"당신은 나한테 졌기 때문에 지난 일을 후회하고 있는 겁니다. 난 승자의 아량으로 그걸 지켜보는 거고."

안나가 설핏 웃으며 고개를 숙였다. 그녀가 장갑을 낀 손으로 반대쪽 손등 위를 문지르며 말했다.

"맞는 말이다."

용건이 없는데도 사교를 위해 대화를 이어 갈 만큼 그들이 친밀한 사이는 아니었다. 두 사람이 모두 말을 멈추자 주변에선 노면에서 올라오는 소음만이 느껴졌다. 침묵 속에서 마차는 한참을 달렸다.

마침내 그들이 도착한 곳은 시내에서 한참 멀리에 위치한 평원이었다. 사람이 세운 건물이라곤 존재하지 않는 허허벌판이었기에 시야에 막힘이 없었다. 바깥 풍경을 내다보던 안나가 불쑥 입을 열었다.

"신전으로 갈 줄 알았는데, 생각보다 먼 곳에 있구나."

"베르타가 소유의 묘지로 온 게 아니니까요."

베르타 공작가는 대대로 종교를 믿어 왔기에 직계 가족의 시신을 신전에 안치했다. 신전 속 묘지엔 베르타라는 성을 가졌던 사체들이 일종의 영지를 이루며 모여 있었다. 토지 면적이 한정되어 있기에 신의 품에 묻히고자 하는 욕심은 대단한 비용을 필요로 했다. 대대로 신전 묘지에 매장된 것은 대귀족가기에 행할 수 있었던 사치였다.

그러나 적법한 공작 부인이었던 돌로레스는 베르타가의 약력 속에 함께하지 못했다. 여동생의 생전에 쏟아졌던 홀대를 잊지 못한 보트리 후작이 돌로레스를 친정 쪽 묘소에 안장한 탓이었다.

디에고는 안나에게 자세한 사정까지 설명할 필요성을 느끼지 못했다. 짧은 대답을 마친 그는 곧장 마차 밖으로 내려섰다.

그늘의 부재로 오후 내내 햇볕을 받았던 지면은 뜨겁게 달궈져 있었다. 디에고는 후덥지근한 공기를 느리게 들이켰다. 안나가 마차에서 내려선 듯 뒤편에서 문이 닫히는 소리가 들려왔다. 디에고는 마부에게 대기하고 있으라고 명하고는 곧장 발걸음을 떼었다. 마차가 닿을 수 없는 길이기에 여기서부턴 직접 걸어가야 했다.

디에고와 안나는 마치 고행이라도 하는 것처럼 긴 언덕길을 올랐다. 디에고는 중간에 멈춰서 주변을 살피길 여러 번 반복했다. 대략적인 위치는 알았지만 헤매지 않고 찾을 정도로 익숙한 공간은 아니었다. 아버지가 죽기 전엔 눈치를 보느라 방문을 삼갔고, 그 이후로는 외면이라도 하는 것처럼 의도적으로 걸음하지 않았다. 친부의 피를 뒤집어쓴 그는 어머니의 앞에서 당당하지 못했다. 설령 그것이 그녀를 위한 복수였다고 할지라도 말이다.

마침내 그들은 한 무덤 앞에서 멈춰 섰다. 디에고는 묘비 위에 적힌 어머니의 이름을 한 번 입안에서 굴려 보았다. 오래 찾지 않아 방치된 느낌이 묻어날 것이라 생각했는데 이전과 비교해 크게 달라진 점은 없었다. 얼마 전 방문객이라도 찾아왔던 듯 무덤 앞에 커다란 꽃다발이 놓여 있기까지 했다. 보트리 후작이 묘소에 다녀가기라도 했나 보다며 디에고는 대수롭지 않게 생각했다.

막상 어머니의 무덤 앞에 서자 충동적인 결정에 대한 의구심이 밀려들었다. 안나를 이곳에 불러들인 것이 과연 현명한 행동이었을까. 디에고는 아버지를 살해한 데 이어 어머니가 증오했을 여인을 데려와 멋대로 사죄시키고 있었다. 이보다 이기적인 아들이 또 없을 것이었다.

디에고는 좀처럼 어머니의 무덤에 가까이 가지 못했다. 멀찍이 떨어져 선 그를 대신해 안나가 앞으로 나섰다. 안나는 준비한 꽃을 끌어안은 채 잠시간 말없이 비석을 내려다보았다. 그녀가 말을 건 상대는 망자가 아닌 그의 아들이었다.

"네 어머니가 어떻게 죽었는지 너도 알겠지."

아버지 몰래 수족을 부릴 수 있을 만큼 세력을 키우고 난 후, 디에고가 가장 먼저 한 일은 어머니의 죽음을 파헤치는 것이었다. 그러나 관련된 이들의 행방을 찾을 수 없었던 탓에 조사는 결국 수포로 돌아갔다. 아니, 이로 인해 어머니의 죽음이 타살이었음이 증명되었으니 소득이 아예 없진 않았을까. 애초에 누가 주도한 일인지는 너무도 분명한 바였으니 말이다.

"공작 부인 자리라……. 분명 탐나는 왕관이지만 난 평민 출신의 코르티잔이었어. 감히 내가 넘볼 수 있는 자리가 아니었지."

"……."

"믿지 않겠지만, 내가 주도해서 벌인 일은 아니었다."

디에고는 불편한 기분으로 자세를 고쳐 섰다. 그는 지금 친모의 죽음에 대한 자백을 받고 있는 셈이었다.

디에고는 문득 제 이기심이 얼마나 저열했는지를 깨달았다. 그는 자신의 가능성을 증명하고자 감히 어머니의 원수를 용서하려 하고 있었다. 정신이 제대로 박혀 있는 사람이었다면 이쯤에서 안나를 끌어내야 했다. 어머니의 억울함을 이해한다면 지금이라도 무덤 앞에 무릎을 꿇고 사죄해야 한다.

그러나 디에고는 끝끝내 침묵을 지켰다.

"네 아버지가 행동했고 나는 침묵했지. 아마 그것만으로도 평생 네게 용서받을 수 없는 일일 게다."

안나가 천천히 무덤 가까이로 다가섰다. 그러고는 눈을 감으며 숨을 크게 들이켰다. 그녀가 송사를 읊조리듯 말했다.

"그래, 정말이지 네 말이 다 맞았다, 디에고."

안나가 천천히 허리를 숙여 꽃다발을 무덤 앞에 내려놓았다. 이전 방문객이 가져왔던 선물은 자연히 옆으로 치워졌다. 시들한 장미 다발을 옮긴 안나가 다시 허리를 들었다. 이번엔 그녀의 손에 꽃이 아닌 다른 것이 들려 있었다.

안나가 참으로 안타깝다는 듯 속삭였다.

"푼돈으로 살수를 고용할 수는 없었지."

손에 쥔 물건의 정체가 무엇인지 인지하기도 전에, 그녀가 그것을 디에고에게 겨냥했다.

"그래서 내가 직접 와야 했어."

그녀가 방아쇠를 당김과 동시에 팔이 불에 덴 듯이 아파 왔다. 디에고는 반사적으로 제 왼팔을 붙잡았다. 손바닥에 선혈이 묻어 나왔다. 디에고는 홀린 듯이 핏자국을 응시했다. 최적의 기회를 놓친 안나가 짧게 혀를 차는 소리가 들려왔다.

"당신……."

디에고가 가까스로 소리 내어 안나를 불렀다. 그는 아직 혼란을 벗어던지지 못한 상태였다. 총기가 갑자기 어디서 등장한 걸까. 그녀의 몸과 들고 온 꽃다발은 저택에서 이미 수색을 마쳤다. 그렇다면 대체…….

디에고의 시선이 문득 안나의 발아래에 놓인 시든 장미 다발에 고정되었다. 그들은 오늘 참으로 갑작스러운 외출을 행한 것이었다. 행선지를 미리 확인해 둘 여유 따위는 없었다. 그에 반해 안나의 방문은 처음부터 다분히 계획적이었다.

디에고는 우선 스스로의 상태부터 점검했다. 첫 발을 팔에 맞아 다행이었다. 적어도 곧 쓰러질 상태는 아니었으니까. 맨손으로 총을 든 적을 상대하는 건 무모한 짓이지만 그에게도 무기가 없진 않았다.

디에고는 허리춤에서 집사가 건네주었던 총을 꺼내 들었다. 그의 손에 쥐어진 건 작은 치수의 화승 권총이었다. 휴대가 가능한 크기인 만큼 사거리가 짧고 정확성도 떨어졌다. 집사도 안나가 무기를 가져오리라 생각했다면 이런 조악한 물건을 내주고 안심하진 않았을 것이다. 한 가지 위안이 되는 점이 있다면 그녀가 썩 훌륭한 사수가 아니란 사실일까.

예상치 못한 무기의 등장에 재장전을 하던 안나가 당황하여 손을 멈췄다. 잠깐의 여유를 틈타 디에고는 대뜸 그녀에게 달려들었다. 두 사람의 몸이 동시에 바닥으로 쓰러졌다. 바닥에 뒤통수를 부딪친 안나는 엉겁결에 손에서 총을 놓치고 말았다. 제대로 된 훈련을 받은 자라면 하지 않을 실수였다. 그리고 디에고는 그런 안나와 정반대로 전투에 익숙한 사람이었다. 순식간에 안나는 그의 아래에 깔려 결박당하고 말았다.

디에고는 왼손으로 안나의 턱을 틀어쥐어 고정했다. 넘어지며 쓸린 손이 따가웠으나 이런 사소한 상처를 신경 쓸 때는 아니었다. 적을 처리하는 방식은 신속하고 정확해야 했다.

이마 중앙에 닿은 총구를 느낀 안나가 반항을 멈췄다. 욕설과 버둥거림이 그치며 사방이 쥐 죽은 듯 조용해졌다. 그들의 거친 숨소리만이 온통 귀를 울렸다.

안나는 이 상황이 우습다는 듯 한 번 픽 웃고 말았다. 그녀가 눈을 치뜨며 물었다.

“정말 내가 반성하고 있다고 생각했던 건 아니지?”

그렇다고 믿고 싶었다. 디에고는 사람이 달라질 수 있다는 바람으로 안나의 귀환을 받아들였다. 원수에게 마지막 희망을 내걸었다니 웃기지도 않는 소리였다.

“왜 그런 눈을 해? 사실은 다 꿰뚫어 봤었다고 날 비웃을 타이밍이잖아. 그래서 친히 총까지 들고 온 것 아니야?”

안나가 억울하다는 듯 그를 다그쳤다. 안나는 디에고에게서 벗어나려 몸을 뒤틀었으나 완연한 완력 차를 이길 수는 없었다. 제 남은 인생을 바쳐 계획했던 마지막 복수마저 수포로 돌아갔다. 분을 이기지 못한 안나가 악을 쓰듯 소리쳤다.

“어디 한번 날 쏴 봐! 그리고 내 아이들에게 가서 전해, 너희들의 부모는 전부 그 잘난 형의 손에 죽었다고!"

디에고는 크게 숨을 들이쉬었다 내뱉을 뿐 아무런 대답도 하지 않았다. 디에고의 팔을 타고 흘러내린 피가 안나의 목덜미를 적셨다. 비릿한 냄새가 짙게 퍼져 나갔다. 디에고는 안나에게 시선을 고정한 채 그녀를 노려보기만 했다.

디에고의 침묵에서 동요를 읽어 냈을까. 안나가 모자란 사람이라도 보는 눈으로 그를 조롱했다.

"뭘 망설여? 못 본 사이 왜 그렇게 못나졌지? 아버지를 죽일 때의 넌 그렇지 않았잖아. 그때의 넌 현명했어! 그래서 네가 이겼던 거지."

안나가 그리 말하며 미친 사람처럼 깔깔거렸다. 그녀가 웃음 끝에 섬뜩한 눈으로 디에고를 올려다보았다.

"그냥 쏴."

당연한 일이었다. 안나의 의견과는 상관없이 디에고는 그렇게 할 생각이었다. 그는 안나의 순진한 태도를 비웃고 싶었으나 정작 입술이 움직이지 않았다. 굳어 버린 건 혀뿐만이 아니었다. 디에고의 손이 멈췄다. 정확히 말하면 방아쇠에 감긴 손가락을 당길 수가 없었다.

그때 먼 곳에서 아스라이 익숙한 목소리가 들려왔다.

"디에고!"

디에고는 어지러운 머리로 생각했다. 그녀가 왜 여기 있을까.

아니, 그게 아니다. 그녀가 여기 있는 게 아니라 그가 그녀를 여기까지 불러온 것이다. 그는 지금 환청을 듣고 있었다. 아니면 너무도 간절한 나머지 그녀의 목소리를 상상하고 있든지. 어느 쪽이든 자신이 어지간히 엉망인 상태라는 사실은 다르지 않았다.

식은땀이 관자놀이를 타고 흘렀다. 그의 손이 경련했다. 몸을 뒤틀던 안나가 그사이 바닥에 떨어트린 총으로 팔을 뻗었다. 안나의 손끝이 총구에 닿았다. 안나는 안간힘을 써 그것을 손아귀에 쥐었다. 디에고는 그 모든 장면을 지켜보고 나서도 검지에 힘을 줄 수가 없었다.

이를 악문 턱이 덜덜 떨렸다. 총신에 닿은 살갗이 땀으로 젖어 미끌거렸다. 디에고는 스스로에게 말했다.

쏴야 한다. 자신은 지금 당장 안나를 쏴야 했다.

"쏴요, 그걸 쏴요!"

에스텔라가 비명 지르듯 소리쳤다. 그 목소리를 듣고서야 디에고는 무언가가 잘못됐다는 걸 깨달았다. 방아쇠에 감긴 손가락에서 힘이 빠졌다. 고장이라도 난 것처럼 그의 두 팔이 맥없이 늘어졌다.

디에고는 멍하니 뒤를 돌아보았다. 에스텔라가 그들이 있는 쪽으로 필사적으로 달려오고 있었다. 지금 자신은 환청을 들은 데 이어 환각까지 보고 있는 걸까. 어쩌면 그는 그녀 때문에 완전히 미쳐 버렸는지도 모른다.

에스텔라를 응시하며 디에고는 무언가 이상한 표정을 지었다. 그가 일그러진 입술을 달싹여 말했다.

"쏠 수가 없어."

마침내 안나의 손가락이 방아쇠에 감겼다. 에스텔라는 이를 악물고 디에고를 향해 발을 내디뎠다.

이윽고 총성이 울려 퍼졌다.

8. 책임의 무게

"애들이랑 요즘 잘 지내니?"

그녀의 물음에 아이가 색종이를 접다 말고 고개를 들었다. 그녀는 대답을 종용하듯 아이의 멍 든 손목으로 지그시 눈길을 주었다. 아이의 시선도 따라 그쪽을 향했다. 곧 아이가 멈췄던 손을 움직이며 대수롭지 않게 대답했다.

"넘어진 거예요."

아이들이 원체 잘 다친다고는 하나 썩 믿음이 가는 대답은 아니었다. 그녀는 한 달 전 학급 아이들을 불러 단단히 주의 주었던 일을 떠올렸다. 괴롭힘이 있을 때마다 데려다 훈계를 하자 그들 무리도 같은 학급 아이를 따돌리는 일에 지겨움을 느낀 듯했다. 근래 들어서는 전처럼 반 친구를 몰아세우는 모습을 본 적이 없었다. 한데 안심하고 있는 사이 저 모르는 곳에서 악의가 재발하기라도 했을까.

그녀가 한숨을 삼키며 지나가듯이 물었다.

"부모님한텐 또 말 안 할 거고?"

"그냥 다른 얘기 하면 안 돼요?"

결국 아이가 뾰족한 가시를 드러냈다. 눈앞의 아이는 부모와 사이가 소원한 듯 가정 환경에 대한 얘기가 나올 때마다 날을 세웠다.

하기야 자식의 학교생활에 조금이라도 신경을 쓰는 부모였다면 저런 차림으로 등교시키진 않았을 것이다. 잘 씻지 않은 몸에서는 냄새가 났고 가지고 있는 옷의 가짓수는 한 손에 꼽혔다. 그마저도 잘 갈아입지 않는 편이었으니 또래 아이들이 기피하는 것도 어찌 보면 당연한 일이었다.

아이가 부모에게 알리고 싶어 하지 않아 하니 제한된 제도 내에서는 그다지 해 줄 수 있는 것이 없었다. 일개 선생이 학급 아이를 씻기고 입혀 가며 돌봐 줄 수는 없는 노릇이었으니까. 대신 그녀는 아이가 곤경을 당할 때마다 교무실로 불러 심부름을 시키거나 이야기를 들어 주었다. 덕분에 선생님에게는 점점 마음을 열어 가고 있다는 게 그나마 다행인 점일까.

"네가 걱정되니까 그러지."

"아무 일 없었다니까요."

"선생님한테는 말해도 돼. 봤지? 선생님이 혼내니까 걔네 무서워서 아무 말 못 하는 거."

"나 얼마 전에 걔네들이 선생님 존나 짜증난다고 욕하는 거 봤는데."

"뭐?"

그녀가 반사적으로 되물었다. 조금 열이 받긴 했지만 그녀는 곧 마음의 평정심을 되찾았다. 선생님 노릇 하면서 학급 아이들에게 욕을 얻어먹는 일이야 일상다반사였다. 듣는 귀 없는 곳에서는 더 심한 소리도 나왔을 것이다. 한참 어린 아이들에게 화풀이를 할 수도 없으니 익숙해지는 것 외엔 별다른 해결책도 없었다.

금세 덤덤해진 그녀가 완성된 꽃의 개수를 살폈다. 교실 뒤 게시판을 꾸미려면 몇 송이가 더 필요했다. 그녀가 아이에게 색종이를 마저 밀어 주며 말했다.

"어쨌든 뒤에서 하잖니. 선생님 못 듣게."

"기분 안 나쁘세요?"

"선생님은 학생들을 마음으로 사랑한단다."

그녀의 영혼 없는 대답에 아이가 큰 소리로 킥킥거렸다. 그러고는 빨간 색종이 위를 손끝으로 꾹꾹 누르며 오기처럼 대답했다.

"저도 걔네가 그러든 말든 상관없어요. 곧 할머니 댁으로 갈 거니까."

"할머니 댁?"

"할머니는 잘 대해 주세요. 제가 사 달라는 것도 다 사 주고, 우리 손주 예쁘다고 맛있는 것도 해 주시고."

그녀는 잠시 말을 잃고 아이를 물끄러미 응시했다. 가해 학생들이 보기 힘들어서 전학을 가겠다면 말릴 수는 없었다. 등교 자체가 괴로울 아이에게 학교에 오라 강요할 수는 없는 법 아닌가. 다만 입맛이 쓴 건 어쩔 수 없었다.

그녀가 망설이다가는 물었다.

"그럼, 거기 가서도 선생님한테 연락할 수 있니?"

"선생님한테요?"

"그래, 맛있는 걸 먹거나 자랑하고 싶은 일이 생기면 선생님한테 전화해."

"선생님 귀찮잖아요."

아이가 눈치를 보듯 그녀를 흘끔거렸다. 그녀는 확신을 주듯 아이의 손 위로 제 손을 겹쳤다. 그녀가 아이와 눈을 맞추며 분명한 어조로 말했다.

"하나도 안 귀찮으니까 하고 싶은 말이 생기면, 꼭 전화해."

아이의 뺨이 발그레하게 물들었다. 아이가 우물쭈물하다가는 결국 옅은 미소를 지으며 대답했다.

"네."

에스텔라는 눈을 뜨자마자 급하게 숨을 들이켰다. 심장이 내려앉는 느낌에 몸이 발작하듯 튀어 올랐다. 에스텔라가 헐떡거리며 시트 위를 틀어쥐었다.

심상치 않은 숨소리를 느낀 누군가가 급히 달려와 에스텔라의 허리를 받치고 등 뒤를 쓸어 주었다. 에스텔라는 그에게 몸을 기대어 한참 심호흡을 했다. 흐릿하던 시야에 점점 초점이 잡혔다.

"에스텔라 님, 괜찮으세요?"

침착하게 안위를 묻는 목소리에 그제야 정신이 들었다. 눈앞에 있는 건 에스텔라를 전담하여 보필하던 하녀였다. 에스텔라는 자신이 지난 생의 낡은 교실이 아닌 베르타 저택의 침실 안에 있음을 인지했다.

그 선연한 깨달음과 동시에 에스텔라가 움직임을 멈췄다. 푸르게 부르튼 입술이 미세하게 떨렸다. 에스텔라가 숨죽인 목소리로 물었다.

"내가 왜, 여기……."

"예?"

허물어진 발음에 하녀는 에스텔라의 말을 잘 알아듣지 못했다. 에스텔라는 그에 아랑곳하지 않고 급히 주위를 둘러보았다. 다시 확인해도 이곳은 제 침실이 맞았다. 에스텔라가 희게 질린 낯을 위로 쳐들며 대뜸 하녀의 팔을 붙잡았다.

"공작님은…… 공작님은 어디 계시지? 무사하신가?"

손아귀 힘이 대단했던 탓에 하녀는 저도 모르게 걸음을 뒤로 물렸다. 하녀는 당황하여 좀처럼 대답하지 못하고 머뭇거렸다.

그 얼마간의 침묵이 에스텔라에겐 한없이 길게 느껴졌다. 왜 곧바로 대답하지 못하는 걸까. 불안감이 에스텔라의 가슴속을 잠식했다. 에스텔라는 결국 초조함을 참지 못하고 자리를 박차고 일어섰다.

"에스텔라 님!"

에스텔라는 휘청이는 걸음으로 건너편 벽까지 향했다. 디에고가 무사한지 그녀의 눈으로 직접 확인해야 했다. 그와 그녀의 방은 통해 있었으므로 먼 걸음을 갈 필요도 없었다. 그를 향해 조금만 다가간다면 금세 이 불안을 해소할 수 있을 터였다. 디에고는 지금 당장 그녀에게 그가 무사하다는 다행스러운 소식을 들려주어야 했다. 아니면 적어도 곤한 숨소리를 내며 잠들어 있든지.

그래, 저 문만 지나면…….

문을 열어젖힌 에스텔라는 그만 아연한 표정으로 제자리에 멈춰 서고 말았다. 디에고의 침실은 비어 있었다. 그 안에서 사람의 온기라고는 전혀 느껴지지 않았다.

에스텔라의 얼굴이 순식간에 파리하게 물들었다. 에스텔라는 애써 기억 속을 더듬어 보았다. 그의 상태가 어떠했더라? 그들에게 무슨 일이 벌어졌던가.

에스텔라는 차근차근 일의 순서를 되짚어 보았다. 안나가 총을 구하려 했다는 사실에 놀란 나머지 자신은 호위를 대동하고 디에고를 뒤쫓았었다. 익숙지 않은 장소였기에 그들은 디에고를 찾아내는 데 한참 애를 먹었다. 호위들과 영역을 나누어 수색하던 와중, 에스텔라는 마침내 언덕 끝에서 디에고와 안나를 발견해 냈다.

그를 찾아낸 기쁨은 오래가지 않았다. 그의 팔이 검붉게 젖어 있었던 데다 두 사람 모두 총을 들고 있었으니까.

피를 본 순간 에스텔라의 머릿속이 새하얗게 물들었다. 에스텔라는 위험하다는 계산조차 없이 미친 사람처럼 디에고를 향해 뛰어가기 시작했다. 그들이 그리 멀진 않았음에도 일분일초가 급한 상황에 놓이자 거리가 잘 좁혀지지 않았다. 에스텔라는 숨이 멎을 듯한 기분으로 비탈길을 뛰어올랐다.

안나가 디에고를 향해 방아쇠를 당긴 순간, 에스텔라는 겨우 팔을 뻗어 그를 밀쳐 냈다. 심장을 조준했던 총알을 아래로 빗맞히기는 했으나 그것만으로도 충분한 중상이었다. 탄환이 박힌 허리 부근에서 피가 쉼 없이 흘렀다. 정신을 잃고 쓰러진 디에고는 에스텔라가 아무리 불러도 눈을 뜨지 않았다. 꼭 죽은 사람처럼 창백한 낯이었다.

총소리를 들은 기사들이 찾아올 때까지, 에스텔라는 피가 용솟음치는 그의 환부를 틀어막은 채 그저 버텼다. 디에고의 귀에 괜찮다고 속삭이거나 또는 울부짖거나, 앞뒤가 맞지 않는 이상한 말들을 지껄이기도 했다. 그러나 의미 없는 발악과 뒤늦은 후회는 그를 일으키지 못했다. 손끝을 적셨던 끈적한 피의 감각이 아직 생생했다. 에스텔라는 무의식적으로 팔을 들어 제 얼굴을 감쌌다.

"피가, 피가 너무 많이……."

에스텔라가 주춤 뒤로 물러섰다. 어쩔 줄 모르고 서 있던 하녀가 뒤늦게 에스텔라를 뒤따라왔다. 하녀가 황급히 에스텔라를 부축하며 말했다.

"에스텔라 님, 진정하세요. 공작님께선 1층에 계세요. 중상을 입으셔서 원래 계시던 침실로 옮길 수가 없었던 거예요."

하녀의 말에 에스텔라는 그만 숨을 멈췄다. 온갖 나쁜 생각이 에스텔라의 머릿속을 스쳤다가 순식간에 빠져나갔다. 그가 다른 곳에 있다는 말에 안도감이 치솟으며 온몸에서 힘이 빠졌다. 에스텔라는 그대로 제자리에 미끄러지듯 주저앉았다. 하녀가 중심을 잡지 못하고 쓰러진 에스텔라를 겨우 붙잡아 일으켰다.

에스텔라는 처음으로 믿지도 않는 신에게 감사 인사를 전했다. 가장 극단적인 비극은 일어나지 않았다. 진실을 알게 되기까지의 시간은 찰나였으나 에스텔라에게 깨달음을 주기엔 충분했다. 에스텔라는 이제 디에고가 이 세상에 없을 때 어떤 기분이 드는지 알게 되었다. 그야말로 다신 느끼고 싶지 않은 감각이었다.

"오래 혼절해 계셨어요. 바로 움직이시면 몸이 상해요."

하녀가 안절부절못하며 에스텔라를 침대로 끌어당겼다. 그 손을 뿌리치려 했으나 몸에 힘이 들어가지 않아 맥없는 거절밖엔 되지 못했다. 에스텔라가 힘겹게 고개를 내저으며 말했다.

"아니, 먼저, 공작님이 무사하신지 먼저 확인해야……."

"공작님께선 괜찮으시니까 걱정 마세요. 위급한 상황은 다 지났고 지금은 안정을 취하고 계세요."

하녀의 달램에도 에스텔라는 제자리에 버티고 서 움직이지 않았다. 에스텔라가 멍하니 물었다.

"지금 깨어나 계신가?"

에스텔라는 그에게 지금 당장 해야 할 말이 있었다. 세상에는 가슴 속 충동으로만 남겨 두는 편이 나은 말들이 많으나 이번이 그런 경우는 아니었다. 오히려 그녀가 꺼내려는 것은 신중하리만치 오래도록 고뇌해 왔던 이야기였다.

"만나서 이야기를 나누고 싶어. 아니, 그래야 해. 나는……."

에스텔라가 횡설수설하며 비척거리는 걸음을 문가로 옮겼다. 하녀가 그런 에스텔라의 앞을 재차 막아섰다. 덕분에 에스텔라는 정신이 든 후 처음으로 하녀의 얼굴을 마주 보고 섰다. 눈앞의 여자는 아까 전부터 디에고에 관한 이야기를 전할 때마다 이상하게 머뭇거리고 있었다.

"저어, 에스텔라 님."

지나치게 조심스러운 목소리였다. 에스텔라는 본능적으로 하녀가 저를 붙잡고 있는 이유가 제 건강 때문이 아님을 알아차렸다.

에스텔라는 디에고의 약혼자였다. 중태에 빠진 연인의 상태를 확인하고 싶어 하는 건 당연한 일이었다. 누구도 이를 말릴 수는 없을 것이었다. 그러나 하녀는 노여움을 각오하고 에스텔라의 앞에 섰다. 뒤이어 이어진 말은 어쩌면 에스텔라의 예상과 크게 다르지 않았다.

"공작님께서…… 에스텔라 님을 병상이 있는 곳에 들이지 말라고 하셨습니다."

미리 예상했다는 말이 이와 같은 결과를 바랐다는 뜻이 될 수는 없었다. 에스텔라는 그저 침묵했다. 그 외에 제가 어떤 반응을 보여야 할지 잘 분간이 가지 않았으니까. 별다른 질책을 건네지 않았음에도 하녀는 제가 더 당황하여 변명을 덧붙여 왔다.

"에스텔라 님께서 걱정하실까 봐 그러신 거예요. 많이 다치셨으니까, 아마 좀 더 회복되고 나면……."

하녀의 위로는 아무런 위안도 될 수 없었다.

그런 배려 섞인 거절이 아니라는 사실을, 에스텔라 본인이 가장 잘 알고 있었다. 에스텔라가 넋이 나간 음성으로 겨우 대꾸했다.

"아니, 그게 아니야."

에스텔라는 마지막 순간 디에고에게 들었던 말이 무엇이었는지 기억했다. 희미한 목소리였지만 그는 분명 '쏠 수가 없다.'고 말했다. 그가 방아쇠를 당기지 못하도록 막았던 게 무엇인지는 너무도 분명한 바였다.

에스텔라는 차가운 손끝을 입술 위에 댔다. 떨리는 손가락이 마른 입술을 불안정하게 쥐어뜯었다. 디에고는 그녀의 거부 때문에 차마 안나를 쏘지 못한 것이었다. 카밀라의 편지가 없었더라면, 그래서 그를 그곳에 홀로 두었더라면 그는 정말 죽을 수도 있었다.

에스텔라가 바닥에 시선을 고정한 채 덜덜 떨리는 목소리로 힘겹게 말했다.

"그 사람은 이제 내가 보기 싫은 거야."

"……."

"내가 이번에도 잘못된 선택을 한 거야……."

불이 꺼지듯 에스텔라의 음성이 잦아들었다. 적어도 그녀는 안나가 쏜 총을 대신 맞기라도 해야 했다. 그게 그녀가 할 수 있는 최소한의 속죄일 것이었으므로.

"멍청한 실수를 하셨습니다."

집사의 혹평에 디에고가 그러면 그렇지 하는 표정을 지었다. 디에고는 따분하다는 듯 반대쪽으로 고개를 돌렸다. 끈덕진 시선을 피할 수는 없었지만 잔소리를 피해 시위하는 모양새는 되었다. 디에고가 불만스러운 목소리를 내어 대답했다.

"황천에서 살아 돌아온 주인한테 말이 심하군."

"처음부터 그런 여자와 단둘이 만나는 건 미친 짓이라고 말씀드리지 않았습니까."

집사의 훈계와 함께 복부에서 통증이 올라왔다. 디에고는 반사적으로 배 위를 감싸며 미간을 좁혔다. 굳이 제 실수를 상기시키지 않아도 디에고는 충분한 대가를 치르고 있었다. 원체 튼튼한 편이기에 그나마 의식이라도 차리고 있는 것이지, 다른 이였다면 진작 생사를 오갔을 부상이었다. 솔직히 말하면 슬슬 헤드보드에 등을 기대고 앉은 자세조차 벅차게 느껴졌다. 디에고는 보다 직접적인 원흉에게로 화살을 돌려 보기로 했다.

"그 여자는 지하실에 두었다고 했나?"

하비에르는 주인의 뻔한 수작을 곧바로 알아챘으나, 환자에겐 안정이 필요한 법이었으므로 더 물고 늘어지진 않았다. 하비에르가 단념한 얼굴로 짧게 입맛을 다시고는 대답했다.

"합법적으로 처리할지 사적으로 처리할지 아직 결론을 못 내렸으니까요."

전자와 후자의 결괏값에 큰 차이는 없을 것이었다. 안나는 죄를 짓고 추방당한 신세였다. 건강을 핑계로 수도에 돌아와 또 사건을 벌였으니 죄질이 더욱 무거웠다. 성의 있는 뇌물이 오간다면 평생에 걸친 감금형을 선고받을 테고 그게 아니라면 더 두고 볼 것도 없이 사형이었다. 사적인 보복에 비하면 깔끔한 죽음일 테지만 그것이 안나에게 대단한 위안이 되진 못할 터였다.

"어떻게 하실 겁니까?"

디에고는 대답하지 않았다. 길게 내려앉은 침묵에 하비에르는 옅은 한숨을 내쉬었다. 그가 흘긋 디에고의 얼굴을 넘겨보며 다른 질문을 던져 왔다.

"그리고 에스텔라 님은…… 정말 안 만나 보실 겁니까?"

"만나서 뭘 하겠어."

디에고가 담담히 대답했다. 하비에르는 디에고가 에스텔라와 싸웠다는 사실은 알았지만 그 원인은 다르게 인지하고 있었다. 디에고는 소원해진 에스텔라와의 사이를 설명할 때 안나의 핑계를 댔다. 아이들의 양육 문제는 디에고에게 아주 그럴듯한 변명이 되어 주었다. 제 살인 이력 때문에 거부당했다는 소리를 자진해 입 밖으로 내긴 싫었으니까. 애당초 반목의 깊이를 다르게 인지하고 있으니 만남을 권하는 온도도 가벼울 수밖에 없었다.

디에고는 가만히 하비에르의 이름을 불렀다.

"하비에르."

"예."

"자네 말이 맞아. 자네가 옳았고 나는 틀렸지."

"……."

"그녀는 뭐 다른가? 모두가 반대하던 걸 나 혼자 밀어붙였어. 그토록 불안하다는데도 말을 들어 먹질 않았지."

그녀에게 원망을 돌리자면 구실을 찾을 수야 있겠지만 그럴 의욕조차 들지 않았다. 에스텔라는 처음부터 안나의 귀환을 반대했다. 억지를 쓴 건 디에고 쪽이었다. 안나의 변심을 보임으로써 그가 틀리지 않았다는 걸 증명하고 싶었으니까.

그러나 종내에 마주친 결과는 어떤가. 디에고는 자신이 애써 눈과 귀를 막은 채 억지를 쓰고 있었음을 깨달았을 뿐이다. 하비에르에게도 말했듯 디에고는 자신이 틀렸고, 또한 그녀가 옳았음을 알게 되었다.

디에고는 그녀의 거절 역시 같은 결과를 말할까 봐 두려웠다. 그녀의 말처럼 자신은 돼먹지 못한 인간이고 그래서 그들 사이가 결코 뒤바뀌지 않을까 봐. 그는 그 잔인한 현실을 마주칠 시기를 애써 미루고 있는 것이었다.

디에고가 자조하듯 중얼거렸다.

"이런 실패하고 비루먹은 꼴을 내보이긴 싫었어."

"……."

"동정이라도 좋다고 생각했지만 정말 그따위 걸 바랐던 건 아니야."

디에고의 말에 집사가 묘한 표정을 지었다. 옅게 헛기침을 하던 하비에르가 어색하게 어깨를 으쓱였다. 그러고는 갑작스러운 사과를 늘어놓았다.

"죄송합니다, 공작님."

"무엇이?"

"공작님 말씀대로 지난번 건은 제 의견이 맞았지요. 그래서인지 전 이번에도 제가 틀릴 거라는 생각은 안 드는군요."

"뭐?"

영문을 알 수 없는 소리에 디에고가 미간을 좁히며 되물었다. 하비에르는 조용히 몸을 돌려 문가를 향해 걸어갔다. 집사를 붙잡고 연유를 묻고 싶었으나 병상에서 몸을 일으킬 수 없었다.

뜻대로 움직이지 않는 몸에 야속함을 느낀 것도 잠시, 디에고는 곧 애초에 집사를 멈춰 세울 필요가 없었음을 알게 되었다. 하비에르는 방을 나서려던 게 아니었다. 다만 새로운 방문객에게 문을 열어 주고자 했을 뿐이었다.

이끌리듯 시선이 마주쳤다. 그것은 꼭 막을 수 없는 운명 같은 일이었다. 디에고는 그녀의 앞에서 어떤 표정을 지어야 할지, 또 어떤 목소리를 내어야 할지 몰랐다. 그래서 그저, 그저…… 그녀를 바라보았다. 숨이 멎을 듯한 순간이 이어졌다. 디에고는 아무렇지 않은 척 연기할 수 있었던 기회를 이렇듯 허무하게 놓쳐 버렸다.

잠시 분위기를 살피던 하비에르가 혹시 모를 불똥을 피해 밖으로 나섰다. 문이 닫히며 둘 사이에 서늘한 정적이 내려앉았다. 디에고가 가까스로 입을 열었다.

"당신……."

이 짧은 부름에서 그조차 의도하지 않았던 거부를 읽어 냈을까. 에스텔라가 다급히 앞으로 나섰다. 그녀가 불안감으로 떨리는 손을 모아 쥐며 선수를 치듯 말했다.

"다시는 날 안 보겠다고 해도 좋아요."

"……."

"마지막으로…… 마지막으로 당신한테 꼭 해야 할 말이 있어요."

마지막이라.

유독 울림이 깊은 단어였다. 디에고는 감내하듯 눈을 감았다. 더 피해 봤자 해결될 일은 없을 터였다. 슬슬 끝을 볼 때가 되었다는 생각이 들었다. 그는 패배자로서 순순히 승자의 선고를 받아들여야 했다.

길고 긴 다툼 끝에 그들은 결국 비루한 결론을 얻었다. 그들이 맞지 않는 조각을 억지로 이어 붙이려 애써 왔음을, 그리하여 다다른 곳이 고작 막다른 길에 불과했음을 말이었다.

디에고가 심호흡 끝에 겨우 담담한 투로 대답했다.

"말해요."

디에고의 허락에 에스텔라가 긴장한 얼굴로 천천히 걸어 들어왔다. 에스텔라는 잠자코 침대 옆 의자로 가 앉았다. 집사를 설득하여 힘겹게 만들어 낸 자리였다. 한 번뿐인 기회라고 생각하니 긴장이 밀려드는 건 어쩔 수 없었다. 에스텔라는 먼저 디에고의 안색을 살피며 조심스럽게 물었다.

"몸은…… 괜찮아요?"

"안나가 본다면 억울해할 정도로요."

디에고가 부드럽게 미소 지으며 대답했다. 기왕 맞이할 이별이라면 웃는 얼굴로 끝내는 편이 나았다. 그녀를 미워하기는 어려웠고 사랑하기엔 스스로가 괴로웠다. 차라리 어떤 방식으로든 결론을 짓는 편이 낫겠다고 느껴질 정도였다.

한때 디에고는 사랑이라는 단어가 몹시도 낭만적이라고 생각했었다.

"미안해요, 나는……."

에스텔라가 말을 꺼내다 말고 입술을 깨물었다. 에스텔라는 그대로 고개를 숙였다. 머지않아 담담한 투로 말을 이을 줄 알았는데, 그녀의 목소리엔 의외로 물기가 담겼다. 에스텔라가 불안정한 호흡을 겨우 억누르며 입을 열었다.

"난, 난, 그냥…… 두려웠어요."

무엇이 두려웠을까. 그녀는 무엇이 두려웠기에 그를, 그들을 포기한 걸까.

디에고가 조용히 반문했다.

"내가 결국은 살인이라는 선택지를 고르는 사람일까 봐?"

에스텔라는 느리게 고개를 내저었다. 마침내 얼굴을 든 그녀는 어딘지 억눌린 표정을 짓고 있었다. 그녀는 몹시 힘겨운 이야기를 꺼내는 것처럼 몇 번이고 침을 삼켰다. 에스텔라는 마침내 오래도록 제 속에서 눌러 왔던 이야기를 끄집어냈다.

"예전에…… 내가 맡아 가르치던 아이가 있었어요."

예상치 못한 화제에 디에고의 눈이 미미하게 커졌다.

에스텔라는 제가 겪었던 일을 가만히 되짚어 보았다. 한 번도 타인에게 꺼낸 적 없는 이야기였기에 제대로 된 설명을 빚어내기가 쉽지 않았다. 이 세계의 관념으로 이해할 수 없는 제도들을 에둘러 표현하는 건 특히나 힘들었다.

"가정 환경이 좋지 않았는지 더러운 옷을 입고 오거나 몸에서 냄새가 나는 일이 잦았어요. 덕분에 또래 친구들과도 잘 어울리지 못해서 제가 유달리 신경 썼어요."

디에고로서는 잘 이해가 가지 않는 서두였을 텐데도 그는 에스텔라의 말을 막지 않고 잠자코 들어 주었다. 에스텔라는 심호흡을 하며 천천히 말을 이었다.

"그런데 어느 날부터 그 애가 모습을 보이지 않더라고요."

원래 출결이 불성실한 아이였으므로 새삼스러울 건 없었다. 처음 며칠은 학교에 오기가 싫었나 보다며 대수롭지 않게 넘겼다.

그러던 어느 날 아침, 그녀는 아이에게서 부재중 전화가 걸려 와 있는 것을 발견했다. 아이에게 개인 휴대전화는 없었지만 집 전화기로는 몇 번 통화를 한 적이 있었다. 그때 연락처를 저장해 둔 덕에 그녀는 어렵지 않게 상대를 알아볼 수 있었다.

그녀는 곧장 다시 전화를 걸었고, 짧은 신호음 끝에 한 중년의 남자가 받았다. 부재중 전화에 대해 묻자 그는 잠시 침묵하다가 이렇게 말했다.

-아, 애 학교 문제 때문에 전화 드렸었습니다.

"그 애의 아버지가 말하더군요. 형편이 좋지 않아 할머니가 계신 시골로 내려보냈다고. 한번 얼굴을 봤으면 한다는 데도 막무가내였어요. 애를 돌볼 사람이 없는데 어떡하느냐고 말이에요."

전화를 끊은 후 그녀는 할머니를 자랑하던 아이를 떠올렸다. 조모와의 추억을 말할 때의 아이는 부모에 관해 이야기할 때와는 달랐다. 드물게 자랑하듯 으스대며 눈을 반짝였다. 그 애에게서 좀처럼 찾아볼 수 없었던 천진한 태도였다. 그 좋은 인상이 에스텔라의 과한 참견을 붙들었다.

"그때 이상한 걸 알아챘어야 했는데, 워낙 형편이 안 좋은 가정이었기 때문에 그 말을 곧이 믿었어요. 생활비가 없으면 아이도 건사할 수 없으니까. 차라리 그 애가 조모에게 간 게 다행일지도 모른다고요."

에스텔라가 자조하듯 피식거리며 말을 이었다.

"난 꽤 괜찮은 어머니 아버지 밑에서 자랐거든요. 부모란 당연히 아이를 사랑해야 하는 존재라고 믿을 정도로요."

웃음기가 마른 입술을 스쳤다가 그대로 흘러 빠져나갔다. 에스텔라의 얼굴이 다시금 서서히 굳었다.

"그 애 아버지는 맡겨둔 짐을 찾아가지도 않았고, 아이가 어느 지역으로 옮겨 갔는지도 알려주지 않았어요. 어쨌든 결국은 공적으로 정리가 필요해졌죠. 그래서 아버지에게 다시 연락을 했는데 받지 않더군요."

"……."

"그렇게 되니까 갑자기 너무 걱정이 되어서, 그 애 집을 찾아갔었어요."

에스텔라의 눈동자가 흔들렸다. 무릎 위에 올려둔 주먹이 하얗게 질려 들었다. 에스텔라는 이를 앙다물고 눈을 감았다. 에스텔라가 불분명한 발음으로 애써 말을 이었다.

"그런데."

"……."

"그런데……."

끝내 에스텔라는 숨죽여 울음을 터트렸다. 가까스로 눈물을 떨구진 않았으나 코가 온통 빨갛게 달아올랐다. 목소리 역시 볼품없이 갈라져 아이들을 가르칠 때 나오던 맑은 음성은 흔적을 찾아볼 수 없었다.

에스텔라가 헐떡이며 쏟아 내듯이 말을 맺었다.

"그 애가 죽어 있더라고요. 바로 자기 친부 때문에."

그녀는 기억한다. 후미진 골목과 이상한 악취, 난장판이 된 집과 그녀가 가르쳤던 아이. 그 모든 것이 뒤섞여 어지럼증을 불러일으켰던 기묘한 오후를.

에스텔라는 마침내 그날 걸려 왔던 전화의 진짜 발신자를 알아차렸다. 모르려야 모를 수가 없었다. 그 애의 아버지는 이날 이때껏 그녀에게 전화를 건 적이 없었다. 아이에게 그토록 관심이 없었던 남자가 담임선생님의 연락처까지 알았을 리 없었다.

그녀는 아이에게 번호를 적은 쪽지를 남겨 주며 하고 싶은 말이 생기면 전화하라고 말했었다. 그러고는 졸리다는 핑계로 받지 않았다.

그날 그녀에게 전화를 걸었던 건 죽어 가던 아이였다.

"그 집에서 뒤돌아 달려 나온 후로, 난 줄곧 그 애에게서 도망치고 있었어요. 그럼에도 머리를 떠나지 않는 생각이 있었죠. 내가 그때 더 무엇을 할 수 있었을까."

에스텔라가 바닥 어딘가에 시선을 고정한 채 말했다. 목소리의 크기가 들쑥날쑥했고 높낮이 역시 불안정했다. 꼭 이상한 주문이라도 외는 것처럼 보일 정도였다.

디에고는 반사적으로 팔을 뻗어 그녀의 손을 붙잡았다. 실체를 가진 사람답지 않게 그녀가 곧이라도 사라질 것처럼 위태로워 보였기 때문이다. 디에고가 에스텔라를 응시하며 침착한 목소리로 말했다.

"당신이 죄책감을 가질 필요는 없습니다. 그런 아버지가 있었던 이상, 당신 모르는 곳에서 잘못됐을 수도 있는 거였어요."

"차라리 제가 모르게 그랬더라면 나았겠죠. 손을 쓸 수도 없는 곳에서 잘못되었더라면, 비극이라며 안타까워할지언정 내가 지옥에 있진 않았을 거예요."

에스텔라가 목이 졸린 듯한 음성으로 대답했다. 차마 타인의 눈을 마주 볼 자신이 없어 상체를 숙인 채 미동하지 않았다.

디에고의 위로는 지난 생에서 함께 일했던 동료 교사들 역시 익히 들려주었던 말들이었다. 아이를 죽인 건 아버지였고 그녀는 둔감했을지언정 범죄에 동조하진 않았다. 어쩌면 죄책감을 가질 필요가 없다는 그 말이 이성적이고 옳은 해답일 수도 있었다.

그러나 그 알량한 변명이 그 애를 되살릴 수는 없었다.

"'만약에'라는 가정은 불필요하다는 걸 저도 알아요. 하지만 계속 생각하게 되었어요. 내가 조금 더 의심이 많았다면? 그 애 아버지 말을 곧이 믿지 말고 좀 더 일찍 방문했더라면? 아니, 애초부터 적절한 도움을 받을 수 있게 부지런히 조치했더라면?"

에스텔라가 고개를 들며 횡설수설 말했다. 두서없는 투와는 다르게 막상 꺼내놓은 의문은 논리 정연했다. 오래도록 그녀의 안에 켜켜이 쌓아 두었던 질문이었기 때문이다.

에스텔라가 초점 없는 눈으로 허공을 노려보며 말했다.

"내가 일찍 찾아갔으면 그 앤 죽지 않을 수 있었어요. 그건 분명한 사실이에요."

확신 어린 태도에 디에고는 무어라 더 말을 보태지 못했다. 오래전에 집어삼킨 죄책감은 이미 그녀의 안에 단단히 자리 잡고 있었다. 그건 형식적인 위로 몇 마디로 흘려보낼 수 있는 종류의 감정이 아니었다.

"사람들 사이에서 살아오면서, 난 늘 내가 뭘 더 할 수 있을까를 생각해 왔어요."

그리 말한 에스텔라가 아랫입술을 깨물었다. 이어 그녀가 동의를 구하듯 초조한 낯으로 디에고를 돌아보았다. 그러고는 헛웃음을 흘리며 재차 물었다.

"그렇잖아요? 죽으면 끝이에요. 아무리 미운 사람이라도 죽어서 헛헛한 마음이 드는 것보다는 살아서 증오하는 편이 나아요."

그 고민은 그녀의 남은 평생에 낙인처럼 새겨졌다. 지겨운 죄악감은 옛 기억을 진작 털어 버려야 했을 새로운 삶에서까지 그녀를 붙들고 놓아주지 않았다. 그날의 경험은 그녀가 언제나 타인의 입장을 먼저 돌아보게 만들었다. 세드릭과 세실리아를 살리고자 한 것도 결국은 같은 연계였다. 또 죽어 갈 아이를 모른 척하고 싶지 않았으니까.

에스텔라의 얼굴이 곧 허물어졌다. 에스텔라가 제 양팔을 감싸 안으며 바싹 마른 입술을 달싹였다.

"난 당신과 아이들을 보면서…… 줄곧 그 아이를 생각했어요."

"……."

"평화로운 일상에 안심하다가도 섬뜩한 상상이 스쳤죠. 내가 없었다면…… 하고."

그녀가 읽었던 책 속의 주인공은 온 일가를 죽였다. 소설 속의 살인자는 매력적일지언정 실제로 마주치기는 두려운 대상이었다.

에스텔라는 디에고를 처음 만났을 때 자신이 느꼈던 기분을 잊지 않았다. 혹여나 목이 달아날지도 모른다는 생각에 그녀는 디에고가 거래를 받아들이기 전까지 내내 마음을 졸였었다. 에스텔라는 살인을 한 사람을 실제로 본 적이 있었다. 그리고 그때 느꼈던 감정 역시 고스란히 가슴속에 간직한 채였다.

의도하지 않았음에도 에스텔라는 그녀를 둘러싼 상황에서 공통점을 발견할 때마다 자연히 이전의 경험을 대입해 보았다. 책 속의 디에고는 죽은 아이보다는 그를 죽인 아버지 쪽에 대응되는 대상이었다. 세실리아와 세드릭의 목숨을 노렸던 이는 다른 누구도 아닌 바로 디에고였으니까. 에스텔라가 동생들을 살려 달라 거래를 청하지 않았더라면 그는 실제로도 능히 그리했을 것이었다.

그러나 디에고에 대해 알아 가며 에스텔라는 차츰 그의 이면을 보게 되었다. 그의 상처를 마주할 때마다 에스텔라는 소스라치듯 놀랐다. 이복동생들을 무자비하게 도륙했던 살인자가 아닌, 그야말로 치열하게 살아남은 생존자가 눈앞에 있었다.

그의 인간적인 모습을 마주할 때마다 에스텔라의 안에도 혼란이 쌓였다. 그의 여린 모습을 볼 때면 죽은 아이의 얼굴을 떠올렸다가 그가 지은 죄를 되새길 때면 그 애의 아버지를 생각했다. 디에고의 생존에 안도했음에도 그가 죽인 사람을 돌이켜 볼 때면 가슴 한편이 서늘해졌다.

한번 덧씌워진 첫인상은 그의 달라진 모습을 보고 난 이후에도 쉽게 달아나지 않았다. 혼란은 어느 한쪽으로 정리되는 대신 점점 깊어졌다. 그에 대한 마음이 부피를 키울수록 그가 두려웠다. 그를 사랑하고 싶은 욕심 때문에 그의 죄에서 눈을 가리고 있는 것은 아닌지 의심스러웠으니까. 종내에는 무엇이 옳은 건지 갈피를 잡지 못할 만큼.

"내가 잘못된 선택을 하려 했다는 걸 압니다. 그런 계산을 할 수 있는 남자라는 사실만으로도 당신이 나를 사랑할 수 없다는 증명이 되겠죠."

디에고가 가까스로 입을 열어 대꾸했다. 그녀가 어째서 자신을 두려워하는지, 그는 이미 이해하고 있었다.

에스텔라는 평생 남을 죽이겠다는 결심 따위는 하지 못할 여자였다. 흠결 넘치는 그의 인생과 다르게 그녀라는 사람은 질투 나리만치 고결했다. 그래서 그녀가 그의 죄를 말했을 때 그는 어떤 반박도 돌려줄 수가 없었다.

동요를 드러내지 않으려 안간힘을 쓴 탓에 되레 그의 표정은 기묘하게 일그러져 있었다. 디에고가 고통을 견디듯이 눈을 감았다.

"당신이 그런 나를 견딜 수 없다고 한다면……."

"아니요, 그런 이야기를 하려던 게 아니에요. 그냥, 이건…… 내가 처음부터 잘못 생각하고 있었던 거예요."

에스텔라가 다급히 고개를 내저었다. 그의 손을 끌어와 붙잡는 행동은 꼭 그를 보듬어 주려는 것만 같았다.

디에고는 에스텔라가 제게 무슨 말을 하려는 것인지 알 수 없었다. 아니, 어쩌면 알 것도 같았으나 기대를 품기가 두려웠다. 그는 이미 부푼 마음을 감당하지 못하고 무너진 적이 있었다. 두 번 같은 방식으로 상처받았다간 다시는 회복할 수 없을 것 같았다. 그런데도 왜 다시 그녀를 믿고 싶은 마음이 드는 건지 모를 일이었다. 그토록 그리웠던 얼굴이 그의 앞에서 그를 위해 눈물짓고 있어서일까.

"당신이 그 여자가 쏜 총에 맞았을 때…… 당신에게서 죽은 아이를 봤어요."

에스텔라가 젖은 얼굴로 들릴 듯 말 듯하게 속삭였다. 그러고는 짐짓 놀랍다는 듯이 자문했다.

"만약 그 애가 당신처럼 힘이 있어서 아버지를 찌르고 도망 나왔더라면, 내가 어떻게 겨우 도망친 그 애에게 살인자라고 말하겠어요?"

눈가에 매달려 있던 눈물이 중력을 이기지 못하고 아래로 떨어졌다. 디에고의 손등을 따듯한 눈물이 적셨다. 에스텔라는 울면서 웃었다.

"그런데 내가 그 짓을 했네요."

굳은 입술이 잘 움직이지 않아 에스텔라는 그대로 이를 악물었다. 에스텔라가 어깨를 떨며 디에고의 손등 위로 얼굴을 묻었다. 북받치는 울음을 억누를 수가 없었다. 에스텔라는 한참 그의 위로 눈물을 쏟아 냈다.

그녀는 지금껏 스스로를 믿고 스스로의 결정을 믿어 왔다. 원론적인 정답을 정해 놓고 그를 비난하는 일은 쉬웠다.

그러나 에스텔라는 이제 알았다. 그가 틀리고 자신이 맞았던 것이 아니다. 그녀에겐 그를 비난할 자격이 없었다. 그녀는 겪어 본 적이 없으므로. 결코 그였던 적이 없었으므로.

당신의 선택이 옳지 않았을지언정 우리는 그래서 살아 미래를 본다.

"이제 도망치지 않을게요. 과거에 그랬던 것처럼 당신을 탓하지 않을게요."

에스텔라가 디에고의 손을 단단히 잡은 채 말했다. 에스텔라는 디에고를 사랑하기 위해서는 그의 과오에서 눈 감아야 한다고 생각했다. 그 비겁한 생각은 결국 그녀를 그에게서 완전히 등 돌리게 만들었다. 그녀는 애써 도망치고 피하려 했던 그의 죄를 이제야 정면으로 마주했다.

당신이 친부를 죽인 살인자라면, 그날 당신을 보냈던 나는 공범자

다. 그 죄가 지울 수 없는 것이라면 기꺼이 그 무게를 나누어 지겠다. 당신은 너무도 오래 외로웠으니까.

"사랑해요. 사실은 나도 오래도록 같은 마음이었어요."

디에고는 잠시간 아무런 대답도 하지 않았다. 표정 변화가 없는 얼굴로, 그저 미동 없이 제자리에 앉아 있을 뿐이었다.

속내를 짐작할 수 없는 반응에 에스텔라는 짐짓 겁을 먹었다. 저를 이곳에 들이지 말라고 했던 그의 명령이 떠올라 자연히 몸이 움츠러졌다. 그녀가 디에고의 손을 놓으며 주눅 든 기색으로 시선을 피했다.

"당신이 나한테 실망해서, 이제 나와 함께하기 싫어진 거라면……."

순간 손목이 붙잡혔다. 디에고는 황급히 에스텔라의 팔을 제게로 끌어와 그녀가 고개를 돌리지 못하도록 했다. 그러고도 무슨 말을 뱉어야 할지 알 수 없어 잠시간 입만 벙긋거렸다. 그의 표정은 무섭도록 굳어 있었다.

한참 침묵하던 디에고가 겨우 입을 열어 말했다.

"거짓말."

그의 눈이 흔들렸다. 눈가에 열이 몰리고 목 아래에서 뜨거운 감각이 치솟았다. 디에고가 헛웃음을 터트리며 말을 더듬거렸다.

"그럴 리가…… 그럴 리가 없잖아."

"디에고."

"당신 같은 사람이 왜 날 사랑하겠어."

그는 꼭 꿈인지 아닌지 의심하는 것처럼 에스텔라를 붙잡은 손에 힘을 주었다. 그러나 손마디에 느껴지는 감각은 지나치리만치 현실적이었다.

에스텔라는 그에게 확신을 실어 주는 것처럼 그와 눈을 마주했다.

그녀는 그 안에서 그의 모든 속마음을 읽어 낼 수 있었다. 불신과 희망, 이젠 사랑이라고만 형용할 수 없는 온갖 감정 속에서 그의 낯이 서서히 일그러졌다. 디에고가 무너지듯 고개를 숙였다.

"꿈이라도 좋으니 제발 깨라고 하지 말아요. 난……."

마침내 그의 목소리에 물기가 담겼다. 디에고는 제 얼굴을 가린 채 눈물을 터트렸다. 에스텔라는 떨리는 손을 뻗어 디에고의 뺨에 가져다 댔다. 볼을 타고 흐른 그의 눈물이 손바닥을 적셨다. 에스텔라는 그녀가 불신하고 상처 주었던 남자의 모습에서 눈을 돌리지 않았다.

그녀는 불현듯 깨달았다. 자신은 이 남자를, 이곳을 평생 떠나지 못할 것이다. 어쩌면 속죄와도 같은 마음으로.

"앞으로는…… 절대 당신을 상처 주지 않을게요. 다시는, 다시는……."

에스텔라가 스스로에게 다짐하듯 반복해서 되뇌었다. 그의 얼굴이 천천히 위로 들렸다. 디에고가 진위라도 확인하는 것처럼 불안한 낯으로 그녀를 응시했다. 그가 두려움이 채 가시지 않은 목소리로 물었다.

"날 떠나지 않을 겁니까?"

"평생 여기 있을게요."

"나한테 계속 사랑한다고 말해 줄 거예요?"

"얼마든지요. 사랑해요, 디에고."

"내가 늙어서 할아버지가 되더라도?"

"그땐 저도 할머니겠죠, 뭐."

에스텔라의 대답에 둘 모두 동시에 작은 웃음을 터트렸다. 그들은 모두 젖은 얼굴을 하고 있었고, 심지어 디에고는 부상 때문에 평소와 같은 멀끔한 상태가 아니었다. 양쪽 다 볼품없는 몰골을 하고 있었지만 그 어느 때보다도 상황이 나았다.

디에고가 잠긴 음성으로 말했다.

"하나만 더요."

"뭔데요?"

"그럼 나랑 또 자 줄 겁니까?"

"당신 이럴 때까지…… 진짜……."

울먹이던 에스텔라가 입을 막으며 디에고의 팔뚝을 때렸다. 우는 얼굴이 보기가 싫어 건넨 농담인데 예상보다 반응이 열렬했다. 몸에 힘이 들어가지 않아 디에고는 부스스한 웃음을 흘렸다. 갑작스레 터져 나온 기침을 갈무리하자 별안간 입술 사이로 피가 흘러내렸다.

에스텔라가 사색이 되어 벌떡 자리에서 일어났다. 의자가 뒤로 나동그라지며 바닥을 굴렀다. 에스텔라는 넘어진 가구를 일으켜 세울 생각도 못 하고 그대로 방 밖으로 달려 나갔다. 복도 끝에서 그녀가 다급히 소리치는 목소리가 흐릿하게 들려왔다.

"하비에르! 주치의를 불러 줘요! 공작님이……!"

그녀 덕에 간신히 정신을 붙들고 있었던 듯 순식간에 시야가 흐려졌다. 디에고는 비척비척 다시 침대에 드러누웠다. 총을 맞은 건 다른 부위인데 폐부가 빌어먹게도 쑤셔 왔다. 슬슬 다시 잠들고 싶었으나 곧이어 집사와 주치의가 단잠을 깨우듯 소란스럽게 방 안으로 뛰어 들어왔다. 의사가 기도가 막히면 어떡하냐며 그를 급히 다시 일으켜 세우는 소소한 소동이 있었지만, 그럼에도 디에고는 그럭저럭 기분이 괜찮았다.

디에고가 의사 반대편에 선 하비에르를 파리한 낯으로 올려다보았다. 그러고는 힘없이 물었다.

“내가 천국에 있는 건 아니겠지?”

허파에 바람 든 사람처럼 웃고 있는 디에고를 하비에르가 한심한 눈으로 내려다보았다. 손자뻘의 주인에게서 그만한 나이 차를 느낀 건 이번이 처음이었다. 다 죽어 가는 상태인데도 여자 때문에 웃음이 나온다니 참으로 좋을 때였다.

“제발 좀 얌전히 주무세요.”

하비에르는 디에고의 쓸데없는 잡담을 원천 차단하듯 강제로 눈을 감겼다. 디에고는 수마를 이기지 못하고 곧 곯아떨어졌다.

제때 수술을 받은 덕분인지 경과는 더할 나위 없이 좋았다. 디에고는 일주일 만에 짧게나마 몸을 일으켜 세움으로써 주변 사람 모두를 기함하게 만들었다. 주치의가 괴물 같은 회복력이라며 혀를 내둘렀을 정도였다. 자신이 같은 부상은 입었다면 족히 한 달은 앓았을 거라고 덧붙이기도 했다. 이에 디에고는 육류 위주의 규칙적인 식사와 꾸준한 운동을 강조함으로써 직장 생활에 찌들어 햇빛을 보지 못하는 보좌관들을 노하게 만들었다. 그마저도 즐거운 분란이었다.

대외적으로 디에고는 총기 훈련을 하다가 불의의 사고를 당한 것으로 알려졌다. 측근이야 실상을 알았지만 아직 안나의 행각을 외부에 밝히지는 않았다. 세실리아와 세드릭 역시 그 ‘외부’에 속했다.

절대 안정을 이유로 디에고는 일주일째 아이들을 만나지 못했다. 세드릭과 세실리아가 병문안을 졸랐으나 아이들에게 내보일 만큼 상처가 만만하진 않았다. 무엇보다도 안나는 전대 공작 부인이자 아이들의 친모로 몹시 민감한 위치에 있었다. 그런 그녀가 아이들이 그토록 따르던 이복형을 살해하려 한 것이었다.

그들은 아직 안나에 대한 처우를 결정짓지 못했고, 따라서 아이들에게도 무덤가에서의 사건을 전할 수 없었다. 사건을 마무리 짓고 싶어도 그 당사자가 결정을 회피하고 있으니 어쩔 수 없는 일이었다.

"그 사람은 어떻게 하실 거예요?"

에스텔라의 질문에 디에고가 감았던 눈을 떴다. 한참 그녀의 허벅지를 베고 누워 그녀가 읽어 주는 책을 듣고 있던 참이었다. 그 책의 종류가 동생들의 경우와 다르게 경제 쪽 실용서인 것만 빼면 그럭저럭 아이 같은 어리광이었다.

그러나 디에고는 그녀가 타박하지 않고 자신을 다리 위에 순순히 눕혀 주었던 게 다분히 계산적인 결정이었음을 깨달았다. 그는 아직 타인의 도움이 없으면 몸을 운신하기가 힘들었다. 자세를 바꾸려면 볼썽사납게 버둥거리거나 타인의 도움을 받아야 한다는 뜻이었다. 덕분에 그는 퇴로를 차단당한 채 그녀의 물음에 대답할 수밖에 없는 상황이 되었다.

디에고는 짐짓 곤란하다는 듯 눈썹 사이를 좁혔다. 그는 그간 의도적으로 안나와 관련된 화제를 피해 왔었다. 그가 어떤 결정도 내리지 못하는 동안 안나는 줄곧 지하실에 갇혀 있었다. 어떤 것도 해결되지 않고 하염없이 시간만 흘러가고 있는 셈이었다.

솔직히 말하면 디에고는 안나에 관해 더는 생각하고 싶지 않았다.

방아쇠를 당기지 못했던 숨 막히는 순간이 반복적으로 떠올랐고, 만약 그런 기제가 사라진다고 해도 제 손으로 또 사람을 죽이고 싶진 않았다.

그렇다고 공권력의 힘을 빌리기엔 세드릭과 세실리아의 입장이 난처해진다. 자신을 살해하려 한 여자의 자식들을 저택에 두었다간 어느 쪽으로든 말이 나올 것이었다.

디에고가 잠시간 골똘히 생각하다가는 물었다.

"그전에 확인하고 싶은 게 있는데."

"뭔데요?"

"당신이 쓰러진 내 앞에서 총으로 그 여자 뺨을 후려갈겼다는 게 사실입니까?"

예상치 못한 물음에 에스텔라의 뺨이 붉어졌다. 에스텔라는 눈에 띄게 당황한 태도로 허둥거리다 그만 책을 떨어트릴 뻔도 했다. 가까스로 물건을 붙잡은 에스텔라가 안도의 한숨을 내쉬었다. 그에 디에고가 팔을 들어 검지와 중지 끝으로 책등을 툭툭 쳤다.

"그 여자를 기절시킨 데 이어 내 잘생긴 코도 부러트릴 심산입니까?"

에스텔라가 볼멘 목소리로 대꾸했다.

"재장전을 하게 둘 순 없잖아요."

"폭력은 나쁜 건데?"

디에고가 그녀를 놀리듯 되물었다. 에스텔라가 그를 지키기 위해 누군가에게 폭력을 휘둘렀다니, 놀라운 일이었다. 에스텔라는 무려 세드릭이 디에고가 선물한 드레스에 색칠 놀이를 했을 때도 매를 들지 않고 참았었다. 처음으로 함께 참석했던 무도회에 입고 갔던 물건이라 제법 의미가 깊었는데도 말이었다.

디에고가 웃음기 섞인 목소리로 다시 에스텔라를 골렸다.

"난 그 여자가 이틀 동안 못 깨어났다기에 당신이 데려온 호위가 총이라도 쏜 줄 알았지 뭡니까?"

"그렇게 세게 때리진 않았어요. 그 여자 몸 상태가 안 좋았던 거죠."

에스텔라가 애써 동요를 감추며 대답했다. 에스텔라의 말은 어디까지나 진실이었다. 그것이 안나가 주장했던 것처럼 그녀가 중병에 걸린 환자이기 때문은 아니었지만.

안나를 구금하는 과정에서 그들은 놀라운 사실을 알게 되었다. 그간 불러들였던 의사들이 안나의 병명을 밝히지 못한 건 그들의 무능 때문이 아니었다. 안나는 애초부터 아무런 병환도 앓고 있지 않았으니까.

놀랍게도 안나는 그동안 단순히 환자인 척 연기를 해 왔던 거였다. 의도적으로 식사를 걸렀고 피부의 발진을 일으키기 위해 독한 약초와 반복해 접촉했다. 그에 더해 불면까지 겹쳤으니 몸이 쇠약해지는 것도 당연했다. 애초에 존재하지 않는 병이니 그 원인을 밝혀내는 것도 불가능한 일이었다.

안나는 오로지 디에고를 죽이기 위해 수도로 돌아왔다. 심지어는 제 친자식들의 마지막 기대까지 이용해 가며. 안나가 이번 사건에서 상처입힌 건 비단 디에고뿐만이 아니었다. 사과받기 위해 친모와 재회하려 했던 세실리아의 결심이 결코 가볍지 않았다. 에스텔라는 그들 모두가 기만당했다는 생각을 지울 수 없었다.

에스텔라가 가라앉은 음성으로 말했다.

"그 여자는 죗값을 치러야 해요."

“그래서, 이번엔 총으로 때리는 대신 직접 쏘기라도 할 겁니까?”

디에고가 가벼운 투로 받아쳤다. 방금까지 그녀를 곯렸듯, 어디까지나 농으로 건넨 말이었다. 에스텔라가 그런 짓을 저지르리라곤 기대치도 않았으니까.

그러나 에스텔라는 웃지 않았다. 에스텔라가 굳은 얼굴로 대답했다.

“그 여자를 살려 둘 순 없어요.”

안나가 디에고를 죽이려다 발각된 게 벌써 두 번째였다. 실행에 옮기지 않았을 계획만 셈해도 족히 그 곱절은 될 것이었다. 그녀가 제 악행을 반성할 인물이 아님은 이번 일로써 증명되었다.

객관적으로 판단했을 때 그들은 안나를 살려 두지 않는 게 맞았다. 원한을 방치했을 때 다음이 생겨나지 않으리란 기약이 없었으므로. 하지만 그건 너무도 그녀답지 않은 일이었다.

에스텔라가 살인이라는 행위에 얼마나 큰 거부감을 가져 왔는지는 디에고가 가장 잘 알았다. 그녀는 농담으로라도 타인의 죽음을 바라진 못할 인물이었다. 디에고가 놀라움에 말을 잇지 못하고 머뭇거렸다.

“하지만 당신은…….”

에스텔라도 그가 무슨 말을 하고 싶은 건지 알아차린 듯했다. 디에고를 한참 물끄러미 내려다보던 에스텔라가 눈을 감았다.

“사람한테는.”

그리 운을 뗀 에스텔라가 짧게 침묵했다. 스치듯 입술을 깨문 에스텔라가 이어 목소리에 힘을 주었다.

“사람이라면 누구나 각자의 우선순위가 있어요.”

"……"

"재물이든 명예든, 가족이든 권력이든. 어떤 가치를 최우선으로 하느냐에 따라 각기 다른 선택을 하며 살아가요. 명예를 얻고자 하면 물질을 거부하고 청렴하게 살아갈 수도 있고, 반대로 물질을 바라 신념 따윈 쉽게 저버릴 인물도 있겠죠."

에스텔라가 눈을 뜨며 디에고를 곧은 시선으로 응시했다. 그 안에 일말의 흔들림이라고는 없었다. 에스텔라가 고저 없이, 그야말로 사실을 말하는 투로 말했다.

"난 그걸 당신으로 정한 거예요."

에스텔라는 디에고의 과거를 모르지 않았다. 에스텔라에게 있어 살인을 경험한 이는 그녀의 신념과 결코 맞물릴 수 없는 사람이었다. 그녀는 '그럼에도' 디에고를 선택한 것이었다. 그따위 기준보다도 그가 더 소중해졌으니까.

"이제 나에게 당신보다 중요한 건 없어요."

그리 말을 맺는 에스텔라는 꼭 맹세라도 하는 것처럼 보였다. 디에고는 당혹스러운 심경으로 입을 다물었다.

에스텔라와 화해를 했음에도 그의 가슴 한쪽엔 작은 의구심이 남아 있었다. 그녀는 정말 진심으로 저를 이해한 걸까. 자신에게서 죽은 아이를 보았다면, 그때 아무것도 하지 못했다는 죄책감 때문에 제 곁에 남겠다는 결심까지 하게 된 것은 아닐까.

지나친 확대 해석이 아닌가 싶으면서도 어쩔 수 없이 의심이 스몄던 건 사실이었다. 그도 그럴 것이 디에고는 내내 그녀와의 관계에서 기울어진 중심을 느껴 오지 않았던가. 늘 안달하는 건 제 쪽이었고 에스텔라는 못 이기고 그런 그를 받아 주는 입장이었다.

그러나 에스텔라는 디에고가 예상했던 것보다도 더 큰 결심을 품고 있었다. 굳게 다물린 입술에서 디에고는 그녀의 결단을 읽어 냈다. 그녀는 고집 있는 성격이었고 한번 결정한 일은 잘 바꾸지 않았다.

디에고는 직감처럼 알 수 있었다. 자신이 그런 그녀의 안에 누구보다도 깊게 자리 잡았음을. 그리하여 그들이 비로소 같은 눈높이에 섰음을 말이었다.

얼간이 같은 표정을 짓게 될 것 같아 디에고는 커다란 손으로 제 얼굴 위를 덮었다. 디에고가 부푼 가슴을 억누른 채 앓는 음성으로 말했다.

"……이런 고백은 난생처음 들어 봐요."

"사람도 죽일 수 있는 사랑이라니, 살벌하죠?"

아까 디에고가 그녀를 놀려 왔던 데 보복하듯 에스텔라가 달콤한 목소리로 되물었다. 디에고는 너무나도 좋다고 대답하려다가 내용의 섬뜩함을 깨닫고는 알아서 입을 다물었다. 에스텔라가 디에고의 앞머리를 쓸어 넘기며 말했다.

"내가 안나를 만나 볼게요."

디에고는 만나서 뭘 할 것이냐고는 묻지 않았다. 어쩐지 답변을 듣기가 두려워졌기 때문이다. 대신 문득 인상을 찌푸리며 말했다.

"당신, 나만큼이나 악당이 됐네."

그에 에스텔라가 피식 웃음을 터트렸다. 그녀는 디에고의 코끝을 누르며 진실을 알려 주었다.

"당신 악당 아니에요. 주인공이지."

같은 건물에 있는 이를 찾아가는 데 대단한 채비가 필요할 까닭은 없었다. 에스텔라는 디에고가 골라 준 호위 두 명을 대동하고는 지하실로 향했다. 빛이 들지 않는 위치였음에도 곳곳에 설치해 둔 조명 탓에 그다지 어둡다는 느낌은 들지 않았다. 죄지은 자를 가둬 두기엔 지나치게 훌륭한 공간이 아닌가 싶을 정도였다.

안나는 복도 끝의 가장 깊숙한 방에 가둬져 있었다. 모퉁이에 다다르자 호위가 먼저 앞으로 나서 잠긴 문을 열었다. 에스텔라는 심호흡을 한 번 하고는 천천히 안으로 걸어 들어갔다.

방이 크지 않았기에 에스텔라는 문턱 너머로 발을 들이자마자 찾던 사람을 발견할 수 있었다. 잠을 자고 있는 건지, 기절한 건지는 알 수 없으나 안나는 바닥에 쓰러진 채 미동이 없었다. 안 그래도 왜소한 체구였던 안나는 일련의 일들을 겪으며 더욱 작아져 있었다.

인기척을 느꼈는지 안나의 몸이 작게 움찔했다. 안나는 천천히 상체를 일으키더니 에스텔라를 빤히 응시했다. 비쩍 마른 뺨 위로 형형한 눈동자가 떠올라 있었다. 에스텔라는 그 모습에서 꼭 굶주린 표범 같은 인상을 받았다.

에스텔라는 안나에게서 시선을 떼어 내고는 오른편의 커다란 테이블로 가 앉았다. 호위는 안나를 일으켜 에스텔라의 반대편으로 끌어왔다. 강압적인 이동이었으나 의외로 안나는 순순히 따랐다. 아니면 단순히 반항할 힘이 나지 않았거나.

에스텔라와 안나는 곧 테이블을 사이에 두고 마주 앉았다. 미리 각오를 다진 덕분인지 안나의 앞에 섰음에도 두려움이나 증오 같은 극렬한 감정은 들지 않았다. 에스텔라가 하고 싶은 건 대화이자 협상이었다. 물론 상황은 제 쪽에 한없이 유리하며, 상대는 결코 판도를 뒤집을 수 없을 테지만 말이었다.

"꽤 위협적인 모습으로 등장하셨네."

안나가 오연한 태도로 비아냥거렸다. 에스텔라는 내심 감탄하지 않을 수 없었다. 안나를 감시하는 이들이 죄인의 끼니를 제대로 챙기진 않았을 터였다. 그 와중에도 저렇게 자신을 노려볼 힘이 있다니 사뭇 존경스럽기까지 했다. 하기야 살가죽이 뼈에 달라붙을 때까지 자의로 굶는 게 보통 의지로 되는 일은 아닐 것이다.

에스텔라는 물끄러미 시선을 내리고는 가져온 상자의 뚜껑을 열었다. 에스텔라는 안에 담긴 물건을 꺼내 조용히 테이블 중앙에 내려놓았다. 안나의 시선이 무섭도록 집요하게 그 위에 꽂혔다.

"그날 당신이 가져왔던 총이에요."

그와 동시에 안나가 발작하듯 테이블 위로 달려들었다. 대기하고 있던 호위가 그런 안나의 머리를 상판 위로 재빠르게 처박았다. 에스텔라는 예상이라도 했다는 듯 도움을 준 사내에게 "고마워요." 하고 짧게 인사했다. 안나는 안간힘을 써 가며 몸을 들썩였으나 장정의 힘을 이길 수는 없었다.

결국 안나가 두 팔을 늘어트리며 어깨에서 힘을 뺐다. 그럼에도 기세는 죽지 않았는지 곧장 에스텔라를 향해 이죽거렸다.

"총을 가져와서, 그래서 뭐? 저걸로 널 쏴 줄 수는 있는데."

안나가 짧게 이를 으득 갈았다. 그녀의 눈빛엔 선연한 살의가 담겨 있었다. 에스텔라가 그런 안나를 내려다보며 차분히 말했다.

"난 당신에게 존엄한 죽음을 맞이할 기회를 주러 왔어요."

안나의 움직임이 싸늘하게 멎었다. 안나를 붙잡고 있던 호위가 그제야 안나를 일으켜 다시 의자에 앉혔다. 머리카락이 흘러내려 안나의 눈앞을 가린 탓에 표정을 확인할 수는 없었다. 에스텔라는 안나의 숨소리를 들으며 그들이 져야 하는 선택의 무게에 대해 생각했다.

에스텔라와 디에고에게는 두 가지 길이 있었다. 첫 번째는 안나를 법정에 고발하는 것이고 두 번째는 그들이 직접 손을 쓰는 것이었다. 사적으로 행한 보복은 그 행동이 마땅했는지와는 상관없이 범죄가 되는 법이었다. 원론적으로는 전자가 옳을 테지만 그건 결코 택할 수 없는 답이었다. 에스텔라와 디에고는 안나에 더해 그 자식들의 인생까지 망가트리고 싶은 게 아니었으니까.

그렇다면 남은 답은 하나였다. 디에고는 그 사실을 인정하기가 싫어 지금껏 안나를 지하실에 방치해 온 것이었다.

안나가 정곡을 찌르듯 물었다.

"그놈이 날 못 죽였으니 네가 대신하려고?"

"그 사람이 당신 같은 인간을 위해 죄책감을 가질 이유 없으니까."

"죽으라고 총을 들이미는 건 죄가 아닌 줄 아나 보지?"

"당신에게 그런 말을 들으니 조금 새롭군요."

에스텔라가 지지 않고 받아쳤다. 그에 안나가 재밌다는 듯 웃음을 흘렸다. 안나의 목소리가 한층 더 표독해졌다.

"너, 내 아이들에게 당당하게 말할 수 있겠어? 부모가 쌍으로 제 오라비 손에 뒈졌다고 말이야. 네 잘난 교육관과는 도무지 맞지 않는 일 아닌가? 난 아직 네가 내 교육 방식에 대해 훈계하듯 지껄였던 말들이 기억에 선한데."

안나는 제법 그럴듯한 지적을 하고 있었다. 친부모가 어떤 종류의 인간이었든 간에 그 죽음을 조장하고 대신 자리를 차지하는 건 비도덕적인 일이었다. 후에 아이들이 자라나 그들의 선택을 이해할 수는 있으나, 그건 곧 이것이 반드시 아이들의 이해가 필요한 일임을 말했다. 에스텔라는 그걸 몰라서 이 자리에 앉아 있는 게 아니었다.

에스텔라는 무표정한 얼굴로 안나를 응시하며 말했다.

"당신이 잘 이해하지 못하고 있나 본데, 난 이게 옳다고 생각해서 당신더러 이 총을 받으라고 말하고 있는 게 아니야."

"뭐?"

"비겁한 일이기 때문에 내가 직접 온 거야. 그 사람의 손을 더럽히고 싶지 않으니까."

무게감 있는 태도에선 압박감이 느껴졌다. 예기치 못한 상황에 안나의 낯이 미미하게 굳었다. 차라리 이 자리에 에스텔라가 아닌 다른 누군가가 나왔더라면 안나도 빠르게 납득했을 것이었다. 그러나 반목이 길었던 만큼 안나 또한 짧지 않은 기간 동안 에스텔라를 봐 왔다. 안나는 지금까지 마지막 순간 마주하는 인물이 디에고가 아닌 에스텔라가 되리라고는 생각지도 못했었다.

안나의 눈에 어린 혼란을 발견한 에스텔라가 다시 입을 열었다.

"무슨 상황인가 머리 굴릴 필요 없어. 당신은 어차피 죽어. 이 지하실에서 생을 마감하느냐, 흉악범이 되어 처형장에서 목이 잘리느냐가 다를 뿐이겠지."

에스텔라의 말이 사실이었으므로 안나는 반박하지 않았다. 대신 드러나지 않게 이를 악물었을 뿐이었다.

안나도 자신에게 유리한 판결이 나오리라고는 기대조차 하지 않았다. 그녀는 한 가문의 가주를 해치려고 하다가 붙잡힌 것이었다. 심지어 안나에겐 그녀를 변호해 줄 만한 변변한 지원군조차 없었다. 애초에 제 부모란 작자들에게 만족했던 적은 없지만 이번은 더욱 극심한 열패감이 느껴졌다.

안나는 밑바닥부터 자력으로 모든 것을 쟁취해 왔고, 마찬가지로 스스로의 과오로 인해 전부를 잃었다. 지금 이 순간 한 가지 위안이 되는 사실이 있다면 덕분에 조촐한 패를 부풀려 보이는 법 정도는 알고 있다는 점일까. 안나가 애써 여유로운 낯을 내보이며 되물었다.

"어차피 죽을 사람은 왜 찾아왔는데?"

"생각을 해. 당신이 자결함으로써 무엇을 지킬 수 있는지."

에스텔라가 표정 변화 없는 얼굴로 받아쳤다. 안나는 비웃음을 터트리려 했다. 곧바로 이어진 에스텔라의 말이 아니었다면 충분히 실행으로 옮겼을 것이었다.

"무슨 헛소리를……."

"법정에 끌려가면 당신은 명목상이라도 유지하고 있던 전대 공작부인 자리를 완전히 버리게 되는 거야. 베르타 공작가의 가계도에선 당신 이름을 찾아볼 수 없게 되겠지. 아무것도 이루지 못했던 것처럼, 아무것도 기록되지 않고 그냥…… 그렇게 사라지는 거야."

안나가 반발하려다 말고 그대로 몸을 굳혔다. 어렴풋이 예상하기는 했으나 동시에 애써 생각하길 피해 왔던 미래였다.

안나의 입꼬리가 경련했다. 안나가 한 방 먹었다는 표정으로 비꼬았다.

"내가 죽은 뒤의 일까지 걱정해 줄 줄은 몰랐네."

"난 당신의 명예가 어떻게 되든 관심 따위 없어. 하지만 그렇다고 해서 이게 당신이 손해를 볼 제안이라는 뜻도 아니지."

에스텔라가 사무적인 태도로 대꾸했다. 에스텔라의 말이 사실이었기에 안나는 더더욱 갈피를 잡을 수 없었다. 안나도 제 앞에 놓인 미래가 썩 밝지 않다는 사실은 알았다. 어쩌면 에스텔라의 말처럼, 이것이 제가 맞이할 수 있는 가장 존엄한 죽음인지도 모른다. 이대로 지하실에 방치되어 소리 소문 없이 죽어 나가는 것보다는 훨씬 마무리가 깔끔할 것이므로.

안나가 주저하는 건 다름 아닌 그 때문이었다. 안나를 불안하게 하는 건 생리적인 두려움 때문만이 아니라, 상대의 알 수 없는 꿍꿍이속도 포함되었다. 에스텔라는 안나의 사정을 배려할 이유가 없는 사람이었다.

안나의 불신 어린 태도를 느꼈을까. 에스텔라가 조용히 물었다.

"당신이 사형장에 끌려가면 사람들이 뭐라고 할 것 같아?"

"……."

"세드릭과 세실리아는 평생 죄인의 아이가 될 거야. 위험을 감수하고 원수의 자식을 품었다며 이복형은 자비롭다고 칭송받겠지. 그리고 그 애들은 사람들의 입맛에 맞지 않는 짓을 할 때마다 입방아에 오를 거야. 자격 없는 식솔들 주제에 염치도 모르고 경거망동한다며 말이야."

에스텔라가 그리 말하며 테이블 위에 올린 양손을 겹쳤다. 여전히 안나에게 시선을 고정한 채였다. 그녀만큼이나 아이의 미래에 사사건건 걸림돌이 되는 친모도 드물 터였다. 객관적으로 안나는 차라리 없는 편이 나은 유형의 어머니였다.

에스텔라가 진심 어린 목소리로 말을 이었다.

"당신이 아이들에게 조금이라도 미안한 마음이 있다면, 최소한 그 죽음마저 부끄러워지진 않게 해. 그게 당신이 아이들한테 해 줄 수 있는 마지막 속죄야."

어쩌면 간곡한 애원이라고 말해도 틀리지 않았다. 여기서 안나가 거절한다면 그들은 묘지에서 벌어졌던 일을 세간에 알릴 수밖에 없었다. 반드시 아이들이 상처받게 되리라는 걸 안다고 할지라도 말이었다.

안나는 얼굴을 창백하게 물들인 채 아무 말도 하지 않았고, 에스텔라는 잠자코 대답을 기다렸다. 주먹 쥔 안나의 손이 잘게 떨렸다.

마침내 안나가 이를 악물며 형형한 눈으로 고개를 들었다. 에스텔라를 노려보는 눈빛은 매섭다 못해 섬뜩하게까지 느껴질 정도였다. 안나가 씹듯이 한 마디를 겨우 내뱉었다.

"나는."

그리 입을 연 안나는 흥분을 가라앉히듯 느리게 숨을 들이켰다. 빠르게 뛰던 심장 박동이 한결 차분해졌다. 안나가 똑똑한 발음으로 말을 이었다.

"나는 코르티잔이었어."

에스텔라도 알고 있는 사실이었다. 아니, 안나가 코르티잔이었다는 사실을 모르는 이가 수도에 존재하긴 할까. 사람들은 종종 안나의 출신을 떠들며 보잘것없던 여인의 출세에 질시 어린 감탄을 보냈다.

"그건 이날 이때껏 나의 태생적인 약점이었지. 모두가 나를 조롱하기 위해 그 명칭을 사용했어. 하지만 아무도 몰랐을 거야, 내가 그렇게 된 데 딱히 내 의사는 없었다는 걸. 아니면 알고도 모른 척

했든가."

그리 말하는 안나의 음성은 동요를 드러내듯 들쑥날쑥했다.

에스텔라는 그녀가 자의로 몸을 팔았을 거라고 생각할 정도로 세상을 아름답게 보진 않았다. 그러나 동시에 안나의 불행은 에스텔라와는 아무런 관련이 없는 일이었다. 안나는 타인의 연민을 살 자격을 이미 오래전에 상실했다.

"이제 와 동정이라도 사 볼 심산이라면 관둬."

"동정?"

에스텔라의 싸늘한 지적에 안나가 큰 웃음을 터트렸다. 안나의 낯에서 한순간 웃음기가 사라졌다. 안나가 섬찟한 목소리로 경고했다.

"가만히 들어. 이건 성취와 관련된 이야기니까."

동정을 바랐든 아니면 정말 제가 이뤄 온 것을 자랑하고 싶었든, 마지막 유언이라면 들어 주지 못할 것도 없었다.

에스텔라는 불편한 자세를 고쳐 앉으며 눈앞의 상자를 옆으로 밀어냈다. 꺼내 놓은 물건을 다시 상자 안에 넣진 않으리란 기묘한 확신이 든 덕분이었다. 에스텔라의 움직임을 잠자코 지켜보던 안나가 천천히 입을 열었다.

"내 비렁뱅이 같은 부모는 먹을 것이 없자 딸아이를 사내들의 아귀로 내밀었지. 내가 고작 열세 살이었을 때의 일이었어."

생계를 잇기 힘든 이들이 자식을 사창가로 내모는 건, 흔하진 않더라도 종종 벌어지는 일이었다. 때문에 에스텔라는 안나의 고백에도 크게 놀라지 않았다.

오히려 에스텔라를 동요하게 만든 건 자신이 안나의 사연에 일말의 연민조차 느끼지 못하고 있다는 점이었다. 제가 지나치게 정이 없어진 것인지, 아니면 원수의 사연에 마땅한 무관심을 보이고 있는 것인지 잘 분간이 되지 않았다. 에스텔라는 이를 내색하는 대신 말없이 안나의 이야기에 귀를 기울였다.

"그래도 그들은 장사 수완이 있는 편이었지. 가끔 돈이 남으면 내게 글을 가르치고 책을 사 주었거든. 그렇게 그들은 나를 점점 더 비싸게 팔았지."

과거를 떠올리고 있는 듯 안나의 시선엔 방향이 없었다. 이야기를 꺼내며 안나는 이따금씩 손끝으로 테이블 위를 툭툭 쳤다. 불안정해 보이는 손짓이었다.

"내 부모가 뒈지고도 난 남자를 만났어. 내가 익힌 줄글은 사내들의 귀에 읊어 줄 아첨 쪽으로만 기막히게 발달되어 있었으니까. 결국 난 내 죽은 남편과 마지막 거래를 하게 되었지. 공작 부인 자리는 내가 지금까지 받았던 화대 중 가장 훌륭했어."

안나의 목소리가 점점 힘을 더하며 거칠어졌다. 타인의 동조를 바란다기보다는 제가 겪었던 부조리를 지탄하는 모양새였다.

안나의 눈길이 문득 총구 위에 닿았다. 픽 코웃음을 치던 안나가 턱을 높게 쳐들며 허리를 꼿꼿이 폈다. 그러고는 똑똑한 어조로 말했다.

"내 부모는 날 창녀로 만들었지만 난 내 아들을 공작가의 가주로 교육시켰어. 그게 내 마지막 자부심이야."

에스텔라는 그만 실소를 터트릴 뻔했다. 이 와중에도 세실리아를 언급조차 않는 것이 참으로 그녀다워서였다. 아이들의 외조부모를 비교군으로 놓는다면 전대 공작 부부가 한결 나으리라는 사실을 다행으로 여겨야 할지 불행으로 여겨야 할지 알 수 없었다. 이미 자격을 상실한 이들을 두고 길고 짧음을 대본들 아무런 의미도 없을 테지만 말이었다.

에스텔라가 싸늘한 음성으로 말했다.

"당신이 저지른 짓은 자식을 잃는 일이었어요."

"……."

"그 애들은 이제 당신을 어머니라고 생각하지 않습니다."

마지막 말만은 악감정을 지우고 건넨 진심 어린 충고였다. 에스텔라의 직언에 충격받았다는 듯 안나의 눈이 일순 꿈틀했다. 그러나 이는 잠시일 뿐으로, 안나는 이내 꼿꼿이 턱을 들었다.

"상관없어."

에스텔라는 그런 안나를 물끄러미 응시하다가, 그대로 자리에서 일어서 방을 나왔다. 뒤는 의도적으로 돌아보지 않았다.

에스텔라가 복도를 지나 계단 앞에 다다랐을 즈음 뒤편에서 분노한 쇠가 열을 뿜는 소리가 들려왔다. 선명한 총성에 절로 진저리가 쳐졌다.

안나는 베르타 공작의 옆에 묻혔다. 공개적인 사인은 병사였다. 그녀가 수도로 돌아온 이유가 병구완을 받기 위해서였기에 의심을 품는 사람들은 없었다.

마지막 소원대로 그녀의 이름엔 죽음 이후까지 베르타라는 성이 함께했다. 일개 평민이었던 그녀가 공작 부인이라는 직위와 함께 눈을 감은 것이었다. 그렇게 안나가 돌로레스의 무덤 앞에서 벌였던 일은 소수만이 기억하는 비밀이 되었다.

이렇다 할 장례 절차는 없었으나 그 와중에도 찾아드는 조문객들은 존재했다. 죄인의 묘비 앞에 공개적으로 서기가 꺼림칙했는지 대부분은 얼굴을 가리는 커다란 로브를 걸치고 등장했다. 안나가 생전에 친교를 나누었던 이들인 듯했다. 과거의 위세에 비하면 분명 조촐한 마지막이었으나 그렇다고 외롭기만 한 죽음은 아니었다. 디에고는 안나가 인생을 헛살진 않은 모양이라며 쓴웃음 어린 농담을 건넸다.

"아브릴 백작 부인에게 연락은 해 봤습니까?"

디에고가 가구를 빼내고 있는 인부들에게 시선을 주며 물었다. 그들은 안나가 머물던 별관에서 그녀의 짐을 정리하고 있었다. 기실 정리보다는 처분이라는 표현에 가까운 일이었다. 남기는 것이라고는 없이 모든 흔적을 들어내고 있을 뿐이었으니까.

안나가 수도를 떠날 때 이미 한번 대대적인 정리를 거쳤던지라 남은 짐은 생각보다 단출했다. 오래 걸리는 작업이 아니었기에 디에고도 상황을 살피러 별관으로 나올 수 있었다. 통증이 아예 없는 단계는 아니었으나 누워만 있는 것도 좋지 않다며 의사도 슬슬 바깥 활동을 권하던 참이었다.

"네, 그게 예의일 것 같아서요."

에스텔라가 담담한 목소리로 대답했다.

에스텔라는 카밀라가 보냈던 편지에 대한 답장으로 안나의 죽음을 알렸다. 회신은 돌아오지 않았다. 에스텔라와 디에고에겐 고마웠던 도움이 카밀라에게 있어서는 친구에 대한 배신과 같았다. 안나의 계획이 실패한 원인은 카밀라가 비밀을 발설한 데 있었다. 에스텔라는 그들이 다시는 카밀라와 왕래할 일이 없을 것임을 예감했다. 입맛이 쓴 일이었다.

"도움을 받았으니 뭐라도 보답을 하고 싶은데요."

"원치 않으실 거예요."

그리 일축한 에스텔라가 머뭇거리다가는 덧붙였다.

"그래도 두 사람은 친구였으니까."

누군가의 최선이 곧 모두의 최선이 될 수는 없었다. 원했든 원치 않았든 때론 이해관계에 의해 사이가 어그러지기도 하는 법이었다.

디에고는 하녀들이 끌고 나가던 트레이에서 불쑥 목걸이를 하나 집어 들었다. 작은 메달이 달린 백금 목걸이였다. 잠시 보랏빛 보석을 들여다보던 디에고가 그것을 주머니에 넣었다. 그러고는 벽에 기대었던 등을 세워 텅 빈 방 안을 둘러보았다.

정리가 끝난 실내는 숨 막히도록 고요했다. 디에고가 천천히 창문을 향해 걸음을 뗄 때였다. 뒤편에서 조그만 목소리가 들려왔다.

"엄마…… 가써?"

에스텔라와 디에고는 놀란 얼굴로 동시에 뒤를 돌아보았다. 세실리아가 문을 붙잡고 고개를 빼꼼히 들이밀고 있었다. 죽이 잘 맞는 남매임을 증명하듯 세드릭도 함께였다. 아무래도 별관에서 나는 소란스러운 소리에 무슨 일인가 하여 들러 본 모양이었다. 몇 시간 전부터 인부를 불러 가구를 들어내고 벽지를 뜯어내느라 정신이 없었으니까.

에스텔라는 다소 당혹스러운 기분으로 아이들을 내려다보았다. 정리를 다 마치고 아이들에게 부고를 알릴 생각은 있었지만 그것이 지금은 아니었다. 이럴 줄 알았다면 아이들의 출입을 막아 두는 편이 나았을까.

아니, 아니었다. 안나의 죽음은 언젠가는 꼭 알려야만 할 일이었다. 시기가 조금 앞당겨진다고 한들 달라질 건 없었다. 그러나 안나에게 죽음을 인도한 당사자라서일까. 에스텔라는 좀처럼 아이들에게 그 소식을 전할 수가 없었다.

망설이는 에스텔라를 대신해 디에고가 앞으로 나섰다. 아이들의 앞에 무릎을 굽힌 디에고가 손을 뻗어 세실리아의 머리칼을 쓸어 넘겼다. 그가 아이들의 얼굴을 번갈아 보다가는 입을 열었다.

"세실, 세드릭. 어머니께서 돌아가셨다."

세실리아와 세드릭의 눈이 커졌다. 디에고가 느릿한 음성으로 이어 말했다.

"수도에 온 것도 몸이 편찮으셔서였잖니. 건강이 악화돼서 의사들도 손쓸 도리가 없었다더구나."

"……언제?"

먼저 말문을 뗀 건 세드릭이었다. 아버지가 죽었을 때처럼 그다지 충격받지도 않은 눈치였다. 오히려 안나가 사과하고 싶다는 의사를 전했을 때처럼 화난 얼굴을 하고 있었다. 반면 세실리아는 놀란 기색으로 치맛자락만 틀어쥐었다.

디에고가 한숨을 작게 내쉬며 대답했다.

"……며칠 됐어. 너희들에겐 천천히 알려 주려고 했는데, 상황이 이렇게 됐으니 지금 말하마."

그리 말하며 디에고가 주머니에서 목걸이를 하나 꺼내 들었다. 아까 전 챙겼던 안나의 유품임을 알아본 에스텔라의 눈에 이채가 감돌았다. 디에고가 그것을 세실리아에게 내밀며 말했다.

"네 어머니가 네게 남긴 거다, 세실."

세실리아가 고개를 갸웃거렸다. 선물 받은 당사자도 그다지 믿지 못하는 눈치였다. 그도 그럴 것이 안나는 아들을 놔두고 딸에게만 물건을 남길 위인이 아니었으니까. 에스텔라는 마지막까지 세드릭만을 입에 담던 안나를 떠올리며 쓴웃음을 숨겼다.

"징짜?"

세실리아가 목걸이를 받아 들며 확인을 구하듯 물었다. 디에고는 태연하게 고개를 끄덕였다.

"그래, 너한테 꼭 전해 주라고 하셨어."

에스텔라는 천천히 앞으로 걸어가 세실리아에게서 목걸이를 다시 가져왔다. 연결된 장치를 풀고는 세실리아의 목에 걸어 제대로 채워 주었다. 어른의 것이기에 아이가 착용하긴 다소 길었다. 세실리아가 적어도 열 살은 더 들어야 어울리는 나이가 될 것이었다.

에스텔라는 간 큰 거짓말을 벌이고 있는 디에고를 책하듯 흘긋 넘겨보았다. 그는 손에 턱을 괸 채 가볍게 어깨만 으쓱였다.

그런 어머니였음에도 어머니이기에 마냥 증오만을 품을 수는 없었던 걸까. 세실리아는 안나의 유품을 거부하지 않았다. 대신 커다란 눈으로 메달 부근을 말없이 내려다보았다. 보라색 보석을 응시하는 모습이 사뭇 진지했다. 세실리아가 우물쭈물 입을 열었다.

"나 이거…… 엄마가 한 고 본 저 기써."

아무래도 세실리아는 디에고의 말을 믿은 모양이었다. 실제로 안나가 가지고 있던 소지품이 맞았으니 그녀가 착용한 걸 본 기억이 있을 법도 했다. 와중에 눈 색과 비슷한 걸 챙긴 덕분에 디에고의 거짓말에 그럴 듯한 신빙성이 더해졌다.

에스텔라는 슬쩍 세드릭의 표정을 살폈다. 눈치가 빠른 세드릭도 기억에 있는 물건인지 긴가민가한 눈초리를 하고 있었다.

“마지막에 어머님이 아가씨 보러 오셨던 거 기억해요?”

에스텔라가 되도록 매끄러운 목소리를 지어내며 물었다. 세실리아가 두어 번 고개를 끄덕거렸다. 에스텔라가 따듯한 눈빛으로 세실리아를 바라보며 말했다.

“그때…… 마지막 인사하고 싶으셨던 거예요. 어머님이 가실 때 두 분 걱정 많이 하셨어요.”

세드릭은 공연히 발밑의 카펫을 걷어찼다. 걱정했다는 말을 믿지 못하는 듯했으나 그렇다고 반박하고 나서진 않았다. 아닌 게 아니라 사람은 죽을 때가 되면 변하기도 하는 법이었다. 설마 하는 기대가 그들의 마음속에 미약하게나마 남아 있었다. 이런 아이들에게 친모의 마지막이라도 좋게 기억시키고 싶은 마음이 큰 죄일까. 아마 디에고도 그런 바람으로 세실리아에게 목걸이를 내밀었을 터였다.

에스텔라는 먹먹한 기분을 숨기려 침을 삼켰다. 에스텔라가 세실리아와 눈을 맞추며 조심스럽게 물었다.

“……어머니가 보고 싶으세요?”

“아아니…….”

세실리아가 눈을 질끈 감고 고개를 내저었다. 갑작스럽게 힘주어 턱을 들고는 씩씩한 걸음으로 디에고에게 다가갔다. 세실리아가 사뭇 비장한 목소리로 말했다.

“띠에고, 손 조.”

디에고가 얼떨떨한 얼굴로 세실리아에게 손을 내밀었다. 세실리아는 디에고의 손가락 마디를 쥐더니 목에 힘을 주어 말했다.

"띠에고는 내 가족이야."

이번엔 세실리아의 시선이 에스텔라에게 돌아왔다. 아무래도 에스텔라 역시 제게 다가오길 바라는 모양새였다. 에스텔라가 당황하여 머뭇거리자 세실리아가 재촉하듯 고개를 까딱였다.

"엘라두 이리 와."

결국 에스텔라도 느릿한 걸음으로 세실리아에게 다가갔다. 세실리아는 디에고와 에스텔라의 손을 사이좋게 하나씩 쥔 채 바닥을 노려보았다. 꼭 눈물을 참으려는 것처럼.

세실리아가 말했다.

"우리 다 가족이야."

"……."

"그러니까 난 아무러치두 않아."

에스텔라는 조용히 아랫입술을 깨물었다. 어쩐지 울 것 같은 기분이 들었기 때문이다. 디에고 역시 우는 건지 웃는 건지 알 수 없는 표정을 짓고 있었다.

그때 잠자코 지켜보던 세드릭이 물었다.

"나는 왜 빼?"

세드릭의 물음에 세실리아가 미처 생각지도 못했다는 듯 충격받은 표정을 지었다. 황급히 자신의 양팔을 번갈아 보던 세실리아가 문득 바닥으로 시선을 내렸다. 이윽고 세실리아가 진지한 목소리로 물었다.

"……세드리근 발 자블래……?"

세드릭의 싸늘한 표정은 여전했다. 아무래도 대단히 삐진 모양인지 세드릭이 뒷모습을 보이며 그대로 돌아섰다. 빈 공간이어서인지 나무문이 문턱과 부딪치는 소리가 유난스럽게 크게 울렸다. 세실리아는 황급히 제 오라비를 뒤쫓아 손을 놓고 밖으로 달려 나갔다. 에스텔라와 디에고는 감동에 젖어 눈시울을 적시다 말고 그만 웃음을 터트렸다.

디에고가 굽혔던 무릎을 세워 일어섰다. 멀어지는 발소리에 에스텔라는 문가로 다가서 밖을 내다보았다. 때맞춰 세실리아의 뒷모습이 복도 끝 모퉁이를 돌아 사라졌다. 에스텔라는 아이들이 멀어진 걸 확인하고 나서야 디에고에게 고개를 돌렸다.

"왜 목걸이를 주셨어요?"

디에고는 곧바로 대답하는 대신 잠시 침묵했다. 그가 주머니에 두 손을 찔러 넣으며 오른편으로 고개를 까딱였다.

"좋은 기억 하나쯤은 있는 게 좋을 테니까."

"거짓말이라고 해도요?"

"원래 나쁜 일은 어른이 대신 해 줘야 하는 거죠."

그들은 아이들을 속였다. 진실을 알기엔 너무 어린 나이라는 이유에서였다. 그렇다면 아이들이 자라났을 때 그들은 모든 사실을 말할 수 있을까. 그래도 세실리아는 그들에게 가족이라는 말을 해 줄까.

안나는 좋은 사람이 아니었지만 그럼에도 카밀라에게 있어서는 친구였다. 카밀라는 친구를 밀고한 죄책감을 이기지 못하고 에스텔라와 연락을 끊었다. 비슷한 일이 아이들과의 사이에서도 일어나지 않으리라는 보장이 없었다. 세드릭과 세실리아는 어렸고, 시간이 지나면 기억은 희석되기 마련이었으며, 죽음의 무게는 결코 가볍지 않았으므로.

그들은 선택을 했고 그 결과에 대한 책임을 져야 했다. 아이들이 온전한 어른으로 자라날 때까지 그들은 떨리는 마음으로 선고를 기다려야 할 것이다. 어쩌면 마침내 모든 걸 용서받고 다시 행복해지리라는 막연한 바람으로.

"가족이니까?"

에스텔라가 미세하게 떨리는 목소리로 물었다. 디에고가 부드러운 미소를 지으며 에스텔라를 돌아보았다.

"이걸 어쩌죠? 그 안엔 당신도 포함된다는데."

그리 말하며 디에고가 에스텔라를 향해 성큼 걸음을 내디뎠다.

창밖에선 한가로이 햇살이 스며들었고, 나무가 바스락거리는 소리에 따라 흰 커튼 자락이 느리게 나부꼈다. 에스텔라의 앞에 선 그가 어떤 말을 해야 할지 모르겠다는 듯 한 번 입을 벙긋거렸다. 디에고가 짧게 심호흡을 하고는 물었다.

"가족이 된다는 게 어떤 의미인지…… 알겠습니까?"

그리 묻는 그조차도 아직 마음의 준비를 마치지 않은 듯했다. 에스텔라가 대답을 위해 입을 열기도 전, 디에고가 급히 그녀의 말을 막으며 덧붙였다.

"두 번은 안 돼요."

"……."

"당신이 날 버리고 가면…… 난 두 번은 못 버텨."

에스텔라는 천천히 그에게로 팔을 뻗었다. 에스텔라의 손끝이 디에고의 뺨 위에 닿았다. 햇빛이 가득 찬 공간에 있어서일까 그의 살갗에서 기분 좋은 열감이 느껴졌다. 에스텔라의 손길을 따라 그가 눈을 들어 에스텔라를 응시했다. 에스텔라가 확신을 주듯이 디에고와 시선을 맞추며 말했다.

"다신 당신이 그런 생각하는 일이 없도록 할 거예요."

에스텔라는 그의 얼굴이 언뜻 더 붉게 달아올랐다고 생각했다.

녹빛 내음 속에서 디에고가 에스텔라의 손을 잡아 끌어올렸다. 그가 그 위에 코끝을 대며 얼굴을 묻었다. 그의 미간이 언뜻 고통스럽게 찌푸려졌다. 에스텔라는 예감과도 같이 그의 이어질 말을 알 수 있었다. 디에고가 어쩔 줄 모르는 아이처럼 말했다.

"이젠 정말, 정말로…… 나와 결혼해 줘요."

에스테라는 그의 눈동자 속에서 떨림과 약간의 불안, 그리고 벅찬 기대감을 읽어 냈다. 고백을 내뱉는 남자에게 응당 서려야 할 감정들이었으나 디에고의 것은 다소 결이 달랐다. 에스텔라가 못 본 척 등을 돌렸던 어린 시절의 디에고가 아직 그녀의 앞에 몸을 웅크리고 있었다. 그만큼 그녀가 그에게 심어 둔 상처가 깊었다. 이 역시 그녀가 감당해야 할 몫이었다. 반복해 사랑을 말한대도 다시금 일어설 불안이라면, 평생 그의 옆에서 변치 않을 진심을 속삭이리라.

"좋아요. 언제 할까요?"

에스텔라가 잠긴 목소리를 숨기며 애써 밝게 되물었다. 잠시간 미동이 없던 디에고의 눈이 이내 번쩍 뜨였다. 지금 자신이 무슨 말을 들은 건지 알 수 없다는 반응이었다.

디에고는 황급히 에스텔라의 얼굴을 살폈으나 그녀는 너무도 태연한 표정을 짓고 있을 뿐이었다. 디에고가 못내 의심스러운 기색으로 되물었다.

"방금 뭐라고 했어요?"

에스텔라가 제 손등 위를 덮은 그의 손을 감아쥐었다. 덕분에 두 사람이 서로를 맞잡고 선 다소 결연한 자세가 되고 말았다.

"당신과 결혼하겠다고요. 그러니 슬슬 날짜 잡아요."

잠시간 골똘히 고민하던 에스텔라가 막 생각났다는 듯 덧붙였다.

"2주 후는 안 되고."

위로 솟았던 디에고의 눈썹이 다시 하강했다. 그 변화가 극명했기에 에스텔라의 입가에서 웃음이 새어 나왔다.

디에고는 못내 불만스러운 눈초리로 이유를 물었다. 에스텔라가 허락한다면 당장 주례자라도 이 자리로 불러들일 기세였다. 분위기야 나쁘지 않겠지만 새로운 각오를 다지기에 썩 어울리는 배경은 아니다. 에스텔라가 입가에 미소를 띤 채 대답했다.

"이젠 좀 제대로 준비해서 식을 치르고 싶거든요. 전처럼 구색만 맞추지 말고, 성의를 다해서 하나하나 준비하고 싶어요. 이번엔 진짜니까."

타인을 위해서라는 비겁한 마음으로 이전의 약혼에 응했다면, 이번엔 진심으로 디에고와 평생을 함께할 결심을 한 것이었다. 전처럼 어떻게 되든 좋다는 마음가짐으로 임하고 싶진 않았다.

타당한 사유였기에 디에고도 더 우기지 못하고 입을 다물었다. 차마 평생 한 번 있을 결혼식을 날로 먹을 수는 없었던 디에고가 주저하다가 물었다.

"……그럼 두 달 뒤 어떻습니까?"

에스텔라는 참지 못하고 파안했다. 한참을 웃던 에스텔라가 결국 알겠다며 고개를 끄덕였다. 그 정도면 마담 로라도 전보다 한결 여유 있게 드레스를 만들 수 있으리라. 아닌 게 아니라 지금까지의 의뢰 중 가장 여유 있는 마감 기한이었으니까.

대단한 포부와 다르게 결혼식과 약혼식 준비가 본질적으로 크게 다르진 않았다. 약혼식이라고 해서 딱히 품을 아껴서 진행하진 않았던 탓이다. 최고의 인력으로 꾸렸던 행사였기에 결혼식이라고 해서 그 구성원이 크게 바뀌진 않았다.

가장 큰 변동이 있었던 건 다른 무엇도 아닌 넉넉한 준비 기간이었다. 결혼 소식을 전하자 왠지 모르게 난처한 기색을 띠던 마담 로라의 표정은 예정 시일을 알리자마자 다시 밝아졌다. 마감일과 관련해 앓는 소리가 나오지 않았음에 에스텔라는 만족했다.

결혼 장소는 저택 내의 연회장으로 낙점되었다. 디에고는 이에 약간의 아쉬움을 표했는데, 본래 그가 알아보았던 장소는 다른 곳이었던 탓이었다. 인맥을 동원하여 아름답기로 소문난 왕실의 별궁을 빌려 보려던 디에고의 계획은 안타깝게도 수포로 돌아갔다. 왕실과 디에고를 이어 주었던 금줄이 얼마 전 썩은 줄로 정체성을 달리했기 때문이었다.

"오랜만에 뵙는군요. 지난번엔 대단히 죄송했습니다, 미스 마거릿."

모든 영광을 내던지고 나온 희대의 탕아, 리오넬이 모자를 벗으며 정중한 사과를 건넸다. 디에고는 마뜩잖은 눈으로 그런 리오넬을 흘겨보았다.

왕비와도 친밀한 편이긴 했으나 그녀는 아들이 벌인 미친 짓거리에 반쯤 정신이 나가 있었다. 디에고는 그 와중 결혼식을 해야 하니 별궁의 사용 허가를 내 달라 요구할 정도로 뇌가 깨끗하진 않았다.

"어머, 전하께 화가 난 건 공작님이지 제가 아닌걸요."

디에고의 갑갑한 속을 아는지 모르는지 에스텔라가 웃는 얼굴로 손님을 맞아들였다. 생각지도 못한 환대에 리오넬이 머쓱한 투로 스스로를 힐난했다.

"그래도 제가 예의 없는 짓을 벌인 건 사실이니까요."

"그러게요, 두 사람이 사랑의 도피라도 했어 봐요. 제 입장이 얼마나 난처해졌겠어요?"

리오넬의 옆에 서 있던 아드리아나가 짓궂게 되물었다. 리오넬은 그럴 일은 없었을 거라며 변명하고 나섰지만 아드리아나는 버려진 연인 행세를 하며 리오넬을 놀리는 일을 그만두지 않았다.

리오넬이 자학에 빠져 스스로가 얼마나 쓰레기 같았는지를 몇 번이고 되뇌고 나서야 아드리아나의 장난도 멈췄다. 아드리아나가 싱긋 웃으며 에스텔라에게 악수를 청하고 나섰다.

"초대해 줘서 고마워요."

에스텔라와 디에고가 결혼식을 준비하며 손님 명단을 추릴 때 가장 먼저 하객으로 낙점되었던 두 사람이었다. 오늘 그들을 저택으로 부른 건 직접 결혼 소식을 전하기 위해서였다. 리오넬과 아드리아나는 이를 예상이라도 했다는 듯 그다지 놀란 기색도 없이 초대에 응했다.

둘은 에스텔라와 디에고의 사이에 있었던 불화에 대해 알지 못했고, 따라서 이 커플이 평탄히 다음 단계로 나아갔다고만 생각했다. 얼마 전까지 그들 역시 각자의 일로 정신이 없어 남에게 관심을 가질 여유가 없었던 탓이다.

"왕비님은 그렇다고 쳐도, 왕께서 선선히 허락하시던가?"

디에고가 식당으로 자리를 옮기자마자 꺼내 놓은 질문이었다. 얼마 전 리오넬은 공식적으로 왕세자 자리에서 물러났다. 그 충격적인 소식엔 디에고도 놀라지 않을 수 없었다. 리오넬의 치기를 전해 듣기야 했지만 후계자라는 위치가 그렇게 쉽게 무를 수 있는 자리는 아니었다. 가장 놀라운 사실은 그에 왕 부부 내외의 인가가 있었다는 점이었다.

리오넬이 냅킨을 펴며 대수롭지 않은 투로 말했다.

"아. 아무래도 아버지 혼자 아무것도 모르는 게 눈꼴셔서, 그만 다 말해 버렸지 뭐야."

에스텔라와 디에고는 그만 동시에 헛기침을 터트렸다. 리오넬과 카밀라의 사이는 몹시 복잡하게 얽혀 있었다. 절대 권력자인 현왕이 무지했기에 그간 살얼음 같은 평화나마 유지된 것이었다. 리오넬이 폭탄을 터트린 후의 결과는 대강 예상이 됐다.

리오넬은 한쪽 입꼬리를 당기며 가볍게 어깨를 으쓱였다.

"처음엔 재떨이가 날아왔고 두 번째론 사임장이 날아왔지. 어쩜 정 정도 하셔라."

"그래서 쫓겨난 건가?"

"그래, 그렇게 끈 떨어진 신세가 돼서 구석진 지방까지 유배당하게 생겼다 이 말이야."

디에고의 물음에 리오넬이 비관적인 투로 대답했다. 내용과 상반되게도 원하던 결과를 얻었다는 듯 리오넬의 표정엔 장난기가 어려 있었다.

디에고가 석연치 않은 표정으로 미간을 좁혔다.

"아드리아나 양은 어쩌고?"

"저도 왕자님과 같이 가기로 했어요."

옆에서 듣고만 있던 아드리아나가 리오넬을 대신해 대답했다. 생각지도 못한 결정에 에스텔라의 눈이 커졌다. 아스테즈 후작은 왕세자와 연을 맺을 수 있다는 계산으로 다른 혼처를 알아보길 포기했었다. 그런 후작이 리오넬이 실각한 후에도 둘의 사이를 허락했다니 다소 놀라웠다.

의문 어린 눈빛을 둘러보던 리오넬이 한숨과 함께 설명을 꺼내 놓았다.

"그러니까 내가 부모 말 안 듣다가 내쫓기긴 내쫓겼는데……. 후작이 보기엔 그게 곧 돌려받을 자리 같았던 거지."

아닌 게 아니라 왕실엔 아직 리오넬을 대신할 만한 마땅한 후계자가 없었다. 디에고가 농담 삼아 공주님의 존재를 입에 담긴 했으나 후계 위를 논할 수 있을 만큼 자라나려면 족히 10년은 넘게 기다려야 했다. 자세한 정황을 모르는 아스테즈 후작이 후일을 도모할 계산을 했을 법도 했다.

"어려운 시기까지 함께했던 여자를 버리긴 쉽지 않잖아? 그 인간도 그런 걸 노린 거지."

"전 굳이 아니라고 말하지 않았고요."

아드리아나가 우아하게 리오넬의 말을 받았다. 이어 그녀는 후작의 눈이 닿지 않는 곳에서 버티다 성년이 되면 곧장 외가로 돌아갈 것이라며 설명을 덧붙였다. 아스테즈 후작이 배팅한 패는 휴지 조각이 되어 돌아올 것이고, 아드리아나는 그것이 못내 즐거운 눈치였다.

디에고는 다소 기가 질린 기분으로 아드리아나를 응시했다. 제게 결혼을 요구했을 때부터 느꼈지만 아드리아나는 아닌듯하면서도 배짱이 좋았다. 이토록 파멸을 향해 직진으로 달려가는 남녀라니, 다른 의미로 무섭게 어울리는 조합이었다.

"외가로 가면 어떻게 지낼 생각이세요?"

얼이 빠져 있는 디에고를 대신해 에스텔라가 대화를 이어 나갔다. 아드리아나가 스푼으로 생선 살을 잘게 부수며 선선히 되물었다.

"글쎄요, 조용하고 소박하게 살지 않을까요?"

그리 답한 아드리아나가 고운 미간을 슬쩍 찌푸리더니 스푼을 내려놓았다. 머릿속에서 이곳을 떠난 이후의 삶을 그리기라도 하는 모양새였다. 이윽고 아드리아나가 은은하게 미소 지으며 말을 이었다.

"할아버지는 노쇠하셨고 시골엔 사람이 별로 없으니까요. 할아버지를 좀 도와드리면서 차차 그곳 생활에 적응해 볼까 해요. 그러다 보면 하고 싶은 것도 생각나겠죠."

"그래도 타지 생활이 쉽지만은 않으실 텐데……."

"저도 혼자 지내는 법을 좀 배워 보려고요."

"혼자 지내는 법이요?"

"그동안 저는 타의에 흔들리며 살아올 뿐이었잖아요. 그리고 최근에 어떤 사건을 지켜보면서, 그게 별로 좋지 않다는 사실을 통감했죠."

그리 말하며 아드리아나가 리오넬 쪽으로 장난스럽게 눈을 찡긋했다. 리오넬은 정곡을 찔린 표정으로 시선을 피하며 와인 잔을 기울였다.

혼자 지내는 법이라. 에스텔라는 아드리아나의 말을 속으로 조용히 되뇌어 보았다. 그건 아드리아나의 입으로 듣기엔 어쩐지 어색한 느낌의 표현이었다.

소설 속의 아드리아나는 결혼을 통해 행복을 얻는 여자였다. 때문에 에스텔라도 아드리아나의 불행을 마주했을 때 대단히 새로운 타개책을 생각해 내진 못했다. 디에고를 결혼상대로 삼을 수 없다면, 다른 조건이 맞는 이를 소개해 줘야 하는 건 아닌가 고민했을 뿐이었다. 그 편견은 아드리아나가 리오넬과의 한시적인 협력을 말했을 때까지도 지워지지 않고 이어졌다.

"궁극적으로는 혼자로도 완전한 사람이 되고 싶어요. 다른 사람에게 휘둘리지 않고, 오롯이 나 자신을 책임지는 그런 사람이요."

그런데 정작 눈앞의 아드리아나는 홀로 일어서는 삶을 목표로 하고 있었다. 아드리아나는 언제부터 그런 희망을 품어 왔을까. 어떤 일을 기점으로 가치관을 달리했을까.

아니, 뒤늦은 복기는 의미가 없었다. 에스텔라는 담담하게 인정하지 않을 수 없었다.

당신들은 달라졌다. 내가 그걸 받아들이지 않고 있었을 뿐이다.

"잘할 수 있을 거예요. 어디에 가서든."

에스텔라의 진심 어린 응원에 아드리아나가 맑게 웃어 보였다.

주방장이 솜씨를 발휘한 덕에 만찬은 즐겁게 마무리되었다. 후식까지 배부르게 먹고 난 후, 간만의 술기운에 흥이 난 아드리아나가 피아

노를 연주해 주겠다고 제안했다.

모두가 방을 옮겨 가는 틈을 타 리오넬은 흡연을 이유로 잠시 자리를 비웠다. 테라스로 나온 리오넬은 곧장 난간에 기대서 주머니를 뒤적거렸다. 시가를 하나 꺼내 무는데 어디선가 대뜸 악담이 들려왔다.

"이제 그런 비싼 취미는 물 건너갔군."

리오넬은 고개를 돌려 소리가 들려온 쪽을 돌아보았다. 막 테라스 문을 열고 나온 디에고가 그에게 다가서고 있었다.

리오넬은 실없이 피식 웃기만 하고 말았다. 아닌 게 아니라 디에고의 저주가 사실이었다. 리오넬은 대단한 뒷배경이었던 부모를 제 발로 걷어차고 나온 것이었고 앞으로는 그들에게서 받는 지원마저 뚝 끊길 예정이었다.

리오넬은 친구의 악의 어린 예언에 반발하는 대신 머쓱한 투로 이렇게 말했다.

"오늘 불러 줘서 고맙다."

예상치 못한 반응에 디에고의 미간이 구겨졌다. 디에고가 인상을 찌푸리며 되물었다.

"뭐?"

"사실 다신 못 볼 각오하고 뛰쳐나갔던 거야, 그날."

리오넬이라고 그날 자신이 얼마나 디에고와 에스텔라에게 실례되는 행동을 했는지 모르지 않았다. 디에고는 그것을 알고도 행했다는 사실에 더 화난 눈치였으나, 그렇다고 친구를 속여 가며 사이를 회복하는 것도 우스웠다. 리오넬은 수도를 떠날 준비를 하며 어쩌면 그들 친구 사이에도 안녕을 고할 결심을 했었다. 덕분에 그는 디에고가 저택으로 그를 초대했을 때 그만 멋없게 울 뻔도 했다.

디에고가 리오넬을 짜증스러운 눈으로 흘기며 그의 옆으로 가 섰다.

“한 번만 더 그딴 짓 해 봐.”

“그럴 일 없어.”

리오넬의 단호한 대답에 디에고가 짧게 혀를 찼다.

“입은 살아선.”

“아니, 정말로. 이제 끝이야. 난 이제 그 여자 인생에서 의미 없는 사람이니까.”

리오넬이 가까이에 드리워진 나뭇가지에 시선을 고정한 채 말했다. 담담한 목소리에서 미련의 흔적은 비치지 않았다.

디에고는 리오넬이 후계자 자리를 버렸다는 소식을 듣고 카밀라를 다시 찾아가려는 의도라고 지레짐작했었다. 한데 정작 리오넬은 이게 카밀라와는 아무 상관없는 일이란 듯 굴고 있었다. 디에고가 이해가 가지 않는다는 표정으로 물었다.

“그럼 왜 왕세자 자리를 버리겠다는 건데?”

디에고의 물음에 리오넬이 잠시 침묵했다. 목을 축이려 들고 왔던 와인 잔을 들어 가볍게 흔들고는 그대로 한 모금 삼켰다. 리오넬이 알코올 냄새가 섞인 한숨을 내쉬며 말했다.

“그 여자만 모든 걸 잃었잖아.”

리오넬은 다시 입을 열다가 말이 꼬였는지 어색하게 입꼬리를 길게 늘였다. 이윽고 그가 속내를 짐작할 수 없는 이상한 표정으로 말을 이었다.

“여기 남으면 난 그럭저럭 잘 살 거야. 어머니가 골라 주는 여자와 결혼해서, 아이도 낳고 지도자로서 군림하며 호화스럽게 살겠지.”

"……."

"그러다 보면 나중엔 얼굴조차 잊혀서 기억도 안 나지 않을까 싶어. 그때쯤 되면 왜 고작 여자한테 미쳐서 바보 같은 짓을 했었나 과거의 나를 비웃을 수도 있고."

리오넬이 디에고를 돌아보며 미소 지었다. 그러고는 이어 나직이 말했다.

"그러기가 싫었어."

"……."

"내가 그러면 안 되는 거잖아, 안 그래?"

디에고는 한참 친구의 얼굴을 빤히 들여다보았다. 긴 침묵 끝에 디에고가 물었다.

"……술이나 마실까?"

그리 제안한 디에고가 행동력 있게 테라스 문을 열어 하인에게 제 몫의 술잔을 부탁했다. 발 빠른 사용인은 곧 부탁한 물건을 내왔다. 글라스를 받아 든 디에고가 다시 리오넬에게 돌아왔다. 디에고는 손을 높게 들며 리오넬의 동조를 구했다. 리오넬이 마지못해 잔을 마주 들어 올렸다. 유리의 표면이 부딪치며 맑은 소리를 냄과 동시에 디에고가 짧은 건배사를 읊었다.

"우리 왕국의 더 밝은 미래를 위하여."

글라스에 입을 대던 리오넬이 문득 인상을 찌푸렸다. 어쩐지 기분이 조금 이상했다. 리오넬이 미심쩍은 목소리로 되물었다.

"그거, 내가 떠나겠다고 한 시점에서 다분히 고의성 짙은 건배사인데?"

"네 능력까지 욕하려는 건 아닌데, 솔직히 한 나라를 책임질 그릇은 못 돼."

기다렸다는 듯 디에고가 난처한 투로 대답했다. 고도의 비난에 리오넬은 어이없다고 욕을 하며 또 술을 들이켰다. 그런데 눈앞의 친구는 잔을 입에 대는 대신 그저 난간 위에 내려놓았다. 꼭 건배사만이 목적이었다는 듯이 말이었다.

리오넬이 흘긋 디에고를 넘겨보며 물었다.

"왜 안 마셔?"

"아, 생각해 보니 난 다쳐서."

"이 자식이 누굴 놀리나……. 어디 다쳤는데?"

"총 맞았어."

리오넬은 그만 입에 머금고 있던 와인을 뱉어 냈다.

"왜? 왜? 왜!" 하고 반복해 소리 지르는 친구를 보며 디에고는 머리 아프다는 듯 귀를 막았다. 리오넬의 강압으로 야외에서 웃옷을 탈의할 뻔한 위기를 거친 끝에야 디에고는 자세한 근황을 공유할 수 있었다. 할 이야기가 길었으므로 밤은 시간 가는 줄 모르고 깊어졌다.

자리가 완전히 파한 건 늦은 새벽이었다. 오랜만에 맞이한 손님에게 밤 산책을 시킬 수 없었던 디에고는 두 사람에게 각각 손님방을 내주었다.

아드리아나가 제 발로 얌전히 침실까지 걸어 들어간 반면 리오넬의 사정은 그렇지 못했다. 친구의 근황을 듣고 속이 탔는지 리오넬은 연신 술을 들이켰고, 덕분에 제 발로 침대 위에 올라가지 못할 정도로 얼큰하게 취하고 말았다. 그만 잠자리에 들라며 하인들을 일찍이 물린 탓에 디에고는 꼼짝없이 리오넬을 들쳐 업게 되었다.

"술도 못하는 게 왜 절제도 못 하고 퍼마셔선……."

디에고가 원한 서린 목소리로 중얼거리며 리오넬을 침대 위에 던지듯이 내려놓았다. 디에고는 앓는 소리를 내며 허리를 폈다. 이동을 도왔던 에스텔라 역시 헉헉거리며 시트 위에 얼굴을 묻었다. 평소라면 디에고 혼자 옮겼을 것이나 아직 상처가 다 아물지 않은 통에 에스텔라의 도움을 빌리고 말았다.

집주인을 한참 고생시켰다는 걸 아는지 모르는지 리오넬은 근심이라곤 없는 얼굴로 잠들어 있었다. 디에고가 코를 찡긋하며 에스텔라에게 사과했다.

"친구 잘못 사귄 죄로 당신에게 폐만 끼치는군요."

"많이…… 무겁긴 하시네요."

에둘러 불평을 꺼낸 에스텔라가 끙 하며 자리에서 일어섰다. 에스텔라 역시 술기운에 젖어 있던 참이었으나 달밤의 노동 덕분에 완전히 제정신으로 돌아오고 말았다. 이성을 찾게 해 준 손님에게 고마움을 전해야 할지 말아야 할지 잘 분간이 가지 않았다.

에스텔라는 미묘한 눈길로 리오넬의 태평한 얼굴을 내려다보았다. 그녀는 본래 리오넬의 지방행에 별다른 생각이 없었으나 어쩐지 이 순간만은 찬성 쪽으로 마음이 기울었다. 적어도 그곳에 가면 지금처럼 친구에게 민폐를 끼칠 일은 없을 터였다.

디에고는 힘없이 늘어진 에스텔라의 손을 잡아 부축해 주었다. 에스텔라는 그 정도는 아니라며 디에고를 떨쳐 내려 하다가, 잠깐의 고민 끝에 그에게 몸을 기댔다. 단단한 팔에 팔짱을 끼자 기분이 좋았다. 무엇보다 시종일관 술 냄새를 뿜어내던 취객들과 다르게 디에고에게서는 기분 좋은 베르가못 향이 났다. 에스텔라가 셔츠 깃에 얼굴을 묻자 취기가 올라왔다고 생각했는지 디에고가 난처한 목소리를 냈다.

"평소라면 안아 들고 갔을 텐데…… 아쉽게도 지금은 좀 힘들 것 같은데요."

확실히 그가 에스텔라를 공주님처럼 안아 들었다간 로맨틱한 분위기보다는 응급 상황이 유발될 가능성이 컸다. 에스텔라는 큰 소리를 내며 파안하고는 디에고의 손을 깍지 껴 잡았다. 사이좋게 팔을 흔들며 걷다 보니 금방 부부 침실로 돌아왔다. 지금은 그 명칭을 사용하기에 다소 애매한 사이긴 했으나, 예정된 미래라고 생각하면 크게 어색할 것도 없었다.

에스텔라는 디에고를 그의 방까지 배웅하고는 화장실로 가 간단히 몸을 씻었다. 그런데 세안을 마치고 나오자 디에고가 그녀의 침실 안에 서 있었다. 그의 방으로 이어지는 문에 손을 대고 있던 디에고가 인기척을 느끼고는 뒤를 돌아보았다. 에스텔라가 얼떨떨한 목소리로 물었다.

"여기서 뭐 하세요?"

"설마 그렇게 매정하게 안녕을 고할 줄은 몰랐지 뭡니까."

"지금 안 주무시면 내일이 힘드실걸요."

"당신께서 주시는 고난이라면 얼마든지."

디에고가 능청스럽게 과장된 연극 조로 답하며 에스텔라에게 다가왔다. 허리에 손을 감는 일련의 동작이 참으로 자연스러웠다. 가볍게 에스텔라의 뺨에 키스하던 디에고가 살갗 위에 그대로 입술을 댄 채 말했다.

"슬슬 두 방 사이의 벽을 허물어 볼까 싶어요."

에스텔라는 디에고를 그의 방으로 돌려보내려다 말고 눈을 동그랗게 떴다.

"벽을 허문다고요?"

"명색이 부부 침실이니까요. 그리고 여긴 원래 한방이었어요. 아버지 때에 가벽을 세워서 나눠 둔 거지."

에스텔라는 방의 구조 문제에 관해 굳이 더 캐묻진 않았다. 전대 베르타 공작이 공사를 결심했을 시점이 대강 짐작이 갔기 때문이다.

디에고의 입술이 점점 사선으로 뺨을 타고 내려왔기에 에스텔라는 가만히 입을 벌리고 그를 기다렸다. 에스텔라의 윗입술을 핥던 디에고가 문득 그녀와 거리를 벌렸다. 그가 인상을 찡그리며 물었다.

"왜 다 받아 줍니까?"

굉장히 미심쩍은 태도였다. 경험에 의하면 슬슬 그만하라거나 말도 안 되는 소리 말라거나 하는 만류가 나와야 하는데 눈앞의 에스텔라는 너무도 조용했다.

갑작스럽게 튀어나온 어깃장에 디에고의 어깨에 감기던 에스텔라의 팔이 멈췄다. 에스텔라는 흥이 식었다는 듯 그를 흘끔 노려보았다. 에스텔라가 성의 없이 왼쪽으로 고개를 까딱이며 말했다.

"굳이 막을 것도 없잖아요. 나도 싫지 않으니까."

그 말이 끝나기가 무섭게 디에고가 격정적으로 입을 맞춰 왔다. 에스텔라는 그의 팔을 꽉 쥔 채 겨우 코로 숨을 들이마셨다. 디에고가 침대를 향해 걸음을 옮김에 따라 에스텔라 역시 천천히 뒷걸음질 쳤다.

입안을 헤집는 혀가 자극적이었다. 반복해 마찰된 입술이 부푸는 것이 느껴졌다. 에스텔라가 고개를 비틀 때마다 그의 혀끝이 볼 안쪽을 문질렀다. 에스텔라는 잠깐 간격이 벌어진 틈을 타 그의 아랫입술을 물었다. 그에게서 더운 한숨이 흘러나왔다. 젖은 입가가 이상하게 외설적이었다. 눈앞에서 움직이는 그의 몸을 만지며 느끼고 싶었다. 에스텔라는 그의 늑골 위를 천천히 쓸어내렸다. 얄궂은 손길에 디에고가 슬쩍 미간을 좁히며 물었다.

"지금 나한테 수작 부리는 겁니까?"

그의 입가에 띄워진 미소가 어쩐지 야비해 보였다. 에스텔라는 대답하는 대신 그의 가슴팍을 꼬집었다. 짧게 신음하던 디에고가 이윽고 큰 소리로 기합을 내며 에스텔라를 침대 위에 넘어트렸다. 순식간에 그가 그녀의 위에 올라탔다. 에스텔라의 다리를 쓸어내리던 디에고의 손이 무릎 뒤 종아리 부근을 감쌌다.

"당신이 없을 땐 그럭저럭 혼자 잘 처리하면서 살았는데."

무얼 처리했는지 대강 알 것 같았기에 에스텔라는 은근슬쩍 눈을 피했다. 그가 에스텔라의 몸을 제 쪽으로 당기며 귓가에 속삭였다.

"당신이 눈앞에 있는데 내가 그런 볼썽사나운 짓을 벌일 필요는 없는 거야, 그렇지?"

디에고가 그리 말하며 아래에서부터 웃옷을 벗어 던졌다. 넓은 어깨와 단단한 가슴은 분명 매력적이었다. 그러니까, 시선이 아래로 미끄러지기 전까지는 에스텔라도 그렇게 생각했다.

디에고가 한 가지 간과한 건 그가 환자이며, 심지어는 외적으로 확연히 드러나는 종류의 부상을 입었다는 점이었다. 애석하게도 허리에 붕대를 감은 남자는 섹시하다기보단 조금 걱정스러워 보였다.

에스텔라는 눕혔던 상체를 일으켜 세우며 슬그머니 뒤로 몸을 물렸다. 에스텔라가 손끝으로 디에고의 환부를 가리키며 미심쩍은 목소리를 냈다.

"그런데…… 다치셨잖아요."

그 말에 디에고가 일순 멈칫했다. 협상의 필요성을 느낀 듯 그가 느슨히 어깨를 늘어트리며 매트리스 위에 앉았다. 그러고는 제 위에 올라타라는 것처럼 허벅지 위를 툭툭 쳐 보였다.

"그럼 당신이 움직이면 되는 거 아닙니까?"

"그 정도로 만족하실 수 있겠어요?"

에스텔라가 눈썹을 들어 올리며 타당한 지적을 남겼다. 디에고는 과격한 운동을 해서는 안 되는 상태였고, 그는 이런 종류의 '운동'을 할 때 도통 자제할 줄을 모르는 남자였다. 평균을 내 볼 만큼 그와 많은 밤을 보내진 않았으나 디에고는 그 모든 순간에서 열정적으로 최선을 다했었다. 에스텔라가 머뭇거리다가는 손까지 동원하여 최대한 에둘러 설명했다.

"그러니까 난…… 불의의 사고로 결혼 직전에 약혼자를 잃고 싶진 않거든요."

"그거 아주 비극적이긴 하겠네요……."

약혼자가 침대 위에서 죽어 나가면 어디에도 차마 말하지 못 할 추문이 될 것 같긴 했다. 쓸쓸히 에스텔라의 말을 되받아치며 디에고는 안나를 너무 편히 보내 준 건 아닌가 아주 잠깐 생각했다. 디에고의 풀죽은 태도에 에스텔라가 의외란 듯 물었다.

"순순히 납득하시네요?"

디에고가 짐짓 처연하게 고개를 숙였다 들었다. 장난 어린 태도였지만 다음 말을 내뱉는 순간만은 그도 꽤 진지해 보였다.

"난 이제 당신이 하지 말라는 짓은 못 해요."

"……."

"그러니까 날 멈추고 싶으면 당신이 계속 내 옆에서 말해 줘야 돼요. 그러지 말라고."

그리 말하며 디에고가 에스텔라에게로 고개를 숙였다. 눈이 마주쳤다. 에스텔라는 키스 정도야, 하는 생각으로 눈꺼풀을 내리깔았다.

곧 두 입술이 부드럽게 맞닿았다. 혀가 밀려들며 달큰한 체취가 쏟아졌다. 에스텔라는 디에고의 혀를 빨아들이며 무심코 양 허벅다리를 비틀었다. 민감한 반응에 디에고가 슬쩍 몸을 뒤로 물렸다. 그가 에스텔라의 요추 위를 쓸며 나직이 속삭였다.

"당신 흥분했죠."

에스텔라가 멈칫 몸을 굳혔다. 디에고가 그런 에스텔라를 장난스러운 눈으로 내려다보았다.

"그게 안 되면, 다른 방식으로 풀어 줄 순 있는데."

그리 중얼거리며 디에고가 제 아랫입술을 툭툭 쳤다. 그 위로 붉은 혀가 요사스럽게 움직였다. 에스텔라의 얼굴이 순식간에 빨갛게 달아올랐다. 에스텔라는 그만 그가 환자인 것도 잊고 힘껏 베개를 휘두르고 말았다. 몇 번은 건성으로 막고, 몇 번은 잠자코 맞아 주던 디에고가 끝내 그녀를 끌어안으며 시트 위로 드러누웠다.

디에고는 그를 밀어내는 그녀의 이마 위에 도장 찍듯 진하게 입 맞췄다. 디에고가 천장을 올려다보며 웃음기 어린 음성으로 말했다.

"어쩌다 이런 사람이 나한테 왔지?"

"긍정형인지 부정형인지 분명히 해 주실래요?"

"당연히 내게 온 대단한 행운에 대한 감탄이죠."

에스텔라의 샐쭉한 물음에 디에고가 능청스럽게 대답했다. 그쯤 되자 에스텔라의 저항도 점차 잦아들었다. 등을 끌어안은 팔에선 안정감이 느껴졌고 그의 가슴은 얼굴을 기대기에 딱 알맞은 높이였다. 두 사람은 서로를 끌어안은 채 잠시간 그대로 가만히 있었다.

디에고가 잠긴 목소리로 입을 열었다.

"미스 마거릿……. 아, 곧 베르타라고 불리게 되겠네요."

그리 말한 디에고가 에스텔라에게로 고개를 돌렸다. 꼭 그녀의 얼굴을 눈에 담고 싶다는 듯이.

에스텔라는 잠자코 그와 시선을 맞췄다. 사랑으로 충만한 남자의 눈은 같은 정도의 사랑스러움을 담고 있었다.

"평생 베르타라는 성에 그다지 정을 두고 살지 않았는데, 당신한테가 붙을 거라고 생각하면 조금 느낌이 다른 것도 같아."

디에고가 한쪽 눈썹만 미묘하게 구긴 채 말했다. 에스텔라는 그저 조용히 미소 지었다. 디에고는 그런 에스텔라의 입꼬리 위를 엄지 마디로 덮고는 느리게 문질렀다. 그것이 꼭 행복을 확인하려는 행동처럼도 보였으므로, 에스텔라는 그를 위해 입가에서 웃음을 지우지 않았다.

이윽고 에스텔라가 팔꿈치를 세우며 손바닥에 턱을 기댔다. 디에고를 한참 내려다보던 에스텔라가 은근한 음성으로 물었다.

"의사가 언제 완치된다고 했어요?"

“다 아물려면 못해도 한 달은…… 그게 왜 궁금한데요?”

“격한 운동은 언제부터 가능한지 궁금해서.”

에스텔라가 유혹적인 목소리로 대답했다. 디에고의 눈이 커지는 모습이 에스텔라의 시야에 고스란히 담겼다. 소리 내 웃던 에스텔라가 그대로 고개 숙여 디에고에게 짧게 입을 맞췄다. 같은 미소를 띤 입술이 완벽하게 맞물렸다.

에스텔라는 눈치가 없는 반면 감은 좋은 편이었고, 따라서 불현듯 가슴으로 스민 이 충만한 감정의 결말을 아주 정확히 예측할 수 있었다.

아마 그들은 이제 우는 날보다 함께 웃는 날들이 더 많을 것이다. 이렇듯 서로를 마주보며.

에필로그

"세드릭! 어디 가써!"

멀리서 조급한 목소리가 들려왔다. 세드릭은 수풀 사이에 숨은 채 가만히 몸을 웅크렸다.

"세드릭!"

반응이 없었음에도 세드릭을 향한 부름은 지칠 줄 모르고 이어졌다. 아무래도 자리를 옮겨야 할 모양이었다. 세드릭은 조심스럽게 몸을 일으켰다.

그러나 세드릭의 은밀한 도피는 실행으로 이어지지 못했다. 오랜 시간 같은 자리에 앉아 있느라 다리에 쥐가 나고 만 탓이었다. 세드릭은 그만 바닥에 주저앉았다. 간신히 터져 나오는 신음을 억누르는 데는 성공했지만 추적자에게 수풀이 흔들리는 걸 내보이고야 말았다.

순식간에 세실리아가 세드릭의 머리 위로 얼굴을 들이밀었다. 세실리아가 분노 어린 목소리로 소리쳤다.

"여기서 모 해!"

"저리 가."

세드릭이 무릎 사이에 얼굴을 파묻은 채 웅얼거렸다. 이를 듣지 못했는지, 아니면 세드릭의 의견 따윈 상관이 없었던 건지 세실리아가 더욱 언성을 높였다.

"안 드러가구 모 하냐구!"

"저리 가라고 했지!"

세드릭이 마침내 고개를 들었다. 앳된 얼굴에선 닭똥 같은 눈물이 뚝뚝 떨어지고 있었다. 세드릭이 우는 건 흔치 않은 일이었으므로 세실리아는 몹시 당황하고 말았다. 세실리아의 걸음이 주춤 뒤로 물러섰다.

뒤늦게 정신을 차린 세실리아가 이해가 안 간다는 표정으로 물었다.

"왜 우러?"

세드릭은 좀처럼 대답하지 못하고 머뭇거렸다. 이에 세실리아의 눈빛이 점점 더 한심함으로 물들었다. 할 일을 내팽개치고 도망치더니 질질 짜고 있을 뿐인 형제에게 그보다 나은 반응을 보이기도 어려웠다. 세실리아의 눈길을 느꼈는지 세드릭이 욱한 표정으로 대꾸했다.

"난 그냥 좀 슬플 뿐이야!"

"왜 슬푼데?"

세실리아가 가장 이해가 안 가는 건 그 점이었다. 높고 푸르른 하늘, 북적이는 하객들과 온 건물을 장식한 꽃의 향기, 은은하게 이어지는 피아노 선율까지. 사랑하는 사람의 손을 잡고 새로운 여정으로 발을 내딛기에 더없이 완벽한 날이었다. 디에고와 에스텔라의 결혼식이 한창 시작되려는 참에 왜 혼자서 청승을 떨고 있단 말인가.

세드릭의 빨간 코끝을 내려다보던 세실리아가 팔짱을 끼며 "에효." 하고 한숨을 내쉬었다. 세실리아가 곧 짜증스러운 어조로 소리쳤다.

"바보, 세드리근 어차피 엘라랑 겨론 모태!"

"뭐?"

세드릭은 그만 당혹으로 얼굴을 붉혔다. 그에 세실리아가 짧은 혀를 움직여 힘껏 쯧쯧 소리를 냈다.

제 둘째 오라비가 에스텔라에게 남다른 애착을 가지고 있다는 사실은 세실리아도 모르지 않았다. 이렇게 제 감정 하나 주체 못 하고 결혼식 당일에 추태를 보일 줄은 미처 예상치 못했지만 말이었다.

바닥에 엎어져 어깨를 늘어트린 세드릭은 다소 처량해 보였다. 결국 세실리아는 인내심 있게 세드릭의 앞에 쭈그려 앉았다. 세실리아가 세드릭의 어깨에 팔을 두르며 진지하게 말했다.

"내가 저네 엘라한테 물어바써. 나이 차는 얼마가 좋냐구."

생뚱맞은 서두였으나 그것이 몹시 흥미를 잡아끌었다. 세드릭은 저도 모르게 침을 꿀꺽 삼키며 세실리아의 이야기에 집중했다. 세드릭과 눈을 맞춘 세실리아가 심각한 투로 말을 맺었다.

"엘라는…… 위아래로 네 살 정도가 좋대써."

세드릭은 가만히 눈알을 굴렸다. 어쩐지 익숙한 나이 차였다. 디에고와 에스텔라의 출생 년도는 정확히 4년이 차이 났다. 이를 깨달은 세드릭의 얼굴이 단번에 울상이 되었다.

결혼식이라니. 디에고가 갑작스럽게 에스텔라와 두 달 뒤 결혼할 거라고 선언했을 때 세드릭은 현실을 부정했었다. 혼인 같은 중대사를 이렇게 급히 치르는 법이 어디 있단 말인가. 세드릭은 장난이라는 해명을 기대하며 에스텔라를 돌아보았다. 그러나 에스텔라는 농담 말라며 디에고를 혼내는 대신 번뜩 이런 의견을 냈다.

"의미 깊은 날이니까 화동으로 세드릭이랑 세실리아가 나오면 좋지 않을까요?"

그리 물은 에스텔라가 곧장 세실리아와 세드릭에게로 시선을 돌렸다. 에스텔라는 무릎을 굽혀 세드릭과 눈을 맞추더니 싱긋 웃어 보였다.

"어떠세요? 재밌을 것 같지 않아요?"

그 모습이 참으로 어여뻐 세드릭은 차마 고개를 내저을 수 없었다. 그사이 디에고에게 화동의 역할에 대해 설명받은 세실리아가 신난 얼굴로 찬성하고 나섰다. 덕분에 세드릭도 마지못해 고개를 끄덕일 수밖에 없었다.

약혼식 때도 슬프긴 했지만 적어도 지금보단 기분이 괜찮았다. 약혼이란 언제든지 파기될 수 있는 것이 아니던가. 딱히 형과 에스텔라가 이별하길 바랐던 건 아니지만, 그럼에도 약혼은 심리적인 방어선 안에 있었다.

그러나 두 사람은 이제 평생을 함께하겠다는 서류에 서명을 앞두고 있었다. 이젠 돌이킬 수도 없었다.

"알게써? 세드리근 엘라 치향이 아니야!"

세실리아는 안 그래도 상처받은 세드릭의 심장을 자근자근 밟아 땅 아래에 친히 묻어 주기까지 했다. 참으로 자비 없는 태도였다.

세드릭이 울컥하여 반박하듯 소리쳤다.

"나도 알아! 그냥 좀 슬퍼할 수는 있는 거잖아!"

"그럴 시간 업떠! 띠에고랑 엘라 곧 입장이란 마리야!"

세실리아가 더 크게 악을 썼다. 세드릭은 지레 놀라 그만 딸꾹질을 터트리고 말았다.

세실리아라고 디에고와 에스텔라의 결혼이 대단히 마음에 드는 건 아니었다. 정확히 말하자면 에스텔라의 신랑감으로 제 첫째 오라비는 영 마음에 차지 않았다. 때문에 초기엔 결혼을 반대하고 나섰으나, 세실리아는 점차 생각을 바꿨다. 디에고가 에스텔라와 결혼하면 그들은 정말 법적으로 가족이 되는 거였다. 에스텔라를 영원히 소유하겠다는 욕망으로 세실리아의 눈이 무섭게 번들거렸다.

"세드릭 때무내 엘라가 띠에고랑 겨론 못 하묜! 용서 안 해!"

"넌 디에고 형 생각밖에 안 해? 내가 널 어떻게 키웠는데!"

"몰라몰라몰라."

세드릭이 억울하다는 듯 따지고 들었으나 세실리아는 곧장 고개를 내저으며 부정했다.

기실 에스텔라를 가족으로 만드는 게 목적이니 신랑이야 어느 쪽이 되든 별로 상관은 없었다. 하지만 에스텔라는 디에고에게 완전히 넘어와 있었고, 세실리아는 이미 다 성사된 혼담을 두고 가능성 없는 세드릭에게 배팅할 정도로 수에 어둡지 않았다.

세드릭이 일어날 기미가 보이지 않자 세실리아는 대뜸 오라비의 손목을 붙들었다. 일으키려는 이와 주저앉아 있으려는 이 간에 실랑이가 벌어졌다.

승리한 건 당연히 나이가 많은 세드릭 쪽이었다. 세실리아는 그 과정에서 그만 중심을 잃고 넘어지고 말았다. 갑작스럽게 바뀐 시야에 눈을 동그랗게 뜨던 세실리아가, 이내 자신이 넘어졌다는 사실을 깨닫고는 눈가를 적셨다.

"으아아앙!"

엉엉 눈물을 터트린 세실리아를 보며 세드릭은 제가 더 당황했다. 세드릭은 황급히 몸을 일으켜 소매로 세실리아의 눈가를 닦아 주었다. 그러나 엉망이 된 얼굴은 좀처럼 원래대로 돌아오지 않았다.

그때 멀리에서 하녀가 다급하게 그들을 부르는 소리가 들렸다.

"아가씨, 도련님! 곧 입장이에요! 어디 계세요!"

세드릭은 어쩔 줄 모르고 주변을 둘러보았다. 잠깐의 망설임 끝에 세드릭은 세실리아의 손을 잡고 결혼식장으로 뛰기 시작했다. 아이들을 찾아 나섰던 하녀가 곧 그들 남매를 발견하고는 기함했다.

"세상에, 도련님, 아가씨! 대체 어딜 갔다가 이제 오세요."

목마르다는 핑계로 자리를 비웠던 세드릭이 보이지 않아 안 그래도 애가 타던 참이었다. 세드릭을 찾느라 정신이 없는 사이 세실리아 역시 사라져 얼마나 놀랐던가.

아이들이 제때 돌아온 건 다행이었으나 하녀는 굳은 입매를 풀지 못했다. 세실리아와 세드릭 남매의 몰골이 더없이 엉망이었기 때문이다. 온통 하얗던 아동 정장은 흙이 묻어 지저분했으며 얼굴엔 눈물의 흔적이 선명했다.

"어머, 이를 어째……. 어떡해, 옷 갈아입을 시간도 없는데……."

하녀는 현실을 부정하고 싶었으나 눈을 질끈 감았다 떠도 아이들의 모습은 말끔해지지 않았다. 하녀는 황급히 무릎을 굽히고 앉아 아이들의 옷을 털어 주었다. 훌쩍이던 세실리아가 볼을 부풀리며 세드릭을 향해 손가락질했다.

"세드릭이 나 넘어뜨려써."

"너!"

세드릭이 당황하여 소리치자 세실리아는 "흥." 하고 고개를 돌렸다. 하녀는 둘의 신경전에 간섭하는 대신 급한 대로 치맛자락을 들어 아이들의 눈가를 닦아 주었다. 눈물과 콧물은 대충 정리가 됐으나 퉁퉁 부은 눈은 여전했다. 덕분에 울고 싶은 사람은 하녀 쪽이 되었다.

울상을 지으며 홀을 들여다보던 하녀의 낯빛이 창백해졌다. 리허설 때 들었던 노래가 시작되고 있었다. 이젠 화동이 등장해 길 위에 꽃을 뿌려야 할 시간이었다.

하녀는 결국 마지못한 손길로 세드릭과 세실리아에게 꽃바구니를 건네주었다. 세드릭과 세실리아는 그렇게 웨딩 카펫의 시작점에 들이 밀어졌다. 둘은 결코 서로와 시선을 맞추지 않고 하객들을 향해 꽃을 뿌리기 시작했다. 아이들의 잔뜩 부어오른 두꺼비 눈과 흙이 떨어지는 옷을 보고 하객들은 조금 당황한 눈치였다.

겨우 행진을 마친 세실리아와 세드릭은 단상에서 조금 거리를 두고 섰다. 이어 신랑과 신부가 천천히 식장으로 걸어 들어오기 시작했다. 고운 드레스를 차려입은 에스텔라는 몹시 아름다웠고, 디에고 역시 그에 걸맞은 연미복을 멋들어지게 차려입고 있었다.

세드릭은 울컥한 마음에 또 코를 훌쩍거렸다. 둘째 오라비 쪽을 흘겨보던 세실리아가 세드릭의 팔을 주먹으로 때렸다. 간신히 신음을 억누른 세드릭이 보복하듯 세실리아의 손등을 꼬집었다. 그러자 이번에는 세실리아가, 다음으로는 세드릭이, 참지 못하고 또 세실리아가…….

이런 식으로 육탄전이 반복됨에 따라 점차 투닥거리는 소리가 커졌다. 주례자 앞에 다다른 디에고의 시선이 그들 남매에게로 돌아갔다. 디에고는 난처한 얼굴로 조용히 입가에 검지를 붙였다. 세드릭과 세실리아는 마지못해 다시 자세를 바로 하고 섰다.

주례자로 나선 보트리 후작이 헛기침 끝에 입을 열었다.

"우선 다망한 와중 자리에 참석해 주신 하객 여러분들께 신랑 신부를 대신해 감사의 말씀을 전합니다. 오늘 뜻깊은 인연으로……."

에스텔라는 문득 손가락 사이로 무언가가 끼어드는 감촉을 느끼고는 시선을 내렸다. 디에고가 그녀의 손을 깍지 껴 잡고 있었다. 에스텔라가 침묵하자 그는 피아노를 치듯 그녀의 손등을 두드렸다. 그렇게 한참을 인내하던 에스텔라가 주례의 중간쯤 속삭이듯이 물었다.

"왜 이렇게 집중을 못 해요?"

"주례가 지루해서요."

조용한 음성이라 하객석까지 가 닿진 않았을 것이나, 에스텔라는 제 뺨으로 꽂히는 보트리 후작의 시선을 느꼈다. 에스텔라는 어색한 미소를 흘리며 다시 주례에 집중했다. 그에 아랑곳하지 않고 디에고가 태연한 음성으로 덧붙였다.

"사실 얼른 키스하고 싶어서 그래요."

보트리 후작이 끝내 입을 다물었다. 에스텔라는 등허리로 땀이 흐르는 걸 느꼈다. 미묘하게 눈썹을 세우던 보트리 후작이 곧 단상 위에 올려 두었던 종이를 깔끔히 접었다.

"그래요. 사랑하는 남녀가 새로운 시작을 맞이하는 데 있어 늙은이의 말이 길 필요는 없지요."

하객들 사이에서 잔잔한 웃음소리가 터져 나왔다. 창피하다는 듯 눈을 질끈 감은 에스텔라와 달리 디에고는 시종일관 웃고 있었다.

디에고가 보트리 후작을 향해 고맙다는 듯 고개를 까딱여 인사했다. 조카의 재간에 보트리 후작은 어깨만 으쓱였다. 왜 제게 주례를 부탁했나 했더니 편하게 시간 단축을 부탁할 수 있어서였던 모양이다.

보트리 후작은 돌로레스를 떠올리며 설핏 미소 지었다. 아들의 결혼식에서 누구보다도 행복해했을 동생을 위하여, 보트리 후작은 쾌히 조카의 바람을 들어주었다.

"그럼 신랑 신부, 열렬한 키스로 애정을 증명해 봅시다."

주례자의 호쾌한 선언이 끝나자마자 하객들이 큰 소리로 환호했다. 눈앞의 부부가 행복하기를 응원하는 건지, 아니면 지겨운 주례사가 일찍 마무리되어서인지 잘 분간이 가지 않았다.

에스텔라는 마지못해 디에고를 향해 돌아섰다. 디에고가 천진한 웃음을 띤 채 그녀를 내려다보고 있었다.

졸속 약혼과 초단기 결혼 준비에 이어 설마하니 예식까지 초고속으로 마무리하게 될 줄은 몰랐다. 에스텔라는 자포자기하는 심정으로 눈을 감았다. 부디 아이까지 속도위반으로 태어나지는 않기를 빌며.

에스텔라가 잇새로 으름장을 놓듯 말했다.

"이따 나 좀 봐요."

"그거 좀 야하게 들리는데요."

그리 속삭거리며 디에고가 에스텔라의 허리에 손을 감았다. 그러고는 에스텔라가 험악한 말을 내뱉지 못하도록 재빠르게 그녀의 입술을 삼켰다.

하객들의 박수가 쏟아졌다. 모두의 환호 속에서 세드릭은 홀로 찔끔 흘러나온 눈물을 닦아 냈다. 세실리아의 표독한 눈길이 뒤따라왔으나 세드릭은 아랑곳하지 않았다. 옛말에도 재채기와 사랑은 숨길 수 없다고 하지 않았던가. 이젠 묻어야 할 감정을 세드릭은 아주 성심껏 배웅했다.

세드릭이 끝내 눈물을 삼키며 소리쳤다.

"에스텔라! 행복해야 해!"

여덟 살. 세드릭은 그렇게 세상의 쓴맛을 배웠다.

〈패륜 공작가에는 가정교육이 필요하다〉 완결